열녀춘향수절가

개정판

烈／女／春／香／守／節／歌

열녀 춘향 수절가

개정판

烈/女/春/香/守/節/歌

오학균 주해(註解)

한국학술정보

목차

일
러
두
기

1. 완판 열녀춘향수절가 84장 영인본을 저본으로 하였습니다.

  1-1. 영인본 원문과 현대어 표기를 쉽게 비교해 볼 수 있도록 각 쪽의 머리에
      영인본의 해당 부분을 제시하였습니다.

  1-2. 원본의 가락을 최대한 고려하여 어절의 글자 수 변동을 최소화하였습
      니다.

  1-3. 판각(板刻)과 영인(影印)의 과정에서 애매한 글자가 다소 있습니다만, 되
      도록 영인본의 글자를 존중하였습니다.

  1-4. 한자어는 한자와 우리말의 합성어 일부를 제외하고 가능한 한 모두 한자
      를 병기하였습니다.

2. 충실한 주해(註解)를 위해서 풍부하고 정확한 근거를 제시하
  였습니다.

  2-1. 인용된 시구(詩句)나 인물, 고사(故事)의 경우 원전이나 원문을 밝혀 제시
      하였습니다.

  2-2. 인용된 시구의 원시(原詩)가 짧은 것은 전문(全文)을, 긴 것은 해당 부분
      을 가려서 제시하였습니다.

  2-3. 한문이나 한시의 번역은 모두 저의 졸역(拙譯)입니다.

  2-4. 간단히 국어사전 정도로 찾을 수 있는 낱말과 교육용 기초한자 수준의 한
      자어는 주를 달지 않았습니다.

3. 문단의 구분이나 행간의 구별은 보고 읽기 편하도록 제 임의
   로 처리하였습니다.

4. 한글 맞춤법에 따랐습니다만, 문장 부호 사용을 절제하고 노
   래로서 주된 기능을 하는 부분은 문장 부호를 넣지 않았습
   니다.

   4-1. 이해에 어렵지 않은 고어(古語)나 사투리 등은 말의 가락을 살리기 위해
        원문을 살렸습니다.
   4-2. 중국의 지명과 인명에 관련된 한자는 모두 우리말 발음으로 읽었습니다.

5. 영인본에 나오는 장구점(◖, ◗ 등)은 노래할 때의 장단을 맞
   추기 위한 표식입니다.

6. 이미지는 '전통문화포털(www.kculture.or.kr)'에서 찾은 공공
   누리 자료입니다.

제1부

열녀춘향수절가烈女春香守節歌라

열여춘향슈절가라

숙종뒤왕직위초의셩덕이너부시사셩자셩손은계 〃 승 〃 ᄒ 사금고옥족은
요슌시졀이요ᄋ관문물은우탕의버금이라좌우보필은쥬셕지신이요용양
호위난간셩지장이라조졍의흐르난덕화힝곡의폐엿시니사히구든기운이
원근의어러잇다츙신은만조ᄒ고효자열여가 〃 재라

열녀춘향수절가(烈女春香守節歌)라

숙종대왕(肅宗大王)[1] 즉위(卽位) 초(初)에 성덕(聖德)이 넓으시사
성자성손(聖子聖孫)은 계계승승(繼繼承承)하사 금고옥적(金鼓玉笛)[2]은
요순(堯舜)[3] 시절(時節)이요 의관(衣冠) 문물(文物)은 우탕(禹湯)[4]의
버금이라. 좌우(左右) 보필(輔弼)은 주석지신(柱石之臣)[5]이요 용양호
위(龍驤虎衛)[6]는 간성지장(干城之將)[7]이라. 조정(朝廷)의 흐르는 덕화
(德化) 향곡(鄕曲)[8]에 퍼졌으니 사해(四海) 굳은 기운(氣運)이 원근(遠
近)에 어려 있다. 충신(忠臣)은 만조(滿朝)하고 효자(孝子) 열녀(烈女)
가가재(家家在)라.

---

1) 조선 19대 왕. 재위 46년(1674~1720)으로 조선 왕들 중에서 21대 영조(英祖) 다음 두 번째로 재위
   기간이 길다.

2) 쇠로 만든 북과 옥으로 만든 피리. 세상이 화평하다는 뜻이다. 옥족은 옥촉(玉燭 ; 사철의 기운이
   조화로움)으로 볼 수도 있다. 《이아(爾雅) 석천(釋天)》에, "봄을 청양(靑陽)이라 하고 여름을 주명
   (朱明)이라 하고 가을을 백장(白藏)이라 하고 겨울을 현영(玄英)이라 한다. 네 기운이 조화로운 것을
   옥촉(玉燭)이라 한다.[春爲靑陽 夏爲朱明 秋爲白藏 冬爲玄英 四氣和謂之玉燭]"라 하였다.

3) 요(堯)임금과 순(舜)임금. 중국 상고시대(上古時代) 오제(五帝)의 하나로, 태평성대의 성군(聖君)으로
   유명하다.

4) 우(禹)임금과 탕(湯)임금. 우임금은 하(夏)나라, 탕임금은 상(商)나라의 시조(始祖)로, 역시 어질고
   덕이 있는 임금.

5) 주석(柱石)은 기둥과 주춧돌. 나라의 중요한 일을 하는 신하. 《한서(漢書) 원후전(元侯傳)》에 "지
   위가 장군이나 재상을 거쳤다면 나라의 기둥과 주추가 되는 신하라.[位歷將相 國家柱石臣也]"라는
   구절이 있다.

6) 용맹한 무관(武官). 조선시대 오위(五衛) 중 용양위(龍驤衛)와 호분위(虎賁衛).

7) 나라를 지키는 믿음직한 장수. 《시경(詩經) 주남(周南) 토저(免罝)》의 "씩씩한 장수는 공후(公侯)
   의 방패[干]와 성(城)이라네.[赳赳武夫 公侯干城]"라는 시구에서 온 말이다.

8) 외진 시골 지방을 말함. 방방곡곡(坊坊曲曲).

미진 〃 〃라우슌풍조ᄒ니함포고복빅셩덜은쳐 〃 의격량가라잇쎠졀나도
남원부의월미라하난기싱이잇스되삼남의명기로셔일직퇴기ᄒ야셩가라
ᄒ는양반을다리고셰월을보ᄂᆡ되연장사슌의당하야일졈혀륙이업셔일노
한이되야장탄슈심의병이되것구나일일은크계ᄭᅵ쳐예사람을싱각ᄒ고가
군을경입ᄒ야엿자오되공슌이ᄒ난마리

미재(美哉) 미재(美哉)라.[9] 우순풍조(雨順風調)[10]하니 함포고복(含
哺鼓腹)[11] 백성(百姓)들은 처처(處處)에 격양가(擊壤歌)[12]라.

이 때 전라도(全羅道) 남원부(南原府)에 월매(月梅)라 하는 기생(妓
生)이 있으되, 삼남(三南)[13]의 명기(名妓)로서 일찍 퇴기(退妓)하여 성
가(成哥)라 하는 양반(兩班)을 데리고 세월(歲月)을 보내되 연장사순
(年將四旬)에 당(當)하여[14] 일점(一點) 혈육(血肉)이 없어 이로 한(恨)
이 되어 장탄수심(長歎愁心)의 병(病)이 되겠구나.
일일(一日)은 크게 깨쳐 옛사람을 생각하고 가군(家君)을 청입(請入)
하여 여쭈오되 공손(恭遜)히 하는 말이,

---

9) 아름답고 아름답도다.

10) 비가 때맞추어 알맞게 내리고 바람이 고르게 분다는 뜻으로, 농사에 알맞게 기후가 순조로움을 이
르는 말. 풍조우순(風調雨順).

11) 잔뜩 먹고 배를 두드린다는 뜻으로, 먹을 것이 풍족하여 즐겁게 지냄을 이르는 말. ≪장자(莊子) 마
제(馬蹄)≫의 "배불리 먹고 즐거워하며, 배를 두드리며 노닐다[唅哺而熙 鼓腹而游]"에서 온 말이다.

12) 풍년이 들어 농부가 태평한 세월을 즐기는 노래. 중국의 요임금 때에 늙은 농부가 태평한 생활을
즐거워하여 불렀다고 한다.
日出而作 日入而息 해 뜨면 일하고 해 지면 편히 쉬며
鑿井而飮 耕田而食 우물 파 물 마시고 밭 갈아 밥해 먹으니
帝力于我 何有哉 임금의 역할이 내게 무슨 소용 있으리오.
≪제왕세기(帝王世紀)≫에 원문이 전하고, ≪장자(莊子) 양왕(讓王)≫에도 "해 뜨면 일하고 해 지
면 쉬면서 천지간을 소요(逍遙)하면 마음의 뜻이 저절로 얻어지네.[日出而作 日入而息 逍遥于天地
之間 而心意自得]"라는 구절이 있다.

13) 호남(湖南), 영남(嶺南), 충청(忠淸) 지방을 아우르는 말.

14) 나이 사십이 되도록.

드르시요젼싱의무삼은혜씻쳐던지이싱의부〃되야창기힝실다바리고예모도슝상ᄒ고여공도심숫건만무삼죄가긴즁ᄒ야일졈혈륙업셔스니육친무족우리신세션영힝화뉘라ᄒ며사후감장어이하리명산ᄃᆡ찰의신고이나ᄒ야남여간낫커드면평싱한을풀거시니가군의쯧시엇더ᄒ오셩참판하는마리일싱신세싱각ᄒ면자닉마리당연ᄒ나비러셔쟈식을나흘진ᄃᆡ무자한사람이잇슬이요ᄒ니월ᄆᆡᄃᆡ답하되

"들으시오. 전생(前生)에 무슨 은혜(恩惠) 끼쳤던지 이생에 부부(夫婦) 되어 창기(娼妓) 행실(行實) 다 버리고 예모(禮貌)도 숭상(崇尙)하고 여공(女工)[15]도 힘썼건만 무슨 죄(罪)가 진중(鎭重)하여 일점(一點) 혈육(血肉) 없었으니, 육친(六親)[16] 무족(無族) 우리 신세(身世) 선영(先塋) 향화(香火)[17] 뉘라 하며 사후(死後) 감장(勘葬)[18] 어이하리. 명산(名山) 대찰(大刹)에 신공(神供)[19]이나 하여 남녀간(男女間) 낳게 되면 평생(平生) 한(恨)을 풀 것이니, 가군(家君)의 뜻이 어떠하오?"

성참판(成叅判) 하는 말이,

"일생(一生) 신세(身世) 생각하면 자네 말이 당연(當然)하나 빌어서 자식(子息)을 낳을진대 무자(無子)한 사람이 있으리오?"

하니 월매(月梅) 대답(對答)하되,

---

15) 여자들이 집안에서 하는 일. 길쌈, 바느질, 베짜기 등.

16) 부모형제처자(父母兄弟妻子). 가까운 친척을 말함.

17) 향불을 피우고 제사를 올리는 것. 자식을 낳아 대를 잇는 것을 말한다.

18) 주검을 거두어 장사지내는 일.

19) 신(神) 앞에 제물을 바치고 소원을 비는 것.

천ᄒᆞᆫ듸셩공부자도이구산의비르시고졍나라졍자산은우셩산의비러나계
시고아동방강산을이를진된명산듸쳔이업슬손가경샹도웅쳔쥬쳔의난늑
도록잔여업셔최고봉의비러러니듸명쳔자나계시사듸명쳔지발거스니우
리도졍셩이나듸려보사이다공든탑이무어지며심근남긔쎡길손가이날부
텀목욕지계졍이ᄒᆞ고명산승지차져갈졔

"천하(天下) 대성(大聖) 공부자(孔夫子)[20]도 이구산(尼丘山)[21]에 빌
으시고, 정(鄭)나라 정자산(鄭子産)[22]은 우형산(右荆山)[23]에 빌어 나
계시고, 아(我) 동방(東方) 강산(江山)을 이를진댄 명산(名山) 대천(大
川)이 없을쏜가. 경상도(慶尙道) 웅천(熊川)[24] 주천의(朱天儀)[25]는 늙
도록 자녀(子女) 없어 최고봉(最高峰)에 빌었더니 대명천자(大明天
子)[26] 나 계시사 대명천지(大明天地) 밝았으니 우리도 정성(精誠)이나
드려 보사이다. 공든 탑(塔)이 무너지며 심은 나무 꺾일쏜가."

이 날부터 목욕재계(沐浴齋戒) 정(淨)히 하고 명산승지(名山勝地)
찾아갈 제,

---

20) 공자(孔子 ; B.C.551~B.C.479).

21) 중국 산동성(山東省)에 있는 산. 공자의 어머니 안씨(顔氏)가 이구산(尼丘山)에 기도하여 공자(孔
子)를 얻어 이름을 구(丘)라 하고, 둘째[仲]아들이었으므로 자(字)를 중니(仲尼)라 했다는 이야기가
≪사기(史記) 공자세가(孔子世家)≫에 나온다. 나중에 공자의 이름을 휘(諱)하여 이산(尼山)이라 부
르게 되었다.

22) 공손교(公孫僑 ; ?~B.C.522). 중국 춘추시대 정(鄭)나라의 유명한 재상. 자(字)가 자산(子産)이다.
강대국인 진(晉)과 초(楚) 사이에서 약소국인 정나라를 잘 다스려 유지했으며, 중국 최초의 성문법
(成文法)을 제정하였다. 공자보다 앞선 사람으로 공자가 매우 존경했다.

23) 미상(未詳).

24) 경상남도 진해(鎭海). 이곳의 천자산(天子山)에 명나라 태조 주원장(朱元璋)의 선조(先祖)가 살았다
는 전설이 있고, 주원장이 한족(漢族)이 아닌 우리 민족이라고 하는 학설도 있다.

25) 명(明)나라 시조인 주원장(朱元璋)의 아버지. ≪명사(明史)≫에는 이름이 주세진(朱世珍)이라 나와
있다.

26) 주원장(朱元璋 ; 1328~1398). 명(明)나라의 개국 황제로, 흔히 홍무제(洪武帝)라 불린다.

오적괴썩나셔 〃 좌우산쳔둘너보니셔북의교룡산은슐히방을마거잇고동
으로난장임슘풀깁푼고듸션원사는은 〃 이보이고남으로난지리산이웅장
한듸그가온듸요쳔슈난일듸장강벽파되야동남으로둘너스니별류건곤여
긔로다쳥임을더우잡고산슈을발바드러가니지리산이여기로다반야봉올
나셔 〃 사면을둘너보니명산듸쳔완연ᄒ다상봉의단을무어졔물을진셜ᄒ
고단하의복지ᄒ야쳔신만고비럿더니

오작교(烏鵲橋)27) 썩 나서서 좌우(左右) 산천(山川) 둘러보니 서북(西
北)의 교룡산(蛟龍山)28)은 술해방(戌亥方)29)을 막아 있고 동(東)으로 난
장림(長林)30) 수풀 깊은 곳에 선원사(禪院寺)31)는 은은(隱隱)히 보이고
남(南)으로 난 지리산(智異山)이 웅장(雄壯)한데 그 가운데 요천수(蓼川
水)32)는 일대(一帶) 장강(長江) 벽파(碧波)되어 동남(東南)으로 둘렀으니
별유건곤(別有乾坤)33) 여기로다. 청림(靑林)을 더위잡고34) 산수(山水)를
밟아 들어가니 지리산(智異山)이 여기로다. 반야봉(般若峰)35) 올라서서
사면(四面)을 둘러보니 명산(名山) 대천(大川) 완연(宛然)하다. 상봉(上
峰)에 단(壇)을 두어 제물(祭物)을 진설(陳設)하고 단하(壇下)에 복지(伏
地)하여 천신만고(千辛萬苦) 빌었더니

---

27) 전라남도 남원 광한루원(廣寒樓苑) 안에 있는 돌다리.

28) 남원 시내 서쪽 자락에 있는 산. 남원의 진산(鎭山)이다. 교룡(蛟龍)은 뱀과 비슷한 몸에 비늘과 사
지(四肢)가 있고, 머리에 흰 혹이 있는 전설의 용을 뜻한다.

29) 술시(戌時) 방향과 해시(亥時) 방향. 서북쪽을 가리킨다.

30) 남원 근교에 있는 숲 이름이라고도 하나 미상(未詳).

31) 전라북도 남원시 도통동에 있는 절. 신라시대인 875년 도선국사(道詵國師 ; 827~898)에 의해 창
건되었다.

32) 전북 장수군과 경남 함양군 사이의 백운산(白雲山 : 1,278m)에서 발원하여 장수와 남원을 지나 섬
진강으로 드는 하천. 여뀌[蓼]가 많아서 이름하였다 한다.

33) 이 세상(世上)에서 볼 수 없는 아주 좋은 세상(世上). 이백(李白 ; 701~762)의 시 <산중문답(山中
問答)>에서 유래되었다.
問余何事棲碧山 어째서 푸른 산에 사냐고 내게 묻는데
笑而不答心自閒 웃으며 대답 않으니 마음 저절로 한가하네.
桃花流水杳然去 복사꽃 떠 흐르는 물이 아득히 사라지니
別有天地非人間 천지간 특별한 곳 인간 세상 아니라네.

34) 붙잡고. 부축하고.

35) 전라북도 남원시 산내면과 전라남도 구례군 산동면 사이에 있는 산. 지리산 3대 봉우리 중 두 번
째 봉우리로 높이는 1,732m이다.

산신임의덕이신지잇쩌는오월오일갑자라한쑴을어든니셔긔반공ᄒᆞ고오
치영농하더니일위션녀청학을타고오난듸머리에화관이요몸의난치의로
다월픠소릭징〃ᄒᆞ고손으난계화일지를들고당의오르며거슈장읍ᄒᆞ고공
슌이엿자오듸낙포의쌀일넌니반도진상옥경갓다광한젼의셔젹송자맛나
미진졍회ᄒᆞ올차의시만ᄒᆞ미죄가되야상졔듸로하사진퇴의늬치시민갈바
을몰나더니두유산실영계셔부인쯱으로지시ᄒᆞ기로왓사오니어엽비여기
소셔

산신(山神)님의 덕(德)이신지. 이 때는 오월(五月) 오일(五日) 갑자
(甲子)라. 한 꿈을 얻으니 서기(瑞氣) 반공(蟠空)하고 오채(五彩) 영롱
(玲瓏)하더니 일위(一位) 선녀(仙女) 청학(青鶴)을 타고 오는데 머리에
화관(花冠)이요 몸에는 채의(彩衣)[36]로다. 월패(月佩)[37] 소리 쟁쟁(琤
琤)하고 손에는 계화(桂花) 일지(一枝)를 들고 당(堂)에 오르며 거수장
읍(舉手長揖)[38]하고 공손(恭遜)히 여쭈오되,

"낙포(洛浦)의 딸[39]이러니 반도(蟠桃)[40] 진상(進上) 옥경(玉京) 갔
다 광한전(廣寒殿)[41]에서 적송자(赤松子)[42] 만나 미진정회(未盡情懷)
하올 차(次)에 시만(時晚)함이 죄(罪)가 되어 상제(上帝) 대로(大怒)하
사 진토(塵土)에 내치심에 갈 바를 몰랐더니, 두류산(頭流山)[43] 신령
(神靈)께서 부인(婦人) 댁(宅)으로 지시(指示)하기로 왔사오니 어여삐
여기소서."

36) 색동옷. 춘추시대 초(楚)나라 사람인 노래자(老萊子)가 나이 70에 부모님을 즐겁게 하기 위해 다섯
   빛깔의 색동옷[彩衣]을 입고 어린아이처럼 춤을 추었다고 한다.
37) 금, 은, 옥 등으로 만든, 달 모양의 노리개.
38) 두 손을 들어서 깊이 절을 하는 예법.
39) 낙수(洛水)의 여신인 복비(宓妃). 전설에 복희씨(伏羲氏)의 딸 복비가 낙수를 건너다 물에 빠져 죽
   어 낙수의 신[洛神]이 되었다고 한다. 복(宓)과 복(伏)은 통용된다.
40) 선도(仙桃). 삼천 년에 한 번 열린다는 신선의 복숭아.
41) 달나라에 있다는 궁전 이름.
42) 적송자(赤誦子)라고도 한다. 염제(炎帝) 신농씨(神農氏) 때의 우사(雨師), 즉 비를 관장하는 신. 염제
   의 막내딸이 적송자(赤松子)를 따라 수행을 쌓아 선인이 되어 함께 지상을 떠났다고 한다. ≪열선
   전(列仙傳)≫ 왕자교(王子喬), 안기생(安期生) 등과 함께 불로장생(不老長生)을 대표하는 신선이다.
43) 지리산의 다른 이름.

ᄒ며품으로달여들식학지고셩은장경고라학의소릭놀너씨니남가일몽이
라황홀한졍신을진졍ᄒ야가군과몽사을셜화ᄒ고쳔ᄒ힝으로남자을나을가
기다리더니과연그날부텀틱기잇셔십식이당ᄒ믹일〃은향긔만실ᄒ고치
운이영농ᄒ더니혼미즁의싱산ᄒ니일긱옥여을나어난니월믹의일구월심
기루던마음남자는못나스되겨근듯풀이난구나그사랑하문엇지다셩언ᄒ
리

하며 품으로 달려들새 학지고성(鶴之高聲)은 장경고(長頸故)라.[44]
학(鶴)의 소리에 놀라 깨니 남가일몽(南柯一夢)[45]이라. 황홀(恍惚)한
정신(情神)을 진정(鎭定)하여 가군(家君)과 몽사(夢事)를 설화(說話)하
고 천행(天幸)으로 남자(男子)를 낳을까 기다리더니 과연(果然) 그 달
부터 태기(胎氣) 있어 십삭(十朔)이 당(當)하니, 일일(一日)은 향기(香
氣) 만실(滿室)하고 채운(彩雲)이 영롱(玲瓏)하더니 혼미중(昏迷中)에
생산(生産)하니 일개(一個) 옥녀(玉女)를 낳았는데, 월매(月梅)의 일구
월심(日久月深) 그리던 마음 남자(男子)는 못 낳았으되 저근덧[46] 풀리
는구나. 그 사랑함은 어찌 다 형언(形言)하리.

---

44) 학의 소리가 높은 것은 목이 긴 까닭이라.

45) 꿈과 같이 헛된 한때의 부귀영화를 이르는 말. 중국 당(唐)나라의 순우분(淳于棼)이 술에 취하여
   홰나무의 남쪽으로 뻗은 가지 밑에서 잠이 들었는데, 괴안국(槐安國)의 부마가 되어 남가군(南柯
   郡)을 다스리며 20여 년 동안 부귀영화를 누리다가 깼다는 이야기가 당(唐)나라 문인 이공좌(李公
   佐)의 소설 ≪남가기(南柯記)≫에 나온다.

46) 잠간. 어느 정도.

일홈을츈향이라부르면셔장즁보옥갓치질너닌니회힝이무쌍이요인자ᄒ
미기린이라칠팔셰되믜셔쳑의쳑미ᄒ야예모정졀을일삼으니회힝을일읍
이층송안이하리업더라잇딕삼쳔동이할임이라하난양반이잇스되셰딕명
가요츙신의후예라일〃은젼하게옵셔츙회록을올여보시고츙효자을틱츌
ᄒ사자목지관임용하실싀이할임으로과쳔현감의금산군슈이빅ᄒ야남원
부사계슈ᄒ시니

이름을 춘향(春香)이라 부르면서 장중보옥(掌中寶玉)같이 길러내니
효행(孝行)이 무쌍(無雙)이요 인자(仁慈)함이 기린(麒麟)[47]이라. 칠팔
세(七八歲) 되니 서책(書冊)에 착미(着味)[48]하여 예모정절(禮貌貞節)을
일삼으니 효행(孝行)을 일읍(一邑)이 칭송(稱頌) 아니할 이 없더라.

이 때 삼청동(三淸洞)[49] 이한림(李翰林)[50]이라 하는 양반(兩班)이
있으되 세대(世代) 명가(名家)요 충신(忠臣)의 후예(後裔)라. 일일(一
日)은 전하(殿下)께옵서 충효록(忠孝錄)[51]을 올려 보시고 충효자(忠孝
者)를 택출(擇出)하사 자목지관(字牧之官)[52] 임용(任用)하실새, 이한림
(李翰林)으로 과천(果川) 현감(縣監)에 금산(錦山) 군수(郡守) 이배(移
拜)[53]하여 남원부사(南原府使) 제수(除授)하시니,

---

47) 동양의 신화와 전설에서 날짐승 중의 봉황(鳳凰)과 함께 들짐승 중의 신령스러운 동물로, 상서로
운 조짐을 뜻한다. 일설에는 사슴 모양으로 등에 오색무늬의 털이 있고, 얼굴은 용, 꼬리는 소, 발
굽은 말과 비슷하다 한다.

48) 맛을 붙이다.

49) 원문에는 모두 '삼천동'으로 되어 있으나 통례에 따라 삼청동으로 하였다. 지금의 서울시 종로구
삼청동.

50) 한림(翰林)은 예문관(藝文館)에 속한 벼슬로, 보통 사관(史官)을 뜻한다. 경판본(京板本)에는 이름
이 '이등'이라 하였다.

51) 충신과 효자의 행적을 기록한 책.

52) 자목(字牧)은 백성을 사랑으로 다스린다는 뜻으로, 지방을 다스리는 관원을 말한다.

53) 다른 벼슬로 옮기다.

이할임이사은슉빙하직ᄒ고치힝차려남원부의도임ᄒ여션치민정ᄒ니사
방의이리업고방곡의빅셩들은더듸오물칭송ᄒᆫ다강구연월문동요라시화
연풍ᄒ고빅셩이효도ᄒ니요순시졀이라잇씨는어느씩뇨놀기조흔삼춘이
라호런비조뭇싀들은농초화답쌱을지어쌍거쌍늬나러드러온갓춘졍닷토
난듸남산화발북산홍과쳔사만사슈양지의황금조는벗부른다나무 〃 〃 셩
임ᄒ고두견졉동나지나니일연지가졀이라

이한림(李翰林)이 사은숙배(謝恩肅拜)[54] 하직(下直)하고 치행(治行)
차려 남원부(南原府)에 도임(到任)하여 선치민정(善治民政)하니 사방(四
方)에 일이 없고 방곡(坊曲)의 백성(百姓)들은 더디 옴을 칭송(稱頌)한
다.[55] 강구연월문동요(康衢煙月聞童謠)[56]라 시화연풍(時和年豊)하고 백
성(百姓)이 효도(孝道)하니 요순(堯舜) 시절(時節)이라.

이 때는 어느 때뇨, 놀기 좋은 삼춘(三春)[57]이라. 호연(胡燕)[58] 비
조(飛鳥)[59] 뭇새들은 농초화답(弄草和答)[60] 짝을 지어 쌍거쌍래(雙去
雙來) 날아들어 온갖 춘정(春情) 다투는데, 남산화발북산홍(南山花發
北山紅)[61]과 천사만사수양지(千絲萬絲垂楊枝)의 황금조(黃金鳥)[62]는
벗 부른다. 나무 나무 성림(成林)하고 두견(杜鵑) 접동 낮게 나니 일년
지가절(一年之佳節)이라.

---

54) 숙배(肅拜)는 백성들이 왕이나 왕족에게 하는 절. 또는 서울을 떠나 임지(任地)로 가는 관원(官員)
이 임금에게 작별을 아뢰던 일.

55) 일찍이 오셔서 잘 다스려 주실 것을, 너무 늦게 오셨다고 하는 칭송을 말한다.

56) 번화한 길거리에서 달빛이 연기에 은은하게 비치고 아이들의 노랫소리가 들린다는 말로, 태평한
세상의 평화로운 풍경을 이르는 말. 요(堯)임금이 아이들이 부르는 노랫소리를 듣고서 순(舜)임금
에게 나라를 물려주었다고도 한다.

57) 봄의 석 달. 맹춘(孟春), 중춘(仲春), 계춘(季春)을 말한다.

58) 제비의 한 종류. 귀제비. 명매기.

59) 날아다니는 새. 비조(翡鳥 ; 물총새)로 볼 수도 있다.

60) 풀을 희롱하며 소리를 주고받다.

61) 남산에 꽃이 피니 북쪽 산이 붉다.

62) 천 가지 만 가지 늘어진 수양버들의 꾀꼬리.

잇찍사쏘자졔이도령이연광은이팔이요풍칙는두목지라도량은창히갓고
지혜활달ᄒ고문쟝은이빅이요필법은왕히지라일〃은방자불너말삼하되
이골경쳐어듸믜냐시흥춘흥도〃하니졀승경쳐말하여라방자놈엿자오되
글공부하시난도령임이경쳐차져부질업소이도령이른마리

이 때 사또 자제(子弟) 이(李)도령이 연광(年光)[63]은 이팔(二八)[64]
이요 풍채(風采)는 두목지(杜牧之)[65]라. 도량(度量)은 창해(滄海) 같고
지혜(智惠) 활달(豁達)하고 문장(文章)은 이백(李白)[66]이요 필법(筆法)
은 왕희지(王羲之)[67]라.

일일(一日)은 방자(房子)[68] 불러 말씀하되,

"이 고을 경처(景處) 어드메냐? 시흥(詩興) 춘흥(春興) 도도(滔滔)하
니 절승(絶勝) 경처(景處) 말하여라."

방자(房子)놈 여쭈오되,

"글공부하시는 도령님이 경처(景處) 찾아 부질없소."

이(李)도령 이른 말이,

---

63) 나이.

64) 열여섯.

65) 두목(杜牧 ; 803~852). 목지(牧之)는 자(字). 호(號)는 번천(樊川). 중국 만당(晩唐) 때의 유명 시인
으로, 시성(詩聖) 두보(杜甫)에 상대하여 소두(小杜)라고 한다. 인물이 뛰어나게 잘생긴 것으로 유
명하여, 그가 술에 취해 양주(楊州) 거리를 지날 때 기생들이 그 풍모에 반해 던진 귤이 수레에 가
득 찼다는 이야기가 있다. 원래는 중국 서진(西晉)의 문인 반악(潘岳 ; 247~300)과 관련된 척과영
거(擲果盈車), 또는 척과반안(擲果潘安)의 고사(故事)이다. 반악은 재모쌍전(才貌雙全)의 인재로서,
그가 나타나면 수많은 여인들이 자기를 보게 하려고 앞다투어 수레에 과일을 던졌다고 한다. ≪세
설신어(世說新語)≫ 반악의 자가 안인(安仁)이어서 흔히 반안(潘安)으로 불린다.

66) (701~762). 자(字)가 태백(太白)이다. 중국 성당(盛唐) 때의 시인. 호는 청련거사(靑蓮居士). 흔히
시선(詩仙)으로 칭한다.

67) (303~361). 중국 동진(東晉) 때의 서예가. 자는 일소(逸少). 우군장군(右軍將軍)을 지내 왕우군(王
右軍)이라고도 한다. 해서(楷書)・행서(行書)・초서(草書)의 3체를 예술적 완성의 영역까지 끌어올
려 서성(書聖)이라고 불린다. 대표 작품에 <난정집서(蘭亭集序)>가 있다.

68) 지방 관아에서 심부름하는 종.

너무식한마리로다자고로문장직사도졀승강산귀경키난풍월장문근본이
라신션도두로노라방납하니어이하야부당하랴사마장경이남으로강호의
썻다뎌강을거살일졔광낭셩파으음풍이노호하야예로부터가르치니쳔지
간만물지변이놀납고질겁고도고흔거시글안인계업난이라시즁쳔자이티
빅은치셕강의노라잇고젹벽강츄야월의소동파노라잇고

"너 무식(無識)한 말이로다. 자고(自古)로 문장재사(文章才士)도 절승(絶勝) 강산(江山) 구경키는 풍월(風月) 작문(作文) 근본(根本)이라. 신선(神仙)도 두루 놀아 박람(博覽)하니 어이하여 부당(不當)하랴. 사마장경(司馬長卿)[69]이 남(南)으로 강회(江淮)[70]에 떴다 대강(大江)을 거스를 제 광랑성파(狂浪盛波)에 음풍(陰風)이 노호(怒號)하여 예로부터 가르치니[71] 천지간(天地間) 만물지변(萬物之變)이 놀랍고 즐겁고도 고운 것이 글 아닌 게 없느니라. 시중천자(詩中天子) 이태백(李太白)은 채석강(采石江)[72]에 놀아 있고, 적벽강(赤壁江)[73] 추야월(秋夜月)에 소동파(蘇東坡)[74] 놀아 있고,

---

69) 사마상여(司馬相如 ; B.C.179?~B.C.117). 중국 전한(前漢) 때의 저명한 문인. 자(字)가 장경(長卿)이다. 그의 사부(辭賦)는 한(漢)·위(魏)·육조(六朝) 문인의 모범이 되었다. 여기에서는 사마자장(司馬子長)의 잘못인 듯하다. 사마자장 곧 사마천(司馬遷)이 나이 스물에 남쪽으로 장강(長江)과 회수(淮水)를 거슬러 올라가 노닐었다고 한다. ≪사기(史記)≫

70) 장강(長江)과 회수(淮水). 강소성(江蘇省)과 안휘성(安徽省) 북부 부근을 말한다.

71) 글을 지어 파도를 잠잠하게 했다는 뜻이다. 사마천은 중국 전역을 여행하고 이를 바탕으로 ≪사기(史記)≫를 집필하였다.

72) 안휘성(安徽省) 마안산시(馬鞍山市) 부근을 흐르는 장강(長江)의 이름. 장강은 흐르는 지역마다 다른 이름을 갖고 있는데, 이곳에 이백(李白)이 술에 취하여 물에 잠긴 달을 잡으려다가 빠져 죽었다는 전설이 있는 채석기(采石磯)가 있다. 채석기의 원래 이름은 우저기(牛渚磯)이다.

73) 호북성(湖北省) 황강시(黃岡市)에 있는 황주적벽(黃州赤壁)을 말한다. 소동파가 여기에 노닐며 유명한 <적벽부(赤壁賦)>를 지어 동파적벽(東坡赤壁)이라고도 부른다. 삼국시대 조조(曹操)가 대패한 적벽대전의 적벽은 호북성 적벽시(赤壁市)에 있다.

74) 소식(蘇軾 ; 1037~1101). 자는 자첨(子瞻) 또는 화중(和仲). 호는 동파거사(東坡居士) 또는 철관도인(鐵冠道人). 북송(北宋) 때의 저명한 문학가(文學家)로 그의 재주는 시문은 물론 그림, 글씨, 의학, 심지어 요리 연구에도 뛰어났다.

심양강명월야의빅낙천노라잇고보은송이운장듸의셰조듸왕노셔스니안
이노든못ᄒ리라잇쩌방자도령임뜻슬바다사방경기말삼ᄒ되셔울노이를
진듸자문밧늬다라칠셩암쳥연암셰금졍과❶평양영광졍듸동누모란봉❶

심양강(潯陽江)[75] 명월야(明月夜)에 백락천(白樂天)[76] 놀아 있고,
보은(報恩) 속리(俗離) 운장대(雲藏臺)[77]에 세조대왕(世祖大王)[78] 노
셨으니 아니 놀든 못하리라."

이 때 방자(房子) 도령님 뜻을 받아 사방(四方) 경개(景槪) 말씀하
되,

"서울로 이를진대 자문(紫門)[79] 밖 내달아 칠성암(七星庵)[80] 청련
암(靑蓮庵)[81] 세검정(洗劍亭)[82]과 평양(平壤) 연광정(練光亭)[83] 대동
루(大同樓)[84] 모란봉[牡丹峰][85]

---

75) 중국 강서성(江西省) 구강(九江) 북쪽을 흐르는 장강(長江)의 이름. 백낙천(白樂天)이 이곳 강주사
마(江州司馬)로 좌천되었을 때 유명한 칠언고시(七言古詩) <비파행(琵琶行)>을 지었다. 소설 ≪수
호전(水滸傳)≫의 주요 무대이다.

76) 백거이(白居易 ; 772∼846). 자는 낙천(樂天). 호는 향산거사(香山居士) 또는 취음선생(醉吟先生).
당나라 때의 유명한 문인. 대표작으로 <장한가(長恨歌)>, <비파행(琵琶行)> 등이 있다.

77) 문장대(文章臺). 속리산(俗離山)의 한 봉우리. '문장대'는 세조대왕과 문무 시종이 이곳에서 시를
읊었다는 데서 연유된 이름으로, 이 거대한 암봉이 구름 속에 묻혀 있다 하여 '운장대'라 부르기도
한다.

78) 1450년경 조선의 7대 왕이었던 세조가 직접 속리산을 세 번 왕래하였다고 한다.

79) 자하문(紫霞門). 한양도성의 4소문(四小門) 중 북소문(北小門)인 창의문(彰義門)의 다른 이름.

80) 미상(未詳). 자하문 밖에 있던 암자인 듯하다.

81) 미상(未詳). 종로구 평창동에 청련사(靑蓮寺)라는 절이 있다.

82) 서울특별시 종로구 경복궁 뒤의 창의문 밖에 있는 정자. 지금의 정자는 겸재(謙齋) 정선(正善)의
<세검정도(洗劍亭圖)>를 바탕으로 1977년에 복원한 것이다.

83) 대동강변 덕바위[德巖]에 있는 정자. 고구려 때 세워진 이래 여러 차례 중수되었고, 관서팔경(關西
八景)의 하나이다.

84) 평양 대동강 가에 있는 누각.

85) 평양에 있는 공원.

영양 낙선대(落仙臺)[86] 보은(報恩) 속리(俗離) 운장대(雲藏臺) 안의
(安義) 수승대(搜勝臺)[87] 진주(晉州) 촉석루(矗石樓)[88] 밀양(密陽) 영
남루(嶺南樓)[89]가 어떠한지 모르지만 전라도(全羅道)로 이를진대 태인
(泰仁) 피향정(披香亭)[90] 무주(茂朱) 한풍루(寒風樓)[91] 전주(全州) 한
벽루(寒碧樓)[92] 좋사오나 남원(南原) 경처(景處) 들으시오.

---

86) 미상(未詳). 강원도 양양(襄陽)의 낙산사(洛山寺)인 듯하다. ≪심청전≫의 이와 유사한 부분에는 양
   양 낙산사로 나와 있다.

87) 경상남도 거창군에 있는 바위. 영남 제일의 동천으로 쳤던 안의삼동(安義三洞) 중 하나인 원학동
   계곡 한가운데 위치한 화강암 암반이다. 신라와 백제의 국경 지대였던 이곳은 국력이 쇠약해진
   백제가 신라로 사신을 전별하던 곳으로 원래 이름이 수송대(愁送臺)였는데, 뒤에 퇴계(退溪) 이황
   (李滉)이 이곳의 이야기를 전해 듣고 이름에 담긴 뜻이 좋지 않다 하여 수승대라 바꿔 지었다고
   한다.

88) 경상남도 진주시 본성동 남강(南江) 변의 절벽 뒤편에 있는 진주성의 남쪽 장대(將臺)이다.

89) 경상남도 밀양시 내일동에 있는 누각. 밀양강 절벽 위에 위치한, 밀양 객사(客舍)의 부속 건물로
   조선 후기의 대표적 건축물이다. 진주 촉석루, 평양 부벽루와 함께 조선시대 3대 누각으로 꼽힌다.

90) 전라북도 정읍시 태인면에 있는 정자. 호남제일정(湖南第一亭)이라 불린다. 피향은 불교에서 온 말
   로, 향국(香國)을 둘로 나누었다는 뜻이라 한다.

91) 전라북도 무주군에 있는 조선시대의 누각. 옛날에는 전주 한벽루(寒碧樓), 남원 광한루(廣寒樓)와
   함께 호남의 삼한(三寒) 중 하나로 유명했다.

92) 전주시 완산구 교동 승암산 기슭의 절벽을 깎아 세운 누각. 이곳의 한벽청연(寒碧晴煙)이 전주팔
   경의 하나이다.

동문밧나가오면장님슙쳔은사조쌉고셔문밧나가오면관황묘난쳔고영웅
엄한위풍어졔오날갓쌉고남문밧나가오면광한누오작교영쥬각죳십고북
문밧나가오면쳥쳔삭츌금부룡기벽ᄒ야읏둑셔스니기암둥실교룡산셩죳
사오니쳐분듸로가사이다도련임일은말삼이이말노듯쳐릭도광한누오작
괴가경기로다귀경가자도령임거동보소사ᄯᅥ젼드러가셔공슌이엿자오되

동문(東門) 밖 나가오면 장림(長林) 숲 천은사(泉隱寺)93) 좋사옵고,
서문(西門) 밖 나가오면 관왕묘(關王廟)94)는 천고(千古) 영웅(英雄) 엄
(嚴)한 위풍(威風) 어제 오늘 같삽고, 남문(南門) 밖 나가오면 광한루
(廣寒樓)95) 오작교(烏鵲橋) 영주각(瀛州閣)96) 좋삽고, 북문(北門) 밖
나가오면 청천삭출금부용(靑天削出金芙蓉)97) 기벽(奇僻)하여 우뚝 섰
으니 기암(奇巖) 둥실 교룡산성(蛟龍山城)98) 좋사오니 처분(處分)대로
가사이다."

도령님 이른 말씀,

"이 애 말로 듣더라도 광한루(廣寒樓) 오작교(烏鵲橋)가 경개(景槪)
로다. 구경 가자."

도령님 거동(擧動) 보소. 사또 전(前) 들어가서 공손(恭遜)히 여쭈오
되,

---

93) 전남 구례군 방광리에 있는 절. 지리산 3대 사찰(화엄사, 천은사, 쌍계사)의 하나로, 인도 승려 덕
운(德雲)이 828년에 창건했다고 한다.

94) 전라북도 남원시 왕정동에 있는, 관우(關羽)를 모신 사당(祠堂).

95) 전북 남원시 요천로 광한루원(廣寒樓苑)에 있는 누각. 조선 초기의 재상이었던 황희(黃喜)가 남원
에 유배되었을 때 누각을 짓고 광통루(廣通樓)라 하였고 1434년에 중건되었는데, 정인지(鄭麟趾)
가 이를 광한청허부(廣寒淸虛府)라 칭하면서 광한루라 부르게 되었다. 당나라 유종원(柳宗元)의
<용성록(龍城錄)>에 '광한청허지부(廣寒淸虛之府)'라는 말이 나온다.

96) 광한루원(廣寒樓苑) 안에 있는 누각.

97) 이백(李白)의 시 <망여산오로봉(望廬山五老峰)>의 한 구절이다.
廬山東南五老峰 여산(廬山) 동남쪽의 오로봉(五老峰)은
靑天削出金芙蓉 푸른 하늘에 깎아 세운 금빛 연꽃이네.
九江秀色可攬結 구강(九江)의 빼어난 경치를 모두 모아 놓았으니
吾將此地巢雲松 내 여기 구름과 소나무에 깃들어 살리라.

98) 전라북도 남원시 산곡동 교룡산에 있는 산성.

금일 〃 기화란ᄒ오니잠간나가풍월음영시운목도싱각ᄒ고자시푸오니순
셩이나ᄒ여이다사쏘듸히ᄒ야허락ᄒ시고말삼ᄒ시되남쥬풍물을귀경ᄒ
고도라오되시졔을싱각ᄒ라도령듸답부교듸로ᄒ오리다물너나와방자야
나구안장지어라방자분부듯고나구안장짓는다나구안장지을졔홍연자긔
산호편옥안금편황금능쳥홍사고흔굴네쥬먹상무덥벅다라

"금일(今日) 일기(日氣) 화난(和暖)하오니 잠깐 나가 풍월(風月) 음
영(吟詠) 시운목(詩韻目)도 생각하고자 싶으오니 순성(巡城)[99]이나 하
여이다."

사또 대희(大喜)하여 허락(許諾)하시고 말씀하시되,

"남주(南州) 풍물(風物)을 구경하고 돌아오되 시제(詩題)를 생각하
라."

도령 대답(對答),

"부교(父敎)대로 하오리다."

물러나와,

"방자(房子)야, 나귀 안장(鞍裝) 지어라."

방자(房子) 분부(分付) 듣고 나귀 안장(鞍裝) 짓는다. 나귀 안장(鞍
裝) 지을 제 홍영자공산호편(紅纓紫鞚珊瑚鞭) 옥안금천황금륵(玉鞍錦
韂黃金勒),[100] 청홍사(靑紅絲) 고운 굴레 주락상모(珠絡象毛)[101] 듬뿍
달아

---

99) 봄이 되면 짝을 지어 성 둘레를 한 바퀴 돌면서 도성 안팎의 경치를 구경하는 놀이.

100) 이 두 구는 성당(盛唐) 시기 변새시인(邊塞詩人) 잠삼(岑參 ; 715~770)의 시 <위절도적표마가(衛
節度赤驃馬歌)>에 나오는 구절이다. 홍영은 붉은 굴레, 자공은 자줏빛 재갈, 산호편은 산호(珊瑚)
로 만든 채찍, 옥안은 화려하게 꾸민 안장, 금천은 비단으로 만든 언치(말이나 소의 등에 까는 방
석이나 담요 같은 물건), 황금륵은 황금실로 만든 굴레. 위절도는 안사(安史)의 난을 평정한 위백
옥(衛伯玉)이다.

101) 갈기를 땋아 붉은 줄을 드리고 끝에 털로 술을 댄 것. 벼슬아치들이 타는 말의 꾸밈새이다.

청 〃 다리은입등자호피도듬의젼후거리줄방울을염불법사염쥬메듯나구
등딕하엿소도령임거동보소옥안션풍고흔얼골젼반갓탄치머리곱게비셔
밀기름의잠직와궁초당기셕황물여빗시잇계잡바삿코셩쳔슈쥬졉동비셰
빅져상침바지극상셰목졉보션의남갑사단임치고육사단졉비자밀화단초
다라입고통힝건을무릅아리는짓미고

층층(層層)다래102) 은입등자(銀入鐙子)103) 호피(虎皮)돋움104)의 전
후(前後)걸이105) 줄방울을 염불법사(念佛法師) 염주(念珠) 매듯,

"나귀 등대(等待)하였소."

도령님 거동(擧動) 보소. 옥안선풍(玉顔仙風) 고운 얼굴 전판(剪
板)106) 같은 채머리107) 곱게 빗어 밀기름108)에 잠재워 궁초(宮綃)댕
기109) 석황(石黃)110) 물려 맵시 있게 잡아 땋고, 성천(成川)111) 수주
(水紬) 접동배112) 세백저(細白苧) 상침바지113) 극상세목(極上細目) 겹
버선에 남갑사(藍甲紗)114) 대님 치고, 육사단(六紗緞) 겹배자 밀화(蜜
花)단추 달아 입고, 통행전(筒行纏)115)을 무릎 아래 넌짓 매고,

---

102) '다래'는 말의 배 양쪽에 층층으로 달아서 흙이 튀는 것을 막는 것.
103) 쇠로 만든 등자(鐙子 ; 말을 탈 때 발을 디딜 수 있도록 만든, 안장에 달린 발 받침대)에 은줄을
    새겨 넣어 화려하게 꾸민 발걸이. 또는 얇은 운모(雲母)인 은엽(銀葉)을 덧씌운 등자라고도 한다.
104) 호랑이 가죽으로 만든 두터운 깔개.
105) 말안장을 앉히는 데 쓰는, 말 앞뒤에 늘이는 도구.
106) 종이를 가지런히 자를 때 쓰는, 좁다랗고 얇고 긴 나뭇조각.
107) 숱이 많고 치렁치렁한 머리. 결혼 전의 남녀가 길게 땋아 댕기를 드린 머리.
108) 밀랍과 참기름을 섞어서 끓여 만든 머릿기름.
109) 궁초(宮綃 ; 둥근 무늬가 있는 좋은 비단)로 만든 댕기. 댕기는 길게 딴 머리 끝에 드리는 헝겊이
    나 끈.
110) 누런색을 띤, 천연으로 나는 염료. 계관석(鷄冠石), 또는 웅황(雄黃)이라고도 한다.
111) 함경도에 있는 지명.
112) 성천의 물명주로 만든, 겹으로 된 등배. 등배저고리라고도 하며 마고자와 비슷하다.
113) 정성을 많이 들여 바느질을 곱게 해 만든 바지.
114) 쪽빛 갑사(甲紗). 갑사는 품질이 좋은, 얇고 성긴 비단.
115) 행전(行纏)은 바지 정강이에 꿰어 무릎 아래 발목까지 매는 것. 통행전(筒行纏)은 아래에 귀가 없
    고 통이 넓은 보통 행전.

영초단허리쯰모초단도리낭을당팔사가진미고를늬여는짓미고쌍문초
진동쳥즁츄막의도포밧쳐흑샤쯰를흉즁의눌너미고육분당혜쯰으면셔나
구를붓드러라등자딋고션듯올나뒤를싸고나오실졔통인한나뒤을싸라삼
문밧나올젹그쇄금부치호당션으로일광을가리우고관도셩남너룬길의싱
기잇게나갈계취리양유ᄒ던두목지의풍칠넌가

영초단(英綃緞) 허리띠 모초단(毛綃緞) 도리낭116)을 당팔사(唐八絲)
같은 매듭 고를 내어 넌짓 매고, 쌍문초(雙紋綃) 긴 동정 중치막117)에
도포(道袍) 받쳐 흑사(黑紗) 띠를 흉중(胸中)에 눌러 매고 육분(肉
粉)118) 당혜(唐鞋)119) 끌면서,

"나귀를 붙들어라."

등자(鐙子) 딛고 선뜻 올라 뒤를 싸고120) 나오실 제, 통인(通引)121)
하나 뒤를 따라 삼문(三門)122) 밖 나올 적에 쇄금(灑金)부채 호당선
(胡唐扇)123)으로 일광(日光)을 가리우고 관도(官道) 성남(城南) 너른
길에 생기(生氣) 있게 나갈 제 취래양유(醉來楊遊)하던124) 두목지(杜
牧之)의 풍채(風采)런가.

---

116) 동그랗게 생긴 주머니.

117) 소매가 넓고 네 폭으로 된 윗옷.

118) 신코가 흰 것.

119) 울이 좀 깊고 코가 작은 가죽신.

120) 옷자락을 뒤로 여미고.

121) 지방 관아에서 잔심부름을 하는 사람.

122) 대궐이나 관청 등의 세 문. 동문(東門)과 동협문(東夾門)과 서협문(西夾門).

123) 금가루를 뿌린 종이로 만든, 중국산 부채.

124) 취하여 양주(楊州)에서 노닐던. 주(註) 65 참조.

당혜

중치막

시 〃 요부하던주관의고음이라●샹가자믹츈셩늬요만셩곈자슈불이라광
한누셥젹올나사면을살펴보니경긔가쟝니죠타

시시오불(時時誤拂)하던 주랑(周郞)[125]의 고음(顧音)[126]이라.

향가자맥춘성내(香街紫陌春城內)요
만성견자수불애(滿城見者誰不愛)라.[127]

광한루(廣寒樓) 선뜻 올라 사면(四面)을 살펴보니 경개(景槪)가 장
(壯)히 좋다.

---

125) 주유(周瑜 ; 175~210). 자는 공근(公瑾). 흔히 주랑(周郞)으로 불린다. 동한(東漢) 말기의 유명한
   정치가이자 군사가.

126) 주랑(周郞)이 돌아보도록 일부러 곡조를 틀리게 연주한다는 말로, 삼국시대 오(吳)나라 주유(周
   瑜)가 어려서부터 미모가 빼어났으며, 24세에 건위중랑장(建威中郞將)을 지내 오나라에서 주랑
   (周郞)으로 불렸다. 음악에 정통하여 누가 타는 곡조에 틀린 것이 있으면 주유가 반드시 알아채
   고 돌아다보았다고 한다. 당시의 민요에 "곡조가 틀리면 주랑이 돌아본다네.[曲有誤 周郞顧]"라
   했다 한다. ≪삼국지(三國志) 오지(吳志) 주유전(周瑜傳)≫
   당나라 이단(李端 ; 732?~792?)의 <청쟁(聽箏)>이란 시가 있다.
   鳴箏金粟柱 쟁 소리 기러기발에 울고
   素手玉房前 하얀 손은 옥방(玉房) 앞에 있네.
   欲得周郞顧 주랑(周郞)이 돌아보길 기다리는지
   時時誤拂絃 때때로 엉뚱한 줄 튕기는구나.
   옥방은 옥(玉)으로 만든, 쟁(箏)의 줄을 받치는 받침대.

127) 향기 풍기는 거리는 봄날 성 안이요, 이를 본 성 안 사람마다 그 누가 사랑하지 않으랴. 역시 잠
   삼(岑參)의 시 <위절도적표마가(衛節度赤驃馬歌)>의 한 구절이다. 원시(原詩)에는 춘(春)이 봉(鳳)
   으로 되어 있다. 봉성(鳳城)은 장안(長安)을 뜻한다. 향가(香街)는 장안(長安)의 거리 이름, 자맥
   (紫陌)은 경성(京城)의 거리를 뜻한다고도 한다. 원래는 위백옥(衛伯玉)이 타던 적표마(赤驃馬)의
   모습을 찬양한 것이다. 주(註) 100 참조.

적성아침날의느진안기쩌여잇고녹슈의져문봄은화류동풍둘너잇다자각
달노분조회요벽망금젼싱영농은임고듸를일너잇고요헌기구하쳐외는광
한누을일의미라

적성(赤城)[128] 아침날에 늦은 안개 띠어 있고, 녹수(綠樹)의 저문
봄은 화류동풍(花柳東風) 둘러 있다.[129]

자각단루분조요(紫閣丹樓紛照耀)요
벽방금전상영롱(璧房錦殿相玲瓏)[130]은

임고대(臨高臺)[131]를 일러 있고,

요헌기구하최외(瑤軒綺構何崔嵬)[132]는

광한루(廣寒樓)를 이름이라.

---

128) 남원 광한루 근처에 있는 성이라고 하나 확실치 않다. 적성은 제왕(帝王)이 사는 궁전을 뜻하는
    데, 전라남도 곡성군 부근의 섬진강을 적성강(赤城江)이라고도 한다. 아래 시 <임고대(臨高臺)>의
    구절을 차용한 듯하다.

129) 초당사걸(初唐四傑) 왕발(王勃)의 시 <임고대(臨高臺)>의 한 구절이다. 임고대(臨高臺)는 누대 이
    름이 아니라 높은 누대(樓臺)에 오른 감회와 경치를 읊은 시를 말한다.
    赤城映朝日 적성에 아침해 비치는데,
    綠樹搖春風 푸른 나무를 봄바람이 흔드네.

130) 역시 왕발(王勃)의 시 <임고대(臨高臺)>의 한 구절이다.
    紫閣丹樓紛照耀 붉은 누각은 어지러이 빛나고
    璧房錦殿相玲瓏 화려한 궁전은 서로가 영롱하네.

131) 왕발(王勃)의 시 제목. 주(註) 129 참조.

132) 아름답게 꾸민 집은 어찌 이리 높은가. 역시 왕발(王勃)의 시 <임고대(臨高臺)>의 한 구절이다.

악양누고소되와오초동남슈는동정호로흘너지고연지셔북의핑틱이완연
한듸쏘한곳ᄇᄅᆡ보니빅 〃 홍 〃 난만즁의잉무공작나라들고산쳔경긔둘너
보니에구분반숑솔쎡갈입은아쥬춘풍못이기어흔늘 〃 〃

악양루(岳陽樓)[133] 고소대(姑蘇臺)[134]와 오초동남수(吳楚東南水)[135]
는 동정호(洞庭湖)[136]로 흘러지고, 연자(燕子)[137] 서북(西北)의 팽택
(彭澤)[138]이 완연(宛然)한데, 또 한곳 바라보니 백백홍홍(白白紅紅) 난
만중(爛漫中)에 앵무(鸚鵡) 공작(孔雀) 날아들고, 산천(山川) 경개(景
槪) 둘러보니 에굽은 반송(盤松)솔[139] 떡갈잎은 아주 춘풍(春風) 못
이기어 흔들흔들.

---

133) 중국 호남성(湖南省) 악양(岳陽) 서쪽에 있는 누각. 아래로는 동정호(洞庭湖)에 닿아 있고, 앞으로
   는 군산(君山)이 바라보이며, 북으로는 장강(長江)에 기대고 있어 여기에서 동정호(洞庭湖)를 내
   려다보면 안개 낀 물결이 넓게 펼치고 경치가 수천 수만 가지라 한다. 당(唐) 개원(開元) 초에 악
   주자사(岳州刺史) 장설(張設)이 이곳으로 좌천되었을 때 이 누에 올라 문인들과 함께 시를 지으
   며 어울렸다.

134) 오왕(吳王) 부차(夫差)가 서시(西施)를 위해 지은 호화로운 궁전으로, 지금의 강소성(江蘇省) 오강
   (吳江) 영암산(靈巖山) 위쪽에 그 터가 있다.

135) 오나라와 초나라를 동남으로 나누어 흐르는 강물. 오초(吳楚)는 화중(華中) 지방으로, 중국의 동
   남부이다. 두보(杜甫 ; 712~770)의 시 <등악양루(登岳陽樓)>에 '오초동남탁'이라는 구절이 있다.
   앞 부분은 다음과 같다.
   昔聞洞庭水 동정호(洞庭湖)라 옛날에 들었지만
   今上岳陽樓 이제야 악양루(岳陽樓)에 올랐네.
   吳楚東南坼 오나라 초나라를 동남쪽으로 가르고
   乾坤日夜浮 하늘과 땅이 밤낮으로 떠다니네.

136) 중국 호남성(湖南省) 북부에 있는 호수. 청해호(青海湖), 파양호(鄱陽湖)와 함께 중국 3대 담수호
   (淡水湖)이다.

137) 연자루(燕子樓). 중국 강소성(江蘇省) 서주시(徐州市)에 있는 정자. 서주 5대 명루(名樓)의 하나라
   한다.

138) 중국 강서성(江西省) 구강시(九江市) 최북단에 있는 지명. 동진(東晋) 때 도연명(陶淵明)이 이곳의
   현령(縣令)을 지내다 벼슬을 내놓고 떠나가면서 유명한 <귀거래사(歸去來辭)>를 지었다.

139) 휘어져 굽은 반송(盤松)의 소나무.

30　열녀춘향수절가烈女春香守節歌

폭포유슈셰닉가의계변화는쌩긋 〃 〃 낙 〃 장송울 〃 ᄒ고녹음방초승화시
라계슈자단모란벽도의취한산싁장강요천의풍등슬잠계잇고쏘한곳바라
보니엇덧한일미인이봄시우름한가지로온갓춘졍못이기여두견화질끈썩
거머리여도쏫자보며함박쏫도질근썩거입으함슉물러보고옥슈나삼반만
것고쳥산유슈말근물의손도싯고발도싯고물머금어양슈ᄒ며조약돌덥셕
쥐여버들가지쬐쏘리을히롱하니타기황잉이안인야버들입도주루룩홀터
물의휠 〃 씌여보고

폭포유수(瀑布流水) 시냇가의 계변화(溪邊花)는 뺑긋뺑긋, 낙락장송
(落落長松) 울울(鬱鬱)하고 녹음방초승화시(綠陰芳草勝花時)[140]라. 계
수(桂樹) 자단(紫檀) 모란[木丹] 벽도(碧桃)에 취(醉)한 산색(山色) 장
강(長江) 요천(蓼川)[141]에 풍덩실 잠겨 있고, 또 한곳 바라보니 어떠한
일(一) 미인(美人)이 봄새[春鳥] 울음 한가지로 온갖 춘정(春情) 못 이
기어 두견화(杜鵑花) 질끈 꺾어 머리에도 꽂아 보며, 함박꽃도 질끈
꺾어 입에 함쑥 물어 보고, 옥수(玉手) 나삼(羅衫) 반(半)만 걷고 청산
유수(靑山流水) 맑은 물에 손도 씻고 발도 씻고 물 머금어 양수(養
漱)[142]하며, 조약돌 덥석 쥐어 버들가지 꾀꼬리를 희롱(戲弄)하니 타
기황앵(打起黃鶯)[143] 이 아니냐. 버들잎도 주루룩 훑어 물에 훨훨 띄
워 보고,

140) 푸른 그늘의 향기로운 풀이 꽃 필 때보다 좋다. 북송(北宋) 왕안석(王安石 ; 1021~1086)의 시
   <초하즉사(初夏卽事)>가 있다.
   石梁茅屋有彎碕 돌다리 초가집이 굽은 물가에 있고
   流水濺濺度兩陂 물은 졸졸 흘러 양 언덕 사이 흘러가네.
   晴日暖風生麥氣 맑은 날 따스한 바람에 보리 기운 일고
   綠陰幽草勝花時 푸른 그늘 그윽한 풀이 꽃 필 때보다 좋구나.

141) 남원에 있는 강. 주(註) 32 참조.

142) 양치질.

143) 나뭇가지를 쳐 꾀꼬리가 울지 못하게 한다는 뜻이다. 당(唐)나라 시인 김창서(金昌緖 ; ?~?)의 시
   <춘원(春怨)>의 한 구절이다. 또는 당(唐) 개원(開元) 때 우위위장군(右威衛將軍)을 지낸 개가운
   (蓋嘉運 ; ?~?)의 시 <이주가(伊州歌)>라고도 한다.
   打起黃鶯兒 꾀꼬리 좀 쫓아 주세요
   莫敎枝上啼 가지에서 울지 못하도록.
   啼時驚妾夢 그 녀석 울면 꿈에서 깨어
   不得到遼西 님 계신 요서(遼西)에 갈 수 없어요.

빅셜갓튼힌ᄂ부웅봉ᄌ졉은화수물고너울〃〃춤을춘다황금갓튼쇠소리
는숩〃이나라든다광한진경조킨이와오작괴가더욱좃타방가위지호남으
제일셩이로다오작교분명ᄒ면견우직녀어듸잇ᄂ일언승지의풍월이업실
소냐도련임이글두귀를지여스되고명오작션이요◑광한옥계누라◑차문
쳔상수직여요◑지흥금일아거누라◑잇썬ᄂ아으셔잡슐상이ᄂ오거늘일
빅주먹은후의통인방자물여주고취흥이도〃하야담부푸여입으다물고일
이져리거닐졔

백설(白雪) 같은 흰 나비 웅봉(雄蜂) 자접(雌蝶)은 화수(花鬚)[144] 물
고 너울너울 춤을 춘다. 황금(黃金) 같은 꾀꼬리는 숲숲이 날아든다.
광한(廣寒) 진경(珍景) 좋거니와 오작교(烏鵲橋)가 더욱 좋다. 방가위지
(方可謂之)[145] 호남(湖南)의 제일성(第一城)이로다. 오작교(烏鵲橋) 분
명(分明)하면 견우(牽牛) 직녀(織女) 어디 있나. 이런 승지(勝地)에 풍
월(風月)이 없을쏘냐. 도련님이 글 두 구(句)를 지었으되,

고명오작선(高明烏鵲船)이요,
광한옥계루(廣寒玉階樓)라.
차문천상수직녀(借問天上誰織女)요,
지흥금일아견우(至興今日我牽牛)라.[146]

이 때 내아(內衙)[147]에서 잡술상[148]이 나오거늘 일배주(一杯酒) 먹
은 후(後)에 통인(通引) 방자(房子) 물려주고, 취흥(醉興)이 도도(滔滔)
하여 담배 피워 입에다 물고 이리저리 거닐 제,

---

144) 꽃술.
145) 바야흐로 그렇다고 말할 수 있으리라.
146) 시의 풀이는 다음과 같다.
　　드높고 밝은 오작의 배에
　　광한루 옥섬돌 고운 다락이라.
　　누구냐, 하늘 위의 직녀란 별은
　　흥나는 오늘의 내가 바로 견우일세.
147) 현감(縣監)이 살던 살림집.
148) 격식을 생략한 간단한 술상.

경쳐의흥을계워츙쳥도고마수영보련암을일너슨들이곳경쳐당할손야불
글단푸릴쳥힌빅불글홍고몰〃〃리단쳥유막황잉환우셩은늬의츈흥도와
닌다황봉빅졉왕나부는힝긔찻난거동이라비거비리츈셩늬요영쥬방장봉
늬산이안하의갓차오니물은본이은하수요경긔는잠깐옥경이라옥경이분
명하면월궁항아업슬손야

경쳐(景處)의 흥(興)을 재워,[149]

"충쳥도(忠淸道) 고마[150] 수영(水營)[151] 보련암(寶蓮庵)[152]을 일렀
은들 이곳 경쳐(景處) 당(當)할쏘냐. 붉을 단(丹) 푸를 쳥(靑) 흰 백
(白) 붉을 홍(紅) 고물고물히 단쳥(丹靑),[153] 유막황앵환우셩(柳幕黃鶯
喚友聲)[154]은 나의 춘흥(春興) 도와 낸다. 황봉(黃蜂) 백졉(白蝶)[155]
왕나비는 향기(香氣) 찾는 거동(擧動)이라. 비거비래춘셩내(飛去飛來春
城內)[156]요 영쥬(瀛洲) 방장(方丈) 봉래산(蓬萊山)[157]이 안하(眼下)에
가까우니, 물은 본래(本來) 은하수(銀河水)요 경개(景槪)는 잠간 옥경
(玉京)이라. 옥경(玉京)이 분명(分明)하면 월궁(月宮) 항아(姮娥)[158] 없
을쏘냐."

---

149) 흥을 담아.

150) 충청남도 공주(公州) 북쪽의 곰뫼. 웅산(熊山).

151) 공주진(公州鎭) 소속의 수영(水營).

152) 미상(未詳). 충청북도 충주 천룡산(天龍山)에 있는 보련암(寶蓮庵)이라고도 한다.

153) 고물고물 모여 있는 모습이 그림[丹靑] 같다는 뜻이다.

154) 버들 장막의 꾀꼬리가 벗을 불러 우는 소리. 송(宋)나라 이미손(李彌遜 ; 1085~1153)의 시 <송
중종지건안(送仲宗之建安)>에 이런 구절이 있다.
黃鶯喚友非多事 꾀꼬리 벗 부르는 게 흔한 일 아니요
白鷺窺魚更可嗟 백로가 물고기 엿보다 다시금 놓쳤구나.

155) 꿀벌과 흰 나비.

156) 봄날 성(城) 안을 날아가고 날아오다.

157) 신선이 산다는 삼신산(三神山).

158) 항아(姮娥). 중국 신화에서 달에 산다는 여신이다. 항아는 전설적인 궁수(弓手) 후예(后羿)의 아내
로 후예가 곤륜산(崑崙山)의 서왕모(西王母)에게서 얻어온 불사약을 훔쳐 달로 도망갔는데, 예를
배신한 항아는 아름다운 모습을 잃고 두꺼비의 모습으로 변했다고 한다. ≪회남자(淮南子) 남명
훈(覽冥訓)≫

잇찍은삼월이라일너스되오월단오일리엿다쳔즁지가졀이라잇찍월믹짤
춘향이도쏘한시셔음율이능통하니쳔즁졀을몰을소냐추쳔을ᄒ랴ᄒ고상
단이압셰우고나려올졔난초갓치고흔머리두귀를눌너곱계짜아금봉치를
졍졔ᄒ고나운을둘은허리미양의간는버들심이업시듸운듯아름답고ᄼᄼ은
틱도아장거러흔늘거려가만가만나올져그장임속으로드러가니녹음방초
우거져금잔듸좌르륵깔인고듸황금갓튼쇠쏘리는쌍거쌍ᄂ나라들졔

　이 때는 삼월(三月)이라 일렀으되 오월(五月) 단오일(端午日)이었다.
천중지가절(天中之佳節)이라. 이 때 월매(月梅) 딸 춘향(春香)이도 또
한 시서음률(詩書音律)에 능통(能通)하니 천중절(天中節)을 모를쏘냐.
추천(鞦韆)을 하려 하고 향단(香丹)[159]이 앞세우고 내려올 제 난초(蘭
草)같이 고운 머리 두 귀를 눌러 곱게 땋아 금봉채(金鳳釵)[160]를 정제
(整齊)하고, 나군(羅裙)[161]을 두른 허리 미앙(未央)[162]의 가는 버들 힘
이 없이 드리운 듯[163] 아름답고 고운 태도(態度) 아장 걸어 흐늘거려
가만가만 나올 적에, 장림(長林) 속으로 들어가니 녹음방초(綠陰芳草)
우거져 금잔디 좌르륵 깔린 곳에 황금(黃金) 같은 꾀꼬리는 쌍거쌍래
(雙去雙來) 날아들 제,

---

159) 영인본과 어떤 판본에는 '상단'으로 된 것도 있는데, 통례에 따라 '향단(香丹)'으로 하였다.

160) 봉황을 새겨 만든 비녀.

161) 비단이나 깁으로 만든 치마.

162) 미앙궁(未央宮). 장안(長安)에 있던 한나라의 황궁이다. B.C.200년에 한고조의 명령으로 당시의
　　　재상이었던 소하(蕭何)가 지었다. 당나라 시대까지 보전되었으나 현재는 빈 터로 남아 있다.

163) 원래는 양귀비(楊貴妃)의 아름다웠던 모습을 당현종(唐玄宗)이 그리워하는 내용이다. 백거이(白
　　　居易)의 <장한가(長恨歌)>에 현종이 안록산의 난으로 촉(蜀) 땅으로 피난 갔다가 양귀비를 잃고
　　　돌아왔을 때의 장면이다. 이 부분은 다음과 같다.
　　　歸來池苑皆依舊 돌아오니 연못 정원 모두가 그대로인데
　　　太液芙蓉未央柳 태액지(太液池) 부용꽃과 미앙궁(未央宮) 버들까지.
　　　芙蓉如面柳如眉 부용꽃은 얼굴 같고 버들은 눈썹 같고
　　　對此如何不淚垂 이러하니 어찌하여 눈물이 없으리오?

무성한버들빅척장고놉피믹고추천을하려할계슈화유문초록장옷남방사
홋단초민횔 〃 버셔거러두고자쥬영초슈당혀을셕 〃 버셔던져두고빅방사
진솔속것틱미틱횔신츄고연슉마츄천쥴을셥 〃 옥슈넌짓드러양슈의갈나
잡고빅능보션두발길노셥젹올나발구를졔셰류갓튼고흔몸을단졍이논이
난듸뒤단장옥비닉은쥭졀과압치례볼작시면밀화장도옥장도며광원사졉
져고리졔싀고름의틱가난다

무성(茂盛)한 버들 백척장고(百尺丈高)[164] 높이 매고 추천(鞦韆)을
하려할 제, 수화유문(水禾有紋)[165] 초록(草綠) 장옷[166] 남방사(藍紡
紗)[167] 홑단치마[168] 훨훨 벗어 걸어두고 자주 영초(英綃)[169] 수당혜
(繡唐鞋)[170]를 썩썩 벗어 던져두고 백방사(白紡紗)[171] 진솔 속곳[172]
턱 밑에 훨씬 추고 연숙마(軟熟麻)[173] 추천(鞦韆) 줄을 섬섬옥수(纖纖
玉手) 넌짓 들어 양수(兩手)에 갈라 잡고, 백릉(白綾)버선[174] 두 발길
로 선뜻 올라 발 구를 제, 세류(細柳) 같은 고운 몸을 단정(端整)히 노
니는데 뒷단장 옥비녀 은죽절(銀竹節)[175]과 앞치레 볼작시면 밀화장
도(蜜花粧刀) 옥장도(玉粧刀)며 광원사(光原紗)[176] 겹저고리 제 색(色)
고름의 태(態)가 난다.

---

164) 백(百) 척(尺)이나 되도록.
165) 무늬가 있는, 수화주(水禾紬)라는 비단.
166) 부녀자가 나들이할 때 얼굴을 가리느라고 머리에서부터 내리쓰는 옷.
167) 남색 명주실로 짠 비단.
168) 홑옷의 가를 접어 꿰맨 옷.
169) 비단 이름.
170) 수놓은 비단으로 만든 당혜(唐鞋). 당혜는 주(註) 119 참조.
171) 흰 누에고치만으로 실을 켜서 짠 명주.
172) 예전에 여자들이 입던 아랫도리 속옷 중에서 맨 속에 입는 옷. 다리통이 넓은 바지 모양이다.
173) 보드랍게 누인 삼 껍질. 여기서는 삼 껍질을 보드랍게 삶아 꼰 삼밧줄을 말한다.
174) 어른어른하는 무늬가 있는 흰 비단으로 만든 버선.
175) 은으로 만든, 대마디 모양의 머리꽂이.
176) 윤기가 나는, 가공하지 않은 실.

상단아미러라한번굴너심을쥬며두번굴너심을쥬니발미틱가는씩걸바람
좃차펄〃압뒤졈〃머러가니머리우의나무입은몸을싸라흔를〃〃오고갈
졔살펴보니녹음속의홍상자락이바람결의닉빗치니구만장쳔빅운간의번
기불리쐬이난듯쳔지지견호현후라압푸얼는하는양은가부야운져졔비가
도화일졈써러질졔차려ᄒ고꼿치난듯뒤로번듯ᄒ는양은광풍의놀닌호졉
싹을일코가다가돌치난듯

"향단(香丹)아, 밀어라."

한 번(番) 굴러 힘을 주며 두 번(番) 굴러 힘을 주니 발 밑의 가는
티끌 바람 좇아 펄펄, 앞뒤 점점 멀어가니 머리 위의 나뭇잎은 몸을
따라 흔들흔들.

오고갈 제 살펴보니 녹음(綠陰) 속의 홍상(紅裳) 자락이 바람결에
내비치니 구만장천(九萬長天) 백운간(白雲間)에 번갯불이 쏘이는 듯
첨지재전홀언후(瞻之在前忽焉後)[177]라.

앞에 얼른 하는 양(樣)은 가벼운 저 제비가 도화(桃花) 일점(一點)
떨어질 제[178] 차려[179] 하고 좇는 듯, 뒤로 번듯 하는 양(樣)은 광풍
(狂風)에 놀란 호접(胡蝶) 짝을 잃고 가다가 돌치는[180] 듯,

---

[177] 앞에 있는 듯 보이더니 어느덧 뒤에 있다. 원래는 안연(顔淵)이 공자를 추앙하여 한 말로, ≪논어
(論語) 자한(子罕)≫에 나온다.
안연이 한숨을 쉬고 탄식하며 말했다. "우러르면 별로 높지 않고 뚫으려면 별로 단단하지도 않은
데, 바라보니 앞에 있다가 어느덧 뒤에 있네."[顔淵喟然歎曰仰之彌高鑽之彌堅瞻之在前忽焉在後]

[178] 사명대사(四溟大師)가 출가하기 전 13세 때에 밀양부사가 영남루에서 베푼 백일장에서 장원에
뽑혔다고 하는 시 <관추천희(觀鞦韆戱)>가 전해 온다.
春風上巳垂楊裏 봄바람 부는 상사일(上巳日) 버드나무 아래서
雨後長空彩虹掛 비 온 뒤 긴 하늘에 무지개 걸렸네.
雙雙玉女乘雲來 쌍쌍의 미녀들이 구름 타고 오는 듯
陳陳花容弄蝶戱 수많은 꽃들이 나비를 희롱하네.
桃花一點落來儀 복사꽃 한 조각 떨어지는 것이
燕子三春飛去態 제비가 봄날 날아가는 모습이네.
非天非地半空中 하늘도 땅도 아닌 허공 가운데
綠水靑山自進退 푸른 물 파란 산이 저절로 오고가네.

[179] 채려. 재빠르게 잡는다는 뜻.

[180] 돌이치는.

무산션여구름타고양되상의나리난듯나무입도무러보고꼿도질끈썩거머
리에다살근〃〃이이상단아근듸바람이독ᄒ기로졍신이어질흔다근듸쥴
붓들러라붓들랴고무슈이긴퇴ᄒ며한창이리논일젹의셰너까반셕상의옥
비녀써러져징〃ᄒ고비녀〃〃ᄒ난소리산호치을드러옥반을씨치난듯그
틱도그형용은셰상인물안이로다연자삼츈비거틱라이도령마음이울젹ᄒ
고졍신어질하야별싱각이다나것다혼ᄌ말노셥어하되

무산선녀(巫山仙女)[181] 구름 타고 양대상(陽臺上)에 내리는 듯,[182]
나뭇잎도 물어 보고 꽃도 질끈 꺾어 머리에다 살근살근.

"이 애 향단(香丹)아. 그네 바람이 독(毒)하기로 정신(精神)이 어질
하다. 그넷줄 붙들어라."

붙들려고 무수(無數)히 진퇴(進退)하며 한창 이리 노닐 적에, 시냇
가 반석상(盤石上)에 옥(玉)비녀 떨어져 쟁쟁(琤琤)하고,

"비녀, 비녀."

하는 소리 산호채(珊瑚釵)[183]를 들어 옥반(玉盤)을 깨치는 듯, 그
태도(態度) 그 형용(形容)은 세상(世上) 인물(人物) 아니로다.

연자삼춘비거태(燕子三春飛去態)[184]라, 이(李)도령 마음이 울적(鬱
寂)하고 정신(精神) 어질하여 별(別) 생각이 다 나겠다. 혼잣말로 섬어
(譫語)[185]하되,

---

181) 무산(巫山)은 중국 역사에서 여러 곳이 등장하는데, 지금의 중경시(重慶市) 무산현(巫山縣)에 있
는 것이 대표적이다. 염제(炎帝)의 딸이 처녀로 죽어 무산 남쪽에 장사지냈는데 무산의 신녀(神
女)가 되었다고 한다. 초(楚) 회왕(懷王)이 고당(高唐)에서 노닐 때 꿈에 무산신녀를 만나 즐겼다
고도 한다.

182) <고당부(高唐賦)>에, 송옥(宋玉)이 초양왕(楚襄王)을 모시고 운몽(雲夢)에서 노닐 때 선왕(先王)인
초회왕(楚懷王)이 무산신녀(巫山神女)를 꿈에 만난 것을 묘사하여, "해가 뜨면 아침 구름이 되고
저녁에는 비를 부리는데, 아침 저녁으로 양대(陽臺)로 내려갑니다.[旦爲朝雲 暮爲行雨 朝朝暮暮 陽
臺之下]"라 하였다. 양대(陽臺)는 무산신녀가 산다고 하는 무산의 바위절벽이다.

183) 산호로 만든 비녀.

184) 주(註) 178 참조.

185) 헛소리. 잠꼬대.

"오호(五湖)[186]에 펴쥬(片舟) 타고 범소백(范少伯)[187]을 좇았으니
서시(西施)[188]도 올 리 없고,

---

186) 동정호(洞庭湖), 파양호(鄱陽湖), 태호(太湖), 소호(巢湖), 홍택호(洪澤湖)의 다섯 호수인데, 여기서
　　는 절강성(浙江省)과 강소성(江蘇省) 사이에 있는 태호(太湖)를 가리킨다. ≪월절서(越絶書)≫에
　　"오나라가 망한 뒤 서시가 다시 범려에게로 가서 함께 배를 타고 오호를 건너갔다.[吳亡後 西施
　　復歸范蠡 同泛五湖而去]"라 하였다.

187) 범려(范蠡 ; B.C.536～B.C.448). 춘추시대(春秋時代) 초(楚)나라 사람으로, 자(字)가 소백(少伯)이
　　다. 월왕(越王) 구천(句踐)을 20여 년 섬기면서 결국 오(吳)나라를 멸망시키고 상장군(上將軍)이
　　되었다. 구천과는 안락(安樂)을 같이하지 못할 것을 알고 떠나갔는데, 이름을 바꾸고 제(齊)를 지
　　나 도(陶)로 가서 무역에 종사하여 큰 부자가 되어 도주공(陶朱公)이라고도 부른다.

188) (?～B.C.473?). 춘추시대 월(越)나라의 미녀로 중국 4대 미녀의 하나. 성(姓)은 시(施). 이름은 이
　　광(夷光). 본래 저라산(苧蘿山) 아래에서 땔나무 팔던 여자인데, 월왕(越王) 구천(句踐)이 오(吳)나
　　라를 멸망시키기 위한 아홉 가지 술책 중의 하나로 토성산(土城山)에 미녀궁(美女宮)을 짓고 범
　　려(范蠡)에게 서시와 정단(鄭旦) 두 여자를 가르치게 하여 오왕(吳王) 부차(夫差)에게 바쳤다. 부
　　차가 서시를 총애하여 결국 나라를 망치게 되었다. 중국 4대 미녀로는 보통 서시(西施), 왕소군
　　(王昭君), 초선(貂蟬), 양귀비(楊貴妃)를 치는데, 서시는 물고기도 부끄러워 숨었다 하여 침어(沈
　　魚), 왕소군은 거문고 타는 모습에 기러기가 날갯짓을 멈춰 떨어졌다 하여 낙안(落雁), 초선은 달
　　을 보자 달도 부끄러워 구름 속으로 숨었다 하여 폐월(閉月), 양귀비는 꽃을 건드리자 꽃이 잎으
　　로 가리며 부끄러워했다 하여 수화(羞花)라 한다. 그 중의 첫째가 서시라고 한다.

해성(垓城)[189] 월야(月夜)에 옥창비가(玉窓悲歌)[190]로 초패왕(楚霸王)[191]을 이별(離別)하던 우미인(虞美人)[192]도 올 리 없고,

---

189) 해하(垓下). 안휘성(安徽省) 숙주시(宿州市) 영벽현(靈璧縣) 경내에 있다. B.C.202년 항우(項羽)의 십만 군사가 유방(劉邦)에게 패하여 전멸한 곳이다.

190) 옥창은 옥장(玉帳)으로 볼 수도 있다. 초패왕(楚霸王) 항우(項羽)의 장막에서 우미인(虞美人)이 부른 슬픈 노래. 사면초가(四面楚歌)와 패왕별희(霸王別姬)의 고사. 우미인이 이 노래를 부르고 항우에게 걸림돌이 될까 저어하여 자결하였다. 미인(美人)은 궁녀의 벼슬 이름이다.
漢兵已略地 한나라 군사가 이미 점령하였는지
四方楚歌聲 사방에서 초나라 노랫소리 들려오네.
大王意氣盡 대왕의 기력은 다하고 말았으니
賤妾何聊生 천한 이 몸 어찌 더 살아가리오.

191) 항우(項羽 ; B.C.232~B.C.202). 중국 진(秦)나라 말기의 군인이자 초한 전쟁 때 초나라의 군주로, 이름이 적(籍)이고 자가 우(羽)이다. 초나라의 명장 항연(項燕)의 후손으로 숙부 항량(項梁)을 따르며 진왕(秦王) 자영(子嬰 ; ?~B.C.206)을 폐위시키고 서초패왕(西楚霸王)에 즉위함으로써 왕이 되었고, 초의제(楚義帝)를 섭정하여 통치했으나 그를 암살했다. 뒷날 유방(劉邦)과의 싸움 끝에 패하고 스스로 목숨을 끊었다.

192) (?~B.C.202). 항우(項羽)의 애첩(愛妾). 주(註) 190 참조.

단봉궐(丹鳳闕)¹⁹³⁾ 하직(下直)하고 백룡퇴(白龍堆)¹⁹⁴⁾ 간 연후(然後)에 독류청총(獨留靑塚)¹⁹⁵⁾하였으니 왕소군(王昭君)¹⁹⁶⁾도 올 리(理) 없고,

---

193) 장안성(長安城)을 가리킨다. 진(秦) 목공(穆公)의 딸인 농옥(弄玉)이 퉁소를 불면 봉황이 함양성(咸陽城)으로 날아 내려왔다고 하여, 뒤에 경성(京城)을 단봉성이라 불렀다. 당(唐)나라 때 대명궁(大明宮)의 제1정전인 함원전(含元殿)의 남쪽 문이 단봉문(丹鳳門)이고, 이 문의 문루 이름이 단봉루(丹鳳樓)였다.

194) 원래는 중국 천산남로(天山南路)의 사막(沙漠)으로, 모래바다를 헤엄치는 백룡(白龍)의 모습과 같아 이름하였다. 여기서는 왕소군(王昭君)이 흉노에게 시집간 곳을 말한다.

195) 홀로 푸른 무덤으로 남았으니. 왕소군은 흉노(匈奴)와의 화친 정책으로 화번공주(和蕃公主)가 되어 호한야선우(呼韓邪單于)에게 시집가 고국을 그리워하다 죽었다. 흉노 땅은 기후가 추워 모두 백초(白草)만 있는데, 왕소군의 묘만 푸른 풀이 자라서 청총(靑塚)이라 불린다. 지금의 내몽고 호화호특시(呼和浩特市) 남쪽에 있다.

196) (B.C.54~B.C.19). 이름은 장(嬙)으로 한(漢) 원제(元帝)의 궁녀였는데, 원제는 후궁(後宮)이 많았기 때문에 화공(畫工)에게 궁녀들의 모습을 그리게 하여 그 그림을 살펴보고서 불러들였다. 궁녀들이 모두 화공에게 뇌물을 주었지만 왕소군만은 자신의 미모를 믿고 그렇게 하지 않았다. 이에 화공이 왕소군을 추하게 그려 결국 황제에게 부름받지 못하고, 경령(竟寧) 원년(元年 ; B.C.33년)에 흉노왕 호한야(呼韓邪)에게 강제로 시집갔다. 원제가 뒤늦게 왕소군을 보고 그 미모에 놀라, 거짓으로 그림을 그린 화공(畫工) 모연수(毛延壽)를 저자에서 처형하였다.

장신궁지피닷고빅두름을 〃 퍼슨이반첩여도올이업고소양궁아침날으시
치하고도라온이조비련도올이업고낙포션연가무산션년가도련임혼비중
쳔흥야일신이고단이라진실노미혼지인이로다

장신궁(長信宮)[197] 깊이 닫고 백두음(白頭吟)[198]을 읊었으니 반첩여
(班婕妤)[199]도 올 리(理) 없고, 소양궁(昭陽宮)[200] 아침 날에 시치(侍
厠)[201]하고 돌아오니 조비연(趙飛燕)[202]도 올 리(理) 없고, 낙포(洛浦)
선녀(仙女)인가 무산(巫山) 선녀(仙女)인가?"

도령님 혼비중천(魂飛中天)[203]하여 일신(一身)이 고단이라, 진실(眞
實)로 미혼지인(未婚之人)이로다.

---

197) 한(漢) 때의 궁전 이름. 한(漢) 성제(成帝)의 반첩여(班婕妤)가 총애를 잃었을 때에 허태후(許太后)
를 공양하면서 장신전(長信殿)에 있었다.

198) 옛 악부(樂府) 이름. 지은이 자신이 이미 늙어 쇠하였음을 가리킨다. 한(漢)나라 때의 문인 사마
상여(司馬相如)가 다른 여자를 사랑하자 그의 아내인 탁문군(卓文君)이 <백두음(白頭吟)>이라는
노래를 짓고 스스로 떠나가려는 뜻을 나타내었는데, 이에 감동하여 마음을 돌렸다는 고사가 ≪서
경잡기(西京雜記)≫에 전한다. 여기서는 반첩여가 지은 <원가행(怨歌行)>이라는 노래를 말한다.

199) 반염(班恬 ; B.C.48~A.D.2). 반표(班彪)의 고모이고, 반고(班固)・반초(班超)・반소(班昭)의 고모
할머니이다. 처음에 입궁하여 비교적 지위가 낮은 소사(少使)에 머물다가 성제(成帝)의 총애를 받
아 금방 첩여(婕妤)에 책봉되었다. 그녀는 성제와의 사이에 두 아들을 낳았으나 얼마 되지 않아
모두 죽고 말았다. 반첩여는 초기에는 매우 총애를 받는 후궁이었으나, 젊고 아름다운 조비연(趙
飛燕)과 그 여동생 조합덕(趙合德)이 후비로 입궁하면서 점점 실총(失寵)하게 된다. 조비연 자매
는 그녀와 허황후(許皇后)를 제거하기 위해 성제에게 허씨와 반씨가 후궁들과 성제를 저주하고
있다고 무고하였고 이 때문에 허황후는 폐위되었다. 반첩여도 모진 고문을 당했으나 결백을 주장
하여 결국은 혐의가 풀리고 금까지 하사받았다. 성제(B.C.51~B.C.7)가 죽은 후 그의 능묘를 지
키며 여생을 보냈다고 한다.

200) 한(漢) 때의 궁전(宮殿). 한(漢) 성제(成帝)의 황후(皇后)였던 조비연(趙飛燕)이 거처하던 곳이다.

201) 곁에서 모심.

202) (B.C.45~B.C.1). 서한(西漢) 성제(成帝)의 두 번째 황후로 20 년 동안 총애를 받았다. 몸이 제비
처럼 가벼워 손바닥 위에서도 춤을 추었다는 이야기도 있다.

203) 정신이 하늘로 날아가다.

통인아예겨건네화류즁의오락가락힛쓱〃〃얼는〃〃흔겨무어신지자
셔이보와라통인니살피보고엿자오되다른무엇안이오라이골기싱월믹쌀
춘향이란게집아히로소이다도련임이엉겹졀의하는말이장이좃타흘융하
다퇴인이알외되제어미는기싱이오느춘향이는도〃하야기싱구실마다하
고빅화초엽의글졷싱각하고여공직질이며문장을겸견하야여렴처자와
다름이업는이다도령허〃웃고방자을●불너분부하되들은즉기싱의쌀이
란이급피가불너올라

"통인(通引)아."

"예."

"저 건너 화류중(花柳中)에 오락가락 희뜩희뜩 얼른얼른하는 게 무엇인지 자세(仔細)히 보아라."

통인(通引)이 살펴보고 여쭈오되,

"다른 무엇이 아니오라 이 골 기생(妓生) 월매(月梅) 딸 춘향(春香)이란 계집아이로소이다."

도련님이 엉겹결에 하는 말이,

"장(壯)히 좋다. 훌륭하다."

통인(通引)이 아뢰되,

"제 어미는 기생(妓生)이오나 춘향(春香)이는 도도하여 기생(妓生) 구실 마다하고 백화초엽(百花草葉)[204]의 글자도 생각하고,[205] 여공(女工) 재질(才質)이며 문장(文章)을 겸전(兼全)하여 여염 처자(處子)와 다름이 없나이다."

이(李)도령 허허 웃고 방자(房子)를 불러 분부(分付)하되,

"들은즉 기생(妓生)의 딸이라니 급(急)히 가 불러오라."

---

204) 온갖 꽃과 풀과 나무.

205) 자연을 감상하며 시를 짓다.

방즈놈엿자오되셜부화용이남방의유명키로방첨ᄉ병부ᄉ군슈현감관장
임네엄지발가락이두ᄲᆷ가옷식되난양반외입졍이덜도무슈이보려하되장
강의ᄉᆡᆨ과임ᄉᆞ의덕힝이며이두의문필이며틱ᄉᆞ의화순심과이비의졍졀얼
품어스니금쳔하지졀ᄉᆡᆨ이요만고여즁군자오니황공하온말삼으로초릭하
기어렵ᄂᆡ다

방자(房子)놈 여쭈오되,

"셜부화용(雪膚花容)[206]이 남방(南方)에 유명(有名)키로 방첨사(方
僉使)[207] 병부사(兵府使)[208] 군수(郡守) 현감(縣監) 관장(官長)님네 엄
지발가락이 두 뼘 가웃씩 되는[209] 양반(兩班) 오입쟁이들도 무수(無
數)히 보려 하되, 장강(莊姜)[210]의 색(色)과 임사(姙姒)[211]의 덕행(德
行)이며 이두(李杜)[212]의 문필(文筆)이며 태사(太姒)의 화순심(和順
心)[213]과 이비(二妃)[214]의 정절(貞節)을 품었으니, 금천하지절색(今天
下之絶色)이요 만고여중군자(萬古女中君子)오니 황공(惶恐)하온 말씀
으로 초래(招來)하기 어렵나이다."

---

206) 눈 같이 흰 살결과 꽃 같이 아름다운 얼굴.

207) 방백(方伯). 곧 관찰사와 첨절제사(僉節制使)를 아울러 이르는 말.

208) 병마절도사(兵馬節度使)와 도호부사(都護府使).

209) 행세깨나 하는. 세력이 있는. 또는 성적(性的) 능력이 뛰어난. 양반(兩班)을 양반(兩半 ; 2 + 1/2)
으로 비꼰 말이기도 하다.

210) 중국 춘추시대 위(衛)나라 장공(莊公)의 아내로, 매우 아름다웠다 한다. ≪시경(詩經) 위풍(衛風)
석인(碩人)≫이 그녀의 미모를 노래한 것이라 한다.

211) 주문왕(周文王)의 어머니인 태임(太妊)과 문왕의 부인이자 무왕(武王)의 어머니인 태사(太姒). 태
강(太姜), 태임(太妊), 태사(太姒)를 어질고 덕을 갖춘 여인으로 추앙하여 삼태(三太) 또는 서주삼
모(西周三母)라 한다. 태강은 주나라 선조 고공단보(古公亶父)의 아내로 문왕의 할머니가 된다.

212) 이백(李白)과 두보(杜甫).

213) 온화하고 순한 마음. 보통 주(周) 문왕(文王)의 아내인 태사(太姒)의 투기(妬忌)하지 않는 덕을 말
한다.

214) 순(舜)임금의 두 아내인 아황(娥皇)과 여영(女英). 순(舜)이 제위에 오른 지 39 년 되는 해에 남방
영토를 돌아보다 창오(蒼梧)에서 죽어 구의산(九疑山)에 장사지냈다. 순임금의 두 비(妃) 아황과
여영은 순임금을 따라 소상강(瀟湘江)에 몸을 던져 죽었다. 그들이 흘린 눈물이 떨어진 대나무가
모두 핏빛 얼룩이 졌다고 하는데, 이를 소상반죽(瀟湘斑竹)이라 부른다.

도령듸소하고방지야네가물각유주를몰르난쏘다형산빅옥과여슈황금이
님직각 〃 잇난이라잔말 〃 고불너오라방자분부듯고춘향초릭건네갈졔밉
시잇난방직열셕셔황모

도령 대소(大笑)하고,

"방자(房子)야, 네가 물각유주(物各有主)215)를 모르는도다. 형산(荊
山)216) 백옥(白玉)217)과 여수(麗水)218) 황금(黃金)이 임자 각각(各各)
있느니라. 잔말 말고 불러오라."

방자(房子) 분부(分付) 듣고 춘향(春香) 초래(招來) 건너갈 제, 맵시
있는 방자(房子) 녀석 서왕모(西王母)219)

---

215) 세상의 물건은 다 각각 주인이 있음. 소식(蘇軾)의 <전적벽부(前赤壁賦)>에 "무릇 하늘과 땅 사이
에 사물이 각각 주인이 있으니, 진실로 나의 것이 아니면 터럭 하나라도 취하면 안 된다.[且夫天
地之間 物各有主 苟非吾之所有 雖一毫而莫取]"라는 구절이 있다.

216) <천자문(千字文)>에 "옥은 곤강(崑岡)에서 출토된다.[玉出崑岡]"라는 구절이 있다. 곤(崑)은 산 이
름으로 호북성(湖北省) 남장현(南漳縣) 형산(荊山)의 남쪽에 있다. 춘추시대 변화(卞和)가 화씨벽
(和氏璧)을 발견한 곳으로, 옥의 산지로 유명하다.

217) 화씨벽(和氏璧). 형산(荊山)에서 발견된 옥인데, 춘추시대 초(楚)나라 변화(卞和)라는 사람이 이를
얻어 초왕에게 바쳤으나 가짜로 의심받아 두 다리가 차례로 잘리는 형벌을 받았다. 나중에 초문
왕(楚文王)이 이 옥을 얻어 화씨벽(和氏璧)이라 명명하였고, 결국 진시황이 이를 얻어 옥새(玉璽)
를 만들었다고 한다.

218) <천자문(千字文)>에 "금은 여수(麗水)에서 난다.[金生麗水]"라는 구절이 있다. 여수는 중국 운남
성(雲南省) 북부의 장강(長江) 상류인 금사강(金沙江)인데, 이 지방 사람들이 물에서 모래를 건져
내어 백 번을 걸러내면 금싸라기를 얻는다고 한다.

219) 중국 신화에 나오는 여신이며, 곤륜산에 산다고 한다. 성은 양(楊), 이름은 회(回)였다고 한다. ≪
산해경(山海經)≫에는, 그 형상이 사람 같지만 표범의 꼬리에 호랑이 이빨을 하고 휘파람을 잘
불며 더부룩한 머리에 머리꾸미개를 꽂고 있고, 그 남쪽에 세 마리의 파랑새가 있어 서왕모를 위
해 음식을 나른다고 한다. ≪목천자전(穆天子傳)≫에도 주목왕(周穆王)이 서쪽으로 가 곤륜산에
이르러 서왕모를 만났다는 이야기도 있고, ≪한무제내전(漢武帝內傳)≫에 한무제가 서왕모를 보
고자 빌었더니 칠월 칠석에 서왕모가 아홉 빛깔의 용이 끄는 수레를 타고 내려왔는데, 그 모습이
아름다웠다고 한다.

요지연의편지젼턴청조갓치이리져리건네가셔여바라이익춘향아부르난
소리춘향이쌈쑥놀닉여무슨소리를그싸우로질너사람의졍신을놀닉난야
이익야말마라이리낫다이리란무슨일사쏘자졔도령임이광한누의오셧
싸가너노난모양보고불너오란영이낫다춘향이홰를닉여네가밋친자식일
다도령임이엇지나를알어셔부른단마리냐이자식네가닉마를종지리식열
씨싸듯하여나부다

요지연(瑤池宴)220)에 편지(便紙) 전(傳)하던 청조(靑鳥)221)같이 이리
저리 건너가서,

"여봐라, 이 애 춘향(春香)아."

부르는 소리에 춘향(春香)이 깜짝 놀라,

"무슨 소리를 그 따위로 질러 사람의 정신(精神)을 놀래느냐?"

"이 애야, 말 말아라. 일이 났다."

"일이라니, 무슨 일?"

"사또 자제(子弟) 도령님이 광한루(廣寒樓)에 오셨다가 너 노는 모
양(貌樣) 보고 불러오란 영(令)이 났다."

춘향(春香)이 화를 내어

"네가 미친 자식(子息)이다. 도령님이 어찌 나를 알아서 부른단 말
이냐? 이 자식(子息) 네가 말을 종지리새222) 열씨223) 까듯224) 하였나
보다."

---

220) 서왕모(西王母)가 살고 있는, 성(城)이 천 리(里)에 옥루(玉樓)가 열두 개 있다는 곤륜산(崑崙山)
의 요지(瑤池)에서 벌인 잔치. 보통 술은 안개로 빚은 유하주(流霞酒), 안주로는 삼천 년에 한 번
열리는 반도(蟠桃)라고 한다.

221) 파랑새. 서왕모(西王母)의 소식을 전하는 사자(使者)이다. 서왕모에게 대추(大鶖)와 소추(少鶖)와
청조(靑鳥)의 세 마리 새가 있는데, 대추와 소추는 시중을 드는 새이고 청조가 소식을 전하는 새
라 한다.

222) 종달새.

223) 삼씨의 방언(方言).

224) 종달새가 삼씨를 까느라고 지저귄다는 뜻으로, 작은 소리로 시끄럽게 재잘거리는 모습.

안이다늬가네마를할이가업시되네가글체늬가글야너글은늬력을드러보
와라계집아히힝실노추천을하량이면네집후원단장안의줄을믹고남이알
가몰을가은근이믹고추천하난게도레의당연하미라광한누머잔하고쏘한
이고셜논지할진댄녹음방초승화시라방초난푸려난듸압늬버들은초록장
두르고뒨늬버들은유록장너한가지느러지고쏘한가지펑퍼져광풍을계
워흔늘 〃 〃춤을추난듸광한누귀경쳐의근듸을믹고네가쒤제외씨갓탄두
발길노빅운간의논일젹기홍상자락이펄 〃 빅방사속것가틴동남풍의펼
녕 〃 〃박속갓탄네살거리빅운간의힛득 〃 〃도령임이보시고너을불으시
제늬가무삼말을한단말가잔말 〃 고건네가자

　"아니다. 내가 말을 할 리(理)가 없으되 네가 그르지 내가 그르냐?
너 그른 내력(來歷)을 들어 보아라. 계집아이 행실(行實)로 추천(鞦韆)
을 할 양이면 네 집 후원(後園) 단장(短墻)[225] 안에 줄을 매고 남이
알까 모를까 은근(慇懃)히 추천(鞦韆)하는 게 도리(道理)의 당연(當然)
함이라. 광한루(廣寒樓) 멀지 않고 또한 이곳을 논지(論之)할진댄 녹음
방초승화시(綠陰芳草勝花時)라, 방초(芳草)는 푸르렀는데 앞내 버들은
초록장(草綠帳) 두르고 뒷내 버들은 유록장(柳綠帳) 둘러 한 가지 늘
어지고 또 한 가지 펑퍼져 광풍(狂風)을 겨워 흐늘흐늘 춤을 추는데,
광한루(廣寒樓) 구경처에 그네를 매고 네가 뛸 제, 외씨 같은 두 발길
로 백운간(白雲間)에 노닐 적에 홍상(紅裳) 자락이 펄펄, 백방사(白紡
紗) 속곳 가래[226] 동남풍(東南風)에 펄렁펄렁, 박속 같은 네 살결이
백운간(白雲間)에 희뜩희뜩, 도령님이 보시고 너를 부르시지 내가 무
슨 말을 한단 말이냐. 잔말 말고 건너가자."

---

225) 낮고 작은 담장. 또는 그냥 담장으로 볼 수도 있다.
226) 갈래. 또는 가랑이.

춘향이딕답ᄒ되네마리당연ᄒ나오나리단오이리라비단나쒼이랴다른집
쳐자들도예와함가추쳔하여쓰되글얼쒼안이라셜혹닉말을할지라도닉가
지금시사가안이어든여렴사람을호릭칙거로부를이도업고부른딕도갈이
도업다당초의네가말을잘못들은빅라방자이면의복긔여광한누로도라와
도령임게옛자오니도령임그말듯고기특한사람일다언즉시야로되다시가
말을하되이러〃〃하여라방자젼갈모와춘향으게건네가니그식예제집의
로도라갓거늘제의집을차져가니모여간마조안져졈심밥이방장이라

춘향(春香)이 대답(對答)하되,

"네 말이 당연(當然)하나 오늘이 단오일(端午日)이라 비단(非但) 나
뿐이랴. 다른 집 처자(處子)들도 여기 와 함께 추천(鞦韆)하였으되, 그
럴 뿐 아니라 설혹(設或) 내 말을 할지라도 내가 지금 시사(時仕)[227]
가 아니어든 여염 사람을 호래척거(呼來斥去)[228]로 부를 리(理)도 없
고, 부른대도 갈 리(理)도 없다. 당초(當初)에 네가 말을 잘못 들은 바
라."

방자(房子) 이면에 볶이어[229] 광한루(廣寒樓)로 돌아와 도령님께 여
쭈오니,

도령님 그 말 듣고,

"기특(奇特)한 사람이다. 언즉시야(言則是也)[230]로되 다시 가 말을
하되 이러이러 하여라."

방자(房子) 전갈(傳喝) 모아 춘향(春香)에게 건너가니 그 새에 제 집
으로 돌아갔거늘, 저의 집을 찾아가니 모녀간(母女間) 마주 앉아 점심
밥이 방장(方將)[231]이라.

---

227) 지방 관아에 속한 기생이나 아전이 현직에 있는 것.

228) 오라고 부르고서는 다시 가라고 쫓아내다.

229) 미상(未詳). '할 말을 잃고'의 뜻인 듯하다. '이면(耳面)'으로 보면, 말이나 체면으로나 합당하지
않아.

230) 말인즉은 옳다.

231) 곧 장차 시작하려 한다는 뜻.

방자드러가니네웨쏘오나냐황송타도령임이다시젼갈ᄒ시더라늬가녀를
기싱으로알미아니라드른니네가글을잘한다기로쳥하노라여가의잇난쳐
자불너보기쳥문의고히하나험의로아지말고잠싼와단여가라하시더라춘
향의도량한쯧시연분되랴고그러한지호련이싱각하니갈마음이나되모친
의쯧슬몰나침음양구의말안코안저더니춘향모쎡나안자졍신업계말을하
되

방자(房子) 들어가니,

"너 왜 또 오느냐?"

"황송(惶悚)타. 도령님이 다시 전갈(傳喝)하시더라.

'내가 너를 기생(妓生)으로 앎이 아니라, 들으니 네가 글을 잘한다
기로 청(請)하노라. 여가(閭家)232)에 있는 처자(處子) 불러 보기 청문
(聽聞)233)에 괴이(怪異)하나 흠으로 알지 말고 잠깐 와 다녀가라.'

하시더라."

춘향(春香)의 도량(度量)한 뜻이 연분(緣分) 되려고 그러한지 홀연
(忽然)히 생각하니 갈 마음이 나되 모친(母親)의 뜻을 몰라 침음양구
(沈吟良久)234)에 말 않고 앉았더니, 춘향(春香) 모(母) 썩 나앉아 정신
(精神) 없게 말을 하되,

---

232) 여염집.

233) 소문(所聞).

234) 깊이 생각하며 한참 동안. 입속으로 웅얼거리며 깊이 생각한지 오랜 뒤에.

쑴이라하는거시젼수이허사가안이로다간밤의쑴을ᄭᅮ니난듸업는쳥용한
나벽도지의잠계보이거날무슨조흔이리잇슬가하여던니우연한일안이로
다ᄯᅩ한드른이사쏘자졔도령임일홈이몽용이라ᄒᆞ니쑴몽ᄶᅡ용〃ᄶᅡ신통ᄒᆞ
게맛치여ᄶᅡ그러나져러나양반이부르시난듸안이갈슈잇것난야잠간가셔
단여오라춘향이가그졔야못이기난체로계우이러나광한누건네갈졔듸명
젼듸들보의명ᄆᆡ기거름으로양지마당의씨암닥거름으로빅모릭밧탕금자
릭거름으로월틱화용고은틱도완보로건네갈식

"꿈이라 하는 것이 전수(全數)이[235] 허사(虛事)가 아니로다. 간밤에
꿈을 꾸니 난데없는 청룡(靑龍) 하나 벽도지(碧桃池)[236]에 잠겨 보이
거늘, 무슨 좋은 일이 있을까 하였더니 우연(偶然)한 일 아니로다. 또
한 들으니 사또 자제(子弟) 도령님 이름이 몽룡(夢龍)이라 하니, 꿈 몽
(夢) 자(字) 용(龍) 용(龍) 자(字) 신통(神通)하게 맞추었다. 그러나저러
나 양반(兩班)이 부르시는데 아니 갈 수 있겠느냐. 잠깐 가서 다녀오
라."

춘향(春香)이가 그제야 못 이기는 체로 겨우 일어나 광한루(廣寒樓)
건너갈 제, 대명전(大明殿)[237] 대들보의 명매기[238] 걸음으로, 양지(陽
地) 마당에 씨암탉 걸음으로, 백모래 바탕 금자라 걸음으로, 월태화용
(月態花容)[239] 고운 태도(態度) 완보(緩步)로 건너갈새,

---

235) 모두가. 전혀.

236) 벽도화(碧桃花)가 피어 있는 연못. 벽도(碧桃)는 신선이 먹는다는 복숭아.

237) 대명궁(大明宮). 당나라 때의 중심 궁전으로, 황제가 기거하며 정무를 보던 곳이다.

238) 귀제비. 호연(胡燕). 제비보다 좀 크고 배에 노란 얼룩이 있는 새. 주(註) 58 참조.

239) 달 같은 태도(態度)와 꽃 같은 얼굴. 미인(美人)을 말한다.

흐늘 〃 〃 월셔시토성십보하던거름으로흐늘거려건네올졔도령임난간의
졀반만비계셔 〃 완 〃 이바리본이춘향이가건네오난듸광한누의갓찬지라
도련임조와라고자셔이살펴보니요 〃 졍 〃 하야월틱화용이셰상의뭇쌍이
라얼골이조촐ᄒ니청강의오난학이셜월의빗침갓고단순호치반기하니별
도갓고옥도갓다연지을품은듯자하상고은빗쳔어린안기셕양의빗치온듯
취군이영농ᄒ야문치는은하슈물결갓다연보을졍이옴계쳔연이누의올나
북그러이셔잇거날

흐늘흐늘 월(越) 서시(西施) 토성습보(土城習步)하던[240] 걸음으로
흐늘거려 건너올 제, 도령님 난간(欄干)에 절반(折半)만 비껴 서서 완
완(緩緩)히 바라보니, 춘향(春香)이가 건너오는데 광한루(廣寒樓)에 가
까운지라, 도련님 좋아라고 자세(仔細)히 살펴보니 요요정정(嫋嫋婷
婷)[241]하여 월태화용(月態花容)이 세상(世上)에 무쌍(無雙)이라. 얼굴
이 조촐하니 청강(淸江)에 노는 학(鶴)이 설월(雪月)에 비침 같고, 단
순호치(丹脣皓齒)[242] 반개(半開)하니 별도 같고 옥(玉)도 같다. 연지
(臙脂)[243]를 품은 듯 자하상(紫霞裳)[244] 고운 빛은 어린 안개 석양(夕
陽)에 비치는 듯, 취군(翠裙)[245]이 영롱(玲瓏)하여 문채(文彩)는 은하
수(銀河水) 물결 같다. 연보(蓮步)[246]를 정(整)히 옮겨 천연(天然)히 누
(樓)에 올라 부끄러이 서 있거늘,

---

240) 토성(土城)에서 걸음걸이 연습하던. 월왕(越王) 구천(句踐)이 서시를 오왕(吳王) 부차(夫差)에게
　　바칠 때, 예의범절을 가르치면서 토성(土城 ; 흙으로 쌓은 좁은 담장)에서 3년 동안 걸음걸이를
　　가르쳤다고 한다. 혹은 토성은 토성산(土城山)이라는 지명이라고도 한다. 주(註) 188 참조.

241) 가냘픈 듯하면서도 아름다운 모양.

242) 붉은 입술과 하얀 치아라는 뜻으로, 아름다운 여자를 이르는 말. 조식(曹植)의 <낙신부(洛神賦)>
　　에 "붉은 입술은 밖으로 밝고, 하얀 치아는 안으로 곱네.[丹脣外朗皓齒內鮮]"라는 구절이 있다.

243) 고운 붉은 빛. 원래는 볼에 바르는 붉은 빛깔의 화장품이다.

244) 자줏빛 안개 같은 치마. 선녀가 입었다는 옷.

245) 푸른 치마. 비취색 치마.

246) 여인의 아름다운 걸음걸이. 남제(南齊) 동혼후(東昏侯) 소보권(蕭寶卷)이 땅에 황금 연꽃을 깔아
　　놓고 총비(寵妃)인 반옥아(潘玉兒)에게 밟고 가게 하면서 "이 걸음마다 연꽃이 피어나는구나.[此
　　步步生蓮華也]"라고 말했다 한다. ≪남사(南史) 제기하(齊紀下) 폐제동혼후(廢帝東昏侯)≫

통인불너안지라고일너라춘향의고흔틱도염용ᄒ고안난거동자서이살펴
보니빅셕창파싀빗뒤에목욕하고안진제비사람을보고놀닉난듯별노단장
한일업시쳔연한국쉭이라옥안을샹딕하니여운간지명월이요단순을반기
한이약슈중지연화로다신션을닉몰나도영주의노던션여남원의젹거하니
월궁의뫼던션여벗한나을일러구나네얼골네틱도는셰상인물안이로다잇
씩춘향이추파을잠간들러이도령을살펴보니금셰의호걸리요진셰간기남
자라

통인(通引) 불러,
"앉으라고 일러라."

춘향(春香)의 고운 태도(態度) 염용(斂容)[247]하고, 앉는 거동(擧動)
자세(仔細)히 살펴보니 백석창파(白石滄波) 새 비 뒤에 목욕(沐浴)하고
앉은 제비 사람을 보고 놀라는 듯, 별(別)로 단장(丹粧)한 일 없이 천
연(天然)한 국색(國色)[248]이라. 옥안(玉顔)을 상대(相對)하니 여운간지
명월(如雲間之明月)[249]이요, 단순(丹脣)을 반개(半開)하니 약수중지연
화(若水中之蓮花)[250]로다. 신선(神仙)을 내 몰라도 영주(瀛洲)[251]에 놀
던 선녀(仙女) 남원(南原)에 적거(謫居)[252]하니 월궁(月宮)에 모인 선
녀(仙女) 벗 하나를 잃었구나. 네 얼굴 네 태도(態度)는 세상(世上) 인
물(人物) 아니로다.

이 때 춘향(春香)이 추파(秋波)[253]를 잠깐 들어 이(李)도령을 살펴
보니 금세(今世)의 호걸(豪傑)이요, 진세간(塵世間) 기남자(奇男子)라.

---

247) 몸가짐을 조심하고 단정히 함.

248) 경국지색(傾國之色). 여자의 미모가 뛰어남을 이르는 말.

249) 구름 사이의 밝은 달과 같다.

250) 물 가운데 핀 연꽃과 같다.

251) 삼신산(三神山)의 하나인 영주산(瀛洲山).

252) 귀양와서 살다.

253) 은근한 정을 나타내는 여성의 아름다운 눈짓.

천졍이놉파슨니소연공명할거시요오악이조귀ᄒ니보국충신될거시미마
음의흠모하야이미을수기고염실단좌ᄲᆞᆫ이로다이도령하난마리셩현도불
취동셩이라일너쓰니네셩은무어시면나흔몃살니요셩은셩가옵고년셰난
십육셰로소이다이도령거동보소허 〃 그말반갑도다네연셰드러하니날과
동갑이팔이라셩ᄶᆞ을드러보니쳔졍일시분명ᄒ다이셩지합조흔년분평싱
동낙하여보자네의부모구죤한야

천정(天庭)254)이 높았으니 소년공명(少年功名)할 것이요, 오악(五嶽)
이 조귀(朝歸)하니255) 보국충신(輔國忠臣) 될 것이매 마음에 흠모(欽
慕)하여 아미(蛾眉)를 숙이고 염슬단좌(斂膝端坐)256)뿐이로다.

이(李)도령 하는 말이

"성현(聖賢)도 불취동성(不娶同姓)257)이라 일렀으니 네 성(姓)은 무
엇이며 나이는 몇 살이뇨?"

"성(姓)은 성가(成哥)옵고 연세(年歲)는 십육세(十六歲)로소이다."

이(李)도령 거동(擧動) 보소.

"허허, 그 말 반갑도다. 네 연세(年歲) 들어보니 나와 동갑(同甲) 이
팔(二八)이라. 성(姓) 자(字)를 들어보니 천정(天定)일시 분명(分明)하
다. 이성지합(二姓之合)258) 좋은 연분(緣分) 평생동락(平生同樂)하여
보자. 너의 부모(父母) 구존(俱存)하냐?"

---

254) 이마의 중앙 부분 또는 머리꼭대기(정수리).

255) 이마와 턱과 코와 좌우의 광대뼈가 코를 중심으로 조화를 이룬 얼굴. 관상법에서 왼쪽 광대뼈를
동악(東嶽), 오른쪽 광대뼈를 서악(西嶽), 이마를 남악(南嶽), 턱을 북악(北嶽), 코를 중악(中嶽)이
라 한다.

256) 무릎을 모으고 옷자락을 바로 하여 단정히 앉음.

257) 같은 성씨(姓氏)끼리는 결혼하지 않는다.

258) 서로 다른 두 성씨가 맺어진다는 뜻의 이성지합(二姓之合), 또는 남녀가 맺어진다는 뜻의 이성지
합(異性之合), 또는 이몽룡의 이씨와 성춘향의 성씨가 맺어진다는 뜻의 이성지합(李成之合) 등의
중의적(重義的) 의미를 가진다.

핀모하로소이다멋형제나되년야육십당연늬의모친무남독여나흔 나요너
도나무집귀한쌀이로다쳔정하신연분으로우리두리만나쓰니말련낙을일
워보자춘향이거동보소팔자쳥산쓩그리며주순을반기ᄒ야간은목게우여
러옥셩으로엿ᄌ오되츙신은불사이군이요열여불경이부졀은옛글으일너
슨이도련임은귀공자요소녀는쳔쳡이라한번탁졍한연후의인하야바리시
면일편단심이닉마음독슉공방홀노누워우는하는이닉신셰닉안이면뉘가
길고글런분부마옵소셔

"편모하(偏母下)로소이다"

"몇 형제(兄弟)나 되느냐?"

"육십(六十) 당년(當年) 나의 모친(母親) 무남독녀(無男獨女) 나 하
나요."

"너도 남의 집 귀(貴)한 딸이로다. 천정(天定)하신 연분(緣分)으로
우리 둘이 만났으니 만년락(萬年樂)을 이뤄 보자."

춘향(春香)이 거동(擧動) 보소. 팔자청산(八字靑山)[259] 찡그리며 주
순(朱脣)을 반개(半開)하여 가는 목 겨우 열어 옥성(玉聲)으로 여쭈오
되,

"충신(忠臣)은 불사이군(不事二君)이요, 열녀불경이부절(烈女不更二
夫節)[260]은 옛 글에 일렀으니, 도련님은 귀공자(貴公子)요 소녀(小女)
는 천첩(賤妾)이라. 한번 탁정(託情)한 연후(然後)에 인(因)하여 버리
시면 일편단심(一片丹心) 이 내 마음 독숙공방(獨宿空房) 홀로 누워
우는 한(恨)[261]은 이 내 신세(身世) 내 아니면 뉘가 그일꼬.[262] 그런
분부(分付) 마옵소서."

259) 여인의 아름다운 눈썹을 뜻한다. 팔자춘산(八字春山).

260) 충신은 두 임금을 섬기지 아니하고, 열녀는 두 지아비를 바꾸지 않는 절개. 중국 전국시대 연(燕)
나라의 장수 악의(樂毅)가 제(齊)나라를 정벌하였을 때 제나라의 왕촉(王燭)이라는 현자를 회유하
였으나, '충신은 두 임금을 섬기지 않고 정숙한 여인은 지아비를 두 번 바꾸지 않는다.[忠臣不事
二君 貞女不更二夫]'는 말을 남기고 스스로 나무에 목을 매 죽었다고 한다. ≪사기(史記) 전단열
전(田單列傳)≫

261) 이백(李白)의 시 <오야제(烏夜啼)>의 한 구절이 있다.
停梭悵然憶遠人 물레북 그저 쥐고 멀리 있는 사람 생각하니
獨宿孤房淚如雨 혼자 자는 외로운 방에 눈물이 비 오는 듯.

262) 내가 아니면 그 누구일까. 곧 춘향이 자신이라는 뜻이다.

이도령일은말이네말을들어본이어이어이안이기득하랴우리두리인연민질져
그금석뇌약민지리라네집이어딕민냐춘향이엿즈오되방자불너무르소셔
이도령허 〃 웃고 〃 너다려뭇는일이허왕하다방자야예춘향의집을네일너
라방자손을넌짓드러가르치난듸겨기겨건네동산은울 〃 하고연당은청 〃
한듸양어싱풍하고그가온듸기화요초난만하야나무 〃 〃 안진식는호사을
자랑하고암상의구분솔은청풍이건듯부니노룡이굼이난듯문압푸버들유
사무사양유지요

이(李)도령 이른 말이,

"네 말을 들어 보니 어이 아니 기특(奇特)하랴. 우리 둘이 인연(因
緣) 맺을 적에 금석뇌약(金石牢約)[263] 맺으리라. 네 집이 어드메냐?"

춘향(春香)이 여쭈오되,

"방자(房子) 불러 물으소서."

이(李)도령 허허 웃고,

"내 너더러 묻는 일이 허황(虛荒)하다. 방자(房子)야."

"예."

"춘향(春香)의 집을 네 일러라."

방자(房子) 손을 넌짓 들어 가리키는데,

"저기 저 건너 동산(東山)은 울울(鬱鬱)하고 연당(蓮塘)은 청청(淸
淸)한데 양어생풍(養魚生風)[264]하고 그 가운데 기화요초(琪花瑤草) 난
만(爛漫)하여 나무 나무 앉은 새는 호사(豪奢)를 자랑하고, 암상(巖上)
의 굽은 솔은 청풍(淸風)이 건듯 부니 노룡(老龍)이 굼니는[265] 듯, 문
(門) 앞의 버들 유사무사양류지(有絲無絲楊柳枝)[266]요,

---

263) 쇠와 돌처럼 굳은 언약.

264) 기르는 물고기가 바람을 일으키며 놀고 있다.

265) 꿈틀거리는. 몸을 굽혔다 폈다 하는 모습.

266) 실처럼 늘어져 보일 듯 말 듯한 버드나무 가지.

들쭉 측백 젼나무며그가온디힝자목은음양을좃차마쥬시고초당문견으동
디초나무집푼산즁물푸레나무포도다리으름넌츌휘 〃 친 〃 감겨단장밧기
웃쑥소사난디송졍쥭임두식이로은 〃 이뵈이난계춘향의집인이다도령임
이른마리장원이졍결하고송쥭이울밀하니여자졀힝가지로다춘향이 〃 러
나며붓스러여이엿자오되시속이심고약하니그만놀고가것다도령임그
말을듯고기특하다그럴듯한이리로다오날밤퇴령후의네의집의갈거시니
괄셰나부디마라춘향이디답히되나는몰나요네가몰르면쓰것난야잘가거
라금야의상봉하자

들쭉 측백 전나무며 그 가운데 행자목(杏子木)은 음양(陰陽)을 좇아
마주 서고,[267] 초당(草堂) 문전(門前) 오동(梧桐) 대추나무 깊은 산중
(山中) 물푸레나무 포도(葡萄) 다래 으름 넌출 휘휘친친 감겨 단장(短
墻) 밖에 우뚝 솟았는데, 송정(松亭) 죽림(竹林) 두 사이로 은은(隱隱)
히 보이는 게 춘향(春香)의 집이니이다."

도령님 이른 말이,

"장원(莊苑)이 정결(淨潔)하고 송죽(松竹)이 울밀(鬱密)하니 여자(女
子) 절행(節行) 가지(可知)로다."

춘향(春香)이 일어나며 부끄러이 여쭈오되,

"시속(時俗) 인심(人心) 고약하니 그만 놀고 가겠나이다."

도령님 그 말 듣고,

"기특(奇特)하다. 그럴 듯한 일이로다. 오늘 밤 퇴령(退令)[268] 후(後)
에 너의 집에 갈 것이니 괄시(恝視)나 부디 마라."

춘향(春香)이 대답(對答)하되,

"나는 몰라요."

"네가 모르면 쓰겠느냐? 잘 가거라. 금야(今夜)에 상봉(相逢)하자."

---

267) 은행나무는 암나무와 수나무가 따로 있다.
268) 지방 관아에서 이속(吏屬) 사령(使令)들에게 퇴청을 허락하던 명령.

누의나려건네간이춘향모마조나와익고닉쌀단여온냐도련임이무어시라
하시던야무어시라하여요조곰안져싸가〃것노라이러난이젼역의우리집
오시마허옵쎄다글헤엇지딕답하엿난야모른다하엿지요잘하엿다잇쩌도
련임이춘향을익연이보닌후의미망이둘딕업셔칙실노도라와만사의쯧시
업고다만싱각이춘향이라말소릭귀에징〃〃고흔틱도눈의삼〃〃히지기를기
달일식방직불너히가언ᄋ쩌나되여난야동ᄋ셔아구트난이다도련임딕로
하야이놈괘씸한놈셔으로지난히가동으로도로가랴다시금살펴보라

누(樓)에 내려 건너가니 춘향(春香) 모(母) 맞아 나와,

"애고, 내 딸 다녀오냐? 도련님이 무엇이라 하시더냐?"

"무엇이라 하여요. 조금 앉았다가 가겠노라 일어나니 저녁에 우리
집 오시마 하옵디다."

"그래, 어찌 대답(對答)하였느냐?"

"모른다 하였지요."

"잘 하였다."

이 때 도련님이 춘향(春香)을 애연(愛戀)히 보낸 후(後)에 미망(未
忘)이 둘 데 없어269) 책실(冊室)로 돌아와 만사(萬事)에 뜻이 없고 다
만 생각이 춘향(春香)이라. 말소리 귀에 쟁쟁(琤琤) 고운 태도(態度)
눈에 삼삼, 해 지기를 기다릴새 방자(房子) 불러,

"해가 어느 때나 되었느냐?"

"동(東)에서 아귀트나이다.270)"

도련님 대로(大怒)하여,

"이놈, 괘씸한 놈. 서(西)로 지는 해가 동(東)으로 도로 가랴? 다시
금 살펴보라."

---

269) 잊지 못하는 마음을 둘 데 없어.

270) 아귀트다. (나무나 풀의 싹이 나오려고) 벌어지다. 이제 막 뜨기 시작한다는 뜻.

이윽고방지엿자오딕일낙함지황혼되고월츌동영하옵닉다셕반이마시업
셔젼 〃 반칙어이허리퇴령을기달이라하고셔칙을보려보려할졔칙상을압
푸노코셔칙을상고하난딕중용딕학논어밍자시젼셔젼쥬력이며

이윽고 방자(房子) 여쭈오되,

"일락함지(日落咸池)[271] 황혼(黃昏) 되고, 월출동령(月出東嶺)[272]하
옵니다."

석반(夕飯)이 맛이 없어 전전반측(輾轉反側)[273] 어이하리. 퇴령(退
令)을 기다리려 하고 서책(書冊)을 보려할 제, 책상(冊床)을 앞에 놓고
서책(書冊)을 상고(詳考)하는데,

≪중용(中庸)≫ ≪대학(大學)≫ ≪논어(論語)≫ ≪맹자(孟子)≫ ≪시
전(詩傳)≫ ≪서전(書傳)≫ ≪주역(周易)≫이며,

---

271) 해가 함지(咸池)로 지다. 함지(咸池)는 해가 목욕을 한다는 하늘 위의 연못으로, 서쪽을 가리킨다.
해가 떠오르는 동쪽은 부상(扶桑)이라 한다. ≪회남자(淮南子)≫에 "해가 부상(扶桑)에서 떠서 함
지(咸池)로 진다.[日出扶桑 入于咸池]"라 하였다.

272) 달이 동쪽 고개에서 떠오르다.

273) 미인을 사모하여 잠을 이루지 못하고 몸을 뒤척이는 것. ≪시경(詩經)≫의 맨 처음 <관저(關雎)>
의 세 번째 시의 구절이다.
求之不得 구하여도 얻지 못해
寤寐思服 자나깨나 오직 생각.
悠哉悠哉 아득하고 아득하여
輾轉反側 이리 뒤척 저리 뒤척.

고문진보통사략과이빅두시천자까지닉여놋코글을일글시❶시견이라
관〃져구직하지주로다요조슉여난군자호귀로다아셔라그글도못일으것
다❶딕학을일글시딕학지도난직명〃덕ᄒ며직신민하며직춘향이로다그
글도못일것다❶주역을익난듸원은형코정코춘향이코싹딘코조고한이라
그글도못일것다

≪고문진보(古文眞寶)≫274) ≪통사략(通史略)≫275)과 이백(李白) ≪
두시(杜詩)≫ ≪천자(千字)≫까지 내어 놓고 글을 읽을새,

≪시전(詩傳)≫이라,

"관관저구(關關雎鳩) 재하지주(在河之洲)로다. 요조숙녀(窈窕淑女)는
군자호구(君子好逑)로다.276) 아서라, 그 글도 못 읽겠다."

≪대학(大學)≫을 읽을새,

"대학지도(大學之道)는 재명명덕(在明明德)하며 재신민(在新民)하
며277) 재춘향(在春香)278)이로다. 그 글도 못 읽겠다."

≪주역(周易)≫을 읽는데,

"원(元)은 형(亨)코 정(貞)코279) 춘향(春香)이 코 딱 댄 코 좋고 하
니라. 그 글도 못 읽겠다."

---

274) 주(周)나라로부터 송(宋)나라에 이르는 고시(古詩)와 고문(古文) 중 주옥편(珠玉篇)이라고 여길 만
한 것들을 뽑아 송(宋)나라 황견(黃堅)이 엮은 책.

275) ≪십팔사략(十八史略)≫. 송말원초(宋末元初) 증선지(曾先之)가 엮은, 삼황오제부터 송(宋)나라까
지의 역사를 기술한 책.

276) ≪시경(詩經)≫의 맨 처음 <관저(關雎)>의 첫 번째 시의 구절이다.
關關雎鳩 끼룩끼룩 우는 물수리는
在河之洲 물가에서 노니누나.
窈窕淑女 아름답고 덕이 있는 여자는
君子好逑 군자의 좋은 짝이로다.

277) 대학(大學)의 도(道)는 밝은 덕을 밝히는 데 있으며, 백성을 사랑하는 데 있으며. ≪대학(大學)≫
의 맨 첫 구절이다.

278) 자기도 모르게 춘향이가 생각난다는 뜻이다.

279) ≪주역(主役)≫의 첫 괘(卦)인 건괘(乾卦)의 괘사(卦辭)이다. 원문(原文)은 '건원형이정(乾元亨利
貞)'인데, 보통 '건(乾)은 원(元)하고 형(亨)하며 이(利)하고 정(貞)하다.'로 풀이한다. 곧 하늘은 근
원이 되고 형통함이 있고 이로움이 있고 곧다는 뜻이다.

❶등왕각이라남창은고군이요홍도난신부로다올타그글되얏다❶밍자을
일글식밍ᄌ견양혜왕하신대왕왈쉬불월철니이닉하신이춘향이보시려오
신잇가❶사력을익ᄂ듸틱고라천왕씨난이쑥쩍으로왕하야제긔섭졔ᄒ니

"<등왕각(滕王閣)>280)이라, 남창(南昌)은 고군(故郡)이요, 홍도(洪
都)는 신부(新府)로다.281) 옳다, 그 글 되었다."

≪맹자(孟子)≫를 읽을새,

"맹자(孟子) 견양혜왕(見梁惠王)하신대, 왕왈(王曰) 수불원천리이래
(叟不遠千里而來)하시니,282) 춘향(春香)이 보시러 오시니이까?"

≪사략(史略)≫을 읽는데,

"<태고(太古)>283)라, 천황씨(天皇氏)284)는 이(以)쑥떡285)으로 왕(王)
하여 세기섭제(歲起攝提)286)하니

---

280) 중국 강서성(江西省) 남창(南昌)에 있는 누각. 중국 당나라 태종의 아우 등왕(滕王) 이원영(李元
嬰)이 홍주도독(洪州都督)으로 있던 653년에 세웠다. 악양의 악양루(岳陽樓), 무한(武漢)의 황학
루(黃鶴樓)와 함께 강남 3대 누각의 하나이다. 여기서는 초당사걸(初唐四傑) 왕발(王勃 ; 650∼
676)의 <등왕각서(滕王閣序)>를 가리킨다.

281) 남창은 옛 고을이요, 홍도는 새 마을이로다. <등왕각서(滕王閣序)>의 맨 첫 구절이다. 여기서는
'신부(新府)'를 새색시라는 뜻의 '신부(新婦)'로 읽은 것이다. 옛날 아녀자들이 이 부분을 '남방의
고운 처녀 홍도령의 신부로다.'라는 식으로 읽었다 한다.

282) 맹자가 양혜왕을 만나니 왕이 말하기를, "선생이 천 리를 멀다 않고 오시니" ≪맹자(孟子)≫의
첫 대목이다.

283) ≪십팔사략(十八史略)≫의 첫 번째 편명(篇名).

284) 중국 고대 전설상의 제왕. 삼황(三皇)의 한 사람으로, 열두 형제가 각각 일만 팔천 년씩 왕노릇을
하였다고 한다.

285) 쑥떡으로써. 원문은 '이목덕(以木德)'이다. 곧, '나무의 덕으로 하여' 목덕은 오행(五行)인 금목수
화토(金木水火土) 오덕(五德)의 하나로, 방위로는 동쪽, 계절로는 봄을 상징하며, 임금과 신하가
지녀야 할 품성을 가리킨다.

286) 한해가 인방(寅方)과 인시(寅時)에 시작하는 것. 세기(歲起)는 한해나 계절의 시작을, 섭제(攝提)
는 별 이름으로 십이지(十二支)의 인(寅)을 뜻하는 다른 이름이다. 인방(寅方)은 동방(東方)이 시
작되는 방향, 인시(寅時)는 날이 시작되는 오경(五更), 곧 새벽을 뜻한다. 북두칠성 자루가 섭제별
을 가리키는 때를 한해의 시작으로 삼은 것을 말한다.

무위이화의라하야형졔십이인이각일만팔쳔세하다방〻엿〻오되여보도
련임쳔황씨가목젹으로왕이란말은들어쓰되쑥젹으로왕이란말을금시초
문이요이자식네모른다쳔황씨일만팔쳔세를살던양반이라이가단 〃 ᄒᆞ여
목덕을산자셔건이와시속션부더른목젹을먹건는야공자임계옵셔후싱을
싱각하사명윤당의현몽ᄒᆞ고시속션부드른이가부족하야목젹을못먹기로
물신 〃 〃 한쑥젹으로치라ᄒᆞ야삼ᄇᆞᆨ육십쥬힝교의통문ᄒᆞ고쑥젹으로곳쳐
난이라방〻듯다가말을하되여보하날임이드르시면깜짝놀닉실거진말도
듯거소

무위이화(無爲而化)[287]라 하여 형제(兄弟) 십이인(十二人)이 각(各)
일만팔천세(一萬八千歲)하다.[288]"

방자(房子) 여쭈오되,

"여보, 도련님. 천황씨(天皇氏)가 목덕(木德)으로 왕(王)이란 말은
들었으되, 쑥떡으로 왕(王)이란 말은 금시초문(今始初聞)이오."

"이 자식(子息), 네 모른다. 천황씨(天皇氏) 일만팔천세(一萬八千歲)
를 살던 양반(兩班)이라 이가 단단하여 목떡을 잘 자셨거니와 시속(時
俗) 선비들은 목떡을 먹겠느냐? 공자(孔子)님께옵서 후생(後生)을 생
각하사 명륜당(明倫堂)[289]에 현몽(現夢)하고 시속(時俗) 선비들은 이
가 부족(不足)하여 목떡을 못 먹기로 물씬물씬한 쑥떡으로 치라 하여
삼백육십주(三百六十州) 향교(鄕校)에 통문(通文)하고 쑥떡으로 고쳤
느니라."

방자(房子) 듣다가 말을 하되,

"여보, 하느님이 들으시면 깜짝 놀라실 거짓말도 듣겠소."

---

287) 하는 일이 없어도 저절로 백성이 잘 다스려진다. ≪삼황본기(三皇本紀)≫에 "(천황씨가) 맑고 깨
　　끗하여 베풀어 하는 일이 없어도 백성의 풍속이 저절로 교화되었다.[澹泊無所施爲而民俗自化]"라
　　하였다.

288) ≪사략(史略)≫의 맨 처음 부분이다.

289) 성균관(成均館)에서 유학을 강의하던 곳.

쏘젹벽부를드려놋코임슐지추칠월기망에소자여긱으로범쥬유어젹벽지
하할식쳥풍은셔릭ᄒ고슈파은불흥이라아셔라그글도못일것다●쳔자을
일글식하날쳔ᄯᅡ지방ᄌ딋고여보도련임졈쟌이쳔자는웬이리요

또 <적벽부(赤壁賦)>290)를 들여놓고,

"임술지추(壬戌之秋) 칠월(七月) 기망(旣望)에 소자여객(蘇子與客)으로 범주유어적벽지하(泛舟遊於赤壁之下)할새, 청풍(淸風)은 서래(徐來)하고 수파(水波)는 불흥(不興)이라.291) 아서라, 그 글도 못 읽겠다."

≪천자(千字)≫292)를 읽을새,

"하늘 천(天) 따 지(地)."

방자(房子) 듣고,

"여보, 도련님. 점잖게 천자(千字)는 웬일이오?"

---

290) 중국 송(宋)나라 신종(神宗) 5년(1082)에 소식(蘇軾)이 지은 부(賦). 유배지인 황주(黃州)에서 양자강(揚子江)을 유람하며, 예전의 적벽대전을 회상하고 자연의 장구함에 비하여 인생이 짧음을 한탄한 것이다.

291) 임술년 가을 칠월 십육일에 내가 손님과 더불어 적벽강 아래 배를 띄워 노닐 적에, 맑은 바람은 살랑살랑 불어오고 물결은 일지 않았다. <적벽부(赤壁賦)>의 맨 첫 구절이다. 기망(旣望)은 보름 다음날, 곧 음력 16일.

292) 천자문(千字文). 한문(漢文) 초학자를 위한 교과서 겸 습자 교본. 중국 남조(南朝) 양(梁)나라의 주흥사(周興嗣 ; 469~521)가 하룻밤에 짓고 수염과 머리가 모두 하얗게 세었다고 하여 백수문(白首文)이라고도 한다. 4자 250구, 같은 글자가 하나도 없이 천(千) 자(字)로 된 시이다.

천자라하난글리칠셔의본문이라양나라쥬싯변쥬흥사가하로밤의이글을
짓고머리가히엿기로칙일홈을빅수문이라낫 〃 치싀겨보면쎄똥쌀일리만
하지야소인놈도천자속은아옵늬다네가알드란마리야알기을일르것소안
다하니일거바라예드르시요놉고놉푼하날쳔집고집푼싸지해 〃 친 〃 가물
현불타젓다누루황예이놈상놈은젹슬하다이놈어듸셔장타령하난놈의말
을드릿구나늬일글계드러라

　　"천자(千字)라 하는 글이 칠서(七書)[293]의 본문(本文)이라. 양(梁)나
라 주싯변[294] 주흥사(周興嗣)[295]가 하룻밤에 이 글을 짓고 머리가 희
었기로 책(冊) 이름을 백수문(白首文)[296]이라. 낱낱이 새겨 보면 뼈똥
쌀 일이 많지야."

　　"소인(小人) 놈도 천자(千字) 속은 아옵니다."

　　"네가 알더란 말이냐?"

　　"알기를 이르겠소?"

　　"안다 하니 읽어 봐라."

　　"예. 들으시오. 높고 높은 하늘 천(天), 깊고 깊은 따 지(地), 홰홰친
친 가물 현(玄),[297] 불타졌다 누르 황(黃).[298]"

　　"에 이놈. 상놈은 적실(的實)하다. 이놈 어디서 장타령[299]하는 놈의
말을 들었구나. 내 읽을게 들어라."

---

293) 사서삼경(四書三經)을 가리킨다.

294) 주사봉(周捨奉). 대개 주사봉(周捨奉)의 잘못이라고 본다. 사봉(捨奉)은 양나라 때의 관직 이름.

295) (469∼521). 남조(南朝) 양(梁)나라 무제(武帝) 때의 관원. 자(字)는 사찬(思纂). 왕희지(王羲之) 필
첩(筆帖)의 글자 천 개를 조합하여 ≪천자문(千字文)≫을 지었다고 한다. 주(註) 292 참조.

296) ≪천자문(千字文)≫의 다른 이름. 주(註) 292, 295 참조.

297) '검을'을 '감을(감다)'로 이해하여 '휘휘친친 (감다)'으로 훈(訓)을 단 말놀이의 하나.

298) '누를[黃]'을 '눌을(눋다)'로 이해하여 '불이 세어 솥의 밥이 눌어붙다'의 뜻으로 훈(訓)을 단 말놀
이의 하나.

299) 동냥하는 사람이 장이나 길거리로 돌아다니면서 구걸을 할 때 부르는 노래. 각설이타령.

천기자시싱쳔하니틱극이광듸하날쳔●지벽어축시하니오힝팔괘로싸지
●삼십삼쳔공부공의인심지시가물현

천개자시생천(天開子時生天)[300]하니 태극(太極)[301]이 광대(廣大) 하
늘 천(天)

지벽어축시(地闢於丑時)[302]하니 오행(五行)[303] 팔괘(八卦)[304]로 따
지(地)

삼십삼천(三十三天)[305] 공부공(空復空)[306]에 인심지시(人心指示)[307]
가물 현(玄)

---

300) 하늘이 자시(子時)에 열려 하늘을 낳다.

301) 무극(無極)의 상태에서 음(陰)과 양(陽)이 만나 최초로 생명을 창조하는 조물주. 이러한 태극에서
만물이 발생하고[生], 성장하며[長], 거두고[收], 갈무리하는[藏] 단계를 거친다고 한다. 고대 사상
에서 음양 사상과 결합하여 만물을 생성시키는 우주의 근원으로서 중시된 개념이다. ≪주역(周
易)≫ <계사상전(繫辭上傳)>에는 태극→양의(兩儀)→사상(四象)→팔괘(八卦)라는 생성론으로 나와
있다.

302) 땅이 축시(丑時)에 열리다.

303) 물질 세계의 본질과 작용 원리를 설명하는 수화목금토(水火木金土).

304) 고대의 복희씨(伏羲氏)가 만들었다는 여덟 개의 괘(卦). 건(乾), 태(兌), 리(離), 진(震), 손(巽), 감
(坎), 간(艮), 곤(坤)으로, 각각 하늘과 연못과 불과 우레와 바람과 물과 산과 땅을 상징한다.

305) 불교에서 하늘을 욕계(欲界) 색계(色界) 무색계(無色界)로 나누고, 욕계 6천(天) 색계 18천(天) 무
색계 4천(天)에 일월성수천(日月星宿天) 상교천(常憍天) 지만천(持鬘天) 견수천(堅首天) 제석천(帝
釋天)을 합해 삼십삼천이라 한다. 또는 육욕천(六欲天)의 둘째 하늘인 도리천(忉利天)으로, 수미
산(須彌山) 정상 가운데에 제석천(帝釋天)이 있고 그 사방에 하늘 사람들이 거처하는 여덟 하늘
씩이 있어 삼십삼천이 된다고 한다.

306) 비고도 또 비었다. 불교의 ≪반야심경(般若心經)≫에 "색불이공(色不異空) 공불이색(空不異色) 색
즉시공(色卽是空) 공즉시색(空卽是色)"이란 말이 있다. 이 말은 물질적인 세계[色]와 평등 무차별
한 세계[空]가 서로 다르지 않다는 뜻이다.

307) 사람 마음의 심원하고 오묘한 움직임.

◑이십팔슉금목수화토지졍싴누루황◑우쥬일월즁화하니옥우졍영집우
◑연딕국도흥셩쇠왕고닉금의집쥬◑우치홍수기자초의홍범귀쥬너불홍

이십팔슉(二十八宿)[308] 금목수화토지정색(金木水火土之正色)[309] 누르 황(黃)

우주일월(宇宙日月)[310] 중화(重華)[311]하니 옥우쟁영(玉宇峥嵘)[312] 집 우(宇)

연대국도(年代國都) 흥성쇠(興盛衰) 왕고래금(往古來今)[313]의 집 주(宙)

우치홍수(禹治洪水)[314] 기자초(箕子初)의 홍범구주(洪範九疇)[315] 넓을 홍(洪)

---

308) 이십팔수(二十八宿). 하늘의 별을 스물여덟 개의 별자리로 나눈 것.

309) 금(金)은 흰색으로 서방을, 목(木)은 청색(靑色)으로 동방을, 수(水)는 검은색으로 북방을, 화(火)는 붉은색으로 남방을, 토(土)는 누런색으로 중앙을 상징한다. 이 중에 중심이 되는 색은 토(土)의 누런색이다.

310) 넓고 넓은 공간을 우(宇), 끊임없이 이어지는 시간을 주(宙)라 한다. ≪회남자(淮南子) 제속훈(齊俗訓)≫에, "옛날부터 지금에 이르는 것을 주(宙), 사방(四方)과 위아래를 우(宇)라고 한다.[往古來今謂之宙 四方上下謂之宇]"라 하였다.

311) 해와 달이 거듭 빛나다.

312) 옥황상제의 집이 우뚝 솟아있다. 또는 높은 하늘에 우뚝하다. 옥우(玉宇)는 옥으로 장식한 궁전으로 천제(天帝)가 사는 곳, 즉 하늘을 가리킨다.

313) 옛것이 가고 새것이 오다.

314) 우(禹)가 요순(堯舜)을 섬기다가 9년 동안 홍수를 다스린 공로로 순임금을 이어 하(夏)나라의 시조가 되었다.

315) 기자(箕子)는 중국 은(殷)나라 문정(文丁)의 아들로, 왕족이자 기자조선(箕子朝鮮)의 시조로 알려져 있다. 은(殷)의 마지막 임금인 주(紂)의 포악한 정치에 거짓 미친 체하여 살다가 주(周)나라 무왕(武王)이 집권하자 무왕에게 <홍범구주(洪範九疇)>를 바쳤다. 이것은 요순 이래의 사상을 집대성한 정치 도덕의 아홉 가지 법칙으로, ≪서경(書經)≫ <홍범(洪範)>에 전한다. 후세에 공자는 죽음으로써 임금을 간한 비간(比干), 미친 체하며 연명하여 홍범이란 큰 도를 전한 기자(箕子), 은나라 조상의 신주를 훔쳐 달아나서 조상의 얼을 잇게 한 미자(微子)를 '은나라의 어진 세 사람[三仁]'이라고 추앙하였다.

●삼왕오제붕하신후난신적자것칠황●동방니장차계명키로고 〃 쳔변일
윤홍번쯧소사날일●억조창싱격양가의강구연월으달월●한심미월시 〃
부터삼오일야의차령●셰상만사싱각ᄒ 니달빗과갓탄지라십오야발근다
리기망부터기울칙●이십팔슉하도낙셔버린법일월셩신별진

삼왕오제(三王五帝)316) 붕(崩)하신 후(後) 난신적자(亂臣賊子) 거칠
황(荒)

동방(東方)이 장차(將次) 계명(啓明)키로 고고천변일륜홍(杲杲天邊
一輪紅)317) 번듯 솟아 날 일(日)

억조창생(億兆蒼生) 격양가(擊壤歌)318)에 강구연월(康衢煙月)319)의
달 월(月)

한심미월(寒心微月)320) 시시(時時) 불어 삼오일야(三五日夜)321)에
찰 영(盈)

세상만사(世上萬事) 생각하니 달빛과 같은지라 십오야(十五夜) 밝은
달이 기망(旣望)322)부터 기울 측(昃)

이십팔숙(二十八宿) 하도낙서(河圖洛書)323) 벌인 법(法) 일월성신
(日月星辰) 별 진(辰)

---

316) 삼황오제(三皇五帝). 여러 설이 있으나 보통 삼황은 복희씨(伏羲氏), 신농씨(神農氏), 황제(皇帝)
또는 여와씨(女媧氏). 오제는 소호(少昊) 또는 황제(黃帝), 전욱(顓頊), 제곡(帝嚳), 제요(帝堯), 제
순(帝舜)을 말한다.

317) 높고 높은 하늘가에 둥그렇게 뜬 붉은 해.

318) 주(註) 12 참조.

319) 번화한 네거리의 연기에 어린 달빛. 태평성대의 평화로운 풍경을 나타내는 말이다. 천하를 다스
린 지 50 년이 된 요(堯)임금이 민심을 살펴보려고 평복 차림으로 번화한 거리에 나갔는데, 아이
들이 손을 맞잡고 요임금을 찬양하는 노래 <강구요(康衢謠)>를 부르고 있었다 한다. ≪십팔사략
(十八史略) 제요편(帝堯篇)≫
立我烝民 우리 백성 살아가는 것이
莫匪爾極 그분의 덕이 아닌 게 없네.
不識不知 아무것도 알지 못하지만
順帝之則 임금님의 법을 따르고 있네.

320) 보기에 가슴이 서늘한, 가늘고 희미한 달. 미월(微月)은 초승달.

321) 음력 15일 밤. 보름.

322) 음력 16일.

323) 하도(河圖)는 복희씨 때 황하(黃河)에서 용마(龍馬)가 지고 나왔다는 그림으로 팔괘(八卦)의 근본
이 되고, 낙서(洛書)는 우임금이 홍수를 다스릴 때 낙수(洛水)에서 거북이가 등에 지고 나온 글로
홍범구주(洪範九疇)의 바탕이 된다고 한다.

ⓘ가련금아숙창가라원낭금침으잘숙ⓘ절딕가인조흔풍유나열춘츄으버
릴열ⓘ의 〃 월싀야삼경의만단정회베풀장ⓘ금일한풍소 〃 릭하니침슬의
들거라찰한ⓘ볘기가놉거든닉팔은볘여라이마만금오너라올닉ⓘ에후리
쳐질근안고임각의든이셜한풍으도더울셔ⓘ침실리딥거든음풍을취하여
이리져리갈왕ⓘ불한불열언으씩냐엽낙오동의가을츄

가련금야숙창가(可憐今夜宿娼家)324)라 원앙금침(鴛鴦衾枕)에 잘 숙
(宿)

절대가인(絶代佳人) 좋은 풍류(風流) 나열춘추(羅列春秋)325)에 벌일
열(列)

의희월색야삼경(依稀月色夜三更)에326) 만단정회(萬端情懷) 베풀
장(張)

금일한풍소소래(今日寒風蕭蕭來)하니327) 침실(寢室)에 들어라 찰 한
(寒)

베개가 높거든 내 팔을 베어라 이마만큼 오너라 올 래(來)

에후리쳐328) 질끈 안고 님 각(脚)에 드니329) 설한풍(雪寒風)에도 더
울 서(暑)

침실(寢室)이 덥거든 음풍(陰風)을 취(取)하여 이리저리 갈 왕(往)
불한불열(不寒不熱) 어느 때냐 엽락오동(葉落梧桐)의 가을 추(秋)

---

324) 초당사걸(初唐四傑) 왕발(王勃)의 시 <임고대(臨高臺)>의 한 구절이다.
　　銀鞍繡轂盛繁華 은빛 안장 수놓은 바퀴 아름답게 꾸몄는데
　　可憐今夜宿娼家 애달프다, 오늘 밤은 기생집에서 자는구나.

325) 봄부터 가을까지 죽 늘어서 있다. 또는 한해에 걸쳐 죽 늘어서 있다. 원래는 경서(經書)인 ≪춘추
　　(春秋)≫를 벌여 놓고 공부한다는 뜻이다.

326) 희미한 달빛에 밤은 깊어 삼경(三更)인데.

327) 오늘 찬 바람이 쓸쓸하게 불어오니.

328) 둥그렇게 한 바퀴 돌려 휘감아.

329) 님의 다리 사이로 들어가니.

◑빅발리장차우거진이소년풍도을거들슈◑낙목한풍찬바람빅운강산의
겨으동◑오미불망우리사랑귀즁심쳐의갈물장◑부용작야세우즁의광윤
유틱부루윤◑리려한고흔틱도평칭을보고도나무려◑빅연기약집푼밍셰
만경창파일울셩◑이리져리논일적의부지셰월횟셰◑조강지쳐블하당안
히박딕못하난이딕동통편법즁율

백발(白髮)이 장차 우거지니 소년(少年) 풍도(風度)를 거둘 수(收)

낙목한풍(落木寒風) 찬 바람 백운강산(白雲江山)에 겨울 동(冬)

오매불망(寤寐不忘) 우리 사랑 규중심처(閨中深處)에 감출 장(藏)

부용작야세우중(芙蓉昨夜細雨中)330)에 광윤유태(光潤有態)331) 불을
윤(潤)

이러한 고운 태도(態度) 평생(平生)을 보고도 남을 여(餘)

백년기약(百年期約) 깊은 맹세(盟誓) 만경창파(萬頃滄波) 이룰 성
(成)

이리저리 노닐 적에 부지세월(不知歲月) 해 세(歲)

조강지처불하당(糟糠之妻不下堂)332) 아내 박대(薄待) 못 하나니 대
전통편(大典通編)333) 법중 율(律)

---

330) 부용꽃 어젯밤에 가랑비 맞더니. 만당(晩唐) 시인 이상은(李商隱 : 813~858)의 시 <무제(無題)>
   의 한 구절이 있다.
   颯颯東風細雨來 살랑살랑 샛바람에 가랑비 내리고
   芙蓉塘外有輕雷 부용당(芙蓉塘) 밖에 천둥소리 은은하다.

331) 빛이 나고 윤기 있는 모습.

332) 어려울 때 같이 고생했던 아내는 쫓아낼 수 없다. 후한(後漢) 광무제(光武帝) 유수(劉秀)가 과부
   인 자기 누이를 시중(侍中) 송홍(宋弘)에게 시집보내려 할 때 송홍이 이를 거절하여, "가난하고
   천했을 때의 사귐은 잊을 수 없고, 지게미와 쌀겨를 먹으며 고생한 아내는 집에서 내보내지 않습
   니다.[貧賤之交不可忘糟糠之妻不下堂]"라 하였다. ≪후한서(後漢書) 송홍전(宋弘傳)≫

333) ≪경국대전(經國大典)≫과 ≪속대전(續大典)≫ 및 그 뒤의 법령을 통합하여 김치인(金致仁) 등이
   왕명에 따라 편찬한 통일 법전으로, 1784년 찬집청(撰集廳)을 설치하여 김노진(金魯鎭) 등이 편
   찬하여 1786년부터 시행되었다.

❶군자호귀이안니야춘향입닉입을한틔다딕고쪽〃쌘이법즁여짜이아닌야이고〃〃보거지거소릭을크계질너노니잇딕사쏘젼억진지를잡수시고식곤징이나계옵셔평상의취침하시다익고보고지거소릭에쌈짝놀닉여이로너라예칙방으셔뉘가싱침을맛넌야신다리을쥬물넛야아라드러라통인드리가도련임웬목통이요고함소릭에사쏘놀닉시사염문하라하옵시니엇지아뢰잇가싹한이리로다나무집늘근이는리롱징도잇난이라마는귀너무발근것도예상일안이로다

군자호구(君子好逑) 이 아니냐 춘향(春香) 입 내 입을 한데다 대고 쪽쪽 빠니 법중 여(呂)[334] 자(字) 이 아니냐

"애고 애고, 보고지고."

소리를 크게 질러 놓으니, 이 때 사또 저녁 진지를 잡수시고 식곤증(食困症)이 나 계시어 평상(平床)에 취침(就寢)하시다 '애고 보고지고' 소리에 깜짝 놀라,

"이리 오너라."

"예."

"책방(冊房)에서 누가 생침[335]을 맞느냐, 신다리[336]를 주물렀냐? 알아 들이라."

통인(通引) 들어가,

"도련님 웬 목통이오? 고함 소리에 사또 놀라시사 염문(廉問)하라 하옵시니 어찌 아뢰리까?"

"딱한 일이로다. 남의 집 늙은이는 이롱증(耳聾症)[337]도 있느니라마는 귀 너무 밝은 것도 예삿일 아니로다."

---

334) 소리의 법(法)인 율려(律呂)에서 음(陰)의 소리를 여(呂)라 한다. 입 구(口) 자(字)가가 서로 붙어 있는 모양이다.

335) 엉뚱한 자리에 침을 놓는 것.

336) 뼈마디가 시근시근한 다리.

337) 귀가 잘 들리지 않는 병. 난청(難聽).

글러한다하졔마는글헐이가웨잇슬고도련임ᄃᆡ경하야이ᄃᆡ로엿싸와라닉
가논어라하난글을보다가차회라외도의구의라공불근쥬공이란ᄃᆡ문을보
다가나도쥬공을보면그리하여볼가하여흥치로소릭가놉파쓴이그ᄃᆡ로만
엿싸와라통인이드러가그ᄃᆡ로엿자오니사또도련임승벽잇스물크게짓거
흥야이리오너라칙방으가목낭청을가만이오시릭라

그러한다 하지마는 그럴 리(理)가 왜 있을까. 도련님 대경(大驚)하
여,

"이대로 여쭈어라. 내가 ≪논어(論語)≫라 하는 글을 보다가 '차호
(嗟乎)라 오로의구의(吾老矣久矣)라 몽불견주공(夢不見周公)338)'이란
대문339)을 보다가 나도 주공(周公)340)을 보면 그리하여 볼까 하여 흥
취(興趣)로 소리가 높았으니, 그대로만 여쭈어라."

통인(通引)이 들어가 그대로 여쭈오니, 사또 도련님 승벽(勝癖) 있
음을 크게 기뻐하여,

"이리 오너라. 책방(冊房)341)에 가 목낭청(睦郎廳)342)을 가만히 오
시래라."

---

338) 슬프다, 내 늙은 지 오래라, 꿈에 주공을 다시 뵙지 못하였도다. ≪논어(論語) 술이(述而) 제칠(第
七)≫에, "공자께서 말씀하시되, '심하도다, 나의 쇠함이여. 오래 되었다, 내가 꿈에 다시 주공(周
公)을 뵙지 못하였구나.'[子曰 甚矣吾衰也 久矣 吾不復夢見周公]"라 하였다.
339) 대목. 주해(註解)가 있는 글의 본문(本文).
340) 주공단(周公旦). 주(周) 문왕(文王)의 아들이자 무왕(武王)의 동생으로, 무왕이 죽은 뒤 무왕의 어
린 아들 성왕(成王)을 보좌하여 정국을 안정시켰다. 강태공(姜太公), 소공석(召公奭)과 함께 주
(周)나라 창업 공신의 하나이다. 공자가 성인(聖人)으로 추앙하였다.
341) 고을 수령의 비서실(祕書室)에 해당한다.
342) 성이 목씨(睦氏)인 낭청(郎廳). 낭청은 사또 밑에서 수발을 드는 구실아치인데, 여기서는 줏대없
이 처신하는 사람으로 묘사되었다.

낭쳥이드러오난듸이양반이엇지고리게싱계던지만지거름속한지근심이
담쏙드러던거시엇다사쏘그싟심 〃 ᄒ시요아계안소할말잇네우리피차고
우로셔동문수업하여건과아시의글익기가치실은거시업건마는우리아시
흥보니어이아니길걸손가인양반은지이부지간의듸답하것다아히쎡글익
기갓치실은계어듸잇슬이요익기가실으면잠도오고쬐가무슈하계이아히
난글익기을시작하면익고쓰고불쳘쥬야ᄒ 졔예그럽듸다빈운바업셔도필
지졀등하졔

낭청(郎廳)이 들어오는데 이 양반(兩班)이 어찌 고리게[343] 생겼던지
만지걸음[344] 속한지[345] 근심이 담쏙 들었던 것이었다.

"사또, 그새 심심하시오?"

"아, 게 앉소. 할 말 있네. 우리 피차(彼此) 고우(故友)로서 동문수
업(同門受業)하였거니와 아시(兒時)에 글읽기같이 싫은 것이 없건마는
우리 아(兒) 시흥(詩興) 보니 어이 아니 즐거울쏜가?"

이 양반(兩班)은 지여부지간(知與不知間)에[346] 대답(對答)하것다.

"아이 때 글읽기같이 싫은 게 어디 있으리오?"

"읽기가 싫으면 잠도 오고 꾀가 무수(無數)하지. 이 아이는 글읽기
를 시작(始作)하면 읽고 쓰고 불철주야(不撤晝夜) 하지."

"예. 그럽디다."

"배운 바 없어도 필재(筆才) 절등(絶等)[347]하지."

---

343) 옹졸하게. 더럽다, 혹은 아니꼽고 인색하다.

344) 느릿느릿한 걸음. 채신머리없이 두 발을 자주 떼어 놓으면서 걷는 잦은걸음.

345) 미상(未詳). '조심성 없이'의 뜻인 듯하다.

346) 알건 모르건 간에 무턱대고.

347) 투철하게 뛰어나다.

그러치요겸하나만툭씨거도고봉투셕갓고한일을씌어노면철리지운이요
갓머리난작두첨이요필법논지하면풍낭뇌젼이요ᄂ리그어치난획은노송
도괘절벽이라

"그렇지요. 점(點) 하나만 툭 찍어도 고봉추석(高峰墜石)³⁴⁸ 같고,
한 일(一)을 그어 놓으면 천리진운(千里陣雲)³⁴⁹이요, 갓머리는 작두
첨(雀頭添)³⁵⁰이요, 필법(筆法) 논지(論之)하면³⁵¹ 풍랑뇌전(風浪雷
電)³⁵²이요, 내리그어 채는 획(劃)은 노송도괘절벽(老松倒掛絶壁)³⁵³
이라.

---

348) 높은 봉우리에서 바위가 떨어지는 것과 같은, 한문 글자의 힘차고 좋은 필법. 이하의 내용은 한
자(漢字)의 서법(書法)은 논(論)한 위부인(衛夫人)의 ≪필진도(筆陣圖)≫에 일곱 가지 필법으로 제
시되어 있다. 위부인은 서성(書聖) 왕희지(王羲之)의 이모인 위삭(衛鑠)이라 한다.
"가로획[橫]은 천리에 뻗은 구름에 숨었으나 실은 그 모습이 있는 듯이, 점(點)은 높은 봉우리에
서 바위가 흔들거리다가 무너지는 듯이, 삐침[撇]은 날카로운 칼로 외뿔소의 뿔을 자르듯이, 꺾을
[折] 때는 무거운 활을 쏘듯이, 세로획[豎]은 만 년 묵은 등나무처럼, 파임[捺]은 파도가 무너지고
우레가 치듯이, 가로로 꺾어챌[刁] 때는 굳센 쇠뇌의 마디처럼 한다.[橫 如千里陣雲隱隱然其實有
形 點 如高峰墜石磕磕然實如崩也 撇 如陸斷犀象 折 如百鈞弩發 豎 如萬歲枯藤 捺 如崩浪雷奔 橫
折鉤 如勁弩筋節]" 각 부분의 획은 아래와 같다.
一[橫] 丶[點] 丿[撇] 乙[折] 丨[豎], 乀[捺] 刁[橫折鉤]
349) 천 리에 뻗은 구름. 주(註) 348 참조.
350) 참새 머리같이 점을 하나 찍는 것. 또는 작규첨(雀窺簷 ; 참새가 처마에서 엿보는 모양)으로 보기
도 한다.
351) 글씨 쓰는 법으로 따질 것 같으면.
352) 바람에 이는 물결이나 우레가 치는 듯함. ≪필진도(筆陣圖)≫ <제칠과(第七課)>에 "물결이 무너
지고 우레가 치듯 달리는[崩浪雷奔的走]" 필법이라 하였다. 주(註) 348 참조.
353) 늙은 소나무가 절벽에 거꾸로 매달려 있다. 필력(筆力)이 뛰어남을 가리키는 말이다.
당나라 구양순(歐陽詢)의 <팔결(八訣)>에 "丿은 굳센 소나무가 거꾸로 끊어져 떨어지면서 돌벼랑
에 걸린 것과 같이 한다.[丿如勁松倒折落掛石崖]"라 하였다.
이백(李白)의 <촉도난(蜀道難)> 시의 한 구절이 있다.
連峰去天不盈尺 이어진 봉우리는 하늘에서 한 자[尺]도 안 떨어져 있는데
枯松倒掛倚絶壁 말라죽은 소나무가 넘어져 절벽에 기대 있네.

창과로일를진뒨마른등넌출갓치쌔더갓다도로친는듸는셩닌손우읏갓고
기운이부족하면발길노툭차올여도획은획듸로되나니글시을가만니보면
획은획듸로되옵듸다글시듯계져아히아홉살먹어쓸졔셔울집쓸의늘근믹
화잇난고로믹화남글두고글을지으라하여던이잠시지어스되졍셩듸린것
과용사비등하니일님쳡귀라묘당의당 〃 한명사될거시니남명이북고하고
부춘추어일수허엿셰장닌졍승하오리다

창(槍) 과(戈)로 이를진댄 마른 등(藤) 넌출같이 뻗어갔다 도로 채는
데는 성난 쇠뇌[354] 끝 같고, 기운(氣運)이 부족(不足)하면 발길로 툭
차올려도 획(劃)은 획(劃)대로 되나니, 글씨를 가만히 보면 획(劃)은
획(劃)대로 되옵디다."

"글쎄, 듣게. 저 아이 아홉 살 먹었을 제 서울 집 뜰에 늙은 매화
(梅花) 있는고로 매화(梅花)나무를 두고 글을 지으라 하였더니, 잠시
(暫時) 지었으되 정성(精誠) 들인 것과 용사비등(用事比等)하니[355] 일
람첩기(一覽輒記)[356]라. 묘당(廟堂)[357]에 당당(堂堂)한 명사(名士) 될
것이니   남명이북고(南鳴而北鼓)[358]하고   부춘추어일수(付春秋於一
首)[359]하였네."

"장래(將來) 정승(政丞) 하오리다."

---

354) 활의 한 종류. 화살 여러 개를 잇달아 쏠 수 있게 만든 것.

355) 금방 지은 것이나 정성껏 지은 것이나 고사(故事)를 인용하는 것이 거의 비슷하다는 뜻이다.

356) 한 번만 보고도 금방 기억하다.

357) 조정(朝廷).

358) 남쪽을 울리니 북쪽에서 소리가 난다. 또는 '남면이북고(南眄而北顧)'로 보아, 남쪽을 곁눈질하였
으나 북쪽도 돌아보다. 재주가 뛰어나다는 뜻인 듯하다.

359) 공자(孔子)의 ≪춘추(春秋)≫에 시 한 수(首)를 보태다. 또는 '부(賦)'로 보아, 춘추의 한 수(首)를
노래하다. 글재주가 뛰어나다는 뜻인 듯하다.

사또너머감격하야라고졍승이야엇지바릭것나마는늬싱젼으급졔는쉬하
리마는급졔만쉽계하면츌육이야베면이지늬것나안이요그리할말삼이안
이라졍승을못하오면장승이라도되지요사또이호령하되자늬뉘말노알고
딕답을그리하나딕답은하여싸오나뉘말린지몰나요글런다고하여쓰되그
게쏘다거짓마리엿다●잇쎡이도령은퇴령노키을지달일졔방지야예퇴령
노완나보와라아직안이노와소

사또 너무 감격하여,[360]

"정승(政丞)이야 어찌 바라겠나마는 내 생전(生前)에 급제(及第)는
쉬 하리마는 급제(及第)만 쉽게 하면 출륙(出六)[361]이야 범연(泛然)히
지내겠나?"

"아니오, 그리할 말씀이 아니라 정승(政丞)을 못하오면 장승[長
栍][362]이라도 되지요."

사또가 호령(號令)하되,

"자네 뉘 말로 알고 대답(對答)을 그리 하나?"

"대답(對答)은 하였사오나 뉘 말인지 몰라요."

그런다고 하였으되 그게 또 다 거짓말이었다.

이 때 이(李)도령은 퇴령(退令) 놓기를 기다릴 제,

"방자(房子)야."

"예."

"퇴령(退令) 놓았나 보아라."

"아직 아니 놓았소."

---

360) 원문의 '라고'는 잘못 덧붙은 말로 보았다.

361) 칠품(七品) 벼슬에 있던 사람이 육품(六品) 벼슬로 승진하는 것.

362) 마을이나 절의 입구에 사람의 얼굴 모양을 새겨 세운 기둥. 이정표 또는 마을의 수호신 구실을
한다. 일반적으로 남녀 한 쌍의 모양으로 마을 입구에 세워져 있으며, 남자에는 천하대장군(天下
大將軍) 여자에는 지하여장군(地下女將軍)이라 새겨져 있다.

족금잇더니하인물이라퇴령소릭질게나니조타〃〃올타〃〃방직야등농
의불발게라통인하나뒤를짜라춘향으집건네갈졔직초업시가만〃〃걸의
면셔방직야상방으불빗친다등농을엽푸쎠라삼문밧썩나셔〃협노지간의
월싁이영농하고화간푸린버들몃번이나썩겨시며투기소연아히들은야입
청누하야쓴이지쳬말고어셔가자그령겨령당도하니가련금야요젹한듸야
기물싁이안이야가소롭다어쥬사는도원질을모로던가

조금 있더니,

"하인(下人) 물리라."

퇴령(退令) 소리 길게 나니,

"좋다, 좋다. 옳다, 옳다. 방자(房子)야, 등롱(燈籠)에 불 밝혀라."

통인(通引) 하나 뒤를 따라 춘향(春香)의 집 건너갈 제 자취 없이
가만가만 걸으면서,

"방자(房子)야, 상방(上房)[363]에 불 비친다. 등롱(燈籠)을 옆에 껴
라."

삼문(三門) 밖 썩 나서서 협로지간(狹路之間)에 월색(月色)이 영롱
(玲瓏)하고 화간(花間) 푸른 버들 몇 번(番)이나 꺾었으며,[364] 투계(鬪
鷄) 소년(少年) 아이들은 야입청루(夜入靑樓)하였으니[365] 지체(遲滯)
말고 어서 가자.

그렁저렁 당도(當到)하니 가련금야요적(可憐今夜寥寂)[366]한데 가기
물색(佳氣物色)[367] 이 아니냐. 가소롭다, 어주사(魚舟師)[368]는 도원(桃
源) 길을 모르던가.

---

363) 집안의 윗사람이 기거하는 방. 사또가 있는 방을 말한다.

364) 버들을 꺾는 것은 사랑하는 사람을 그리워하는 마음을 나타낸다.

365) 닭싸움 노름하던 아이들은 밤이 되어 술집이나 기생집으로 들어갔으니.

366) 애틋한 오늘 밤이 고요하고 쓸쓸하다.

367) 좋은 인연을 맺을 만한 때.

368) 뱃사공. 도연명(陶淵明)의 <도화원기(桃花源記)>에, 어부가 우연히 무릉도원에 다녀온 뒤에 다시
찾아가려 하였으나 찾을 수가 없었다는 이야기가 있다.

춘향문젼당도하니인젹야심한듸월ᄉᆡᆨ은삼경이라어약은츌몰하고듸졉갓
튼금부어난임을보고반기난듯월하의두루미넌흥을계워쌱부른다잇듸춘
향이칠현금비계안고남풍시를히롱타가침셕으조우더니방ᄌᆞ안으로들어
가되ᄀᆞ지실가염에하야ᄌᆡ초업시가만 〃 〃 춘향방영창밋틔가만이살쌱
드러가셔이이춘향아잠드런야춘향이쌈쌱놀ᄂᆡ여네엇지오냐도련임이와
겨시다

춘향(春香) 문전(門前) 당도(當到)하니 인적야심(人寂夜深)[369]한데
월색(月色)은 삼경(三更)이라. 어약은출몰(魚躍隱出沒)[370]하고 대접 같
은 금붕어는 님을 보고 반기는 듯, 월하(月下)의 두루미는 흥(興)을 겨
워 짝 부른다.

이 때 춘향(春香)이 칠현금(七絃琴) 비껴 안고 남풍시(南風詩)[371]를
희롱(戲弄)타가 침석(寢席)에 졸더니, 방자(房子) 안으로 들어가되 개
가 짖을까 염려(念慮)하여 자취 없이 가만가만 춘향(春香) 방(房) 영창
(映窓) 밑에 가만히 살짝 들어가서,

"이 애 춘향(春香)아. 잠들었냐?"

춘향(春香)이 깜짝 놀라,

"네 어찌 오냐?"

"도련님이 와 계시다."

---

369) 사람 자취 끊어진 깊은 밤.

370) 물고기가 뛰었다 숨었다 하며 물에서 들락날락하다. ≪시경(詩經) 대아(大雅) 한록(旱麓)≫에 "솔
개는 하늘로 날아오르고 물고기는 연못에서 뛰네.[鳶飛戾天魚躍于淵]"란 구절이 있다. 이것은 만
물이 각기 자기의 적소(適所)를 얻어 즐기고 있는 것을 말한다.

371) 순(舜)임금이 남훈전(南薰殿)에서 오현금(五絃琴)을 타면서 불렀다는 노래. ≪공자가어(孔子家語)
변악해(辯樂解)≫에 나온다. 원문은 다음과 같다.
南風之薰兮　남쪽 바람의 훈훈함이여
可以解吾民之慍兮　우리 백성의 원망을 풀 만하구나.
南風之時兮　남쪽 바람의 때맞춤이여
可以阜吾民之財兮　우리 백성의 재물을 쌓을 만하도다.

춘향이가이말을듯고가삼이월넝〃〃속이답〃하야북그럼을못이기여문
을열고나오더니건넨방거네가셔져의모친씨우는듸◑익고어문이무슨잠
을이듸지집피주무시요춘향의모잠을씌여아가무어슬달나고부르난야뉘
가무엇달닉엿소그려면엇지불너는야언겁절으하는말이도련임이방직모
시고오셔짜오춘향의모문을열고방자불너뭇는마리뉘가와야방즈듸답하
되사쏘자제도련임이와겨시요춘향어모그말듯고상단아에뒤초당의좌셕
등촉신칙하여보젼하라

춘향(春香)이가 이 말을 듣고 가슴이 울렁울렁 속이 답답하여 부끄
럼을 못 이기어 문(門)을 열고 나오더니 건넌방 건너가서 저의 모친
(母親) 깨우는데,

"애고, 어머니. 무슨 잠을 이다지 깊이 주무시오?"

춘향(春香)의 모(母) 잠을 깨어,

"아가, 무엇을 달라고 부르느냐?"

"누가 무엇 달래었소?"

"그러면 어찌 불렀느냐?"

엉겁결에 하는 말이,

"도련님이 방자(房子) 모시고 오셨다오."[372]

춘향(春香)의 모(母) 문(門)을 열고 방자(房子) 불러 묻는 말이,

"뉘가 와야?"

방자(房子) 대답(對答)하되,

"사또 자제(子弟) 도련님이 와 계시오."

춘향(春香)의 모(母) 그 말 듣고,

"향단(香丹)아,"

"예."

"뒤 초당(草堂)에 좌석(坐席) 등촉(燈燭) 신칙(申飭)[373]하여 보전[374]
하라."

---

372) 엉겁결에 하는 말이라, 방자가 도련님을 모시고 왔다고 해야 할 것이 주객(主客)이 바뀌었다.

373) 단단히 일러서 경계하다.

374) 포진(鋪陳). 앉을 자리를 마련하여 까는 것.

당부하고춘향모가나오난듸세상사람이다춘향모을일칼더니과연이로다
자고로사람이외탁을만이하난고로춘향갓단쌀을나어쑤나춘향모나오난
듸거동을살펴보니반빅이넘어는듸소탈한모양이며단정한거동이푀〃
정〃하고기부가풍영하야복이만한지라슜시립고졈잔하계발막을쓸어나
오난듸가만〃〃방지뒤를짜라온다닛듸도련임이비회고면하야무류이셔
잇슬졔방지나와엿짜오되져기오난게춘향의모로소이다춘향의모가나오
더니니공슈하고웃둑셔며그시의도련임문안이엇더ᄒ오도련임반만웃고춘
향의모이라졔평안한가

당부(當付)하고 춘향(春香) 모(母)가 나오는데, 세상(世上) 사람이
다 춘향(春香) 모(母)를 일컫더니 과연(果然)이로다. 자고(自古)로 사
람이 외탁(外託)을 많이 하는고로 춘향(春香) 같은 딸을 낳았구나. 춘
향(春香) 모(母) 나오는데 거동(擧動)을 살펴보니 반백(半百)이 넘었는
데, 소탈(疎脫)한 모양(貌樣)이며 단정(端整)한 거동(擧動)이 표표정정
(表表亭亭)[375]하고 기부(肌膚)가 풍영(豐盈)하여[376] 복(福)이 많은지
라. 쑥스럽고 점잖하게 발막[377]을 끌어 나오는데 가만가만 방자(房子)
뒤를 따라온다.

이 때 도련님이 배회고면(徘徊顧眄)[378]하여 무료(無聊)히 서 있을
제 방자(房子) 나와 여쭈오되,

"저기 오는 게 춘향(春香)의 모(母)로소이다."

춘향(春香)의 모(母)가 나오더니 공수(拱手)[379]하고 우뚝 서며,

"그 사이 도련님 문안(問安)이 어떠하오?"

도련님 반(半)만 웃고,

"춘향(春香)의 모(母)라지? 평안(平安)한가?"

---

375) 우뚝하게 두드러져 눈에 띄는 모양.

376) 살결이 풍만하게 쪄 있어.

377) 발막신의 준말. 앞부리를 넓적하게 만들어 가죽을 대고 흰 분을 발라 마른 신.

378) 이리저리 거닐며 여기저기 돌아보다.

379) 두 손을 맞잡아 공손한 예를 보이는 것으로, 여자는 오른손이 남자는 왼손이 위로 온다. 또한 흉
사(凶事)의 경우에는 이와 반대가 된다.

예계우지닉옵니다오실줄진졍몰나영졉이불민하온이다글헐이가잇나춘
향모압을셔 〃 인도하야딕문즁문다지닉여후원을도라가니연구한별초당
의등농을발케난듸버들가지느러져불빗슬가린모양구실발리갈공이의걸
인듯하고우편의벽오동은말근이실리쭉 〃 떠러져학의쑴을놀닉난듯좌편
의셧난반송광풍이건듯불면노룡이굼이닌듯창젼의시문파초일난초봉미
장은속입이쎄여나고슈심여쥬어린연꼿물박기계우쎠셔옥노을밧쳐잇고
듸졉갓던금부어난어변셩용하랴하고셕 〃 마닥물결쳐셔출넝툼벙굼실놀
쎡마닥조룡하고식로나는연입은바들쩍기버러지고

"예, 겨우 지내옵니다. 오실 줄 진정(眞正) 몰라 영접(迎接)이 불민
(不敏)하옵니다."

"그럴 리(理)가 있나?"

춘향(春香) 모(母) 앞을 서서 인도(引導)하여 대문(大門) 중문(中門)
다 지나 후원(後園)을 돌아가니 연구(年久)한 별초당(別草堂)에 등롱
(燈籠)을 밝혔는데, 버들가지 늘어져 불빛을 가린 모양(貌樣) 구슬발이
갈공이380)에 걸린 듯하고, 우편(右便)의 벽오동(碧梧桐)은 맑은 이슬
이 뚝뚝 떨어져 학(鶴)의 꿈을 놀래는 듯, 좌편(左便)에 섰는 반송(盤
松) 광풍(狂風)이 건듯 불면 노룡(老龍)이 굼니는 듯, 창전(窓前)에 심
은 파초(芭蕉) 일난초봉미장(日暖初鳳尾長)381)은 속잎이 빼어나고, 수
심여주(水心如珠)382) 어린 연꽃 물 밖에 겨우 떠서 옥로(玉露)를 받쳐
있고, 대접 같은 금붕어는 어변성룡(魚變成龍)383)하려 하고 때때마다
물결쳐서 출렁 툼벙 굼실 놀 때마다 조롱(嘲弄)하고, 새로 나는 연잎
은 받을 듯이 벌어지고,

---

380) 갈고랑이. 갈고리.

381) 날이 따뜻해지면 파초의 잎이 길어진다. 송(宋)나라 육유(陸游 ; 1125~1210)의 시 <희우(喜雨)>
의 한 구절이 있다.
芭蕉抽心鳳尾長 파초의 속잎을 뽑으니 봉황 꼬리처럼 길고
薜荔引蔓龍鱗蒼 설려의 덩굴을 당기니 용의 비늘처럼 푸르네.

382) 물 가운데의 구슬 같은.

383) 물고기가 변해서 용이 되다. 곤궁하던 사람이 부귀를 누리게 되거나 보잘것없던 사람이 큰 인물
이 됨을 이르는 말이다. 등용문(登龍門)의 고사(故事).

금연상봉셕가산은칭 〃 이싸여난듸계하의학두룸이사람을보고놀늬여두
쪽지를쩍버리고진다리로징검 〃 〃 씰룩쭈루룩소릭하며계하밋틱삽살기
짓는구나그즁의반가올사못가온듸쌍오리는손임오시노라둥덩실써셔기
다리난모양이요쳐마의다 〃 른이그계야져으모친영을듸 〃 여셔샷창을반
기하고나오난듸모양을살펴보니두렷한일윤명월구룸박기소사난듸황홀
한져모양은칭양키어렵도다북그러이당의나려쳔연이셧난거동은사람의
간장을다녹닌다도련임반만웃고춘향다려문난마리곤치안이하며밥이나
잘먹건야춘향이북그러워듸답지못허고묵 〃 기셔잇거날춘향의모가몬져
당의올나도련임을자리로모신후의차을드려권하고담부 〃 쳐올이온이도
련임이바다물고안자실졔

급연삼봉석가산(岌然三峰石假山)[384]은 층층(層層)이 쌓였는데, 계하
(階下)의 학두루미 사람을 보고 놀라 두 죽지를 떡 벌리고 긴 다리로
징검징검 낄룩 뚜루룩 소리하며, 계화(桂花) 밑의 삽살개 짖는구나.
그 중(中)에 반가울사 못 가운데 쌍오리는 손님 오시노라 둥덩실 떠서
기다리는 모양(貌樣)이요, 처마에 다다르니 그제야 저의 모친(母親) 영
(令)을 디디어서[385] 사창(紗窓)을 반개(半開)하고 나오는데, 모양(貌樣)
을 살펴보니 뚜렷한 일륜(一輪) 명월(明月) 구름 밖에 솟았는데 황홀
(恍惚)한 저 모양(貌樣)은 측량(測量)키 어렵도다. 부끄러이 당(堂)에
내려 천연(天然)히 섰는 거동(擧動)은 사람의 간장(肝腸)을 다 녹인다.
　도련님 반(半)만 웃고 춘향(春香)더러 묻는 말이,
　"곤(困)치 아니하며 밥이나 잘 먹었냐?"
　춘향(春香)이 부끄러워 대답(對答)하지 못하고 묵묵(默默)히 서 있
거늘, 춘향(春香)의 모(母)가 먼저 당(堂)에 올라 도련님을 자리로 모
신 후(後)에 차(茶)를 드려 권(勸)하고 담배 붙여 올리오니 도련님이
받아 물고 앉으실 제,

---

384) 우뚝 솟은 세 봉우리의 석가산(石假山). 석가산은 뜰에 판 연못 가운데에 돌을 쌓아 인공적으로
　　만든 산.
385) 받들어서. 원래는 '밟다'의 뜻.

도련임춘향의집오실쩍는춘향의계듯시잇쎠와겨시제춘향의셰간기물귀
경온빈아니로되도련임첫외입이라박그셔난무슨마리잇실쯧하더니드러
가안고보니별노이할마리업고공연의천초기가잇셔오한졍이들면셔아모
리싱각하되별노할마리업난지라방중을둘너보며벽상을살펴보니여간기
물노야난듸용장봉장◑긕쎄수리이렁져렁벼려난듸무슨기림장도붓쳐잇
고기림을그려붓쳐쓰되셔방업난춘향이요학하난겨집아히가셰간기물과
기림이웨잇슬고만는춘향어모가유명한명기라그쌀을쥬랴고쟝만한거시
엿다됴션의유명한명필글시붓쳐잇고그시이에붓친명화다후리쳐던져두
고월션도란기림붓쳐쓰되월션도졔목이이럿틴거시엿다

　도련님 춘향(春香)의 집 오실 때는 춘향(春香)에게 뜻이 있어 와 계
시지 춘향(春香)의 세간 기물(器物) 구경온 바 아니로되, 도련님 첫 외
입(外入)이라 밖에서는 무슨 말이 있을 듯하더니 들어가 앉고 보니 별
(別)로이 할 말이 없고, 공연(空然)히 천촉기(喘促氣)[386]가 있어 오한
증(惡寒症)이 들면서 아무리 생각해도 별(別)로 할 말이 없는지라. 방
중(房中)을 둘러보며 벽상(壁上)을 살펴보니 여간[387] 기물(器物) 놓였
는데, 용장(龍欌) 봉장(鳳欌)[388] 가께수리[389] 이렁저렁 벌였는데 무슨
그림장도 붙어 있고 그림을 그려 붙였으되, 서방 없는 춘향(春香)이요
학(學)하는[390] 계집아이가 세간 기물(器物)과 그림이 왜 있을까마는,
춘향(春香)의 모(母)가 유명(有名)한 명기(名妓)라 그 딸을 주려고 장
만한 것이었다.

　조선(朝鮮)의 유명(有名)한 명필(名筆) 글씨 붙어 있고, 그 사이에
붙인 명화(名畵) 다 후리쳐[391] 던져 두고 월선도(月仙圖)란 그림 붙었
으되, 월선도(月仙圖) 제목(題目)이 이렇던 것이었다.

---

386) 기침이 나고 숨이 헐떡거리는 증세.
387) 여러 가지.
388) 용(龍)과 봉황(鳳凰)의 모습을 조각한 장롱.
389) 화장 도구나 몸치장에 쓰는 도구를 넣어 두는 궤. 또는 서랍이 많이 달린 궤.
390) 공부하는. 학문(學問)을 하는.
391) 몽땅 끌어모아.

가께수리

상제고거강절조(上帝高居絳節朝)[392]에 군신(君臣) 조회(朝會) 받던
그림,

청련거사(靑蓮居士) 이태백(李太白)이 황학전(黃鶴殿)[393] 꿇어 앉아
황정경(黃庭經)[394] 읽던 그림,

백옥루(白玉樓)[395] 지은 후(後)에 자기[396] 불러올려 상량문(上樑文)
짓는 그림,

---

392) 옥황상제가 높이 앉아 붉은 부절 신하들의 조회를 받는다. 두보(杜甫)의 시 <옥대관(玉臺觀)>의
   구절이다. 첫 두 구(句)는 다음과 같다.
   中天積翠玉臺遙 한낮에 이내 쌓여 옥대(玉臺)가 아스라한데
   上帝高居絳節朝 상제님 높이 앉아 붉은 부절(符節)로 조회하시네.
   옥대관(玉臺觀)은 중국 사천성(四川省) 낭중현(閬中縣)에 있었던 도교 사원으로, 등왕(滕王) 이원
   영(李元嬰)이 세웠다 한다.
393) 중국 호북성(湖北省) 무한(武漢)에 있는 황학루(黃鶴樓)를 말하는 듯하다. 시선(詩仙) 이백(李白)
   이 월궁(月宮)인 광한전(廣寒殿)에서 ≪황정경(黃庭經)≫ 한 글자를 잘못 읽어 이 세상으로 귀양
   왔다는 전설이 있다. 또 황학루에 올라 시를 지으려다가, 황학루에 걸린 최호(崔顥)의 시를 보고
   는 "눈앞에 절경을 보고도 할 말이 없어지는 건, 최호의 시가 여기에 걸려 있기 때문이다."라 탄
   식하고 붓을 던져 버렸다는 이야기가 있다.
394) 도가(道家)의 경전(經典).
395) 시인이나 묵객이 죽은 뒤에 간다는 천상의 누각. 당나라의 천재 시인 이하(李賀 ; 791~817)가
   죽을 때 붉은 옷을 입은 천사가 내려와서, "하느님께서 백옥루를 만들어놓고 당신을 불러와 기
   (記)를 쓰라고 하십니다. 하늘나라에는 즐거움만 있을 뿐 고통은 없습니다."라 하였다 한다. 이때
   부터 시인이나 묵객(墨客)의 죽음을 '백옥루에 오르다.'라 하게 되었다. 조선 중기의 여류 시인인
   허난설헌(許蘭雪軒 ; 1563~1589)이 여덟 살 때 <광한전백옥루상량문(廣寒殿白玉樓上樑文)>을
   지어 신동이라 불리기도 했다. 이하와 허난설헌 모두 나이 스물일곱에 요절하였다.
396) '장길'일 듯하다. 당(唐) 시인 이하(李賀)의 호가 장길(長吉)이다.

칠월칠셕오작교의견우직여만나난기름광한젼월명야의도약하던항아기
름칭 〃 이붓쳐씨되광치가찰난하야졍신이살난한지라쏘한곳바리보니부
춘산엄자릉은간의틱후마다하고빅구로버슬삼고원학으로이웃삼아양구
를썰쳐입고

___

칠월(七月) 칠석(七夕) 오작교(烏鵲橋)에 견우(牽牛) 직녀(織女) 만
나는 그림,

광한전(廣寒殿) 월명야(月明夜)에 도약(擣藥)³⁹⁷⁾하던 항아(姮娥) 그
림,

층층(層層)이 붙었으되 광채(光彩)가 찬란(燦爛)하여 정신(精神)이
산란(散亂)한지라.

또 한곳 바라보니 부춘산(富春山)³⁹⁸⁾ 엄자릉(嚴子陵)³⁹⁹⁾은 간의대부
(諫議大夫)⁴⁰⁰⁾ 마다하고 백구(白鷗)로 벗을 삼고 원학(猿鶴)으로 이웃
삼아 양구(羊裘)⁴⁰¹⁾를 떨쳐 입고

---

397) 약방아를 찧다. 달 속에 흰 토끼가 약방아를 찧는다는 고대의 전설이 있다.

398) 중국 절강성(浙江省) 동려(桐廬)에 있는 산 이름. 엄릉산(嚴陵山)이라고도 한다. 산 아래에 엄릉뢰
(嚴陵瀨)라는 여울이 있어, 동한(東漢) 때의 은사인 엄자릉(嚴子陵)이 은거하며 낚시를 하던 곳이
라 하며, 엄자릉조대(嚴子陵釣臺)라고도 한다.

399) 엄광(嚴光 ; ?~?). 이름이 준(遵), 자(字)가 자릉(子陵)이다. 동한(東漢) 때의 저명한 은사로, 원래
의 성은 장(莊)인데 한(漢) 명제(明帝) 유장(劉莊)을 휘(諱)해서 성을 엄씨로 바꾸었다 한다. 후한
(後漢) 광무제(光武帝) 유수(劉秀)와 동문수학한 사이로, 유수가 황제가 된 뒤에 엄릉산에 은거하
여 살았다. 광무제가 간의대부(諫議大夫)로 출사하길 여러 번 권했으나 나오지 않고 은거하여 살
다가 80세에 죽었다고 한다.

400) 천자를 간(諫)하고 정치의 득실을 논(論)하는 관원.

401) 양가죽으로 만든 갖옷.

추동강칠이탄으낙슈쥴던진경을영역키기려잇다방가위지션경이라군자
호귀놀듸로다춘향이일편단심일부종사하려하고글한슈를지여칙상우의
붓쳐스되●듸운춘풍죽이요분향야독셔라기특하다이글쓰슨목난의졀이
로다이러텃치하할졔춘향어모엿자오되귀즁하신도련임이누지의용임하
시니황공감격하옵늬다

추동강(秋桐江)402) 칠리탄(七里灘)403)에 낚싯줄 던진 경(景)을 역력
(歷歷)히 그려 있다.

방가위지(方可謂之) 선경(仙景)이라 군자호구(君子好逑) 놀 데로다.

춘향(春香)이 일편단심(一片丹心) 일부종사(一夫從死)하려 하고 글
한 수(首)를 지어 책상(冊床) 위에 붙였으되,

대운춘풍죽(帶韻春風竹)이요
분향야독서(焚香夜讀書)라.404)

"기특(奇特)하다. 이 글 뜻은 목란(木蘭)405)의 절(節)이로다."

이렇듯 치하(致賀)할 제 춘향(春香)의 모(母) 여쭈오되,

"귀중(貴重)하신 도련님이 누지(陋地)406)에 욕림(辱臨)407)하시니 황
공(惶恐) 감격(感激)하옵니다."

---

402) 가을날의 동려강(桐廬江).

403) 엄자릉이 낚시를 했다는 곳으로 전당강(錢塘江)의 상류인 부춘강(富春江) 동려에 있다. 모두 7 리
(里)에 걸쳐 절벽 아래로 급류가 흘러 배가 다니기 어렵다고 한다.

404) 운(韻)을 띤 것은 봄바람의 대나무요, 향 피우며 밤에 글을 읽는다. 이 시와 목란(木蘭)과의 관계
는 미상(未詳).

405) 남북조시대 북위(北魏)의 여자로, 아버지를 대신하여 남장을 하고 12 년 동안 전쟁에 나가 공을
세워 높은 작위를 받았지만 이를 마다하고 고향으로 돌아왔다.

406) 누추한 곳. 자기가 사는 곳을 겸손하게 이르는 말.

407) 욕되게 오셨다는 뜻으로, 남이 찾아온 것을 높여 이르는 말.

도련임그말한마디여말궁기가열이엿졔그럴이가웨잇난가우연이광한누
의셔춘향을잠간보고연〃이보닉기로탐화봉졉취한마음오날밤의오난뜻
션춘향어모보러왓건이와자닉쌀춘향과빅연언약을밋고자하니자닉의마
음이엇더한가춘향어모엿자오되말삼은황송하오나드려보오자학골셩참
판영감이보후로남원의좌졍하엿실쩌소리기을미로보고슈쳥을들나하옵
기로관장의영을못이긔여모신지삼삭만의올나가신후로뜻박그보틱하야
나은게져거시라그연유로고목하니졋쥴써러지면다려갈난다하시던니그
양반이불힝하야셰상을바리시니보닉들못하옵고져거슬질너닐졔

도련님 그 말 한 마디에 말구멍[408]이 열리었지.

"그럴 리(理)가 왜 있는가? 우연(偶然)히 광한루(廣寒樓)에서 춘향
(春香)을 잠깐 보고 연연(戀戀)히 보내기로 탐화봉접(探花蜂蝶)[409] 취
(醉)한 마음 오늘 밤에 오는 뜻은 춘향(春香)의 모(母) 보러 왔거니와,
자네 딸 춘향(春香)과 백년언약(百年言約)을 맺고자 하니 자네의 마음
이 어떠한가?"

춘향(春香) 모(母) 여쭈오되,

"말씀은 황송(惶悚)하오나 들어 보오. 자하골[紫霞洞] 성참판(成叅
判) 영감이 보후(補後)[410]로 남원(南原)에 좌정(坐停)하였을 때 소리개
를 매로 보고 수청(守廳)을 들라 하옵기로 관장(官長)의 영(令)을 못
이기어 모신 지 삼삭(三朔) 만에 올라가신 후(後)로 뜻밖에 포태(胞胎)
하여 낳은 게 저것이라. 그 연유(緣由)로 고목(告目)[411]하니, 젖줄 떨
어지면 데려갈란다 하시더니 그 양반(兩班)이 불행(不幸)하여 세상(世
上)을 버리시니 보내들 못하옵고 저것을 길러낼 제,

---

408) 원문의 궁기는 구멍. 입을 뜻한다.

409) 꽃을 찾는 벌나비. 흔히 사랑하는 여자를 그리워하여 찾아가는 남자를 비유적으로 이르는 말
이다.

410) 내직(內職)으로 임명하기 전에 임시로 지방관으로 임명하는 것.

411) 편지를 써서 알림. 또는 윗사람에게 올리는 글.

어려셔잔병조차그리만코질셰의소학일케슈신제가화순심을낫치가라치
니씨가잇난자식이라만사를달통이요삼강힝실뉘라셔닉쌀리라ㅎ리요가
세가부족하니ㅈ상가부당이요사셔인상하불급혼인이느겨가믹쥬야로걱
졍이나도련임말삼은잠시춘향과빅연기약한단말삼이오나그런말삼마르
시고노르시다가옵소셔이마리참마리안이라이도련임춘향을언는다하니
닉뒤사을몰나뒤을늘녀하난말리엿다

─────────

어려서 잔병조차 그리 많고 칠세(七歲)에 소학(小學)[412] 읽혀 수신
제가(修身齊家)[413] 화순심(和順心)[414]을 낱낱이 가르치니, 씨가 있는
자식(子息)이라 만사(萬事)를 달통(達通)이요, 삼강행실(三綱行實)[415]
뉘라서 내 딸이라 하리오. 가세(家勢)가 부족(不足)하니 재상가(宰相
家) 부당(不當)이요, 사서인(士庶人) 상하불급(上下不及)[416] 혼인(婚姻)
이 늦어 가매 주야(晝夜)로 걱정이나, 도련님 말씀은 잠시(暫時) 춘향
(春香)과 백년기약(百年期約)한단 말씀이오나 그런 말씀 말으시고 노
시다 가옵소서."

이 말이 참말이 아니라 이(李)도련님 춘향(春香)을 얻는다 하니 내
두사(來頭事)[417]를 몰라 뒤를 눌러[418] 하는 말이었다.

─────────

412) 유교적 기본 행실을 가르치기 위하여 만든 수신서(修身書). 일상 생활에서의 예절, 정신 수양을
   위한 격언, 충신과 효자의 사적 등을 모아 놓은 것으로, 내용이 방대하다. 이것을 네 글자의 운문
   으로 간추린 《사자소학(四字小學)》이 어린아이들의 교육용으로 주로 사용되었다. 송나라의 대
   학자 주자(朱子)가 엮은 것이라 하지만, 실은 그의 제자 유자징(劉子澄)이 주자의 지시에 따라 편
   찬한 것이라 보는 것이 보통이다.
413) 몸을 닦고 집안을 다스리다. 《대학(大學)》에서 강조하는 여덟 가지 덕목 중의 하나이다. 대학의
   여덟 가지 덕목은 단계별로 격물(格物), 치지(致知), 성의(誠意), 정심(正心), 수신(修身), 제가(齊
   家), 치국(治國), 평천하(平天下)이다.
414) 주(註) 213 참조.
415) 군신, 부자, 부부 사이의 도리인 삼강(三綱)에 거울이 될 만한 충신, 효자, 열녀의 행실.
416) 사대부(士大夫) 집안은 높고 서인(庶人) 집안은 낮다.
417) 앞으로 닥쳐올 일.
418) 뒤의 일을 걱정하여.

이도령기가미켜호사의다마로셰춘향도미혼젼이요나도미장젼이라피차
언약이 〃 러ᄒ고육예난못할망졍양반ᄋ자식이일구이언을할이잇나춘향
어모이말듯고쏘닉말드르시요고서의하여스되지신은막여쥬요지자는막
여부라하니지여는모안인가닉쌀심곡닉가알졔

이(李)도령 기가 막혀,

"호사(好事)에 다마(多魔)로세. 춘향(春香)도 미혼전(未婚前)이요 나
도 미장전(未丈前)이라,[419] 피차(彼此) 언약(言約)이 이러하고 육례(六
禮)[420]는 못할망정 양반(兩班)의 자식(子息)이 일구이언(一口二言)을
할 리(理) 있나?"

춘향(春香)의 모(母) 이 말 듣고,

"또 내 말 들으시오. 고서(古書)에 하였으되,

'지신(知臣)은 막여주(莫如主)요 지자(知子)는 막여부(莫如父)라.'[421]

하니, 지녀(知女)는 모(母) 아닌가? 내 딸 심곡(心曲) 내가 알지.

---

419) 미(未)와 전(前)의 의미가 중복되었으나 관용적 표현으로 쓰인다.

420) 여기서는 유교 사회에서 행하는 혼인의 여섯 가지 예법으로, 납채(納采), 문명(問名), 납길(納吉),
납폐(納幣), 청기(請期), 친영(親迎)이다. 중매를 서는 사람이 양가를 오고가는 납채, 두 집안이 서
로를 확인하는 문명, 혼사가 적합한지에 대한 양가의 합의된 의견을 수렴하는 납길, 신랑 집에서
신부 집으로 채단을 보내는 것이 납폐, 신랑 집에서 신부 집으로 신랑의 사주단자를 보내서 혼례
일자를 청하는 청기, 혼례 날 신랑이 신부 집으로 맞이하러 가는 친영의 순서이다.

421) 신하를 아는 것은 임금만한 이가 없고, 아들을 아는 것은 아비만한 이가 없다.
관중(管仲)이 병이 들자 환공(桓公)이 물었다. "신하들 중에 누가 재상으로 알맞겠소?" 관중이 대
답하였다. "신하를 아는 것은 임금만한 이가 없지요.[管仲病 桓公問曰 群臣誰可相者 管仲曰 知臣
莫如君]" 《사기(史記) 제태공세가(齊太公世家)》
또, 전한(前漢) 2대 황제인 효혜(孝惠)의 같은 질문에 승상이었던 소하(蕭何)가 "신하를 아는 것
은 임금만한 이가 없지요.[知臣莫如主]"라고 대답하였다. 《한서(漢書)》

어려부텀졀곡한쓰시잇셔힝여신셰를그릇칠가으심이요일부종사하려하
고사〃이하는힝실쳘셕갓치구든쓰시쳥송녹죽젼나무사시졀을닷토난듯
상젼벽히될지라도닉쌀마음변할손가금은옥촉지빅이젹여구산이라도빗
지안이할터이요빅옥갓탄닉쌀마음쳥풍인들밋칠리요다만고으를회칙고
자할쑌이온듸도련임은욕심부려인연을믹자싸가미장견도련임이부모몰
이집푼사랑금셕갓치믹자싸가소문어려바리시면옥결갓탄닉쌀신셰문치
조흔듸모진주고은구실군역노리씌야진듯쳥강으노든원낭조가짝한나를
일어쓴들어이닉쌀갓틀손가

어려부터 절곡(節曲)한[422] 뜻이 있어 행(幸)여 신세(身世)를 그르칠
까 의심(疑心)이요, 일부종사(一夫從死)하려 하고 사사(事事)이 하는
행실(行實) 철석(鐵石) 같이 굳은 뜻이 청송녹죽(靑松綠竹) 전나무 사
시절(四時節)을 다투는 듯, 상전벽해(桑田碧海) 될지라도 내 딸 마음
변(變)할쏜가. 금은옥촉지백(金銀玉蜀之帛)[423]이 적여구산(積如丘
山)[424]이라도 받지 아니할 터이요, 백옥(白玉) 같은 내 딸 마음 청풍
(淸風)인들 미치리오. 다만 고의(古義)를 효칙(效則)코자[425] 할 뿐이온
데, 도련님은 욕심(慾心)부려 인연(因緣)을 맺었다가 미장전(未丈前)
도련님이 부모(父母) 몰래 깊은 사랑 금석(金石)같이 맺었다가 소문
(所聞) 어려[426] 버리시면 옥결 같은 내 딸 신세(身世), 문채(文彩) 좋
은 대모(玳瑁)[427] 진주(珍珠) 고운 구슬 군역노리[428] 깨어진 듯, 청강
(淸江)에 놀던 원앙조(鴛鴦鳥)가 짝 하나를 잃었은들 어이 내 딸 같을
쏜가.

---

422) 절개가 굳고 깨끗한.
423) 금은옥(金銀玉)과 촉(蜀)나라의 비단. '금은(金銀) 오촉지백(吳蜀之帛)'으로 풀기도 한다. 오나라와
     촉나라가 모두 비단의 명산지이다.
424) 언덕이나 산처럼 쌓여 있다.
425) 옛날의 도의(道義)를 본받고자.
426) 소문을 견디기 어려워.
427) 무늬가 좋은 바다거북의 껍질.
428) 구멍이 뚫린 노리개.

원앙

도련임닉졍이말과갓털진듸심양하여힝하소셔도련임더옥답 〃 하야그난
두번염예할나말소닉마음셰아린니특별간졀구든마음흉즁의가득한이분
으난달을망졍졔와닉와평싱기약미질졔젼안납페안니한들창파갓치집푼
마음춘향사졍몰을손가이려타시이갓치셜화하니쳥실홍실육례갓촤만난
듸도이우의더쎅쪽할가듸져를초취갓치예길터니시하라고염예말고미장
젼도염예마소닉장부먹난마음박듸힝실잇슬손가허락만허여쥬소춘향어
모이말듯고이윽키안져썬이몽조가잇난지라연분인줄짐작하고흔연이허
락하며

도련님 내정(內情)[429] 이 말과 같을진대 심량(深量)하여[430] 행(行)
하소서."

도련님 더욱 답답하여,

"그는 두 번(番) 염려(念慮)하지 마소. 내 마음 헤아리니 특별(特別)
간절(懇切) 굳은 마음 흉중(胸中)에 가득하니 분의(分義)는 다를망정
저와 내와 평생기약(平生期約) 맺을 제 전안(奠雁)[431] 납폐(納幣)[432]
아니한들 창파(滄波)같이 깊은 마음 춘향(春香) 사정(事情) 모를쏜가."

이렇듯이 이같이 설화(說話)하니, 청실홍실 육례(六禮) 갖춰 만난대
도 이 위에 더 뾰족할까.

"내 저를 초취(初娶)같이 여길 터니 시하(侍下)[433]라고 염려(念慮)
말고 미장전(未丈前)도 염려(念慮) 마소. 대장부(大丈夫) 먹은 마음 박
대(薄待) 행실(行實) 있을쏜가. 허락(許諾)만 하여 주소."

춘향(春香)의 모(母) 이 말 듣고 이윽히 앉았더니 몽조(夢兆)가 있는
지라 연분(緣分)인 줄 짐작(斟酌)하고 흔연(欣然)히 허락(許諾)하며,

---

429) 속마음.

430) 깊이 헤아려.

431) 혼인할 때 기러기를 드리는 예식. 주(註) 420 참조.

432) 신랑 집에서 청홍(靑紅) 두 가지 비단을 예물로 신부 집에 보내는 예식. 주(註) 420 참조.

433) 부모를 모시고 있는 집.

봉이나민황이나고장군나민용마나고남원의춘향나민이화춘풍꼿다웁다
상단아주반등디하엿난냐예디답하고주효를차일젹기안주등물볼작시면
고음식도졍결하고디양판가리찜소양판졔육찜풀 ∥ 쒸난숭어찜포도동나
는민초리탕의동너울산디젼복디모장도드난칼로밍상군의눈셥체로어슥
비슥오려노코염통산젹양복기와춘치자명싱치다리

"봉(鳳)이 나매 황(凰)이 나고, 장군(將軍) 나매 용마(龍馬) 나고, 남
원(南原)에 춘향(春香) 나매 이화춘풍(李花春風) 꽃다웁다. 향단(香丹)
아, 주반(酒飯) 등대(等待)하였느냐?"
"예."

대답(對答)하고, 주효(酒肴)를 차릴 적에 안주 등물(等物) 볼작시면,
고임새도 정결(淨潔)하고 대양판434) 가리찜,435) 소양판436) 제육찜, 풀
풀 뛰는 숭어찜, 포도동 나는 메추리탕에 동래(東萊) 울산(蔚山) 대전
복 대모장도(玳瑁粧刀)437) 드는 칼로 맹상군(孟嘗君)438)의 눈썹 체(體)
로439) 어슥비슥 오려 놓고, 염통산적440) 양볶이441)와 춘치자명(春雉自
鳴)442) 생치(生雉)443) 다리,

---

434) 큰 그릇. '양판'은 '양푼'일 듯하다. 음식을 담거나 데우는 데에 쓰는 놋그릇.

435) 소갈비찜.

436) 작은 그릇.

437) 대모(玳瑁)로 장식한 작은 칼.

438) 전문(田文 ; ?~B.C.279). 중국 전국시대 제(齊)나라의 유명한 공자(公子). 전국사공자(戰國四公子)
중의 하나로, 식객(食客)이 삼천 명이었다고 한다.

439) 눈썹 모양으로. 맹상군과 눈썹에 관한 고사는 미상(未詳).

440) 소의 염통을 넓게 저며 줄거리대로 짜개서 만든 산적.

441) 양볶음. 소의 양을 볶은 음식. 양은 소의 위(胃 ; 밥통)를 말한다.

442) 봄이 되면 꿩이 스스로 운다. 보통은 봄철이 되면 꿩이 스스로 우는 것으로, 제 허물을 제 스스로
드러냄으로써 남이 알게 된다는 뜻으로 사용된다. 또는 시키거나 요구하지 아니하여도 제풀에 하
는 것을 비유한다.

443) 꿩의 날고기.

적벽듸졉분안기의닝면조차비벼노코싱율슉율잣슝이며호도듸초셕유 〃
자준시잉도탕기갓튼쳥슬이를칫슈인계고야난듸술병치례볼작시면틔결
업난빅옥병과벽히슈상산호병과엽낙금졍오동병과목진황싀병자리병당
화병쇄금병소상동졍죽졀병그가온듸쳔은알안자젹동자쇄금자를차례로
노와난듸구비함도가질씨고

적벽(赤壁) 대접[444] 분원기(分院器)[445]에 냉면(冷麵)조차 비벼 놓고,
생률(生栗) 숙률(熟栗) 잣송이며 호두 대추 석류(石榴) 유자(柚子) 준
시(蹲柿)[446] 앵두, 탕기(湯器) 같은 청실리(靑實梨)[447]를 치수(置數)
있게[448] 괴었는데, 술병 치레 볼작시면 티끌 없는 백옥병(白玉瓶)과
벽해수상(碧海水上) 산호병(珊瑚甁)과 엽락금정(葉落金井)[449] 오동병
(梧桐甁)과 목 긴 황새병 자라병 당화병(唐花甁) 쇄금병(鎖金甁)[450] 소
상(瀟湘) 동정(洞庭) 죽절병(竹節甁)[451] 그 가운데 천은(天銀) 알안
자[452] 적동자(赤銅子)[453] 쇄금자(鎖金子)[454]를 차례(次例)로 놓았는데,
구비(具備)함도 갖을씨고.

444) 조선시대 경기도 장단군의 적벽(赤壁)에서 나던 대접.
445) 사기그릇의 하나. 분원사기(分院沙器). 조선시대에 경기도 광주 분원에서 만든 사기이다.
446) 곶감. 감을 꼬챙이에 꿰지 않고 그대로 말린 것.
447) 푸른빛이 도는 토종 배. 크면서도 맛이 좋다. 청슬레.
448) '차곡차곡' 또는 '볼품있게'의 뜻인 듯하다.
449) 오동잎이 서쪽 우물에 떨어진다. 오동과 금(金)은 가을과 서쪽을 뜻한다. 금정(金井)은 우물 난간
    을 화려하게 꾸민 것으로, 보통 궁궐 후원 숲에 있다. 또는 중국에 있는 우물 이름이라고도 한다.
    이백(李白)의 시 <증별사인제대경지강남(贈別舍人弟臺卿之江南)>의 한 구절이 있다.
    梧桐落金井 오동잎 금정(金井)에 떨어지니
    一葉飛銀床 잎 하나 은상(銀床) 위로 날리네.
    은상(銀床)은 우물 난간.
450) 겉에다 금물을 칠한 병.
451) 소상반죽의 대나무를 잘라 만든 술병. 소상반죽은 주(註) 214 참조.
452) 알[卵]같이 동그란 은주전자. 천은(天銀)은 순은(純銀).
453) 붉은 놋쇠주전자.
454) 금으로 장식한 주전자.

술일홈을일을진딕이적션포도쥬와안기싱자하쥬와살임쳐사송엽쥬와과
하쥬박문쥬천일쥬빅일쥬금노쥬팔 〃 쒸난회쥬약쥬그가온딕힝기로운연
엽쥬골나닉여알안자가득부어쳥동화로빅탄불의남비닝슈쓸난가온데알
안자둘너불한불열데여닉여금잔옥잔잉무빅를그가온딕되여쓰니

술 이름을 이를진대 이적선(李謫仙)[455] 포도주(葡萄酒)[456]와 안기생
(安期生)[457] 자하주(紫霞酒)[458]와 산림처사(山林處士) 송엽주(松葉酒)
와 과하주(過夏酒)[459] 방문주(方文酒)[460] 천일주(千日酒)[461] 백일주(百
日酒) 금로주(金露酒)[462] 팔팔 뛰는 화주(火酒) 약주(藥酒), 그 가운데
향기(香氣)로운 연엽주(蓮葉酒)[463] 골라내어 알안자 가득 부어 청동
(靑銅) 화로(火爐) 백탄(白炭) 불에 냄비 냉수(冷水) 끓는 가운데 알안
자 둘러 불한불열(不寒不熱) 데워 내어 금잔(金盞) 옥잔(玉盞) 앵무배
(鸚鵡杯)[464]를 그 가운데 띄웠으니,

455) 이백(李白). 당시 유명 문인 하지장(賀知章)이 그의 <촉도난(蜀道難)> 시를 보고 나서, 이백을 하
늘에서 귀양온 신선이라는 뜻의 적선(謫仙)이라 불렀다.
456) 이백이 <청평사(淸平詞)>를 지어 바쳤을 때 당현종이 포도주를 하사했다고 한다. 이백의 시 <양
양가(襄陽歌)>의 한 구절이 있다.
遙看漢水鴨頭綠 저 멀리 한수(漢水)는 오리 머리처럼 푸르러
恰似葡萄初醱醅 마치 포도주 막 익어 부글대는 듯하네.
457) 진시황(秦始皇) 때의 선인(仙人)으로, 천 년을 살았다고 하여 천세옹(千歲翁)이라고도 하며, 장수
(長壽)를 대표하는 신선이다.
458) 신선이 먹는다는 술. 유하주(流霞酒)로 보아도 될 듯하다. 유하주는 주(註) 220 참조.
459) 소주와 약주를 섞어서 만든 술. 여름을 날 수 있는 술이란 뜻이다.
460) 특별한 처방에 따라 빚은 술.
461) 마시면 천 일을 잠들게 된다는 명주(名酒). 옛날 유현석(劉玄石)이라는 사람이 이 술을 먹고 천
일 동안 잠들어 있었다고 한다. ≪박물지(博物志) 잡설(雜說)≫
462) 가을철 맑은 이슬을 받아 빚은 술인 듯하다.
463) 시루에 찐 찹쌀밥에 누룩을 버무려 연잎에 싸서 담근 술.
464) 전복이나 소라의 껍질 등을 사용하여 앵무새의 부리 모양으로 만든 술잔. 이백(李白)의 시 <양양
가(襄陽歌)>의 한 구절이 있다.
鸕鷀杓鸚鵡杯 가마우지 국자에 앵무새 술잔으로
百年三萬六千日 백 년 삼만 육천 일을
一日須傾三百杯 하루에 모름지기 삼백 잔씩 마시리라.

옥경연화피난꽃시틴을선여연엽션씌듯딩광보국영으졍파초션씌듯둥덩
실씌여노코권쥬가한곡조의일빅 〃 〃 부일빅라이도령일은마리금야의하
는졀차본니관쳥이안이여던어이그리구비한가춘향모엿자오딘닉짤춘향
곱계길너요조숙여군자호귀가리여셔금실우지평싱동낙하올젹기사량의
노난손임영웅호걸문장들과

옥경(玉京) 연화(蓮花) 피는 꽃이 태을선녀(太乙仙女)[465] 연엽선(蓮
葉船) 띄우듯 대광보국(大匡輔國)[466] 영의정(領議政) 파초선(芭蕉
扇)[467] 띄우듯 둥덩실 띄워 놓고, 권주가(勸酒歌) 한 곡조(曲調)에 일
배일배부일배(一杯一杯復一杯)[468]라.

이(李)도령 이른 말이,

"금야(今夜)에 하는 절차(節次) 보니 관청(官廳)이 아니어든 어이
그리 구비(具備)한가?"

춘향(春香) 모(母) 여쭈오되,

"내 딸 춘향(春香) 곱게 길러 요조숙녀(窈窕淑女) 군자호구(君子好
逑)[469] 가리어서 금슬우지(琴瑟友之)[470] 평생동락(平生同樂)하올 적에
사랑에 노는 손님 영웅호걸(英雄豪傑) 문장(文章)들과

---

465) 하늘에 사는 선녀로 연잎배를 탔다고 한다. 남송(南宋) 시인 한구(韓駒 ; 1080~1135)의 시 <제
　태을진인연엽도(題太乙眞人蓮葉圖)>의 한 구절이 있다.
　太乙眞人蓮葉舟 태을진인이 연엽주 타고
　脫巾露髮寒颼颼 두건 벗자 드러난 머리 찬바람에 날리네.
466) 대광보국숭록대부(大匡輔國崇祿大夫). 문관(文官)으로서 받을 수 있는 최고의 정일품(正一品) 칭
　호이다.
467) 정승이 타는 가마 앞에 세워 가마의 신분을 나타내는, 파초잎 모양의 자루가 긴 부채.
468) 한 잔 한 잔 다시 한 잔. 이백(李白)의 시 <산중대작(山中對酌)>에 나오는 구절이다.
　兩人對酌山花開 둘이서 술 마시는데 산에는 꽃이 피고
　一杯一杯復一杯 한 잔 한 잔 다시 한 잔.
　我醉欲眠君且去 내가 취해 졸리니 그대는 돌아갔다가
　明日有意抱琴來 내일에 생각나면 거문고 안고 오시게.
469) 아리따운 아가씨는 군자(君子)의 좋은 짝이로다. ≪시경(詩經)≫ 첫 편 <관저(關雎)>의 한 구절
　이다.
470) 금슬(琴瑟)은 거문고. ≪시경(詩經)≫ 첫 편 <관저(關雎)>의 한 구절이다. '參差'는 '참치'로 읽
　는다.
　參差荇菜 左右采之 들쭉날쭉 마름풀을 이리저리 뜯어다가
　窈窕淑女 琴瑟友之 아리따운 아가씨를 금슬처럼 사귀리라.

쥭마고우벗임늬쥬야로길기실졔늬당의하인불너밥상슐상지촉할졔보고
빈호지못하고는어이곳등듸하리늬자가불민하면가장나셜씌기미라늬싱
젼심써갈쳐아모쏘록본바다힝하라고돈싱기면사모와셔손으로만드러셔
눈의익고손의도익키랴고일시반씩노지안코시긴바라부족다마르시고구
미듸로잡슈시요잉무빈슐가득부어도련임계드리오니도령잔바다손의들
고탄식하여하는마리늬마음듸로할진듸는육예를힝할터나그러털못하고
기구녁셔방으로들고보니이안이원통하랴이이츈향아그러나우리두리이
슐을듸례슐노알고묵자

죽마고우(竹馬故友)471) 벗님네 주야(晝夜)로 즐기실 제, 내당(內堂)
의 하인(下人) 불러 밥상 술상 재촉할 제, 보고 배우지 못하고는 어이
곧 등대(等待)하리.

내자(內子)가 불민(不敏)하면 가장(家長) 낯을 깎음이라, 내 생전(生
前) 힘써 가르쳐 아무쪼록 본받아 행(行)하라고, 돈 생기면 사 모아서
손으로 만들어서 눈에 익고 손에도 익히라고, 일시(一時) 반(半)
때472) 놓지 않고 시킨 바라 부족(不足)타 말으시고 구미(口味)대로 잡
수시오."

앵무배(鸚鵡杯) 술 가득 부어 도련님께 드리오니 도령 잔(盞) 받아
손에 들고 탄식(歎息)하여 하는 말이,

"내 마음대로 할진대는 육례(六禮)를 행(行)할 터나 그렇덜 못하고
개구녁서방473)으로 들고 보니 이 아니 원통(怨痛)하랴. 이 애 춘향(春
香)아, 그러나 우리 둘이 이 술을 대례(大禮)474) 술로 알고 먹자."

---

471) 대나무 말을 타고 놀던 옛 친구(親舊). 어릴 때부터 가까이 지내며 자란 친구(親舊)를 이르는 말.
동진(東晉)의 귀족이자 명장(名將)인 환온(桓溫)과 그의 친구인 은호(殷浩)와의 고사(故事)에서 유
래되었다.

472) 잠시라도.

473) 개구멍서방. 육례(六禮)의 절차를 거치지 않고 혼인한 것.

474) 혼담에서부터 사주(四柱), 택일(擇日)의 과정을 거쳐 전안례(奠雁禮)와 초례(醮禮)로 이어지는 혼
인 절차. 남녀가 만나 부부가 되는 의식이 인간에게 있어서 가장 큰 의례라는 의미로 대례(大禮)
라 한다.

일빈쥬부어들고네닉말드러셔라쳐치잔은인사쥬요두치잔는합환쥬라이
슐이다른슐아니라근원근본사무리라딕순의아황여형귀히 〃 〃 만난연분
지즁타ᄒ엿쓰되원노의우리연분삼싱가약미친연분쳔말연이라도변치안
이할연분딕 〃 로삼틱육경자손이만이번셩ᄒ야자손징손고손이며무릅우
의안쳐노코죄암 〃 〃 달강 〃 〃 빅셰상슈하다가셔한날한시마조누워션후
업시쥭거드면쳔하의졔일가난연분이졔슐잔들어잡순후의상단아슐부어
너의마루릭졔드려라장모경사슐인이한잔먹소

일배주(一杯酒) 부어 들고,

"너 내 말 들어라. 첫째 잔(盞)은 인사주(人事酒)요, 둘째 잔(盞)은
합환주(合歡酒)[475]라. 이 술이 다른 술 아니라 근원(根源) 근본(根本)
삼으리라.

대순(大舜)의 아황(娥皇) 여영(女英) 귀(貴)히 귀(貴)히 만난 연분(緣
分) 지중(至重)타 하였으되, 월로(月老)[476]의 우리 연분(緣分) 삼생(三
生)[477] 가약(佳約) 맺은 연분(緣分) 천만년(千萬年)이라도 변(變)치 아
니할 연분(緣分), 대대(代代)로 삼태육경(三台六卿)[478] 자손(子孫)이
많이 번성(繁盛)하여 자손(子孫) 증손(曾孫) 고손(高孫)이며 무릎 위에
앉혀 놓고 죄암죄암 달강달강[479] 백세상수(百歲上壽)[480]하다가서 한
날한시 마주 누워 선후(先後) 없이 죽게 되면 천하(天下)에 제일(第一)
가는 연분(緣分)이지."

술잔 들어 잡순 후(後)에,

"향단(香丹)아, 술 부어 너의 마누라[481]께 드려라."

"장모(丈母), 경사(慶事) 술이니 한 잔(盞) 먹소."

---

475) 전통 혼례식에서 신랑 신부가 서로 잔을 바꾸어 마시는 술. 남녀가 함께 자기 전에 마시는 술.

476) 월하노인(月下老人). 남녀의 연분을 맺어준다는 전설의 노인.

477) 전생(前生)과 현생(現生)과 후생(後生).

478) 삼태는 영의정(領議政) 좌의정(左議政) 우의정(右議政). 육경은 이조(吏曹) 호조(戶曹) 예조(禮曹)
병조(兵曹) 형조(刑曹) 공조(工曹) 육조(六曹)의 판서.

479) 아기를 어르는 모양.

480) 백 살이 넘도록 살다.

481) '마나님'의 뜻인 듯하다.

춘향어모슐잔들고일히일비하난마리오나리여식의빅연지고락을믹기는
날리라무삼실품잇슬잇가만은져거슬질너닐졔이비업시셜이질너잇듸을
당하오니영감싱각이간졀하야비창하여이다도련임일은마리이왕지사싱
각말고슐리나먹소춘향모슈삼빅먹은후의도련임통인불너상물여쥬면셔
너도먹고방직도먹여라통인방직상물여먹은후의듸문즁문다닷치고춘향
어모상단이불너자리보젼시길졔원낭금침잣볘기와싀별갓탄요광듸양자
리보젼을졍이하고도련임평안이쉬옵소셔상단아나오너라나하고함기
자 〃 두리다건네갓구나

춘향(春香)의 모(母) 술잔 들고 일희일비(一喜一悲) 하는 말이,

"오늘이 여식(女息)의 백년지고락(百年之苦樂)[482]을 맡기는 날이
라 무슨 슬픔 있으리까마는, 저것을 길러낼 제 애비 없이 설이[483]
길러 이 때를 당(當)하오니 영감 생각이 간절(懇切)하여 비창(悲愴)
하여이다."

도련님 이른 말이,

"이왕지사(已往之事) 생각 말고 술이나 먹소."

춘향(春香) 모(母) 수삼(數三) 배(杯) 먹은 후(後)에 통인(通引) 불러
상(床) 물려주면서,

"너도 먹고 방자(房子)도 먹여라."

통인(通引) 방자(房子) 상(床) 물려 먹은 후(後)에 대문(大門) 중문
(中門) 다 닫히고 춘향(春香)의 모(母) 향단(香丹)이 불러 자리 보전
시킬 제, 원앙금침(鴛鴦衾枕) 잣베개와 샛별 같은 요강 대야, 자리 보
전을 정(整)히 하고,

"도련님, 평안(平安)히 쉬옵소서. 향단(香丹)아 나오너라, 나하고 함
께 자자."

둘이 다 건너갔구나.

---

482) 백거이(白居易)의 시 <태항로(太行路)>의 한 구절이 있다.
　　人生莫作婦人身 세상에 나서 여자 몸 되지 마라.
　　百年苦樂由他人 백 년의 고락이 남에게 달렸다네.

483) 섧게.

춘향과도련임과마조안져노와쓰니그이리엇지되것난야사양을바드면셔
삼각산계일봉 〃 학안자춤츄난듯두활기를예구부시돌고춘향의셤 〃 옥슈
바드 〃 시검쳐잡고으복을콩교하계벽기난듸두손길셕놋턴이춘향가은허
리을담슉안고나상을버셔라춘향이가쳠음이릴쑨안이라북그려워고기을
슈겨몸을틀제이리곰슬져리곰실녹슈에홍연화미풍맛나굼이난듯도련임
초민벽겨계쳐노고바지속옷벽길젹의무한이실난된다이리굼실져리굼실
동히쳥용이구부를치난듯아이고노와요좀노와요에라안될마리로다

춘향(春香)과 도련님과 마주 앉아 놓았으니 그 일이 어찌 되겠느냐.
사양(斜陽)을 받으면서 삼각산(三角山)[484] 제일봉(第一峰) 봉학(鳳
鶴)[485] 앉아 춤추는 듯, 두 활개를 에굽듯이[486] 들고 춘향(春香)의 섬
섬옥수(纖纖玉手) 바드듯이[487] 검쳐[488] 잡고 의복(衣服)을 공교(工巧)
하게 벗기는데, 두 손길 썩 놓더니 춘향(春香) 가는 허리를 담쑥 안고,
　"나상(羅裳)[489]을 벗어라."

춘향(春香)이가 처음 일일 뿐 아니라 부끄러워 고개를 숙여 몸을 틀
제 이리 곰실 저리 곰실 녹수(綠水)의 홍련화(紅蓮花)[490] 미풍(微風)
만나 굼니는 듯, 도련님 치마 벗겨 제쳐 놓고 바지 속옷 벗길 적에 무
한(無限)히 실난된다.[491] 이리 굼실 저리 굼실 동해(東海) 청룡(靑龍)
이 굽이를 치는 듯,
　"아이고, 놓아요. 좀 놓아요."
　"에라, 안 될 말이로다."

---

484) 서울 '북한산'의 다른 이름. 백운대, 인수봉, 만경대의 세 봉우리가 있어 이렇게 부른다.

485) 봉황과 학.

486) 둥그렇게 한 바퀴 구부려

487) 받들 듯이.

488) 감싸. 또는 겹쳐.

489) 치마.

490) 당나라 백거이(白居易)가 기녀에게 써 줬다는 시구가 있다.
　　綠水紅蓮一朶開 푸른 물에 붉은 연꽃 한 송이 피어나니
　　千花百草無顔色 온갖 꽃과 풀들이 얼굴빛을 잃는구나.

491) 실랑이한다. 힐난(詰難)하다.

실난즁옷끈쓸너발가락으싹걸고셔찌여안고진드시눌으며지 〃 긔쓰니발
길아릭써러진다오시활싹버셔지니형산의빅옥셩니이우에더할소냐오시
활신버셔지니도련임거동을보라하고싀금이노으면셔아차 〃 손바졋다춘
향이가침금속으로달여든다도련임왈칵조차들어누어져고리을벽겨닉여
도련임옷가모도한틔다둘 〃 뭉쳐한편구셕의던져두고두리안고마조누워
슨니그듸로잘이가잇나골십닐졔삼승이불춤을추고싀별요강은장단을마
추워청그룽쩡 〃 문고루난달낭 〃 〃 등잔불은가물 〃 〃 마시잇게잘자고낫
구나그가온듸진 〃 한이리야오직하랴

실난 즁(中) 옷끈 끌러 발가락에 딱 걸고서 껴안고 진드시[492] 누르
며 기지개 쓰니 발길 아래 떨어진다. 옷이 활딱 벗어지니 형산(荊山)
의 백옥(白玉)덩이 이 위에 더할쏘냐. 옷이 활씬 벗어지니 도련님 거
동(擧動)을 보려 하고 슬그머니 놓으면서,

"아차차, 손 빠졌다."

춘향(春香)이가 침금(寢衾) 속으로 달려든다. 도련님 왈칵 좇아 들
어 누워 저고리를 벗겨 내어 도련님 옷과 모두 한데다 둘둘 뭉쳐 한
편 구석에 던져 두고, 둘이 안고 마주 누웠으니 그대로 잘 리(理)가
있나. 골즙(骨汁)[493] 낼 제 삼승(三升)[494] 이불 춤을 추고 샛별 요강은
장단(長短)을 맞추어 청그릉 쟁쟁(琤琤), 문고리는 달랑달랑, 등잔불은
가물가물, 맛이 있게 잘 자고 났구나. 그 가운데 진진(津津)한 일이야
오죽하랴.

---

492) 진득하게. 지긋이

493) 정액(精液). 남자가 사정(射精)하는 것을 말한다.

494) 삼승베. 삼승삼베. 성글고 굵은 베. 또는 몽고에서 나는 무명이라고도 한다.

하로잇틀지닉간이어린것더리라신마시간〃식로와북그렴은차〃머러지
고그계는기롱도허고우순말도잇셔자연사랑가〃되야구나사랑으로노난
듸쪽이모양으로노던거시엿짜◑사랑〃〃닉사랑이야동졍칠빅월하초의
무산갓치노푼사랑◑목단무변슈의여쳔창히갓치집푼사랑◑오산젼달발
근듸츄산쳠봉원월사랑

하루 이틀 지나가니 어린것들이라 신(新)맛이 간간(間間) 새로워 부
끄럼은 차차 멀어지고 이제는 기롱(譏弄)도 하고 우스운 말도 있어 자
연(自然) 사랑가가 되었구나. 사랑으로 노는데 똑 이 모양(貌樣)으로
놀던 것이었다.

사랑 사랑 내 사랑이야
동정칠백월하초(洞庭七百月下初)[495]에 무산(巫山)같이 높은 사랑
목단무변수(目斷無邊水)의 여천창해(如天滄海)[496]같이 깊은 사랑
옥산전(玉山顚)[497] 달 밝은데 추산천봉(秋山千峰)[498] 완월(翫月)[499]
사랑

---

495) 동정호(洞庭湖) 칠백 리 달빛 아래. 남송(南宋) 축목(祝穆 ; ?~1255)의 ≪방여승람(方輿勝覽)≫에
　　"동정호는 파릉현(巴陵縣) 서쪽에 있다. 서쪽으로 적사(赤沙)를 포함하고 남쪽으로 청초(青草)에
　　닿았는데, 가로의 길이가 칠팔백 리에 달한다. 해와 달이 그 속에서 뜨고 지는 듯하다.[洞庭湖在
　　巴陵縣西西吞赤沙南連青草橫亘七八百里日月若出沒其中]"라 하였다.
496) 눈길 닿는 끝까지 가없는 물이 하늘같이 넓은 바다.
497) 옥산(玉山)의 꼭대기. 옥산(玉山)은 서왕모가 산다는 군옥산(群玉山). 이 산에 옥(玉)이 많아서 이
　　름하였다 한다.
498) 가을 산의 일천 봉우리.
499) 달을 감상하다.

◐진경한무하올적차문취소하던사랑◐유 〃 낙일월염간의도리화기비친
사랑◐섬 〃 초월분빅한듸함소함틱슷한사랑◐월하의삼싱연분너와나와
만난사랑◐허물업난부 〃 사랑◐화우동산목단화갓치펑퍼지고 〃 은사랑

증경학무(曾經學舞)하올 적 차문취소(借問吹簫)하던500) 사랑

유유낙일월렴간(悠悠落日月簾間)501)에 도리화개(桃李花開)502) 비친
사랑

섬섬초월(纖纖初月) 분백(粉白)한데 함소함태(含笑含態) 숱한 사
랑503)

월하(月下)에 삼생(三生) 연분(緣分) 너와 나와 만난 사랑

허물없는 부부(夫婦) 사랑

화우동산(花雨東山)504) 목단화(牧丹花)같이 펑퍼지고 고운 사랑

---

500) 일찍이 춤을 배울 때 퉁소 부는 법을 묻던. 농옥(弄玉)과 소사(簫史)의 고사(故事). 주(註) 193 참
조. 초당사걸(初唐四傑) 노조린(盧照隣 ; 637~689)의 칠언고시 <장안고의(長安古意)>에 나온다.
借問吹簫向紫煙 퉁소 부는 법 배워 하늘로 날아갔고
曾經學舞度芳年 춤추기 배우려고 꽃다운 나이 보냈는데
得成比目何辭死 나란히 함께 있으니 죽음인들 사양할까
愿作鴛鴦不羨仙 원앙새 되기 바랄 뿐 신선도 부럽지 않네.
자연(紫煙)은 보랏빛 구름 곧 하늘. 비목(比目)은 넙치 등과 같이 눈이 한쪽으로 몰려 있는 것을
말하는데, 흔히 서로 떨어지지 않고 늘 함께 다니는 연인을 비유한다.
501) 아스라이 해가 지고 주렴 사이 달이 뜨다.
502) 복사꽃과 오얏꽃이 피어나다.
503) 가느다란 초승달 모양의 눈썹에 하얗게 분을 바르고 미소와 교태를 머금은. 노조린의 시 <장안고
의(長安古意)>의 한 구절이 있다.
片片行雲著蟬鬢 조각조각 떠도는 구름처럼 검은 머리 얹고
纖纖初月上鴉黃 가느다란 초승달이 눈썹 위에 올랐네.
鴉黃粉白車中出 눈썹 화장에 하얀 분 바르고 수레에서 나오니
含嬌含態情非一 교태를 머금은 정이 하나가 아니로구나.
선빈(蟬鬢)은 미인의 검은 머리, 섬섬초월(纖纖初月)은 가느다란 초승달, 아황(鴉黃)은 눈썹을 그
리는 붓인데 미인의 눈썹을 뜻한다.
504) 꽃잎이 비 오듯 내리는 동산. 또는 비를 머금은 꽃이 있는 동산.

◑영평바당그무갓치얼키고밋친사랑◑은하직여직금갓치올 〃이리이은
사랑◑청누미여침금갓치혼슐마닥감친사랑◑세닉가슈양갓치쳥쳐지고
느러진사랑◑남창북창노적갓치다물 〃 〃 싸인사랑◑은장옥장 〃 식갓치
모 〃 이잠긴사랑◑영산홍노봄바람의넘노난이황봉빅졉꼿슬물고질긴사
랑◑녹슈청강원낭조격으로마조둥실셔노난사랑◑연 〃 칠월칠셕야의견
우직여만난사랑

연평(延平)[505] 바다 그물같이 얽히고 맺힌 사랑

은하(銀河) 직녀(織女) 직금(織錦)같이 올올이 이은 사랑

청루(靑樓) 미녀(美女) 침금(寢衾)같이 혼솔[506]마다 감친 사랑

시냇가 수양(垂楊)같이 펑퍼지고 늘어진 사랑

남창(南倉) 북창(北倉)[507] 노적(露積)[508]같이 다물다물 쌓인 사랑

은장(銀欌) 옥장(玉欌)[509] 장식(粧飾)같이 모모이[510] 잠긴 사랑

영산홍로(映山紅露)[511] 봄바람에 넘노나니 황봉(黃蜂) 백접(白蝶)
꽃을 물고 즐긴 사랑

녹수청강(綠水淸江) 원앙조(鴛鴦鳥) 격(格)으로 마주 둥실 떠 노는
사랑

연년(年年) 칠월(七月) 칠석야(七夕夜)에 견우(牽牛) 직녀(織女) 만
난 사랑

---

505) 조기잡이로 유명한 곳. 원래 황해도 해주군(海州郡)의 도서 지역이었는데, 1995년 인천광역시에
편입되었으며, 1999년 면 이름이 송림면에서 연평면으로 변경되었다.

506) 홈질한 옷의 솔기.

507) 남쪽 창고와 북쪽 창고. 관청에 딸린 창고이다.

508) 노적가리. 곡식 등을 야외에 그대로 쌓아 둔 것.

509) 은이나 옥으로 장식한 장롱.

510) 모서리마다. 구석구석마다. 장식(裝飾)은 장석(裝錫 ; 목가구나 건축물에 장식이나 개폐용으로 부
착하는 금속)으로 보는 것이 나을 듯하다.

511) 영산홍(映山紅)에 맺힌 붉은 이슬.

●육관딕사셩진이가팔션여와노난사랑◐역발산초픽왕이우미인을만난
사랑◐당나라당명왕이양구비만난사랑●명사십이히당화갓치연 〃 이고
은사랑◐네가모도사랑이로구나어화둥 〃 닉사랑아

육관대사(六觀大師)512) 성진(性眞)513)이가 팔선녀(八仙女)514)와 노
는 사랑

역발산(力拔山)515) 초패왕(楚霸王)516)이 우미인(虞美人)517)을 만난
사랑

당(唐)나라 당명왕(唐明王)518)이 양귀비(楊貴妃)519) 만난 사랑

명사십리(鳴沙十里)520) 해당화(海棠花)같이 연연(娟娟)히 고운 사랑

네가 모두 사랑이로구나

어화 둥둥 내 사랑아

---

512) ≪구운몽(九雲夢)≫에 나오는 대사(大師) 이름.

513) ≪구운몽(九雲夢)≫에 나오는 주인공 이름. 육관대사의 제자로 용궁에 심부름 갔다가 팔선녀와
사귄 죄로 속세로 추방되어 양소유(楊少遊)로 환생한다

514) ≪구운몽(九雲夢)≫에 나오는 여덟 명의 선녀. 주인공 성진의 두 아내와 여섯 첩이 된다. 팔선녀
의 이름은 뒤쪽에 나온다.

515) 항우가 죽음을 앞두고 지어 부른 시 <해하가(垓下歌)>의 한 구절이다.
力拔山兮氣蓋世 힘은 산을 뽑고 기운은 세상을 덮었으나
時不利兮騅不逝 때는 불리하고 오추마(烏騅馬)는 달리지 않네.
騅不逝兮可奈何 말이 달리지 않으니 어찌하랴
虞兮虞兮奈若何 우(虞)여 우(虞)여 어쩌란 말이냐.

516) 항우(項羽). 주(註) 191 참조.

517) 항우의 애첩(愛妾). 주(註) 190 참조.

518) 당(唐) 현종(玄宗) 이융기(李隆基 ; 685~762). 처음에는 '개원(開元)의 치(治)'를 이루었으나 양귀
비와 사랑에 빠진 뒤로 정사를 그르쳐 나라가 혼란하게 되었다.

519) 양옥환(楊玉環 ; 719~756). 당(唐) 현종(玄宗)의 비(妃). 춤과 음악에 뛰어나고 총명하여 현종의
총애를 받았으나 안록산의 난 때 죽었다.

520) 여러 군데가 있으나, 함경도 원산 부근의 명사십리가 가장 유명하다.

어화뇌간〃뇌사랑이로구나여바라춘향아저리가거라가는틱도을보자이
만금오느라오는틱도을보자쌩긋웃고아장〃〃거러라걸는틱도보자너와
나와만난사랑연분을파자한들팔고시어듸잇셔싱젼사랑이러하고엇지사
후기약업슬손야너난쥭어될것잇다너난쥭어글자되〃짜지자그늘음자아
뇌쳐쯧졔집여쯧변이되고나는쥭어글쯧되〃하날쳔쯧하날건졔이비부사
나남아들자몸이되야졔집여변의다싹붓치면조을호쯧로만나보자사
랑〃〃뇌사랑

어화 내 간간(衎衎)521) 내 사랑이로구나

여봐라 춘향(春香)아
저리 가거라 가는 태도(態度)를 보자
이만큼 오너라 오는 태도(態度)를 보자
빵긋 웃고 아장아장 걸어라 걷는 태(態)도 보자
너와 나와 만난 사랑
연분(緣分)을 팔자 한들 팔 곳이 어디 있어
생전(生前) 사랑 이러하고 어찌 사후(死後) 기약(期約) 없을쏘냐
너는 죽어 될 것 있다, 너는 죽어 글자 되되
따 지(地) 자(字) 그늘 음(陰) 자(字) 아내 처(妻) 자(字) 계집 녀(女)
자(字) 변(邊)이 되고
나는 죽어 글자 되되
하늘 천(天) 자(字) 하늘 건(乾) 지아비 부(夫) 사내 남(男) 아들 자
(子) 몸이 되어
계집 녀(女) 변(邊)에다 딱 붙이면 좋을 호(好) 자(字)로 만나 보자
사랑 사랑 내 사랑

---

521) 기쁘고도 즐거운 모양. ≪역경(易經) 점괘(漸卦) 육이(六二) 효사(爻辭)≫에 "기러기가 반석(磐石)
에 나아감이라. 마시고 먹는 것이 즐겁고 즐거우니 길(吉)하다.[鴻漸于磐 飮食衎衎 吉]"라 하였다.

●쏘너죽어될것잇다너는죽어물이되 〃 은하수폭포수만경창히수청계수
옥계수일듸장강더져두고칠연퇴한가물졔도일싱진 〃 쳐져잇난음양수란
무리되고나는죽어싀가되 〃 두견조도될나말고요지일월쳥조쳥학빅학이
며듸붕조그린싀가될나말고쌍거쌍늬쎠날줄모르난원앙조란싀가되야녹
수의원앙격으로어화둥 〃 쎠놀거든날인줄을알여무나

또 너 죽어 될 것 있다

너는 죽어 물이 되되

은하수(銀河水) 폭포수(瀑布水) 만경(萬頃) 창해수(蒼海水) 청계수
(淸溪水) 옥계수(玉溪水) 일대장강(一帶長江) 던져두고

칠년대한(七年大旱)[522] 가물 때도 일생(一生) 진진(津津) 추저[523]
있는 음양수(陰陽水)[524]란 물이 되고

나는 죽어 새가 되되 두견조(杜鵑鳥)도 될라 말고

요지(瑤池)[525] 일월(日月) 청조(靑鳥) 청학(靑鶴) 백학(白鶴)이며 대
붕조(大鵬鳥)[526] 그런 새가 될라 말고

쌍거쌍래(雙去雙來) 떠날 줄 모르는 원앙조(鴛鴦鳥)란 새가 되어

녹수(綠水)의 원앙(鴛鴦) 격(格)으로 어화둥둥 떠 놀거든

나인 줄을 알려무나

---

522) 은(殷)나라 탕왕(湯王) 때 칠 년 동안 계속된 가뭄.

523) 젖어.

524) 성적으로 흥분했을 때, 여성의 생식기관에서 나오는 액체를 빗댄 말이다.

525) 서왕모가 잔치를 벌인 연못. 곤륜산(崑崙山)에 있다고 한다. 주(註) 220 참조.

526) ≪장자(莊子)≫에 나오는 커다란 새 이름. 한 번 날개를 치면 구만 리를 날아오른다고 한다. ≪장
자(莊子) 소요유(逍遙遊)≫에 "북녘의 아득한 검은 바다[北冥]에 물고기가 살고 있다. 그 이름을
곤(鯤)이라고 한다. 그 곤의 크기가 몇천 리나 되는지 알 수 없다. 이 곤은 어느 날 갑자기 새로
변신하는데, 새가 되면 그 이름을 붕(鵬)이라고 한다. 이 붕의 등 넓이 또한 몇천 리인지 알 수
없다. 이 붕이 한번 떨쳐 힘차게 날아오르면 그 펼친 날개는 창공에 드리운 구름과 같다. 이 새는
바다에 큰 바람이 일어나면 남녘의 아득한 바다[南冥]로 날아가려고 한다. 남녘의 아득한 바다란
천지(天池)이다."라 하였다.

사랑〃〃ㄴ간〃ㄴ사랑이야◆안이그건도나안이될나요그러면너죽어될
것잇다너는죽어경쥬인경도될나말고젼주인경도될나말고송도인경도될
나말고장안죵노인경되고나는죽어인경마치되야삼십삼쳔이십팔슉을응
하야질마지봉화셰자루써지고남산봉화두자루써지면인경쳣마듸치난소
리그겨뎅〃칠찍마당다르사람듯기여는인경소리로만알어도우리속으로
는춘향뎅도련임뎅이라맛나보자구나사랑〃〃ㄴ간〃ㄴ사랑이야

사랑 사랑 내 간간(衎衎) 내 사랑이야

"아니, 그것도 나 아니 될라요."

그러면 너 죽어 될 것 있다
너는 죽어 경주(慶州) 인경[527]도 될라 말고
전주(全州) 인경도 될라 말고
송도(松都)[528] 인경도 될라 말고
장안(長安) 종로(鐘路) 인경 되고
나는 죽어 인경 마치 되어
삼십삼천(三十三天) 이십팔숙(二十八宿)을 응(應)하여
질마재[529] 봉화(烽火) 세 자루 꺼지고
남산(南山) 봉화(烽火) 두 자루 꺼지면
인경 첫 마디 치는 소리 그저 뎅뎅 칠 때마다
다른 사람 듣기에는 인경 소리로만 알아도
우리 속으로는 춘향(春香) 뎅 도련님 뎅이라 만나 보자꾸나
사랑 사랑 내 간간(衎衎) 내 사랑이야

---

527) 조선시대에 통행금지를 알리거나 해제하기 위하여 치던 종. 인정(人定).

528) 지금의 개성(開城).

529) 서울 서쪽에 있는 고개 이름. 안현(鞍峴).

◆안이그것도나는실소그러면너죽어될것잇다너는죽어방이확이되고나
는죽어방이고가되야경신연경신월경신일경신시의강틱공조작방아그져
셜쑤덩〃〃〃찍커들난날린줄알여무나사랑〃〃닉사랑닉간〃사랑이야
◆춘향이하난마리실소그것도닉안이될나요엇지하야그마린야나는항시
엇지이싱이나후싱이나밋틔로만될난인씨지미업셔못쓰거소

"아니, 그것도 나는 싫소."

그러면 너 죽어 될 것 있다
너는 죽어 방아확530)이 되고 나는 죽어 방앗공이가 되어
경신년(庚申年) 경신월(庚申月) 경신일(庚申日) 경신시(庚申時)에 강
태공(姜太公) 조작(造作)531) 방아
그저 떨구덩떨구덩 찧거들랑 나인 줄 알려무나
사랑 사랑 내 사랑 내 간간(衍衍) 사랑이야

춘향(春香)이 하는 말이
"싫소. 그것도 내 아니 될라요."
"어찌하여 그 말이냐?"
"나는 항시(恒時) 어찌 이생이나 후생(後生)이나 밑으로만 되라니까
재미없어 못 쓰겠소."

---

530) 절구의 아가리로부터 밑바닥까지의 구멍.

531) 방아를 만들어 놓고 동티를 막기 위해 방아의 오른쪽이나 왼쪽에 잘 보이도록 '庚申年庚申月庚申
日庚申時姜太公造作'(경신년경신월경신일경신시강태공조작)이라고 써 놓는 풍습이 있고, 집을 지
어 대들보를 얹거나 지붕을 올릴 때에도 같은 풍습이 있었다. 이것은 오행(五行)의 금극목(金克
木) 원리에 따른 것으로, 경(庚)과 신(申)이 모두 금(金)에 속하여 목기(木氣)에 의한 동티를 막기
위한 것이다. 또 무왕(武王)을 도와 은(殷)나라를 정벌하고 주(周)나라를 세우는 데 큰 공을 세운
강태공(姜太公)이 바로 이 날에 태어났다고 한다.

그러면니죽거우로가계하마너는죽어독미웃싹이되고나는죽어밋싹되야
이팔쳥춘홍안미싴더리셤〃옥수로밋쎠을잡고슬〃두루면쳔원지방격으
로휘〃도라가거던나린줄을알여무나실소그것안이될나요우의로싱긴거
시부이나게만싱기엿소무슨연의원슈로셔일싱한구먹이더하니아무것도
나는실소그러면너죽어될것잇다너는죽어명사십이히당화가되고나는죽
어나부되야나는네꼿숭이물고너는닉수염물교츈풍이건듯불거던너
울〃〃추물추고노라보자

그러면 너 죽어 위로 가게 하마

너는 죽어 독매[532] 위짝이 되고 나는 죽어 밑짝 되어

이팔청춘(二八靑春) 홍안미색(紅顏美色)들이 섬섬옥수(纖纖玉手)로 맷대를 잡고 슬슬 돌리면

천원지방(天圓地方)[533] 격(格)으로 휘휘 돌아가거든 나인 줄을 알려무나

"싫소, 그것 아니 될라요. 위로 생긴 것이 부아나게만[534] 생기었소. 무슨 년의 원수(怨讎)로서 일생(一生) 한 구멍이 더하니 아무것도 나는 싫소."

그러면 너 죽어 될 것 있다

너는 죽어 명사십리(鳴沙十里) 해당화(海棠花)가 되고

나는 죽어 나비 되어

나는 네 꽃송이 물고

너는 내 수염(鬚髥) 물고

춘풍(春風)이 건듯 불거든

너울너울 춤을 추고 놀아 보자

---

532) 돌로 만든 맷돌. 맷돌은 위짝에 구멍이 있다.

533) 하늘은 둥글고 땅은 모가 나다. 고대 동양에서 세상을 인식하던 사유 방식이다.

534) 분한 마음이 생기게만.

사랑〃〃뇌사랑이야◑뇌간〃사랑이졔이리보와도뇌사랑져리보와도뇌
사랑이모다뇌사랑갓틔면사랑걸여살슈잇나어허둥〃뇌사랑뇌에쎄뇌사
랑이야◑쌩긋〃〃웃는거슨화즁왕모란화가하로밤셰우뒤예밤만피고자
흔듯아물리보와도뇌사랑뇌간〃이로구나◑그러면엇져잔마린야너와나
와유졍하니◑졍쓰로노라보자음상동하여졍짜노릭나불너보싀드롭시다
뇌사랑아들러셔라너와나와유졍하니어이안니다졍하리

사랑 사랑 내 사랑이야
내 간간(衎衎) 사랑이지
이리 보아도 내 사랑 저리 보아도 내 사랑
이 모두 내 사랑 같으면
사랑 걸려 살 수 있나
어허둥둥 내 사랑 내 예뻐 내 사랑이야
빵긋빵긋 웃는 것은
화중왕(花中王) 모란화[牧丹花]가
하룻밤 세우(細雨) 뒤에 반(半)만 피고자 한 듯
아무리 보아도 내 사랑 내 간간(衎衎)이로구나
그러면 어쩌잔 말이냐
너와 나와 유정(有情)하니 정 자(字)로 놀아 보자
음(音) 상동(相同)하여 정 자(字) 노래나 불러 보세

"들읍시다."

내 사랑아 들어셔라535)
너와 나와 유정(有情)하니 어이 아니 다정(多情)하리

---

535) 들어보아라.

담담장강수(澹澹長江水) 유유(悠悠)의 원객정(遠客情)536)
하교(河橋)에 불상송(不相送) 강수원함정(江樹遠含情)537)

---

536) 당나라 위승경(韋承慶 ; 640~706)이 아우와 이별하며 쓴 시 <남행별제(南行別弟)>의 한 구절
이다.
澹澹長江水 넘실넘실 장강(長江)의 물은
悠悠遠客情 아스라이 먼 나그네 마음이네.
落花相與恨 지는 꽃도 서로 애틋하여
到地一無聲 땅에 떨어져도 소리 하나 없네.

537) 초당사걸(初唐四傑) 송지문(宋之問 ; 656?~712)이 친구 두심언(杜審言)과 이별하며 쓴 시 <별두
심언(別杜審言)>의 한 구절이다.
臥病人事絶 병들어 누우니 사람들 끊어지고
嗟君萬里行 아, 그대는 만릿길을 떠나가네.
河橋不相送 하수(河水) 다리에서 차마 보내질 못하는데
江樹遠含情 강가 나무는 머나먼 마음 머금었네.

송군남포불승정(送君南浦不勝情)[538]

무인불견송아정(無人不見送我情)[539]

---

538) 당나라 재상이자 시인인 무원형(武元衡 ; 758~815)의 시 <악저송우(鄂渚送友)>의 한 구절이다.
　　雲帆森森巴陵渡 구름 같은 돛배 아스라한 파릉(巴陵)의 나루터
　　烟樹蒼蒼故郢城 연기 낀 나무들 푸르른 옛날 영성(郢城) 땅에서
　　江上梅花無數落 강 위 매화는 수도 없이 떨어지는데
　　送君南浦不勝情 그대를 남포에서 보내려니 마음을 어쩌지 못하겠네.
　　파릉은 호남성 악양(岳陽), 영성은 호북성 형주(荊州), 악저는 중국 호북성 무창(武昌) 황학산(黃
　　鶴山) 근처의 지명, 남포는 특별한 지명이 아니라 하량(河梁)이나 위성(渭城)처럼 벗이나 연인들
　　이 이별하는 장소를 일반적으로 가리키는 말이다.
　　또 고려 때 시인이자 정치가인 정지상(鄭知常 ; ?~1135)이 이를 차용한 시 <송인(送人)>이 있다.
　　雨歇長堤草色多 비 그친 긴 둑에 풀빛 짙은데
　　送君南浦動悲歌 그대 보내는 남포(南浦)에 슬픈 노래 울리네.
　　大同江水何時盡 대동강(大同江) 물은 어느 때나 다하려나
　　別淚年年添綠波 이별의 눈물이 해마다 푸른 물결 더하는 것을.

539) 나를 보내는 마음을 알아주지 못하는 이 없네. 이백(李白)이 왕륜(汪倫)이라는 사람에게 지어준
　　시 <증왕륜(贈汪倫)>이 있다.
　　李白乘舟將欲行 이백(李白)이 배에 올라 떠나려 하는데
　　忽聞岸上踏歌聲 갑자기 언덕 위에 노랫소리 들려오네.
　　桃花潭水深千尺 도화담(桃花潭) 못물이 천 척(尺)이나 깊더라도
　　不及汪倫送我情 왕륜(王倫)이 나를 보내는 마음에는 못 미치리.
　　도화담(桃花潭)은 안휘성 경현(涇縣)에 있는 지명(地名). 답가(踏歌)는 중국의 전통 춤의 하나인
　　데, 여기서는 시를 읊조리거나 노래를 부르며 걷는 것을 뜻한다.

●한틱조히의졍●삼틱육경빅관조졍●도량청졍●각씨친졍친고통졍●
난셰평졍우리두리쳔연인졍●월명셩하소상동졍

한(漢) 태조(太祖) 희우졍(喜雨亭)[540]

삼태육경(三台六卿) 백관(百官) 조졍(朝廷)

도량청졍(道場淸淨)[541]

각시 친졍(親庭) 친구(親舊) 통졍(通情)

난세(亂世) 평졍(平定) 우리 둘이 쳔년(千年) 인졍(人情)

월명셩희(月明星稀)[542] 소상(瀟湘) 동졍(洞庭)

---

540) 한(漢) 태조(太祖)와 관련된 희우졍(喜雨亭)은 미상(未詳). 보통 소식(蘇軾)의 <희우졍기(喜雨亭記)>가 유명하고, 우리 나라에는 조선 세종 때 망원졍(望遠亭)에 얽힌 이야기가 있다. 망원졍은 조선 세종 6년(1424)에 세종의 형인 효령대군의 별장으로 지어진 건물이다. 세종 7년(1425) 가뭄이 계속되자 농민의 삶을 걱정한 세종이 농사 형편을 살피기 위해 서울 서쪽의 넓은 들을 살피고, 효령대군이 살고 있는 이곳에 들렀다. 그런데 때마침 단비가 내려 온 들판을 촉촉하게 적시므로 왕이 기뻐하며 정자의 이름을 '기쁜 비를 만난 정자'라는 의미의 희우졍(喜雨亭)이라 했다. 판소리 사랑가 중에 "하남태수(河南太守)의 희우졍(喜有情)"이라 하고, 하남태수 오정위(吳廷尉)가 제자였던 가의(賈誼)를 효문제(孝文帝)에게 추천하였는데 뒤에 가의가 장사(長沙)로 귀양갔을 때에도 서로 친하게 지낸 것이라 하였다.

541) 절간이 깨끗하다는 뜻이다. 도량(道場)은 불가나 도가에서 수도하는 장소를 말한다.

542) 달이 밝으니 별이 드물다. 삼국시대 조조(曹操 : 155~220)가 지은 <단가행(短歌行)>에 나오는 구절이다. 보통 어진 사람이 나오면 소인(小人)들은 숨어버린다는 것을 비유하기도 한다. 조조의 <단가행>은 <대주당가(對酒當歌)>라고도 하는데, 이 부분은 다음과 같다.
月明星稀 달 밝으니 별은 드물고
烏鵲南飛 까막까치는 남으로 나네.
繞樹三匝 나무를 빙빙 돌아 보아도
何枝可依 어느 가지라고 의지하겠나.
앞의 두 구절은 북송(北宋)의 대문인인 소식(蘇軾)의 <적벽부(赤壁賦)>에도 인용되었다.

◉세상만물조화졍근심걱졍◉소지원졍쥬워인졍◉음식투졍복업는져방
졍◉송졍관졍니졍외졍◉이송졍쳔양졍양구비침힝젼◉이비의소상졍

세상(世上) 만물(萬物) 조화정(造化定) 근심 걱정

소지원정(所志寃情)543) 주어 인정(人情)

음식(飮食) 투정 복(福) 없는 저 방정

송정(訟庭) 관정(官庭) 내정(內庭) 외정(外庭)

애송정(愛松亭)544) 천양정(穿楊亭)545)

양귀비(楊貴妃) 침향정(沈香亭)546)

이비(二妃)의 소상정(瀟湘亭)547)

---

543) 소장(訴狀)을 올려 자신의 억울함을 호소하는 것. 소지(所志)는 소장(訴狀). 원정(寃情)은 자신의
억울한 사정을 호소하는 글.

544) 미상(未詳). 전라남도 영암(靈巖)에 애송당(愛松堂) 문익현(文益顯 ; 1573~1646)이 낙향하여 지
었다는 애송당(愛松堂)이라는 정자가 있다.

545) 전주시 다가산(多佳山)에 있는 정자로 다가정(多佳亭)이라고도 하는데, 여기에 활터가 있었다. 춘
추시대 초(楚)나라 양유기(養由基 ; ?~B.C.559)라는 사람이 활을 쏘아 백 보(步) 밖의 버드나무
잎을 꿰뚫었다[穿楊]는 이야기가 있다. 백발백중(百發百中), 백보천양(百步穿楊)의 고사.

546) 장안궁(長安宮) 안 흥경지(興慶池) 주변에 침향목(沈香木)으로 지은 정자로 모란의 명소였다. 현
종과 양귀비가 꽃을 감상하던 곳이다. 이백(李白)의 <청평조(淸平調)> 세 번째 수에 나온다.
名花傾國兩相歡 꽃 같은 절세 미녀와 둘이 서로 즐기는데
常得君王帶笑看 언제나 임금님 웃음 짓고 바라보시네.
解識春風無限恨 봄바람 불어올 때 끝없는 한 풀어내고
沈香亭北倚闌干 침향정(沈香亭) 북쪽 난간에 기대어 섰네.

547) 중국 호남성 영주(永州)에 있는 정자. 이곳에서의 소상야우(瀟湘夜雨 ; 소상강에 내리는 밤비)가
소상팔경(瀟湘八景)의 하나라 한다. 이비(二妃)는 주(註) 214 참조.

◑한송정빅화만발호춘정◑기린토월육모정◑너와나와만난정일정실정
논지하면닉마음은원형이정◑네마음은일편탁정◑이갓치다정다가만일
직파정하면복통졀정◑걱정되니진정으로원정하잔그정짜다

한송정(寒松亭)[548] 백화만발(百花滿發) 호춘정(好春亭)[549]

기린토월(麒麟吐月)[550] 육모정(六茅亭)[551]

너와 나와 만난 정(情)

인정(人情) 실정(實情) 논지(論之)하면

내 마음은 원형이정(元亨利貞)[552]

네 마음은 일편탁정(一片託情)[553]

이같이 다정(多情)타가 만일(萬一) 즉(卽) 파정(破情)하면

복통절정(腹痛絶情) 걱정되니

진정(眞情)으로 원정(原情)하잔 그 정 자(字)다

---

548) 강원도 강릉에 있는 정자인 듯하다. 고려 전기의 시인 장연우(張延祐 ; ?~1015)의 <한송정(寒松亭)>이란 시가 있다.
月白寒松夜 달 밝은 한송정(寒松亭)의 밤에
波安鏡浦秋 물결 잔잔한 경포(鏡浦)는 가을이네.
哀鳴來又去 슬피 울며 왔다가는 다시 가니
有信一沙鷗 믿음이 있기로는 한 마리 갈매기로다.

549) 미상(未詳).

550) 기린봉(麒麟峰)이 달을 토해 내니. 기린봉은 전라북도 전주시 완산구 교동에 있는 봉우리 이름으로, 기린토월은 전주8경의 하나이다.

551) 남원시 주천면 정령치 구룡계곡 옆에 육모정(六茅亭)이라는 정자가 있다. 전주 기린봉에는 백운정(白雲亭)이라는 정자가 있었다고 한다.

552) ≪주역(周易)≫ 건괘(乾卦)의 괘사(卦辭). 주(註) 279 참조.

553) 한 조각 맡긴 정.

춘향이조와라고하는마리졍쏙은도져하오우리집지슈잇계안퇵경이나좀
일거쥬오도령님허 〃 웃고그쑨인줄아는야쏘잇지야●궁짜노릭을드러보
와라이고얄굿고우숩다궁짜노릭가무어시요네드러보와라조흔마리만한
이라조분쳔지기퇵궁●뇌셩벽역풍우쇽의셔기삼광풀여잇난엄장하다창
합궁●셩덕이너부시사조림이어인일고

춘향(春香)이 좋아라고 하는 말이,

"졍 속은 도져(到底)554)하오. 우리 집 재수(財數) 있게 안택경(安宅
經)555)이나 좀 읽어 주오."

도령님 허허 웃고,

"그뿐인 줄 아느냐? 또 있지야. 궁 자(字) 노래를 들어 보아라."

"애고, 얄궂고 우습다. 궁 자(字) 노래가 무엇이오?"

"네 들어 보아라. 좋은 말이 많으니라."

좁은 천지(天地) 개태궁(開胎宮)556)

뇌성벽력(雷聲霹靂) 풍우(風雨) 속에 서기(瑞氣) 삼광(三光)557) 풀려
있는 엄장(嚴壯)하다 창합궁(閶闔宮)558)

성덕(聖德)이 넓으시사 조림(照臨)559)이 어인 일고

---

554) 썩 잘 되어 매우 좋음. 끝까지 이르러서 훌륭함.

555) 판수나 무당이 집안에 탈이 없도록 터주를 위로하기 위해서 읽는 경문(經文).

556) 여자의 성기(性器)를 뜻한다. 여자가 처음 아이를 낳는 것을 형용한 것.

557) 해와 달과 별의 세 가지 빛.

558) 하늘의 신선이 산다는 전설상의 궁전 이름. 남조(南朝) 양(梁)나라 심약(沈約 ; 441～513)의 <화
경릉왕유선시(和竟陵王遊仙詩)>에 다음과 같은 구절이 있다.
朝止閶闔宮 아침에 창합궁(閶闔宮)에 머물러선
暮宴清都闕 저녁에 청도궐(清都闕)에 잔치하네.
경릉왕(竟陵王)은 소자량(蕭子良 ; 460～494). 청도궐(清都闕)은 청도강궐(清都絳闕)로, 천상의 선
계(仙界) 또는 옥황상제가 사는 궁궐이다.

559) 임금이 백성에게 임함.

쥬지긱운성하던은왕의딕경궁❶진씨황아방궁❶문천하득하실적기한틴
조할양궁❶그져딕장낙궁❶반쳡여의장신궁❶당명황계상춘궁❶이리올
나이궁겨리올나셔벽궁❶용궁속의수졍궁❶월궁속의광한궁

주지객운성(酒池客雲盛)하던560) 은왕(殷王)561)의 대정궁(大庭宮)562)

진시황(秦始皇) 아방궁(阿房宮)563)

문천하득(聞天下得)564)하실 적에 한(漢) 태조(太祖) 함양궁(咸陽
宮)565)

그 곁에 장락궁(長樂宮)566)

반첩여(班婕妤)567)의 장신궁(長信宮)568)

당명황제(唐明皇帝) 상춘궁(賞春宮)569)

이리 올라 이궁(離宮) 저리 올라서 별궁(別宮)

용궁(龍宮) 속에 수정궁(水晶宮)570)

월궁(月宮) 속에 광한궁(廣寒宮)

---

560) 술로 만든 연못에 손님이 구름처럼 많던. 강태공(姜太公)의 ≪육도(六韜)≫에 "주(紂)가 술 연못
을 만들어 술지게미 언덕을 배로 돌며 놀았는데, 취하도록 마셔대는 사람이 삼천 명의 무리를 이
루었다.[紂爲酒池廻船糟丘而牛飮者三千餘人爲輩]"라 하였다.

561) 은(殷)의 마지막 임금인 주(紂). 주지육림(酒池肉林)의 고사가 있다.

562) 은나라 때의 궁전인 듯하나 미상(未詳).

563) 진시황(秦始皇)이 위수(渭水)의 남쪽에 지으려 했던 궁궐 이름. 지금 협서성(陝西省) 서안시(西安
市) 서남쪽에서 유적이 출토된다고 한다.

564) 천하를 얻을 계책을 듣다. 진(秦)나라 말기 장량(張良)이 황석공(黃石公)에게서 병법에 관한 책
을 얻어 10 년을 공부하여 한고조(漢高祖) 유방(劉邦)을 도와 한(漢)나라를 세우는 데 큰 공을
세웠다.

565) 중국 전국시대에 건설된 진(秦) 나라의 궁궐. 진나라 역대 국왕들을 거치면서 증축된 거대한 궁
궐이었다. 항우가 불태웠다는 아방궁(阿房宮)은 사실은 함양궁이었으리라 추측하고 있다.

566) 한(漢)나라 고조(高祖)가 진(秦)나라의 흥락궁(興樂宮)을 고쳐 지은 궁전. 그 안에 여태후(呂太后)
의 거처였던 장신궁(長信宮)이 있었다.

567) 주(註) 199 참조.

568) 주(註) 197 참조.

569) 미상(未詳). 실재했던 궁전은 아닌 듯하다.

570) 용궁(龍宮)을 달리 이르는 말.

●너와나와합궁하니한평싱무궁이라●이궁져궁다바리고네양각싀슈룡
궁의늬으심쥴방망치로질을닌자구나춘향이반만웃고그런잡담은마르시
요그계잡담안이로다춘향아우리두리어붐지리나하여보자이고참잡성시
러워라어붐질을엇써케ᄒᆞ여요어붐질여러번한성부르계말하던거시엿다
어붐질천하쉽어라너와나와활신벗고업고놀고안고도놀면그계어붐질이
졔야이고나는북그러워못벗것소예라요겨집아히야안될마리로다닌먼져
버스마

너와 나와 합궁(合宮)[571]하니 한평생 무궁(無窮)이라
이 궁 저 궁 다 버리고 네 양각(兩脚)[572] 사이 수룡궁(水龍宮)[573]에
나의 힘줄방망이[574]로 길을 내자꾸나

춘향(春香)이 반(半)만 웃고,
"그런 잡담(雜談)은 말으시오."
"그게 잡담(雜談) 아니로다. 춘향(春香)아, 우리 둘이 업음질이나 하
여 보자."
"애고, 참 잡성스러워라.[575] 업음질을 어떻게 하여요?"
업음질 여러 번(番) 한 성부르게[576] 말하던 것이었다.
"업음질 천하(天下) 쉬워라. 너와 나와 활씬 벗고 업고 놀고 안고도
놀면 그게 업음질이지야."
"애고, 나는 부끄러워 못 벗겠소."
"에라, 요 계집아이야, 안될 말이로다. 내 먼저 벗으마."

---

571) 남녀의 성교(性交)를 뜻한다.
572) 두 다리.
573) 여자의 성기(性器)를 비유하여 표현한 말.
574) 남자의 성기(性器)를 비유하여 표현한 말.
575) 잡상(雜常)스럽다. 잡되고 상스러운 데가 있다.
576) 많이 하여 본 듯이.

보션단임허리듸바지져고리훨신버셔한편구석의밀쳐놋코웃둑셔니춘향
이그거동을보고쌩긋웃고도라셔다하는마리영낙업난낫돗치비갓소오냐
네말조타쳔지만물이짝업난계업난이라두돗치비노라보자그러면불이나
끄고노사이다불리업시면무슨직미잇것는야어셔버셔라 〃 〃 〃 이고나
는실어요도련임춘향오슬벽기러할졔넘놀면서어룬다만쳡쳥산늘근범이
살진암키를무러다노코이는업셔먹든못하고흐르룽 〃 〃 〃 아웅어룬난듯
북히흑용이여의쥬를입으다물고치운간의늠논난듯단산봉황이쥭실물고
오도속으늠노난듯

버선 대님 허리띠 바지 저고리 훨씬 벗어 한편 구석에 밀쳐 놓고
우뚝 서니, 춘향(春香)이 그 거동(擧動)을 보고 빵긋 웃고 돌아서다 하
는 말이,

"영락(零落)없는 낮도깨비 같소."

"오냐, 네 말 좋다. 천지(天地) 만물(萬物)이 짝 없는 게 없느니라.
두 도깨비 놀아 보자."

"그러면 불이나 끄고 노사이다."

"불이 없으면 무슨 재미 있겠느냐. 어서 벗어라, 어서 벗어라."

"애고, 나는 싫어요."

도련님 춘향(春香) 옷을 벗기려 할 제 넘놀면서[577] 어룬다. 만첩(萬
疊) 청산(靑山) 늙은 범이 살찐 암캐를 물어다 놓고 이는 없어 먹든
못하고 흐르룽 흐르룽 아웅 어루는 듯, 북해(北海) 흑룡(黑龍)[578]이 여
의주(如意珠)를 입에다 물고 채운간(彩雲間)에 넘노는 듯, 단산(丹
山)[579] 봉황(鳳凰)이 죽실(竹實) 물고 오동(梧桐) 속에 넘노는 듯,[580]

---

577) 이리저리 넘나들어 놀면서.
578) 북방을 수호하는 신령한 용. 빛을 싫어하여 초생달이 뜰 때만 나타난다고도 한다. 오행(五行)에
    따라 북쪽은 흑색이 된다.
579) 단혈산(丹穴山). 봉황이 깃들어 산다는 전설 속의 산 이름. ≪산해경(山海經) 남산경(南山經)≫
580) 봉황은 대열매만 먹고 오동나무에만 깃든다고 한다.

구 〃 청학이난초을물고서오송간의늠노난듯춘향의가는허리를후리쳐다
담숙안고지 〃 긔아드득썰며귀쌥도쪽 〃 썰며입서리도쪽 〃 썰면서주홍갓
턴셔을물고오식단쳥순금장안의쌍거상닉비들키갓치쑥쑹쑹 〃 으흥거러
뒤로돌여담쑥안고겨셜쥐고발 〃 썰며져고리초민바지속것까지활신벼겨
노니춘향이북그러워한편으로잡치고안겨슬졔도련임답 〃 하여가만이살
펴보니얼골이복찜ᄒ야구실땀이송실 〃 〃 안자ᄉ나이이춘향아이리와업
피거라춘향이북그려ᄒ니북그럽기는무어시북그러워이왕의다아난빅니
어셔와업피거라

구고청학(九皐靑鶴)581)이 난초(蘭草)를 물고서 오송간(梧松間)에 넘
노는 듯, 춘향(春香)의 가는 허리를 후리쳐다 담쑥 안고 기지개 아드
득 떨며 귓밥도 쪽쪽 빨며 입서리582)도 쪽쪽 빨면서 주홍(朱紅) 같은
혀를 물고, 오색(五色) 단청(丹靑) 순금장(純金欌)583) 안의 쌍거쌍래
(雙去雙來) 비둘기 같이 꿍꿍끙끙 으흥거려 뒤로 돌려 담쑥 안고 젖을
쥐고 발발 떨며, 저고리 치마 바지 속곳까지 활씬 벗겨 노니 춘향(春
香)이 부끄러워 한편으로 잡치고584) 앉았을 제, 도련님 답답하여 가만
히 살펴보니 얼굴이 복찜하여585) 구슬땀이 송실송실 앉았구나.

"이 애 춘향(春香)아, 이리 와 업히거라."

춘향(春香)이 부끄러워하니,

"부끄럽기는 무엇이 부끄러워? 이왕(已往)에 다 아는 바니 어서 와
업히거라."

---

581) 깊은 산의 푸른 학(鶴). 구고는 여러 겹으로 된 깊은 못, 또는 하늘에 있는 연못을 뜻한다. ≪시경
    (詩經) 명학(鳴鶴)≫에 이런 구절이 있다.
    鶴鳴于九皐 학(鶴)이 깊은 못에서 울면
    聲聞于野 그 소리가 들판에 들리느니라.

582) 입술.

583) 금으로 장식한 새장.

584) 두 다리를 겹쳐 포개고.

585) 불그레하게 상기되어. 얼굴이 붉어져.

춘향을업고취기시며업다그계집아히똥집장이무겁다네가너등의업피인
기마음이엇더ᄒ냐한긋나게좃소이다존야조와요나도조타조흔말을할거
시니네가되답만하여라말삼되답하올터니하여보옵소셔네가금이지야금
이란이당치안소팔연풍진초한시절의육츌기계진펑이가범아부를자부랴
고황금사만을헛터쓴니금이어이나물잇가그러면진옥인냐

춘향(春香)을 업고 추키시며,

"어따, 그 계집아이 똥집 장(壯)히 무겁다. 네가 내 등에 업힌 게 마음이 어떠하냐?"

"한끗나게586) 좋소이다."

"좋냐?"

"좋아요."

"나도 좋다. 좋은 말을 할 것이니 네가 대답(對答)만 하여라."

"말씀 대답(對答)하올 테니 하여 보옵소서."

"네가 금(金)이지야?"

"금(金)이라니 당(當)치않소. 팔년(八年) 풍진(風塵) 초한(楚漢) 시절(時節)587)에 육출기계(六出奇計)588) 진평(陳平)589)이가 범아부(范亞父)590)를 잡으려고 황금(黃金) 사만(四萬)을 흩었으니591) 금(金)이 어이 남으리까."

"그러면 진옥(眞玉)이냐?"

---

586) 더할 수 없이. 엄청나게.

587) 유방(劉邦)과 항우(項羽)가 중원을 놓고 팔 년을 싸울 때에.

588) 유방의 책사(策士)였던 승상(丞相) 진평(陳平)이 여섯 번의 기묘한 계책을 내어 결국 유방이 중국을 통일하는 데 큰 기여를 하였는데, 이것이 그 첫 번째 계책으로, '돈을 풀어 반간계(反間計)를 써서 항우의 군신 관계를 이간하는[捐金行反間計 離間項羽君臣]' 것이었다.

589) 진평(陳平 ; ?~B.C.178). 진말(秦末)에서 전한(前漢) 초기의 정치가이자 군사(軍師). 주(註) 588 참조.

590) 범증(范增 ; B.C.277~B.C.204). 항우의 책사로, 항우가 그를 높여 작은아버지라는 뜻의 아부(亞父)라고 불렀다.

591) 진평이 항우와 범증 사이를 이간하려고 황금 사만을 써서 결국 둘 사이를 갈라놓았다.

풍잠

옥이란이당치안소만고영웅진씨황이형산의옥을어더이사의명필노❶슈
명우천기슈영창이라옥쇄를만드러셔만세유견을하여쓰니옥이어이되올
잇가그러면네가무어시냐히당화냐히당화란이당치안소명사십이안녀
든히당화가되오릿가그러면네가무어시냐밀화금픠호박준쥬냐안이그거
도당치안소삼틱육경듸신직상팔도방빅슈령임네갓끈풍잠다하고셔나문
거슨경힝으일등명기지환벌허다이다만든니호박준쥬부당하오

"옥(玉)이라니 당(當)치않소. 만고(萬古) 영웅(英雄) 진시황(秦始皇)
이 형산(荊山)의 옥(玉)을 얻어 이사(李斯)[592]의 명필(名筆)로 수명우
천기수영창(受命于天旣壽永昌)[593]이라 옥새(玉璽)를 만들어서 만세(萬
世) 유전(流傳)을 하였으니 옥(玉)이 어이 되오리까."

"그러면 네가 무엇이냐? 해당화(海棠花)냐?"

"해당화(海棠花)라니 당(當)치않소. 명사십리(鳴沙十里) 아니어든 해
당화(海棠花)가 되오리까."

"그러면 네가 무엇이냐? 밀화(蜜花) 금패(錦貝) 호박(琥珀) 진주(珍
珠)냐?"

"아니, 그것도 당(當)치않소. 삼태육경(三台六卿) 대신(大臣) 재상(宰
相) 팔도(八道) 방백(方伯) 수령(守令)님네 갓끈 풍잠(風簪)[594] 다 하
고서 남은 것은 경향(京鄕)의 일등(一等) 명기(名妓) 지환(指環) 벌 허
다(許多)히 다 만드니 호박(琥珀) 진주(珍珠) 부당(不當)하오."

---

592) (B.C.284∼B.C.208) 초(楚) 상채(上蔡)-하남성(河南省) 여남(汝南) 북쪽 사람. 순경(荀卿)에게서
배운 뒤 서쪽으로 진(秦)에 들어가 여불위(呂不韋)의 사인(舍人)이 되었다. 뒤에 진왕(秦王)에게
등용되어 진이 천하를 통일한 후 승상(丞相)에 임명되었다. 진(秦)의 법령(法令)은 대부분 이사가
만든 것이다.

593) 하늘로부터 명을 받았으니 이미 그 수명은 길이 번창하리라. 진시황이 화씨벽(和氏壁)으로 만든
옥새에 새긴 글귀인데, 진시황의 옥새는 형산의 옥인 화씨벽이 아니라 남전(藍田)의 옥이라고도
한다.

594) 망건(網巾)의 앞이마에 다는 장식품으로, 갓을 쓸 때 바람에 갓이 벗겨지지 않도록 한다.

네가그러면듸모신호냐안이그것도늬안니요듸모간큰병풍산호로난간하
야광희왕상양문의수궁보물되야슨니듸모산호〃부당이요네가그러면반
달인야반달이란이당치안소금야초싱안이여든벽공의도든명월늬가엇지
기올잇가네가그러면무어시냐날홀여먹난불여수냐너어만이너을나셔곰
도곱계질너이여날만홀여먹그랴고싱겨는야사랑〃〃사랑이야늬간〃늬
사랑이야네가무어슬먹으랴는야싱율숙율을먹으랴는야둥굴〃〃수박웃
봉지듸모장도드난칼노쑥쎄고강능빅청을두루부어은수제반간지로불근
졈한졈을먹으랸야안이그것도늬사실소

"네가 그러면 대모(玳瑁) 산호(珊瑚)냐?"

"아니, 그것도 내 아니오. 대모갑(玳瑁甲) 큰 병풍(屛風) 산호(珊瑚)
로 난간(欄干)하여 광해왕(廣海王)[595] 상량문(上樑文)에 수궁(水宮) 보
물(寶物) 되었으니 대모(玳瑁) 산호(珊瑚) 부당(不當)이오."

"네가 그러면 반달이냐?"

"반달이라니 당(當)치않소. 금야(今夜) 초생(初生) 아니어든 벽공(碧
空)에 돋은 명월(明月) 내가 어찌 기울이리까."

"네가 그러면 무엇이냐? 날 홀려 먹는 불여수냐? 네 어머니 너를
낳아 곱디곱게 길러내어 나만 홀려 먹으려고 생겼느냐? 사랑 사랑 사
랑이야, 내 간간(衎衎) 내 사랑이야.

네가 무엇을 먹으려느냐? 생률(生栗) 숙률(熟栗)을 먹으려느냐? 둥
글둥글 수박 웃봉지[596] 대모(玳瑁) 장도(粧刀) 드는 칼로 뚝 떼고, 강
릉(江陵) 백청(白淸)[597]을 두루 부어 은(銀)수저 반간자[598]로 붉은 점
(點) 한 점(點)을 먹으려느냐?"

"아니, 그것도 내사 싫소."

595) 남해(南海)의 신. 곧 용왕.

596) 웃꼭지.

597) 강릉 지방에서 나는 꿀. 품질이 좋아 임금님께 진상하였다고 한다.

598) 반간자숟가락. 간자숟가락은 곱고 두껍게 만든 숟가락. 반간자숟가락은 그보다 좀 못한 것.

그러면무어슬먹으랸는야시금털 〃 긔살구를먹으랸야안이그것도ᄂᆡ사실
소그러면무어슬먹으랸야돗자바쥬랴기자바쥬랴ᄂᆡ몸통차먹으랸는야여
보도련임ᄂᆡ가사람자바먹는것보와소예라요것안될마리로다어화둥 〃 ᄂᆡ
사랑이졔이이그만ᄂᆡ리려무나빅사만사가다품아시가잇난이라ᄂᆡ가너을
어버슨이너도나를어버야지이고도련임은기운이셰여셔나를어버건이와
나는기운이업셔못업겟소업난슈가잇난이라나을도두어불나말고발리쌍
의자운 〃 〃 하기뒤로자진듯하게업어다고도련임을업고툭츄워노니ᄃᆡ종
이틀여구나이고잡셩시러워라이리흔들져리흔들ᄂᆡ기네등의업펴노니마
음이어더한야나도너을업고조흔말을하엿시니너도날을업고조흔말을하
여아졔

"그러면 무엇을 먹으려느냐? 시금털털 개살구를 먹으려느냐?"

"아니, 그것도 내사 싫소."

"그러면 무엇을 먹으려느냐? 돝 잡아 주랴, 개 잡아 주랴? 내 몸 통째 먹으려느냐?"

"여보, 도련님. 내가 사람 잡아먹는 것 보았소?"

"에라 요것, 안 될 말이로다. 어화둥둥 내 사랑이지. 이 애 그만 내리려무나. 백사만사(百事萬事)가 다 품앗이가 있느니라. 내가 너를 업었으니 너도 나를 업어야지."

"애고, 도련님은 기운(氣運)이 세어서 나를 업었거니와 나는 기운(氣運)이 없어 못 업겠소."

"업는 수가 있느니라. 나를 돋워 업으려 말고 발이 땅에 자운자운하게599) 뒤로 잦은600) 듯하게 업어 다고."

도련님을 업고 툭 추어 노니 대종601)이 틀렸구나.

"애고, 잡성스러워라."

이리 흔들, 저리 흔들.

"내가 네 등에 업혀 노니 마음이 어떠하냐? 나도 너를 업고 좋은 말을 하였으니, 너도 나를 업고 좋은 말을 하여야지."

---

599) 닿을까 말까 하게.

600) 젖혀진.

601) 대중. 목표. 기준.

조흔말을하오리다드르시요부여리를어분듯❶여싱이을어분듯❶흉즁디
락품어쓰니명만일국디신되야주셕지신보국충신모도셰야린이사육신을
어분듯❶싱육신을어분듯❶일션싱월션싱고운션싱을어분듯

"좋은 말을 하오리다, 들으시오."

부열(傳說)[602]이를 업은 듯

여상(呂尙)[603]이를 업은 듯

흉중(胸中) 대략(大略) 품었으니 명만일국(名滿一國) 대신(大臣) 되
어

주석지신(柱石之臣) 보국충신(輔國忠臣) 모두 헤아리니

사육신(死六臣)[604]을 업은 듯

생육신(生六臣)[605]을 업은 듯

일선생(日先生) 월선생(月先生) 고운선생(孤雲先生)[606]을 업은 듯

---

602) 상(商)나라 무정(武丁) 때의 현신(賢臣). 부암(傅巖)이라는 곳에서 노예로 있다가 무정 임금에게
발탁되어 상나라를 부흥시키는 데 큰 공을 세웠다. ≪서경(書經) 열명(說命)≫에 자세한 이야기가
전한다.

603) 태공망(太公望). 성(姓)은 강(姜), 씨(氏)는 여(呂), 이름은 상(尙). 위수(渭水) 가에서 낚시하다 주
(周) 문왕(文王)에게 발탁되어 은(殷)을 멸망시키고 주(周)를 세우는 데 큰 공을 세워 제(齊)나라
의 시조(始祖)가 되었다. 흔히 강태공(姜太公)이라 불린다.

604) 단종의 복위를 꾀하다가 발각되어 세조에게 죽임을 당한 여섯 명의 신하인 성삼문(成三問), 하위
지(河緯地), 이개(李塏), 유성원(柳誠源), 박팽년(朴彭年), 김문기(金文起)를 일컫는 말이다.

605) 세조가 단종에게서 왕위를 탈취하자 세상에 뜻이 없어 벼슬을 버리고 절개를 지킨 여섯 명의 사
람. 사육신의 대칭으로 생육신이라 하는데, 김시습(金時習), 성담수(成聃壽), 원호(元昊), 이맹전
(李孟專), 조려(趙旅), 남효온(南孝溫)으로, 남효온 대신 권절(權節)을 넣기도 한다.

606) 최치원(崔致遠). 신라 말기의 학자.

제봉(霽峰)607)을 업은 듯

요동백(遼東伯)608)을 업은 듯

정송강(鄭松江)609)을 업은 듯

충무공(忠武公)610)을 업은 듯

우암(尤庵) 퇴계(退溪) 사계(沙溪) 명재(明齋)611)를 업은 듯

내 서방이지 내 서방

알뜰 간간(衎衎) 내 서방

진사(進士) 급제(及第) 대바쳐612) 직부주서(直赴注書)613) 한림학사
(翰林學士)614) 이렇듯이 된 연후(然後) 부승지(副承旨)615) 좌승지(左承
旨)616) 도승지(都承旨)617)로 당상(堂上)618)하여

---

607) 고경명(高敬命). 조선 선조(宣祖) 때 의병장.

608) 김응하(金應河). 조선 광해군(光海君) 때 장군.

609) 정철(鄭澈). 조선 선조 때 문인이자 명신(名臣).

610) 이순신(李舜臣). 조선 선조 때의 장군.

611) 차례로 송시열(宋時烈), 이황(李滉), 김장생(金長生), 윤증(尹拯).

612) 대를 이어.

613) 과거에 급제하여 다른 직위를 거치지 않고 바로 주서에 부임하는 것. 주서(注書)는 승정원(承政
院)의 정7품(正七品) 벼슬.

614) 학사원(學士院)이나 한림원(翰林院)에 속한 정4품 벼슬. 임금의 조서를 짓는 일을 맡아보았다.

615) 조선 세조 때에 둔 승정원의 정3품 벼슬.

616) 조선시대에 중추원이나 승정원에 속하여 왕명의 출납을 맡아 하던 정3품 벼슬.

617) 조선의 정3품 당상관직으로 승정원의 최고 관직이다. 왕이 내리는 교지와 신하들이 올리는 글들
이 모두 승정원을 거쳤기 때문에 그 임무가 매우 중요하였다.

618) 당상관(堂上官)은 조선의 관직 가운데 정책 결정에 참여하고 정치적 책임을 갖는 정3품 이상의
자리를 가리킨다. 조정에서 정사를 논의할 때 당(堂) 위에 올라 앉을 수 있는 관직이라는 뜻에서
유래했다. 당상관이 아닌 그 아래 품계의 자리는 당하관(堂下官)이라 한다. 당상관의 경우 관복
(冠服)의 흉배에 문관은 학, 무관은 호랑이가 두 마리 그려져 있고, 당하관은 한 마리가 그려져
있다.

팔도방빅지낸후녀직으로각신되괴복상되제학되사셩판셔좌샹우샹영샹
귀장각하신후의녀삼천외팔빅주셕지신

팔도(八道) 방백(方伯) 지낸 후(後)

내직(內直)으로 각신(閣臣)[619] 대교(待敎)[620] 복상(卜相)[621] 대제학
(大提學)[622] 대사성(大司成)[623] 판서(判書) 좌상(左相) 우상(右相) 영
상(領相) 규장각(奎章閣)[624] 하신 후(後)에

내삼천외팔백(內三千外八百)[625] 주석지신(柱石之臣)

---

619) 규장각(奎章閣)의 관원.

620) 규장각과 예문관의 정9품에서 정7품에 이르는 벼슬.

621) 정승을 가려 뽑는 것. 정승 자리가 비었을 때, 남은 정승들이 임금에게 후보를 추천하는 것.

622) 조선시대에는 홍문관, 예문관에 소속된 정2품의 관직이다. 온 나라의 학문을 바르게 평가하는 저
울이라는 뜻으로 문형(文衡)이라는 별칭이 있다.

623) 조선시대 성균관의 기관장으로, 정3품 직위였다.

624) 규장각(奎章閣)은 조선 후기의 왕실 학문 연구 기관이자 왕실 도서관이다. 역대 임금의 시문과
저작, 고명(顧命)·유교(遺敎)·선보(璿譜) 등을 보관하고 수집하였다.

625) 내직(內直)이 삼천이 되고, 외직(外職)이 팔백이 된다는 뜻.

흉배(문관)

흉배(무관)

닉셔방알들간〃닉셔방이졔〃손조농집나졔문질녀쑤나춘향아우리말노
림이나좀하여보자이고참우수워라말노림이무어시요말노림만이하여본
셩부르게쳔하쉽지야너와나와버신짐의너은온방바닥을기여단여라나는
네궁둥이여쌱붓터셔네허리를잔쓱씨고볼기쌱을닉손바닥으로탁치면셔
이리하거든호홍그려퇴금질노물너시며쒸여라알심잇졔쒸거드면탈승짜
노릭가잇난이라

내 서방 알뜰 간간(衎衎) 내 서방이지

제 손수 농즙(濃汁)나게[626] 문질렀구나.

"춘향(春香)아, 우리 말놀음이나 좀 하여 보자."
"애고, 참 우스워라. 말놀음이 무엇이오?"
말놀음 많이 하여 본 성부르게,
"천하(天下) 쉽지야. 너와 나와 벗은 김에 너는 온 방바닥을 기어
다녀라. 나는 네 궁둥이에 딱 붙어서 네 허리를 잔뜩 끼고 볼기짝을
내 손바닥으로 탁 치면서 '이리' 하거든 호홍거려 퇴금질[627]로 물러서
며 뛰어라. 알심 있게[628] 뛰게 되면 탈 승(乘) 자(字) 노래가 있느니
라.

---

626) 진물이 나도록.

627) 뒷걸음질.

628) 야무지게 힘을 주어.

타고노자〃〃〃〃헌원씨십용간과능작딕무치우탁녹야의사로잡고승전
고을울이면셔지남거를놉피타고◑하우씨구연지수다살릴졔육힝승거놉
피타고◑젹송자구룸타고여동빈빅노타고

타고 놀자 타고 놀자

헌원씨(軒轅氏)629)   습용간과(習用干戈)630)   능작대무(能作大霧)631)
치우(蚩尤)632) 탁록야(涿鹿野)633)에 사로잡고 승전고(勝戰鼓)를 울리
면서 지남거(指南車)634)를 높이 타고

하우씨(夏禹氏) 구년치수(九年治水) 다스릴 제 육행승거(陸行乘
車)635) 높이 타고

적송자(赤松子)636) 구름 타고

여동빈(呂洞賓)637) 백로(白鷺) 타고

---

629) 황제(黃帝). 중국 고대 전설상의 제왕. 헌원(軒轅)의 언덕에서 살았으므로 헌원씨(軒轅氏)라 한다.
　　 삼황(三皇)의 한 사람으로, 처음으로 곡물 재배를 가르치고, 문자·음악·도량형 따위를 정하고,
　　 산을 파고 길을 냈다고 한다.

630) 방패와 창을 사용하다.

631) 능히 큰 안개를 일으키어. 치우(蚩尤)가 능히 안개를 일으키는 재주가 있었으나, 황제(黃帝)가 지
　　 남거를 이용하여 방향을 잡아 치우를 물리쳤다고 한다. 다음 주(註) 632 참조.

632) 중국 신화 전설에 나오는 임금의 하나. 염제(炎帝), 황제(黃帝)와 동시대 사람이라고 하며, 탁록
　　 (涿鹿)의 싸움에서 황제와 염제의 연합군에게 패하여 죽었다고 한다.

633) 지금의 하북성(河北省) 탁록(涿鹿)이라고 한다.

634) 전설에 의하면 헌원황제(軒轅黃帝), 또는 주공(周公)이 만들었다고 한다. 수레에 작은 사람 모양
　　 의 기구가 있어 그 손이 항상 남쪽을 가리킨다고 한다.

635) 뭍을 다닐 때에는 수레를 탄다. 우(禹)임금이 홍수를 다스릴 때, 뭍에서는 수레를 타고, 물에서는
　　 배를 타고, 늪에서는 떼(썰매)를 타고, 산에서는 나무신을 신었다고 한다. ≪사기(史記) 하본기(夏
　　 本紀)≫

636) 상고시대(上古時代)의 신선(神仙). 주(註) 42 참조.

637) 여암(呂巖 ; 796~?). 자(字)가 동빈(洞賓), 호가 순양자(純陽子)이다. 당(唐)나라 때의 유명한 도교
　　 (道敎) 선인(仙人)으로, 팔선(八仙) 중의 한 사람이다. 1016년까지 220세를 살았다고도 한다.

평교자(사인교)
작성자: flyin 주제: 취소선 날짜: 2021-09-07 11:59:59 am

◑이젹션고릭타고◑밍호연나구타고◑틱을션인학을타고◑딕국쳔자쐬
코리타고◑우리젼하는연을타고◑삼졍승은평교자을타고◑육판셔는초
한타고◑홀런딕장은수릭타고◑각읍수령은독교타고

이적선(李謫仙) 고래 타고638)

맹호연(孟浩然)639) 나귀 타고640)

태을선인(太乙仙人) 학(鶴)을 타고

대국천자(大國天子)641) 코끼리642) 타고

우리 전하(殿下)는 연(輦)643)을 타고

삼정승(三政丞)은 평교자(平轎子)644)를 타고

육판서(六判書)는 초헌(軺軒)645) 타고

훈련대장(訓鍊大將)646)은 수레 타고

각읍(各邑) 수령(守令)은 독교(獨轎)647) 타고

---

638) 이백이 신선이 되어 고래를 타고 하늘로 올라갔다는 전설이 있다. 북송(北宋) 마존(馬存 ; ?~
1096)의 시 <연사정(燕思亭)>의 구절이 있다.
李白騎鯨飛上天 이백(李白)이 고래 타고 하늘로 날아가니
江南風月閑多年 강남 땅 풍월(風月)이 여러 해 한산했네.

639) (689~740). 성당(盛唐) 시기 유명 시인으로, 자가 호연(浩然)이다. 호북성(湖北省) 양양(襄陽) 사
람으로 한때 녹문산(鹿門山)에 숨어 살면서 시 짓는 일을 매우 즐겼다. 왕유(王維)의 시풍과 비슷
하며, 도연명(陶淵明)의 영향을 받아 오언시에 뛰어났다. 격조 높은 시로 산수의 아름다움을 읊어
왕유와 함께 산수전원시파(山水田園詩派)의 대표적 시인이다.

640) 매화를 사랑했던 맹호연이 이른 봄 눈 덮인 산에 핀 매화를 찾아 당나귀를 타고 다녔다고 한다.
답설심매(踏雪尋梅) 또는 파교심매(灞橋尋梅)의 고사. 소식(蘇軾)의 시 <증사진하수재(贈寫眞何秀
才)>의 한 구절이 있다.
雪中騎驢孟浩然 눈 속에 나귀 타고 가는 맹호연(孟浩然)이
皺眉吟詩肩聳山 눈썹 찌푸리고 시 읊조리며 어깨 산처럼 솟았네.

641) 중국의 천자.

642) 한(漢) 성제(成帝) 때 절하는 코끼리를 헌상했다 하고, 또 코끼리가 천자를 보면 무릎을 꿇는다고
도 한다. ≪임하필기(林下筆記)≫

643) 제왕이 타는 가마의 한 종류.

644) 종1품(從一品) 이상 및 기로소(耆老所)의 당상관(堂上官) 이상이 타는 남여(籃輿).

645) 종2품(從二品) 이상의 관리가 타던 수레.

646) 조선시대 훈련도감의 으뜸 벼슬. 품계는 종2품이었다.

647) 말 한 마리가 지고 가는 가마.

❖남원부사는별연을타고❶일모장강어옹들은일엽편쥬도 〃 타고❶나는
탈것업셔신니금야삼경깁푼밤의춘향빅를넌짓타고홋이불노도슬다라닉
기겨로노를져어오목셤을드러가되순풍의음양슈를실음업시건네갈졔말
을삼어타량이면거름거리업슬손야마부는닉가되야네구졍얼는지시잡아
구졍거럼반부식로화장으로거러라기총마쮜듯쮜여라

───

남원부사(南原府使)는 별연(別輦)[648]을 타고

일모장강(日暮長江)[649] 어옹(漁翁)들은 일엽편주(一葉片舟) 돌위 타
고

나는 탈 것 없었으니 금야(今夜) 삼경(三更) 깊은 밤에 춘향(春香)
배를 넌짓 타고

홑이불로 돛을 달아 내 기계(器械)로 노를 저어

오목섬[650]을 들어가되 순풍(順風)의 음양수(陰陽水)를 시름 없이 건
너갈 제

말을 삼아 탈 양이면 걸음걸이 없을쏘냐

마부(馬夫)는 내가 되어 네 구정[651]을 넌지시 잡아

구정걸음 반부새[652]로 화장[653]으로 걸어라

기총마(騎驄馬)[654] 뛰듯 뛰어라

───

648) 일반적인 가마와 달리 특별히 아름답게 꾸며서 가마처럼 만든 수레.

649) 해 저무는 장강(長江). 당(唐)나라 저광희(儲光羲 ; 700~756)의 시 <강남곡(江南曲)> 네 수 중 셋
    째 수에 나온다.
    日暮長江裏 해 저무는 장강(長江)에서
    相邀歸渡頭 멀리 나루터로 배 돌아오는데
    落花如有意 지는 꽃은 무슨 생각이 있는지
    來去逐船流 오거니 가거니 배 따라 흐르네.

650) 여자의 성기(性器) 근처를 말하는 듯.

651) 미상(未詳).

652) 말이 조금 거칠게 닫는 것.

653) 화장걸음. 뚜벅뚜벅 걷는 걸음.

654) 맨 앞에 달리는 총마(驄馬). 총마(驄馬)는 총이말. 갈기와 꼬리가 파르스름한 흰말을 가리킨다.

온갓작난을다ᄒ고보니이런장관이ᄯᅩ잇시랴이팔〃〃두리맛나밋친마
음세월가는줄모르던가부더라●잇듸ᄯᅳᆺ밧그방자나와도련임사ᄯᅩ계옵
셔부릅시요도련임드러가니사ᄯᅩ말삼하시되여바라셔울셔동부승지괴
지가ᄂᆡ려왓다나는문부사정하고갈거시니너는ᄂᆡᆼ힝을ᄇᆡᆼ힝ᄒ야명일노
ᄯᅥ나거라도련임부교듯고일은반갑고일변은춘향을싱각한이흉즁이
답〃히야사지의ᄆᆡᆨ이풀이고간장이녹난듯두눈으로더운눈물이펄〃소
사옥면을젹시거늘

온갖 장난을 다 하고 보니 이런 장관(壯觀)이 또 있으랴. 이팔(二八)
이팔(二八) 둘이 만나 미친 마음 세월(歲月) 가는 줄 모르던가 보더라.

이 때 뜻밖에 방자(房子) 나와,
"도련님, 사또께옵서 부릅시오."
도련님 들어가니 사또 말씀하시되,
"여봐라, 서울서 동부승지(同副承旨)[655] 교지(敎旨)[656]가 내려왔다.
나는 문부(文簿) 사정(査定)[657]하고 갈 것이니, 너는 내행(內行)[658]을
배행(陪行)[659]하여 명일(明日)로 떠나거라."
도련님 부교(父敎) 듣고 일(一)은 반갑고 일변(一邊)은 춘향(春香)을
생각하니 흉중(胸中)이 답답하여, 사지(四肢)에 맥(脈)이 풀리고 간장
(肝腸)이 녹는 듯 두 눈으로 더운 눈물이 펄펄 솟아 옥면(玉面)을 적
시거늘,

---

655) 조선시대 승정원에 속한 정3품 벼슬. 태종 5년(1405)에 왕명의 출납을 전담하는 기구로서 승정원
이 다시 설치되면서 승정원에서 형조의 사무를 관장하기 위하여 새로 설치한 동부대언(同副代言)
을 고친 것이다.
656) 조선시대 임금이 신하에게 주던 사령(辭令).
657) 문서와 장부를 검사하여 놓는 일.
658) 부녀자의 여행.
659) 윗사람을 모시고 가는 일.

사쏘보시고너웨우는니너가남원을일싱살줄노알아쪈야너직으로승차된
이셥〃니싱각말고금일부텀치힝등졀을급피차려명일오젼으로쎠나거라
계우디답ᄒ고물너나와너하의들어가사람이무론상즁하〃고모친게난허
무리져근지라춘향의마를울며쳥하다가ᄭ종만실컷듯고춘향의집을나오
난듸셔름은기가막키나노상으셔울수업셔춤고나오난듸속의셔두부장ᄭᆯ
틋하난지라춘향문젼당도하니통치건데기치보치왈칵쏘다져노니업
푸〃〃어허

<hr>

사또 보시고,

"너 왜 우느냐? 내가 남원(南原)을 일생(一生) 살 줄로 알았더냐?
내직(內職)으로 승차(陞差)660) 되니 섭섭히 생각 말고 금일(今日)부터
치행등절(治行等節)661)을 급(急)히 차려 명일(明日) 오전(午前)으로 떠
나거라."

겨우 대답(對答)하고 물러나와 내아(內衙)에 들어가, 사람이 무론상
중하(毋論上中下)662)하고 모친(母親)께는 허물이 적은지라, 춘향(春香)
의 말을 울며 청(請)하다가 꾸중만 실컷 듣고 춘향(春香)의 집을 나오
는데,663) 설움은 기가 막히나 노상(路上)에서 울 수 없어 참고 나오는
데 속에서 두부장 끓 듯하는지라. 춘향(春香) 문전(門前) 당도(當到)하
니 통째 건더기째 보(褓)째664) 왈칵 쏟아져 노니,

"업푸 업푸 어허."

<hr>

660) 한 관청과 기관(조직) 내에서 윗자리의 벼슬[官職]에 오름.

661) 떠날 행장(行裝)과 여러 가지 채비.

662) 아랫사람이며 윗사람을 따질 것이 없음.

663) '춘향의 집으로 가려고 나오는데'의 뜻이다.

664) 보자기째.

춘향이깜짝놀닉여왈칵쮜여닉다라이고이계웬일리요안으로드러가시더
니꾸종을드르셧소노샹의오시다가무삼분함당하겨소셔울셔무슨기별리
왓싸던니즁복을입어겨소졈잔하신도련임이〃거시웬이리요춘향이도련
임목을담숙안고초믹자락을거더잡고옥안의흐르난눈물이리씃고져리씃
시면셔우지마오〃〃〃〃도련임기가막켜우름이란게말이난사람이잇시
면더우던거시엿다춘향이해을닉여〃보도련임아굴지보기실소그만울고
닉럭말리나ᄒ오사쏘계옵셔동부승지하계시단다춘향이조와하여뒥의경
사요그레셔그러면웨운단마리요너을바리고갈터인니닉안이답〃한야

춘향(春香)이 깜짝 놀라서 왈칵 뛰어 내달아,

"애고, 이게 웬일이오. 안으로 들어가시더니 꾸중을 들으셨소? 노상
(路上)에 오시다가 무슨 분(憤)함 당(當)하셨소? 서울서 무슨 기별(奇
別)이 왔다더니 중복(重服)665)을 입어 계시오? 점잖으신 도련님이 이
것이 웬일이오?"

춘향(春香)이 도련님 목을 담쑥 안고 치맛자락을 걷어잡고 옥안(玉
顔)에 흐르는 눈물 이리 씻고 저리 씻으면서,

"울지 마오, 울지 마오."

도련님 기가 막혀, 울음이란 게 말리는 사람이 있으면 더 울던 것이
었다.

춘향(春香)이 화를 내어,

"여보, 도련님. 아굴지666) 보기 싫소. 그만 울고 내력(來歷) 말이나
하오."

"사또께옵서 동부승지(同副承旨)하여 계시단다."

춘향(春香)이 좋아하여,

"댁(宅)의 경사(慶事)요. 그래서 그러면 왜 운단 말이오?"

"너를 버리고 갈 터이니 내 아니 답답하냐."

---

665) 상복(喪服)의 하나. 대공(大功) 이상의 상복으로, 굵은 베옷을 아홉 달 동안 입는다.
666) 아가리. 입.

언졔는남원쌍으셔평싱사르실쥴노알어겟소날과엇지함기가기를바리리
요도련임먼져올나가시면나는예셔팔것팔고추후에올나갈거시니아무걱
졍마르시요닉말디로ᄒ엿스면군속쟌코졸거시요닉가올나가드릭도〃련
임큰딕으로가셔살수업슬거시니큰딕각가이조구만한집방이나두엇되면
족하오니연탐ᄒ여사두소셔우리권구가더릭도공밥먹지아니할터이니그
렁져렁지닉다가도련임날만밋고쟝기안이갈수잇소부귀영총직상가의요
조슉여가리여셔혼졍신셩할지라도아쥬잇든마옵소셔도련임과거하야벼
살놉파외방가면실닉마〃치힝할졔마〃로닉셰우면무삼마리되오릿가그
리아라조쳐ᄒ오

　"언제는 남원(南原) 땅에서 평생(平生) 사실 줄로 알았겠소? 나와
어찌 함께 가기를 바라리오. 도련님 먼저 올라가시면 나는 예서 팔 것
팔고 추후(追後)에 올라갈 것이니 아무 걱정 말으시오. 내 말대로 하
였으면 군속(窘束)667)잖고 좋을 것이오. 내가 올라가더라도 도련님 큰
댁으로 가서 살 수 없을 것이니 큰댁 가까이 조그마한 집 방(房)이나
두엇 되면 족(足)하오니 염탐(廉探)하여 사 두소서. 우리 권구(眷
口)668) 가더라도 공밥 먹지 아니할 터이니 그렁저렁 지내다가 도련님
나만 믿고 장가 아니 갈 수 있소? 부귀영총(富貴榮寵) 재상가(宰相家)
의 요조숙녀(窈窕淑女) 가리어서 혼정신성(昏定晨省)669) 할지라도 아
주 잊든 마옵소서. 도련님 과거(科擧)하여 벼슬 높아 외방(外方) 가면
신래(新來)670) 마마(媽媽)671) 치행(治行)할 제 마마(媽媽)로 내세우면
무슨 말이 되오리까? 그리 알아 조처(措處)하오."

667) 군색(窘塞). 떳떳치 못하고 거북하다.

668) 권속(眷屬). 식구(食口).

669) 아침 저녁으로 부모님께 문안을 올리는 것.

670) 새로 문과(文科)에 급제하여 처음 관아에 근무하는 사람.

671) 높은 벼슬아치의 첩(妾)을 높여 부르는 말.

그게일를말인야사졍이그러켜로네말을사쏘게난못엿쥬고듸부인젼엿자
오니수죵이듸단하시며양반의자식이부형짜라하힝의왓다화방작쳡하야
다려간단마리젼졍으도고이하고조졍으드러벼살도못한다던구나불가불
이벼리될박그수업다춘향이 〃 말을듯더니고닥기발연변싞이되며요두졀
목으불그락푸르락눈을간잔조롬하게쓰고눈섭이씃씃하여지면셔코가발
심 〃 〃 ᄒ며이를섇도독 〃 〃 〃 갈며온몸을수순입틀덧하며미쎙차난듯ᄒ
고안젼이허 〃 이게웬말이요왈칵쮜여달여들며초미자락도와드득좌루욱
씨져바리며머리도와드득쥐여쓰더싹 〃 비벼도련임압푸다던지면셔

"그게 이를 말이냐? 사정(事情)이 그렇기로 네 말을 사또께는 못 여
쭈고 대부인(大夫人) 전(前) 여쭈오니 꾸중이 대단하시며 양반(兩班)의
자식(子息)이 부형(父兄) 따라 하향(遐鄕)[672]에 왔다 화방작첩(花房作
妾)[673]하여 데려간단 말이 전정(前程)[674]에도 괴이(怪異)하고 조정(朝
廷)에 들어 벼슬도 못한다더구나. 불가불(不可不) 이별(離別)이 될 밖
에 수(數) 없다."

춘향(春香)이 이 말을 듣더니 고닥기[675] 발연변색(勃然變色)[676]이
되며 요두전목(搖頭轉目)[677]에 붉으락푸르락 눈을 간잔조롬하게[678]
뜨고 눈썹이 꼿꼿하여지면서 코가 발심발심하며 이를 뽀도독뽀도독
갈며 온몸을 수숫잎 틀 듯하며 매 꿩차는 듯하고 앉더니,

"허허, 이게 웬 말이오."

왈칵 뛰어 달려들며 치맛자락도 와드득 좌르륵 찢어 버리며 머리도
와드득 쥐어뜯어 싹싹 비벼 도련님 앞에다 던지면서.

---

672) 서울에서 멀리 떨어진 지방.

673) 기생첩을 얻음.

674) 앞으로 가야 할 길.

675) 그 즉시. 갑자기. 곧바로. 별안간.

676) 발끈하며 금방 낯빛이 변함.

677) 머리를 흔들며 눈을 샐쭉거림.

678) 간잔지런하게. 눈시울이 맞닿을 듯이 가늘게. 가느스름하게.

면경

무이시엇져고엇제요이것도쓸듸업다명경쳬경산호죽졀을두르쳐방문박
그탕 〃 부듯치며발도동 〃 굴녀손벽치고도라안자 〃 탄가로우난마리셔방
업난춘향이가세간사리무엇하며단장하여뉘눈의괴일고몹슬연으팔자로
다이팔쳥춘졀문거시이별될쥴엇지알야부질업신이ㄴ몸을허망하신말삼
으로젼졍신셰바려구나이고 〃 〃 ㄴ신셰야

"무엇이 어쩌고 어째요? 이것도 쓸 데 없다."
면경(面鏡)[679] 체경(體鏡)[680] 산호죽절(珊瑚竹節)을 두루쳐[681] 방문
(房門) 밖에 탕탕 부딪치며 발도 동동 굴러 손뼉치고 돌아앉아 자탄가
(自歎歌)로 우는 말이,

서방 없는 춘향(春香)이가 세간살이 무엇하며
단장(丹粧)하여 뉘 눈에 괴일꼬[682]
몹쓸 년의 팔자(八字)로다
이팔청춘(二八靑春) 젊은 것이
이별(離別) 될 줄 어찌 알아
부질없는 이 내 몸을
허망(虛妄)하신 말씀으로
전정(前程) 신세(身世) 버렸구나
애고 애고 내 신세(身世)야

679) 손에 들고 보는 거울.
680) 온몸을 비쳐 보는 거울.
681) 모두 합쳐.
682) '괴이다' 사랑을 받다.

천연이도라안져여보도련임인자막하신말삼참말이요농말이요우리두리
처음만나빅연언약믹질젹의듸부인사쏘게옵셔시기시던일리온잇가빙자
가웬일이요광한누셔잠간보고늬집의차져와계침 〃 무인야삼경의도련임
은져기안꼬춘향나는여기안져날다려하신말삼구망부려쳔망이요신망부
려쳔망이라고젼연오월단오야의늬손질부어잡고우둥퉁 〃 박그나와당즁
의웃쑥셔 〃 경 〃 이말근하날쳔번이나가르치며만번이나밍셰키로늬졍영
미더쩐니말졍의가실쩌는톡쎄여바리시니이팔쳥츈졀문거시낭군업시엇
지살고침 〃 공방츄야장의실음상사어이할고이고 〃 〃 늬신셰야

천연(遷然)히 돌아앉아,

"여보 도련님, 인제 막 하신 말씀 참말이요 농(弄)말이오? 우리 둘
이 처음 만나 백년언약(百年言約) 맺을 적에 대부인(大夫人) 사또께옵
서 시키시던 일이오니이까? 빙자(憑藉)[683]가 웬일이오. 광한루(廣寒樓)
서 잠깐 보고 내 집에 찾아와서, 침침무인(沈沈無人)[684] 야삼경(夜三
更)에 도련님은 저기 앉고 춘향(春香) 나는 여기 앉아 나더러 하신 말
씀 구맹불여천맹(丘盟不如天盟)이요 신맹불여천맹(新盟不如天盟)이라
고.[685] 전년(前年) 오월(五月) 단오야(端午夜)에 내 손길 부여잡고 우
둥퉁퉁 밖에 나와 당중(堂中)에 우뚝 서서 경경(耿耿)[686]히 맑은 하늘
천(千) 번(番)이나 가리키며 만(萬) 번(番)이나 맹세(盟誓)키로 내 정녕
(丁寧) 믿었더니, 말경(末境)에 가실 때는 톡 떼어 버리시니, 이팔청춘
(二八青春) 젊은 것이 낭군(郎君) 없이 어찌 살꼬. 침침공방추야장(沈
沈空房秋夜長)[687]에 시름 상사(想思) 어이할꼬. 애고 애고, 내 신세(身
世)야."

---

683) 핑계.

684) 밤이 깊어 어두워져 사람의 기척이 없음.

685) 언덕을 두고 한 맹세는 하늘을 두고 맹세하는 것만 못하고, 새로 한 맹세도 하늘에 맹세함만 못
하다고. 신맹(新盟)은 보통 산맹(山盟 ; 산에 두고 한 맹세)으로 풀이했다.

686) 불빛이나 별빛 등이 깜박깜박거리는 것.

687) 어두컴컴한 빈 방에 가을 밤만 길구나.

모지도〃〃〃도련임이모지도다독하도다〃〃〃〃셔울양반독하도다원
수로다〃〃〃존비귀쳔원수로다쳔하의다졍한계부〃졍유별컨만이릿
텃독한양반이셰상의쪼잇슬가이고〃〃닉이리랴여보도련임춘향몸이쳔
타고함부로바려셔도그만인줄아지마오쳡지박명춘향이가식불감밥못먹
고침불안잠못자면몃치나살쯧하오샹사로병이들러이통하다죽거듸면
이원한닉혼신원귀가될거신이존즁하신도련임이근들안이직양이요샤람
으듸졉을그리마오인물거쳔하는법이그런법웨잇슬고죽고지거〃〃〃〃
이고〃〃셔룬지거

모질도다 모질도다 도련님이 모질도다
독(毒)하도다 독(毒)하도다 서울 양반(兩班) 독(毒)하도다
원수(怨讐)로다 원수(怨讐)로다 존비귀천(尊卑貴賤) 원수(怨讐)로다
천하(天下)에 다정(多情)한 게 부부(夫婦) 정(情) 유별(有別)컨만
이렇듯 독(毒)한 양반(兩班) 이 세상(世上)에 또 있을까
애고 애고 내 일이야

"여보, 도련님. 춘향(春香) 몸이 천(賤)타고 함부로 버리셔도 그만인
줄 알지 마오. 첩지박명(妾之薄命) 춘향(春香)이가 식불감(食不甘)[688]
밥 못 먹고 침불안(寢不安)[689] 잠 못 자면 며칠이나 살 듯하오? 상사
(想思)로 병(病)이 들어 애통(哀痛)하다 죽게 되면 애원(哀怨)한 내 혼
신(魂神) 원귀(冤鬼)가 될 것이니, 존중(尊重)하신 도련님이 근들 아니
재앙(災殃)이오. 사람의 대접(待接)을 그리 마오. 인물(人物) 거천(擧
薦)하는[690] 법(法)이 그런 법(法) 왜 있을꼬. 죽고지고 죽고지고. 애고
애고, 설운지고."

---

688) 음식을 먹어도 단맛을 느끼지 못함.
689) 잠을 자도 편안하지 못함.
690) 대하는. 대접하는.

한참이리자진하야셔리울제춘향모는물싁도모르고이고져것쓸쏘사랑쌈
이낫구나어참안이꼽다눈구셕쌍가린톳셜일만이보네하고아모리드러도
우룸이쟝차질구나하던일을밀쳐노코춘향방영창밧그로가만 〃 〃 드러가
며아무리드러도이별이로구나허 〃 이것별일낫다두손벽쌍 〃 마조치며
허 〃 동늬사람다드러보오 〃 늘날노우리집의사람둘죽심네어간마루셥적
올나영창문을쑤다리며우루룩달여드러주먹으로젼우면서

한참 이리 자진(自盡)⁶⁹¹⁾하여 섧게 울 제, 춘향(春香) 모(母)는 물색
(物色)⁶⁹²⁾도 모르고,

"애고, 저것들 또 사랑싸움이 났구나. 어, 참 아니꼽다. 눈구석 쌍가
래톳 설 일⁶⁹³⁾ 많이 보네."

하고, 아무리 들어도 울음이 장차 길구나.

하던 일을 밀쳐놓고 춘향(春香) 방(房) 영창(映窓) 밖으로 가만가만
들어가며 아무리 들어도 이별(離別)이로구나.

"허허, 이것 별(別)일 났다."

두 손뼉 땅땅 마주 치며,

"허허, 동네 사람 다 들어 보오. 오늘날로 우리 집에 사람 둘 죽습
네."

어간마루⁶⁹⁴⁾ 선뜻 올라 영창문(映窓門)을 두드리며 우루룩 달려들
어 주먹으로 겨누면서,

---

691) 기운이 다하여 잦아듦.

692) 일이 돌아가는 형편.

693) 눈꼴사나운 일. '쌍가래톳'은 양 허벅지에 생기는 종기나 멍울.

694) 방과 방 사이에 있는 마루.

이연 〃 〃 썩죽거라사러셔쓸듸업다녀죽은신체라도져양반이지고가게젼
양반올나가면뉘간장을녹일난야인연 〃 〃 말듯거라너일상이르기을후회
되기쉽는이라도 〃 한마음먹지말고여렴사람가리여셔형셰지체네와갓고
지주인물리모도네와갓한봉황의쫙을어더늬압푸노난양을늬안목으로보와
쓰면너도죳코나도죳체마음이도고하야남과별노다르더니잘되고잘되야
싸두손벽쫭 〃 마조치면서도련임아푸달여드러날과말좀하여봅시다늬쌸
춘향을바리고간다하니무삼죄로그러시요춘향이도련임모신졔가준일연
되야스되힝실이그르던가예졀리그르던가침션이그르던가언어가불순턴
가잡시련힝실가져노류장화음난턴가무어시그르던가이봉변이웬이린가

　　"이년 이년. 썩 죽거라. 살아서 쓸 데 없다. 너 죽은 신체(身體)[695]
라도 저 양반(兩班)이 지고 가게. 저 양반(兩班) 올라가면 뉘 간장(肝
腸)을 녹이려냐? 이년 이년. 말 듣거라. 내 일상(日常) 이르기를, 후회
(後悔)되기 쉽느니라. 도도한 마음 먹지 말고 여염 사람 가리어서 형
세(形勢) 지체 너와 같고 재주 인물(人物)이 모두 너와 같은 봉황(鳳
凰)의 짝을 얻어, 내 앞에 노는 양(樣)을 내 안목(眼目)에 보았으면 너
도 좋고 나도 좋지. 마음이 도고(道高)[696]하여 남과 별(別)로 다르더
니, 잘 되고 잘 되었다."

　　두 손뼉 꽝꽝 마주 치면서 도련님 앞에 달려들어,

　　"나와 말 좀 하여 봅시다. 내 딸 춘향(春香)을 버리고 간다 하니 무
슨 죄(罪)로 그러시오? 춘향(春香)이 도련님 모신 지가 준(準) 일(一)
년(年) 되었으되 행실(行實)이 그르던가 예절(禮節)이 그르던가 침선
(針線)이 그르던가 언어(言語)가 불순(不順)턴가 잡(雜)스런 행실(行實)
가져 노류장화(路柳墻花)[697] 음란(淫亂)턴가, 무엇이 그르던가? 이 봉
변(逢變)이 웬일인가.

---

695) 보통 시체(屍體)로 풀었다.

696) '도도하다'의 뜻인 듯하다.

697) 누구나 꺾을 수 있는 길가의 버들과 담 밑의 꽃. 창부(娼婦)나 기생(妓生)을 가리키는 말.

군자숙여바리난법칠거지악안이며는못바리난줄모로난가닉쌀춘향어린
거슬밤나지로사랑할졔안고셔고눕고지며빅연삼만육쳔일으써나사지마
자ᄒᆞ고주야장쳔어루더니말졍의가슬졔는쑥쎼여바리시니양유쳔만산들
●간는춘풍어이하며낙화낙엽되거드면어느나부가다시올가

군자(君子) 숙녀(淑女) 버리는 법(法) 칠거지악(七去之惡)[698] 아니면
은 못 버리는 줄 모르는가. 내 딸 춘향(春香) 어린 것을 밤낮으로 사
랑할 제, 안고 서고 눕고 지며[699] 백년삼만육천일(百年三萬六千日)[700]
에 떠나 살지 말자 하고 주야장천(晝夜長川)[701] 어루더니, 말경(末境)
에 가실 제는 뚝 떼어 버리시니 양류천만사(楊柳千萬絲)[702]인들 가는
춘풍(春風) 어이하며 낙화(落花) 낙엽(落葉) 되게 되면 어느 나비가 다
시 올까.

---

698) 아내를 내쫓을 수 있는 일곱 가지 잘못. 시부모에게 순종하지 않음[不順父母], 아들이 없음[無子],
음탕함[不貞], 질투함[嫉妬], 나쁜 병이 있음[惡疾], 말이 많음[口說], 도둑질을 함[竊盜] 등이다.
그러나 칠거지악에 해당하는 잘못을 지었더라도 다음과 같은 세 가지 경우에는 내쫓지 못하도록
하였다. 내쫓아도 돌아가 의지할 곳이 없는 경우[有所取無所歸不去], 함께 부모의 삼년상을 치른
경우[與共更三年喪不去], 전에 가난하였으나 혼인한 후 부자가 된 경우[前貧賤後富貴不去] 등이
다. 이런 세 가지 경우를 삼불거(三不去) 또는 삼불출(三不出)이라고 한다.

699) 보통 '자며'로 풀었다.

700) 이백(李白)의 시 <양양가(襄陽歌)>에 이런 구절이 있다. 주(註) 464 참조.
百年三萬六千日 백 년 삼만 육천 일을
一日須傾三百杯 하루에 모름지기 삼백 잔씩 마시리라.

701) 밤낮으로 쉬지 않고 연달아 흐르는 시내라는 뜻으로, 밤낮으로 쉬지 아니하고 연달아.

702) 서포(西浦) 김만중(金萬重 ; 1637~1692)의 ≪구운몽(九雲夢)≫에 양소유가 진채봉을 만나는 장
면에 나오는 시가 있다.
楊柳千萬絲 버드나무 천 가지 만 가지가
絲絲結心曲 가지마다 곡진한 마음 맺혔네.
願作月下繩 바라건대 달 아래 노끈을 만들어,
好結春消息 기꺼이 봄날 소식을 맺으리라.
또 다산(茶山) 정약용(丁若鏞 ; 1762~1836)이 유배지에서 읊은 <천거팔취(遷居八趣)>의 마지막
수 <수류(隨柳)>가 있다.
楊柳千萬絲 버드나무 천 가지 만 가지가
絲絲得靑春 가지가지 푸른 봄을 만났네.
絲絲霑好雨 가지가지 좋은 비에 젖어서
絲絲惱殺人 가지가지 사람 마음을 졸이네.

빅옥갓튼늬쌀춘향화요신도부득이셰월리쟝차늘거져홍안이빅수되면시
호〃〃부지늬라다시졈던못하난니무슨죄가진중하야허송빅년하올잇가
도련임가신후의늬쌀춘향임기를졔월졍명야삼경의쳡〃수심어린거시가
쟝싱각졀노나셔초당젼화계상담부피여입부다물고이리져리단이다가불
쏫갓탄실음상사흉즁으로소사나손드러눈물쓰고후유한숨질게쉬고북편
을가르치며한양게신도련임도날과갓치기루신지무졍하야아조잇고일쟝
편지안니하신가

　백옥(白玉) 같은 내 딸 춘향(春香) 화용신(花容身)703)도 부득이(不得
已) 세월(歲月)이 장차 늙어져 홍안(紅顔)이 백수(白首) 되면 시호시호
부재래(時乎時乎不再來)704)라, 다시 젊든 못 하나니 무슨 죄(罪)가 진
중(鎭重)하여 허송백년(虛送百年)하오리까. 도련님 가신 후(後)에 내
딸 춘향(春香) 님 그릴 제, 월정명야삼경(月淨明夜三更)705)에 첩첩수
심(疊疊愁心)706) 어린 것이 가장(家長) 생각 절로 나서 초당전(草堂前)
화계상(花階上) 담배 피워 입에다 물고 이리저리 다니다가, 불꽃 같은
시름 상사(想思) 흉중(胸中)으로 솟아나 손 들어 눈물 씻고 후유 한숨
길게 쉬고, 북편(北便)을 가리키며 한양(漢陽) 계신 도련님도 나와 같
이 기루신지,707) 무정(無情)하여 아주 잊고 일장(一張) 편지(便紙) 아
니 하신가,

---

703) 꽃처럼 아름다운 얼굴과 몸매.
704) 좋은 세월은 다시 오지 않는다. 《사기(史記) 회음후열전(淮陰侯列傳)》에 "무릇 공(功)은 이루기
　　 어려우나 무너지기 쉽고, 때는 얻기는 어려우나 잃기 쉽습니다. 좋은 때는 다시 오지 않으니 그
　　 대는 자세히 살피시오.[夫功者難成而易敗 時者難得而易失也 時乎時 不再來 願足下詳察之]"라는
　　 구절이 있다.
705) 달 밝은 한밤중.
706) 겹겹이 쌓인 근심하는 마음.
707) 그리워하시는지.

진한숨으듯난눈물옥안홍상다적시고제으방으로드러가셔의복도안이벗
고외로운볘기우의벽만안고도라누워쥬야장탄우난거슨병안니고무어시
요실음상사집피든병닉구치못하고셔원통이쥭거드면칠십당연늘근거시
쌀일코사외일코틱빅산갈가무기게발무러다던지다시혈〃단신이너몸이
뉘을밋고사잔말고남못할일그리마오잇고〃〃셔룬지고못하지요몃사람
신셰을맛치랴고안이다려가오도련임듸가리가둘돗첫소익고무셔라이쇠
띵〃아왈칵쥐여달여드니이말만일사쏘게드려가면큰야단이나것거던여
보소장모춘향만다려갓스면그만두건네그례안이다려가고견데'닐가

긴 한숨에 듣는[708] 눈물 옥안(玉顔) 홍상(紅裳) 다 적시고 저의 방
(房)으로 들어가서 의복(衣服)도 아니 벗고 외로운 베개 위에 벽(壁)만
안고 돌아누워 주야장탄(晝夜長歎)[709] 우는 것은 병(病) 아니고 무엇
이오.

시름 상사(想思) 깊이 든 병(病) 내 구(救)하지 못하고서 원통(怨痛)
히 죽게 되면, 칠십(七十) 당년(當年) 늙은 것이 딸 잃고 사위 잃고 태
백산(太白山) 갈까마귀 게 발 물어다 던지듯이[710] 혈혈단신(子子單身)
이내 몸이 뉘를 믿고 살잔 말고. 남 못 할 일 그리 마오. 애고 애고,
설운지고. 못하지요, 몇 사람 신세(身世)를 망치려고 아니 데려가오.
도련님 대가리가 둘 돋쳤소? 애고 무서워라, 이 쇠띵띵[711]아.”

왈칵 뛰어 달려드니, 이 말 만일(萬一) 사또께 들어가면 큰 야단이
나겠거든.

“여보소, 장모(丈母). 춘향(春香)만 데려갔으면 그만두겠나?”

“그래, 아니 데려가고 견뎌낼까?”

---

708) 떨어지는.

709) 밤낮으로 길게 탄식함.

710) 태백산의 까마귀가 게 발을 물어다가 어디에 던지는지 아무도 모른다는 뜻이다.

711) 인정사정 없는 무쇠덩이.

너머귓세우지말고여기안져말좀듯소춘향을다려간듸도가마쌍괴말을틱
워가자하니필경의이마리날거신직달이는변통할수업고늬이기가믹케난
즁의쇠한나를싱각하고잇네만는이마리입박그늬셔는양반망신만하난계
안이라우리션조양반이모도망신를할마리로시무슨마리그리좃든마리잇
단마린가늬일늬힝이나오실계늬힝뒤의사당이나올턴니비힝은늬가하것
네글히셔요그만하면알졔나는그말모로것소신쥬는모셔늬여늬창옷소미
예다모시고춘향은요 〃 의다틱와갈밧그슈가업네걱졍말고염예말소

"너무 것세우지[712) 말고 여기 앉아 말 좀 듣소. 춘향(春香)을 데려
간대도 가마 쌍교(雙轎)713) 말을 태워 가자 하니 필경(畢竟)에 이 말
이 날 것인즉 달리는 변통(變通)할 수 없고, 내 이 기가 막히는 중(中)
에 꾀 하나를 생각하고 있네마는 이 말이 입 밖에 나서는 양반(兩班)
망신(亡身)만 하는 게 아니라 우리 선조(先祖) 양반(兩班)이 모두 망신
(亡身)을 할 말이로세."

"무슨 말이 그리 좌뜬714) 말이 있단 말인가?"

"내일(來日) 내행(內行)이 나오실 제 내행(內行) 뒤에 사당(祠堂)715)
이 나올 테니 배행(陪行)은 내가 하겠네."

"그래서요?"

"그만하면 알지?"

"나는 그 말 모르겠소."

"신주(神主)는 모셔 내어 내 창옷716) 소매에다 모시고 춘향(春香)은
요여(腰輿)717)에다 태워 갈 밖에 수(數)가 없네. 걱정 말고 염려(念慮)
마소."

---

712) 거세게 덤벼들지.

713) 쌍가마. 말이 앞뒤에서 메는 가마.

714) 생각이 뛰어난. 좋은. 또는 '좌(左)'는 요사스럽다는 뜻과 통하여 '요사스러운'으로 보기도 한다.

715) 조상들의 신주(神主), 위패(位牌)를 모신 짐.

716) 소창옷. 예전에, 중치막 밑에 입던 웃옷의 하나. 두루마기와 같은데 소매가 좁고 무(윗옷의 겨드
랑이에 대는 딴 폭)가 없다.

717) 시체를 묻은 뒤 혼백과 신주를 모시고 돌아오는 작은 가마.

요여

춘향이그말듯고도련임를물그럼이바리던이마소어만이도련임너머조르
지마소우리모녀평싱신셰도련임장즁의미여쓰니알어하라당부나ᄒ오이
번는아마도이별할박그슈가업네이왕의이별리될바는가시난도련임을웨
조르잇가만는우션각갑하여그러하졔닉팔자야만이젼는방으로가옵소
셔닉일은이별리될턴가보오이고 〃 닉신셰야이별을엇지할고여보도련
임웨여여보참으로이별을할터요촉불을도 〃 키고두리셔로마조안져갈이
를싱각하고보닐이를싱각ᄒ니졍신이아득한숨질눈물제워경 〃 오열ᄒ야
얼골도ᄃᆡ여보고수족도만져보며

춘향(春香)이 그 말 듣고 도련님을 물끄러미 바래더니,[718]

"마소, 어머니. 도련님 너무 조르지 마소. 우리 모녀(母女) 평생(平生) 신세(身世) 도련님 장중(掌中)에 매였으니, 알아 하라 당부(當付)나 하오.

이번은 아마도 이별(離別)할 밖에 수(數)가 없네. 이왕(已往)에 이별(離別)이 될 바는 가시는 도련님을 왜 조르리까마는 우선(于先) 갑갑하여 그러하지. 내 팔자(八字)야.

어머니 건넌방으로 가옵소서. 내일(來日)은 이별(離別)이 될 턴가 보오. 애고 애고, 내 신세(身世)야, 이별(離別)을 어찌 할꼬. 여보, 도련님!"

"왜야?"

"여보, 참으로 이별(離別)을 할 테요?"

촛불을 돋워 켜고 둘이 서로 마주 앉아 갈 일을 생각하고 보낼 일을 생각하니 정신(精神)이 아득, 한숨질 눈물겨워 경경오열(哽哽嗚咽)[719]하여 얼굴도 대어 보고 수족(手足)도 만져 보며,

---

718) 바라보더니.

719) 슬픔에 목이 메어 흐느껴 우는 것.

날볼날리멋밤이요잇달나 〃 쏀수작오날밤이망종이니닉의셔룬원졍드러
보오연근육순닉의모친일가친쳑바이업고다만독녀나한나라도련임계으
탁ᄒ야영귀할가바리썬니조무리시기ᄒ고귀신이작히하야이지경이되야
고나이고 〃 〃 닉이리야도련임올나가면나는뉘을밋고사오릿가쳔수만한
닉의회포주야싱각어이하리이화도화만발할졔수변힝낙어이ᄒ며황극단
풍느져갈졔고졀승상어이할고독숙공방진 〃 밤의젼 〃 반칙어이하리쉬난
이한숨이요쑤리난눈물이라젹막강산달발근밤의두겐셩을어이하리

"날 볼 날이 몇 밤이오? 애달아 나쁜 수작(酬酌)720) 오늘밤이 망종
(亡終)721)이니 나의 설운 원정(冤情) 들어 보오."

연근육순(年近六旬)722) 나의 모친(母親)
일가친척(一家親戚) 바이없고723)
다만 독녀(獨女) 나 하나라
도련님께 의탁(依託)하여 영귀(榮貴)할까 바랐더니
조물(造物)이 시기(猜忌)하고 귀신(鬼神)이 작해(作害)하여
이 지경(地境)이 되었구나 애고 애고 내 일이야
도련님 올라가면 나는 뉘를 믿고 사오리까
천수만한(千愁萬恨) 나의 회포(懷抱) 주야(晝夜) 생각 어이하리
이화(梨花) 도화(桃花) 만발(滿發)할 제 수변행락(水邊行樂)724) 어이
하며
황국(黃菊) 단풍(丹楓) 늦어갈 제 고절(孤節) 숭상(崇尙) 어이할꼬
독숙공방(獨宿空房) 긴긴 밤에 전전반측(輾轉反側) 어이하리
쉬나니 한숨이요 뿌리나니 눈물이라
적막강산(寂寞江山) 달 밝은 밤에 두견성(杜鵑聲)을 어이하리

---

720) 주위의 눈길을 피해 가며 이렇게 만나는 것.
721) 인생의 마지막.
722) 나이가 거의 예순 살인.
723) 어찌할 도리나 방법이 전혀 없다. 비할 데 없이 매우 심하다.
724) 경치 좋은 물가를 찾아 놀며 즐기는 일.

상풍고졀말이변의짝찻난져홍안셩을뉘라셔금하오며춘하추동사시졀의
쳡〃이싸인경물보난것도수심이요듯난것도수심이라고〃〃셜이울졔
이도령이른마리춘향아우지마라보수소관쳡직의라소관의부소들과옷나
라졍부덜도동셔임기루워셔귀즁심쳐늘거잇고

상풍고졀(霜楓孤節)725) 만리변(萬里邊)에 짝 찾는 저 홍안셩(鴻雁
聲)726)을

뉘라서 금(禁)하오며

춘하추동(春夏秋冬) 사시절(四時節)에 첩첩(疊疊)이 쌓인 경물(景物)
보는 것도 수심(愁心)이요 듣는 것도 수심(愁心)이라

애고 애고 섧게 울 제 이(李)도령 이른 말이,
"춘향(春香)아, 울지 마라.
부술소관쳡재오(夫戌蕭關妾在吳)727)라.
소관(蕭關)728)의 부수(夫戌)들과 오(吳)나라 정부(征婦)들도 동서(東
西) 님 그리워서 규중심처(閨中深處) 늙어 있고,

---

725) 서리 맞은 단풍잎의 외로운 절개. 어떠한 어려움에 처하여도 굽히지 아니하는 높은 절개. 여기서
는 '늦가을'을 말한다.

726) 기러기 우는 소리.

727) 님은 소관(蕭關)에서 수자리 살고 저는 오(吳) 땅에 사는데. 만당(晩唐) 시인 왕가(王駕 ; 851~?)
의 <고의(古意)>라는 시인데, 혹은 그의 아내 진옥란(陳玉蘭)이 남편에게 옷을 지어 함께 부친 시
<기부(寄夫)>라고도 한다.
夫戌邊關妾在吳 님은 변방에서 수자리 살고 저는 오(吳) 땅에 사는데
西風吹妾妾憂夫 가을 바람 제게 불어오니 저는 님 걱정뿐이랍니다.
一行書信千行淚 편지 한 줄 쓰는데 눈물은 천 줄기 흘러내리괴
寒到君邊衣到無 추위는 님께 닥쳤을 텐데 옷은 도착하였는지요.

728) 한(漢), 당(唐), 송(宋) 때에 관중(關中) 북쪽에 설치되었던 관문. 무관(武關), 동관(潼關), 대산관
(大散關)과 함께 관중사관(關中四關)이라 불린다. 지금의 영하성(寧夏省) 고원(固原) 동남쪽에
있다.

졍긱관산노기즁의관산의졍긱이며녹수부용치련여도부 〃 신졍극즁타가
추월강산젹막한듸연을키여샹사하니나올나간뒤라도창젼의명월커든쳘
이샹사부듸마라너을두고가는늬가일 〃 평분십이시을닌들어이무심하랴
우지마라 〃 〃 〃 〃

정객관산로기즁(征客關山路幾重)[729)]에

관산(關山)[730)]의 정객(征客)[731)]이며 녹수부용채련녀(綠水芙蓉採蓮
女)[732)]도 부부(夫婦) 신정(新情) 극즁(極重)타가 추월강산(秋月江山)
젹막(寂寞)한데 연(蓮)을 캐어 상사(想思)하니, 나 올라간 뒤라도 창전
(窓前)에 명월(明月)커든 천리(千里) 상사(想思) 부디 마라.

너를 두고 가는 내가 일일(一日) 평분(平分) 십이시(十二時)[733)]를
낸들 어이 무심(無心)하랴. 울지 마라, 울지 마라."

---

729) 초당사걸(初唐四傑) 왕발(王勃)의 시 <채련곡(采蓮曲)>의 마지막 구절이다.
   徘徊蓮浦夜相逢 연꽃 포구 거닐다가 밤에 서로 만났는데
   吳姬越女何豊茸 오나라 월나라 여인들 어찌 그리 아름다운지.
   共問寒江千里外 물어 보자, 찬 강(江) 천(千) 리(里) 밖에
   征客關山路幾重 님 가신 변방의 산은 굽이굽이 얼마나 먼지.

730) 변방에 있는 산.

731) 전쟁을 하거나 수자리 살러 나간 군인.

732) 푸른 물에서 연 캐는(연밥 따는) 여인. 왕발(王勃)의 시 <채련곡(采蓮曲)> 첫 부분에 "연밥 캐서
   돌아오는데, 푸른 물결이 연꽃 옷을 입었네.[采蓮歸 綠水芙蓉衣]"라는 구절이 있다.

733) 하루의 시간을 간지(干支)에 따라 십이시(十二時)로 고르게 나눈 것.

춘향이또우는마리도련임올나가며힝화춘풍거리 〃 〃 취하난계장신주요
청누미식집 〃 마닥보시나이미식이요쳐 〃 의풍악소리간곳마닥화월이라
호쇠ᄒ신도련임이주야호강노르실졔날갓틴하방쳔첩이야손틉만치나싱
각하올잇가이고 〃 〃 닉이리야춘향아우지마라한양셩남북촌의옥여가인
만컨만은귀즁심쳐집푼졍너박그업셔쓰니닉아무리딕장분들일각이나이
질소냐셔로피차기가막켜연 〃 이별못쎠날지라도련임모시고갈후빅사령
이나올젹의헐덕 〃 〃 드러오며

춘향(春香)이 또 우는 말이,

"도련님 올라가면 행화춘풍(杏花春風)[734] 거리거리 취(醉)하는 게
장진주(將進酒)[735]요, 청루(靑樓) 미색(美色) 집집마다 보시나니 미색
(美色)이요, 처처(處處)의 풍악(風樂) 소리 간 곳마다 화월(花月)이라.
호색(好色)하신 도련님이 주야(晝夜) 호강 놀으실 제 나 같은 하방(遐
方) 천첩(賤妾)이야 손톱만치나 생각하오리까. 애고 애고, 내 일이야."

"춘향(春香)아, 울지 마라. 한양성(漢陽城) 남북촌(南北村)에 옥녀가
인(玉女佳人) 많건마는 규중심처(閨中深處) 깊은 정(情) 너밖에 없었으
니, 내 아무리 대장부(大丈夫)인들 일각(一刻)이나 잊을쏘냐?"

서로 피차(彼此) 기가 막혀 연연(戀戀) 이별(離別) 못 떠날지라. 도
련님 모시고 갈 후배사령(後陪使令)이 나올 적에 헐떡헐떡 들어오며,

---

734) 살구꽃이 봄바람에 날리는. 봄날의 화창한 풍경을 이르는 말이다. 살구꽃은 술집을 암시하는 표
현으로 흔히 쓰인다.
735) 술 권하는 노래. 이백(李白)의 <장진주(將進酒)>와 정철(鄭澈)의 <장진주사(將進酒辭)가 유명하다.
또는 장시주(長時酒 : 끊임없이 마셔대는 술)로 볼 수도 있다.

도련임어셔힝차ᄒ옵소셔안으셔야단낫소사또계옵셔도련임어ᄃᆡ가셔는
야하옵기여소인이엿잡기을노던친고작별차로문박기잠관나가셔노라하
여싸오니어셔힝차하옵소셔말다령하엿난야말맛침ᄃᆡ령하엿소빅마욕거
장시하고청아셕별견으로다말은가자고네굽을치난듸춘향은마루아릐툭
써러져도련임다리을부여잡고날죽기고가면가계살리고는못가고못가는
니말못하고기졀ᄒ니춘향모달여드러상단아찬물어셔떠오너라차을다려
약가라 〃 네이몹슬연아늘근어미엇졀나고몸을이리상하는야

"도련님, 어서 행차(行次)하옵소서. 안에서 야단났소. 사또께옵서 도
련님 어디 가셨느냐 하옵기에, 소인(小人)이 여쭙기를 놀던 친구 작별
차(作別次)로 문(門) 밖에 잠깐 나가셨노라 하였사오니, 어서 행차(行
次)하옵소서."

"말 대령(待令)하였느냐?"

"말 마침 대령(待令)하였소."

백마욕거장시(白馬欲去長嘶)하고
청아석별견의(靑娥惜別牽衣)로다.[736]

말은 가자고 네 굽을 치는데 춘향(春香)은 마루 아래 툭 떨어져 도
련님 다리를 붙잡고,

"날 죽이고 가면 가지, 살리고는 못 가고 못 가느니!"

말 못하고 기절(氣絶)하니 춘향(春香) 모(母) 달려들어,

"향단(香丹)아, 찬물 어서 떠오너라. 차(茶)를 달여 약(藥) 갈아라.
네 이 몹쓸 년아, 늙은 어미 어쩌라고 몸을 이리 상(傷)하느냐?"

---

736) 백마는 떠나자고 길게 울고, 여인은 이별이 아쉬워 옷자락을 잡네. 조선 후기 신위(申緯 ; 1769~
1845)의 <백마청아(白馬靑娥)>라는 시가 있다.
欲去長嘶郞馬白 떠나려 하니 님의 흰 말 길게 우는데
挽衫惜別小娥靑 적삼을 당기며 이별하는 어린 계집애.
夕陽冉冉銜西嶺 저녁 하늘 뉘엿뉘엿 서쪽 고개를 덮었는데
去路長亭復短亭 갈 길 멀기만 하여 다시 역참에 머무네.

춘향이정신차려이고각갑ᄒ여라춘향의모기가막켜여보도련임남우싱쩌
갓탄자식을이지경이웬이리요절곡한우리춘향이통하여쥭거드면혈 〃 단
신이ᄂᆡ신세뉘를밋고사잔말고도련임어이업셔여바라춘향아네가이게웬
이린야날을영 〃 안보랴야◗한양낙일수운기는소통국의모자이별

춘향(春香)이 정신(精神) 차려,

"애고, 갑갑하여라."

춘향(春香)의 모(母) 기가 막혀,

"여보, 도련님. 남의 생때 같은 자식(子息)을 이 지경(地境)이 웬일
이오. 절곡(節曲)한 우리 춘향(春香) 애통(哀痛)하여 죽게 되면 혈혈단
신(孑孑單身) 이 내 신세(身世) 뉘를 믿고 살잔 말고."

도련님 어이없어,

"여봐라, 춘향(春香)아. 네가 이게 웬일이냐? 나를 영영(永永) 안 보
려냐?

한양락일수운기(漢陽落日愁雲起)[737]는 소통국(蘇通國)[738]의 모자(母
子) 이별(離別)

---

737) 한양에 해 지고 슬픈 구름 이는데. 한양(漢陽)은 하량(河梁)을 가탁(假託)한 듯하다. 하량은 강에
놓인 다리인데, 위성(渭城)이나 남포(南浦)처럼 친구나 연인을 이별하는 장소를 뜻하는 말로, 시
에서 자주 쓰인다. 이하의 이별 구절은 판소리 <심청가(沈淸歌)>에도 그대로 나타난다. 누군가가
이릉(李陵)을 가탁(假託)하여 지었다는 <여소무시(與蘇武詩)>에 다음과 같은 구절이 있다,
携手上河梁 손을 맞잡고 하수(河水) 다리에 올라
游子暮何之 떠도는 사람 해는 지는데 어디로 가는가?
또 당나라 이익(李益 ; 746~829)의 시 <잡가(雜歌)>의 한 구절이 있다.
北風河梁上 북풍은 하수(河水) 다리 위에 불고
四野愁雲繁 사방 들판에 시름겨운 구름 덮였네.

738) 소무(蘇武)의 아들. 소무(蘇武)가 흉노를 탈출하여 귀국한 뒤 80여 세의 나이로 병들어 죽고 이미
소무의 아들 소원(蘇元)이 모반에 연루되어 주살되었으므로, 한(漢) 선제(宣帝)가 소무의 대가 끊
길 것을 안타깝게 여겨 소무가 흉노 여자와의 사이에서 둔 아들 소통국(蘇通國)을 전한으로 불러
들여 낭(郞)으로 임용하였다. 여기서는 소통국과 어머니의 이별을 말한 것이다.

❶졍긱관산노기즁의오히월여부 〃 이별❶편삽수유소일인은용산의형졔
이별❶셔출양관무고인은위셩의붕우이별❶그런이별만하여도소식드를
썩가잇고싱면할나리잇셔스니

정객관산로기중(征客關山路幾重)에　오희월녀(吳姬越女)　부부(夫婦)
이별(離別)[739]

편삽수유소일인(偏揷茱萸少一人)[740]은　용산(龍山)[741]의　형제(兄弟)
이별(離別)

서출양관무고인(西出陽關無故人)[742]은　위성(渭城)[743]의　붕우(朋友)
이별(離別)

그런　이별(離別)만　하여도　소식(消息)　들을　때가　있고　생면(生面)
할[744]　날이　있었으니

---

739) 왕발(王勃)의 <채련곡(採蓮曲)>의 마지막 구절. 주(註) 729 참조.

740) 왕유(王維 : 701~761)의 시 <구월구일억산동형제(九月九日憶山東兄弟)>의 한 구절이다.
獨在異鄕爲異客 나 홀로 타향에서 나그네 되어
每逢佳節倍思親 좋은 시절 만날 때마다 가족 더욱 그립네.
遙知兄弟登高處 멀리서라도 알겠지, 형제들 높은 곳 올라서
偏揷茱萸少一人 모두들 산수유 꽂을 때 한 사람 빈다는 것을.

741) 이 시의 내용과는 관련이 없을 듯하다. 왕유 시의 산동(山東)은 협서성(陝西省) 서안(西安)에 있
는 효산(崤山)의 동쪽을 말한다. 용산(龍山)은 안휘성(安徽省) 당도현(當塗縣)에 있는데, 동진(東
晉) 때 맹가(孟嘉)가 술에 취해 모자가 바람에 날려 벗겨지는 것도 몰랐다는 고사(故事)로 유명한
곳이다.

742) 왕유(王維)의 시 <위성곡(渭城曲)>의 한 구절이다. 제목이 <송원이사안서(送元二使安西)>로 된 것
도 있다.
渭城朝雨浥輕塵 위성(渭城)의 아침 비에 먼지 촉촉이 젖고
客舍靑靑柳色新 객사 밖 파릇파릇 버들 빛깔 새롭구나.
勸君更盡一杯酒 그대에게 권하노니 한 잔 더 드시구랴
西出陽關無故人 서쪽으로 양관(陽關) 나서면 친구 없으리니.

743) 진(秦) 때의 도성(都城)인 함양(咸陽)으로, 한(漢) 때에 위성으로 불렸다. 지금의 협서성(陝西省)
서안(西安) 서북쪽. 왕유(王維)가 원이(元二)와 이별한 곳이다.

744) 살아서 만날.

니가이졔올나가셔장원급졔출신하야너를다려갈거시니우지말고잘잇거
라우룸을너머울면눈도붓고목도쉬고골머리도압푼이라돌기라도망두셕
은쳔말연이지닉가도광셕될쥴몰나잇고남기라도상사목은창박긔웃둑
셔 // 일연춘졀다지닉되입이필쥴몰나잇고병이라도회심병은오믹불망죽
난이라네가나을보랴거든셜워말고잘잇거라

내가 이제 올라가서 장원(壯元) 급제(及第) 출신(出身)하여 너를 데
려갈 것이니 울지 말고 잘 있거라. 울음을 너무 울면 눈도 붓고 목도
쉬고 골머리도 아프니라. 돌이라도 망두석(望頭石)[745]은 천만년(千萬
年)이 지나가도 광석(壙石)[746] 될 줄 몰라 있고, 나무라도 상사목(相思
木)[747]은 창(窓) 밖에 우뚝 서서 일년(一年) 춘절(春節) 다 지내되 잎
이 필 줄 몰라 있고, 병(病)이라도 회심병(懷心病)[748]은 오매불망(寤寐
不忘) 죽느니라. 네가 나를 보려거든 설워 말고 잘 있거라.”

---

745) 망주석(望柱石). 무덤 앞에 세우는 두 개의 돌기둥.

746) 무덤 속의 돌.

747) 사랑하던 부부가 억울하게 죽어 그 원한의 넋이 깃들어 자란 나무. 상사수(想思樹)라고도 한다.
춘추시대 송(宋) 강왕(康王)이 신하인 한빙(韓憑)의 아내 하씨(河氏)의 미모에 반해 그녀를 강제
로 자신의 후궁으로 삼고 한빙을 변방으로 보내 힘든 노역에 종사하게 했다. 한빙은 억울함과 아
내에 대한 그리움으로 결국 자살을 하고, 이를 알게 된 하씨도 성 위에서 몸을 던져 죽었다. 그녀
는 자신을 남편과 한 무덤에 묻어달라는 유서를 남겼는데, 강왕은 두 사람의 합장을 허락하지 않
고 인근에 묻게 했다. 그런데 어느 날 두 사람의 무덤에서 나무가 자라면서 뿌리가 서로 휘감기
고 가지는 하나로 연결되어 연리지(連理枝)가 됐다. 그리고 그 나무에 한 쌍의 원앙새가 날아들
어 서로 목을 안고 슬피 울었는데, 사람들이 그 나무를 상사수(想思樹)라 불렀다. 이 이야기는 동
진(東晉)의 학자이자 문인인 간보(干寶)가 지은 ≪수신기(搜神記)≫에 나온다.

748) 상사병(相思病). 남녀 간의 연정에서 생긴 병.

춘향이할길업서여보도련임늬손의술리나망종잡수시요힝찬업시가실진
된늬의찬합갈마닷가숙소참잘자리에날본다시잡수시요상단아찬합술병
늬오너라춘향이일븨주가득부어눈물셕거드리면셔하난마리한양셩가시
난질으◑강수쳥〃푸르거든원함졍을싱각ᄒ고◑쳔시가졀쩍가되야셰우
가분〃커든노상힝인욕단혼이라◑마상의곤핍하야병이날가염예온니

춘향(春香)이 하릴없어,

“여보, 도련님. 내 손에 술이나 망종(亡終) 잡수시오. 행찬(行饌) 없
이 가실진댄 나의 찬합(饌盒) 갈마다가749) 숙소참(宿所站)750) 잘 자리
에 날 본 듯이 잡수시오. 향단(香丹)아, 찬합(饌盒) 술병 내오너라.”

춘향(春香)이 일배주(一杯酒) 가득 부어 눈물 섞어 드리면서 하는
말이,

“한양성(漢陽城) 가시는 길에 강수청청(江樹靑靑) 푸르거든 원함정
(遠含情)751)을 생각하고, 천시가절(天時佳節) 때가 되어 세우(細雨)가
분분(紛紛)커든 노상행인욕단혼(路上行人欲斷魂)752)이라, 마상(馬上)에
곤핍(困乏)하여 병(病)이 날까 염려(念慮)오니

---

749) 갈무리해서. 간직했다가.

750) 숙소를 잡는 역(驛)의 마을.

751) 멀리 이별하는 한을 머금은 정. 송지문(宋之問)의 시 <별두심언(別杜審言)>의 한 구절. 주(註) 537
참조.

752) 만당(晩唐) 시인 두목지(杜牧之)의 시 <청명(淸明)>의 한 구절이다.
　　清明時節雨紛紛 청명(淸明) 시절에 비는 하염없이 내리는데
　　路上行人欲斷魂 길 가는 사람의 마음이 어쩔 줄 모르겠네.
　　借問酒家何處有 술집이 어느 곳에 있는지 물었더니
　　牧童遙指杏花村 목동이 멀리 살구꽃 핀 마을을 가리키네.

방초우초져문날의일찍드러지무시고아참날풍우상의늣게야써나시며한
치쪽철이마의모실사람업싸오니부듸〃〃쳔금귀체시사안보ᄒ옵소셔○
녹수진경도의평안이힝차하옵시고일자음신듯사이다동〃편지나하옵소
셔도련임하난마리소식듯기걱정마라요지의셔황모도주목왕을만나랴고
일쌍쳥조자뤼하여수철이먼〃〃길의소식젼송ᄒ여잇고

방초무초(芳草茂草)753) 저문 날에 일찍 들어 주무시고, 아침 날 풍
우상(風雨上)에 늦게야 떠나시며, 한 채찍 천리마(千里馬)에 모실 사람
없사오니, 부디부디 천금(千金) 귀체(貴體) 시사안보(時事安步)754)하옵
소서. 녹수진경도(綠樹秦京道)755)에 평안(平安)히 행차(行次)하옵시고,
일자음신(一字音信)756) 듣사이다. 종종 편지(便紙)나 하옵소서."

도련님 하는 말이,

"소식(消息) 듣기 걱정 마라. 요지(瑤池)의 서왕모(西王母)도 주목왕
(周穆王)을 만나려고 일쌍(一雙) 청조(靑鳥) 자래(自來)하여 수천리(數
千里) 먼먼 길에 소식(消息) 전송(傳送)하여 있고,757)

---

753) 향그런 풀이 우거져 있는 모양.

754) 일마다 편안하도록 조심하다.

755) 푸른 나무 서 있는 서울 가는 길에. 초당사걸(初唐四傑) 송지문(宋之問)의 시 <조발소주(早發韶
州)>의 한 구절이다. 이 부분은 다음과 같다.
綠樹秦京道 푸른 나무 서 있는 서울 가는 길에
靑雲洛水橋 파란 구름은 낙수(洛水)의 다리에 있네.
故園長在目 옛 고향은 늘상 눈 속에 있어
魂去不須招 넋은 그곳으로 가니 다시 부를 수 없네.
소주(韶州)는 지금의 광동성 소관시(韶關市).

756) 몇 글자 소식.

757) 주(註) 221 참조.

한무제중낭장은상임원군부젼의일쳑금셔보와시니빅안쳥조업슬망졍남
원인편업슬소냐실어말고잘잇거라말을타고하직ᄒ니춘향기가막켜하는
마리우리도련임이가네〃〃ᄒ여도거진말노알아쳔이말타고도라션이차
무로가는구나춘향이가마부불너마부야ᄂ가문박그나셜수가업난턴니말
을붓드려잠간지체하여셔라도련임게한말삼만엿줄난다춘향이ᄂ다라여
보도련임인졔가시면언졔나오시랴오

한무제(漢武帝) 중랑장(中郞將)은 상림원(上林園) 군부(君父) 전(前)
에 일척(一尺) 금서(錦書) 보냈으니,[758] 백안(白雁) 청조(靑鳥)[759] 없
을망정 남원(南原) 인편(人便) 없을쏘냐. 설워 말고 잘 있거라."

말을 타고 하직(下直)하니 춘향(春香) 기가 막혀 하는 말이,
"우리 도련님이 가네 가네 하여도 거짓말로 알았더니, 말 타고 돌
아서니 참으로 가는구나."
춘향(春香)이가 마부(馬夫) 불러,
"마부(馬夫)야, 내가 문(門) 밖에 나설 수가 없는 터니 말을 붙들어
잠깐 지체(遲滯)하여 서라. 도련님께 한 말씀만 여쭐란다."
춘향(春香)이 내달아,
"여보, 도련님. 인제 가시면 언제나 오시려오."

---

758) 한나라 소제(昭帝)가 흉노족과 화친할 때, 포로로 잡혀 있는 소무(蘇武)의 석방을 요구하였으나
소무는 이미 죽었다는 답신을 받았다. 그 뒤 소제가 상림원(上林園)에서 사냥하여 기러기를 잡았
는데, 기러기 다리에 소무의 소식을 알리는 편지가 묶여 있어, 이로 인해 소무가 석방되었다. 이
후로 기러기가 편지를 전해 주는 상징적 의미로 사용되었다. ≪한서(漢書) 소무전(蘇武傳)≫에
"천자(天子)가 상림(上林)에서 활을 쏘아 기러기를 잡았다. 그 다리에 비단에 쓴 글이 묶여 있었
는데, '소무(蘇武) 등이 어떤 연못 가운데에 있다.'고 쓰여 있었다.[天子射上林中 得雁足有繫帛書
言武等在某澤中]"라 하였다.

759) 흰 기러기와 파랑새. 각각 소무(蘇武)와 서왕모(西王母)의 편지를 전해 주었다는 새.

사절소식끈어질절보닉난니아조영절녹죽창송빅이숙졔만고충졀쳔산의
조비졀와병의인사졀죽졀송졀춘하추동사시졀끈어져단졀분졀혜졀도련
임은날바리고박졀리가시니속졀업난닉으졍졀독슉공방수졀할졔언으쎠
에파졀할고쳡의원졍실푼고졀주야싱각미졀할졔부딕소식돈졀마오

사절(四節) 소식(消息) 끊어질 절(絶)

보내나니 아주 영절(永絶)

녹죽창송(綠竹蒼松)[760] 백이숙제(伯夷叔齊)[761] 만고(萬古) 충절(忠節)

천산(千山)에 조비절(鳥飛絶)[762]

와병(臥病)에 인사절(人事絶)[763]

죽절(竹節) 송절(松節) 춘하추동(春夏秋冬) 사시절(四時節)

끊어져 단절(斷絶) 분절(分節) 훼절(毁節)

도련님은 날 버리고 박절(迫切)히 가시니 속절없는 나의 정절(貞節)

독숙공방(獨宿空房) 수절(守節)할 제 어느 때에 파절(破節)할꼬

첩(妾)의 원정(冤情) 슬픈 고절(孤節)

주야(晝夜) 생각 미절(未絶)할 제 부디 소식(消息) 돈절(頓絶) 마오

---

760) 푸른 대나무와 푸른 소나무. 녹죽(綠竹)은 여자의 정절을, 창송(蒼松)은 남자의 절개를 상징한다.

761) 백이(伯夷)와 숙제(叔齊). 백이숙제 고사는 사마천의 ≪사기(史記)≫에 나온다. 이들은 주나라 무
왕(武王)이 은나라 주왕(紂王)을 멸하자 신하가 천자를 토벌했다며 주나라 곡식 먹는 것을 거부
하고 수양산(首陽山)에 들어가 고사리를 캐어 먹다가 굶어 죽었다. 이후 백이숙제는 충절의 상징
이 됐다.

762) 중당(中唐) 시인 유종원(柳宗元 : 773~819)의 시 <강설(江雪)>의 한 구절이다.
千山鳥飛絶 온 산에 새도 날지 않고
萬徑人蹤滅 길에는 사람 자취 끊겼네.
孤舟蓑笠翁 외딴 배의 삿갓 쓴 노인
獨釣寒江雪 홀로 낚시하는 찬 강에 눈 내리네.

763) 송지문(宋之問)의 <별두심언(別杜審言)>의 한 구절이다. 주(註) 537 참조.

딕문박그썩쑤러져섬 〃 한두손길노짱을짱 〃 치며이고 〃 〃 닉신셰야이고
일셩ᄒ난소릭하희산망풍소식이요졍기무광일싴박이라업셔지며잡바질
졔셔운찬케가량이면몃날몃칠될줄모를네라도련임타신말은쥰마가편이
안인야도련임낙누하고훗기약을당부하고말을치쳐가는양은광풍의편운
일네라

대문(大門) 밖에 거꾸러져 섬섬(纖纖)한 두 손길로 땅을 꽝꽝 치며,
"애고 애고, 내 신세(身世)야."
애고 일성(一聲) 하는 소리,

황애산만풍소삭(黃埃散漫風蕭索)이요
정기무광일색박(旌旗無光日色薄)이라.764)

엎어지며 자빠질 제 서운찮게 갈 양이면 몇 날 며칠 될 줄 모를레
라. 도련님 타신 말은 준마가편(駿馬加鞭)765) 이 아니냐. 도련님 낙루
(落淚)하고 후기약(後期約)을 당부(當付)하고 말을 채쳐766) 가는 양
(樣)은 광풍(狂風)의 편운(片雲)일레라.

---

764) 백거이(白居易)의 시 <장한가(長恨歌)>의 한 구절이다. 양귀비가 마외파(馬嵬坡)에서 목매달려 죽
고 현종(玄宗)이 촉(蜀) 땅으로 피난갈 때의 모습이다. 이 부분은 다음과 같다.
黃埃散漫風蕭索 누런 먼지 자욱하고 바람소리 쓸쓸한데
雲棧縈紆登劍閣 구름 걸린 사다리 굽이굽이 검각(劍閣)에 올랐네.
峨嵋山下少人行 아미산(蛾嵋山) 아래에는 다니는 사람 없고
旌旗無光日色薄 깃발도 빛을 잃고 햇빛도 희미했네.
아미산은 사천성(四川省) 아미산시(峨眉山市)에 있는 산 이름. 검각은 검문산(劍門山)으로 지금의
사천성(四川省) 검각(劍閣) 북쪽에 있다.
765) 잘 달리는 말에 채찍을 더하다.
766) 채찍질하여.

제2부

춘향전春香傳 하권下卷이라

춘향전하권이라

잇쩌춘향이하릴업셔자든침방으로드러가셔상단아주렴것고안셕밋틔벼
기놋코문다더라도련임을싱시난만나보기망연ㅎ니잠이나들면쑴으만나
보자예로붓터이르기를쑴의와보이난임은신이업다고일너건만답〃이기
를진된쑴안이면어이보리쑴아〃〃네오너라수심쳡〃한니되야몽불셩의
어이하랴이고〃〃늬이리랴인간이별만사즁의독슉공방어이하리상사불
견늬의신졍게뉘라셔아러쥬리

춘향전(春香傳) 하권(下卷)이라

이 때 춘향(春香)이 하릴없어 자던 침방(寢房)으로 들어가서,

"향단(香丹)아, 주렴(珠簾) 걷고 안석(案席) 밑에 베개 놓고 문(門)
달아라. 도련님을 생시(生時)는 만나 보기 망연(茫然)하니 잠이나 들면
꿈에 만나 보자. 예로부터 이르기를 꿈에 와 보이는 님은 신의(信義)
없다고 일렀건만, 답답히 기룰진댄[1] 꿈 아니면 어이 보리.[2]"

꿈아 꿈아 네 오너라
수심(愁心) 첩첩(疊疊) 한(恨)이 되어
몽불성(夢不成)에 어이하랴
애고 애고 내 일이야
인간(人間) 이별(離別) 만사(萬事) 중(中)에
독숙공방(獨宿空房) 어이하리
상사불견(想思不見) 나의 심정(心情)
그 뉘라서 알아주리

---

1) 그리워할진대는.
2) 조선시대 수원(水原) 기생 명옥(明玉)의 시조이다. ≪청구영언(靑丘永言)≫ 등에 전한다.
   꿈에 뵈는 님이 신의(信義) 업다 하것마난
   탐탐(貪貪)이 그리올 제 꿈 아니면 어이 보리.
   져 님아 꿈이라 말고 자로자로 뵈시쇼.

밋친마음이렁져렁헛터러진근심후리쳐다바리고자나누나먹고씬나임못
보와가삼답〃어린양기고은소릭귀에징〃보고지거〃〃〃임의얼골보고
지거듯고지거〃〃〃〃임의소릭듯고지거젼싱의무삼원슈로우리두리싱
계나셔기린상사한틱맛나잇지마자쳐음밍셰죽지말고한틱잇셔빅연기약
미진밍셰쳔금쥬옥씀박기요셰사일관〃계ㅎ랴근원흘너물이되고집
고〃〃다시집고사랑뫼와뫼가되야놉고〃〃다시놉파씬어질줄모로거던
무어질줄어이알이귀신이작히ㅎ고조물리시기로다

미친 마음 이렁저렁

흐트러진 근심 후리쳐[3] 다 버리고

자나 누우나 먹고 깨나

님 못 보아 가슴 답답

어린 양기[4] 고운 소리 귀에 쟁쟁(琤琤)

보고지고 보고지고 님의 얼굴 보고지고

듣고지고 듣고지고 님의 소리 듣고지고

전생(前生)에 무슨 원수(怨讐)로 우리 둘이 생겨나서

기룬 상사(想思) 한데 만나 잊지 말자 처음 맹세(盟誓)

죽지 말고 한데 있어 백년기약(百年期約) 맺은 맹세(盟誓)

천금주옥(千金珠玉) 꿈 밖이요

세사일관(世事一貫)[5] 관계(關係)하랴

근원(根源) 흘러 물이 되고

깊고 깊고 다시 깊고

사랑 모여 뫼가 되어

높고 높고 다시 높아

끊어질 줄 모르거든 무너질 줄 어이 알리

귀신(鬼神)이 작해(作害)하고 조물(造物)이 시기(猜忌)로다

---

3) 몽땅. 모두 모아.

4) 눈에 어리는 고운 모습. 양기는 양자(樣姿)인 듯하다.

5) 이 세상의 모든 일. 세상일 한결같이.

일조낭군이별ᄒ니언ᄂ날의만나보리쳔수만한가득ᄒ야ᄉᆞᆺ〃치늑기워라
옥안운빈공노한이일월리무졍이라오동츄야달발근밤은어이그리더듸식
며녹음방초빗긴고듸히는어이더듸간고이샹샤알으시면임도날을기루련
만독숙공방홀로누어다만한숨버시되고구곡간쟝구비쎡어소사나니눈물
리라눈물뫼와바듸되고한숨지여쳥풍되면일엽쥬무어타고한양낭군차지
련만어이그리못보난고

일조(一朝) 낭군(郞君) 이별(離別)하니

어느 날에 만나 보리

천수만한(千愁萬恨) 가득하여

끝끝이 느꺼워라

옥안운빈공로(玉顔雲鬢共老)하니[6]

일월(日月)이 무정(無情)이라

오동추야(梧桐秋夜) 달 밝은 밤은

어이 그리 더디 새며

녹음방초(綠陰芳草) 비낀 곳에

해는 어이 더디 가는고

이 상사(想思) 알으시면 님도 나를 기루련만

독숙공방(獨宿空房) 홀로 누워 다만 한숨 벗이 되고

구곡간장(九曲肝腸)[7] 굽이 썩어 솟아나니 눈물이라

눈물 모여 바다 되고 한숨지어 청풍(淸風) 되면

일엽주(一葉舟) 무어[8] 타고

한양(漢陽) 낭군(郞君) 찾으련만

어이 그리 못 보는고

---

6) 옥 같은 얼굴과 구름 같은 머리가 함께 늙어 가니. 젊음이 헛되이 늙어간다는 뜻이다. 백거이(白居易)의 <장한가(長恨歌)>에 양귀비(楊貴妃)의 미모를 묘사하여 "구름 같은 머리에 꽃다운 얼굴 황금 노리개로 꾸몄네.[雲鬢花顔金步搖]"라는 구절이 있다. 또 만당(晚唐) 시인 이상은(李商隱)의 시 <무제(無題)>에 "아침에 거울 보며 그저 머리 흴 것 걱정하고.[曉鏡但愁雲鬢改]"라는 구절이 있다.

7) 굽이굽이 서린 창자라는 뜻으로, 깊은 마음속 또는 시름이 쌓인 마음속을 비유적으로 이르는 말.

8) '만들어'의 옛말.

우수명월달발근쩍셜심도군늑기오니소연한쑴이로다현야월두우셩은임
계신곳빗치련만심즁으안진수심나혼자쑨이로다야싁창망한듸경 〃 이빗
치난게창외의형화로다밤은집퍼삼경인듸안자쓴들임이올가누워슨들잠
이오랴임도잠도안이온다이이를어이하리아민도원수로다

우후명월(雨後明月) 달 밝은 때

설심도군(爇心禱君)9) 느끼오니

소연(蕭然)한10) 꿈이로다

현야월(懸夜月)11) 두우성(斗牛星)12)은

님 계신 곳 비추련만

심중(心中)에 앉은 수심(愁心)

나 혼자뿐이로다

야색(夜色) 창망(滄茫)한데

경경(耿耿)히 비치는 게

창외(窓外)의 형화(螢火)13)로다

밤은 깊어 삼경(三更)인데

앉았는들 님이 올까

누웠는들 잠이 오랴

님도 잠도 아니 온다

이 일을 어이하리

아마도 원수(怨讎)로다

---

9) 간절히 애태우며 님을 위해 기도함.

10) 쓸쓸한.

11) 달이 높이 뜬 밤.

12) 북두칠성(北斗七星). 별들의 중심이어서 어디에서나 항상 그 자리에 보인다.

13) 반딧불이.

흥진비릭고진감닉예로부텀잇건만은지달임도적지안코기룬졔도오릭건
만일촌간쟝구부 〃 닉친한을임안이면뉘라풀고명쳔은하감ᄒ사수이보게
ᄒ옵소서미진인졍다시만나빅바리다진토록이별업시살고지거뭇노라녹
수쳥산우리임초최힝식이연이닐별휴의소식조차돈졀ᄒ다인비목셕안일
진딕임도응당늣기이라잇고 〃 〃 닉신셰야

흥진비래(興盡悲來)[14) 고진감래(苦盡甘來)

예로부터 있건마는

기다림도 적지 않고

기룬 지도 오래건만

일촌간장(一寸肝腸) 굽이굽이 맺힌 한(恨)을

님 아니면 뉘라 풀꼬

명천(明天)은 하감(下鑑)하사[15)

쉬이 보게 하옵소서

미진인정(未盡人情)[16) 다시 만나

백발(白髮)이 다 진(盡)토록

이별(離別) 없이 살고지고

묻노라 녹수청산(綠水靑山)

우리 님 초췌(憔悴) 행색(行色)

애연(哀然)히 이별(離別) 후(後)에

소식(消息)조차 돈절(頓絶)하다

인비목석(人非木石) 아닐진대[17)

님도 응당(應當) 느끼리라

애고 애고 내 신세(身世)야

---

14) 왕발(王勃)의 <등왕각서(滕王閣序)>에 "하늘이 높고 땅이 머니 우주(宇宙)의 무궁함을 깨닫고, 기쁨이 다하면 슬픔이 오니 차고 빔의 운수 있음을 아네.[天高地迥 覺宇宙之無窮 興盡悲來 識盈虛之有數]"라는 구절이 있다.

15) 밝으신 하늘은 아래를 내려보시어.

16) 다 나누지 못한 사람의 정.

17) 사람이 나무나 돌이 아닐진대. 의미가 중첩되었으나 관용적 표현으로 쓰인다.

앙천자탄으셰월을보내는듸잇찍도련임은올나갈졔숙소마다잠못일워보
고지거녀의사랑보고지거주야불망우리사랑날보내고기룬마음속키만나
푸르리라일구월심굿게먹고등과외방바리더라잇듸수삭만의신관사쏘낫
씨되자학골변학도라하는양반이오난듸문필도유여ᄒ고인물풍치활달ᄒ
고풍유속의달통ᄒ야외입속이넝넉ᄒ되한갓흠이셩졍괴픽한즁의삿징을
겸하야혹시실덕도ᄒ고외결ᄒ난이리간다고로셰상의안는사람은다고집
불통이라하것다

앙천자탄(仰天自歎)에 세월(歲月)을 보내는데, 이 때 도련님은 올라
갈 제 숙소(宿所)마다 잠 못 이뤄,

"보고지고, 나의 사랑 보고지고. 주야불망(晝夜不忘) 우리 사랑 날
보내고 기룬 마음 속(速)히 만나 풀으리라."

일구월심(日久月深)[18] 굳게 먹고 등과(登科) 외방(外方)[19] 바라더라.

이 때 수삭(數朔) 만에 신관(新官) 사또 났으되 자하골[紫霞洞] 변학
도(邊學道)라 하는 양반(兩班)이 오는데, 문필(文筆)도 유여(有餘)하고
인물(人物) 풍채(風采) 활달(豁達)하고 풍류(風流) 속에 달통(達通)하여
외입(外入) 속이 넉넉하되, 한갓 흠이 성정(性情) 괴팍한 중(中)에 사
증(邪症)[20]을 겸(兼)하여 혹시(或是) 실덕(失德)도 하고 오결(誤決)하
는 일이 간다고(間多故)로[21] 세상(世上)에 아는 사람은 다 고집불통이
라 하겠다.

---

18) 날이 오래고 달이 깊어 간다는 뜻으로, 세월이 흐를수록 더함을 이르는 말.

19) 과거에 급제하여 지방 벼슬로 나가는 것.

20) 때때로 나타나는 요사스러운 성질.

21) 간간이 있는 까닭에.

신연하인션신할계사령등션신이요이방이요감상이요수비요이방블르라
이방이요그스너의골의이리나업는야예아직무고흡닉다너골괄노가삼남
의계일이라계예부림직하옵닉다쏘네골의츈향리란게집이민우식이라지
예잘잇야무고하옵ᄂ다남원이예서멋인고육빅삼십이로소이다

신연하인(新延下人)22) 현신(現身)23)할 제,

"사령(使令)24) 등(等) 현신(現身)이오."

"이방(吏房)25)이오."

"감상(監床)26)이오."

"수배(首陪)27)요."

"이방(吏房) 부르라."

"이방(吏房)이오."

"그 새 너의 골에 일이나 없느냐?"

"예, 아직 무고(無故)합니다."

"네 골 관노(官奴)가 삼남(三南)에 제일(第一)이라지?"

"예, 부림 직하옵니다."

"또, 네 골에 춘향(春香)이란 계집이 매우 색(色)이라지?"

"예."

"잘 있나?"

"무고(無故)하옵니다."

"남원(南原)이 예서 몇 리(里)인고?"

"육백삼십(六百三十) 리(里)로소이다."

---

22) 새로 임명된 감사나 군수를 나가 맞이해 오는 일을 맡은 하인. 여기서는 신연하인이 한양까지 올
라가서 신임 사또를 모셔오는 것이다.

23) 아랫사람이 윗사람을 처음으로 뵈는 것.

24) 관아에 딸린 심부름꾼.

25) 지방 관아에 속한 육방(六房) 가운데 인사 관계의 실무를 맡아보던 부서.

26) 귀한 사람에게 바치는 음식상을 미리 살펴보는 구실아치.

27) 관아의 구실아치와 하인들의 우두머리.

철릭

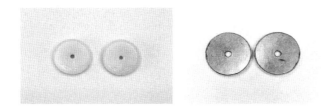

관자

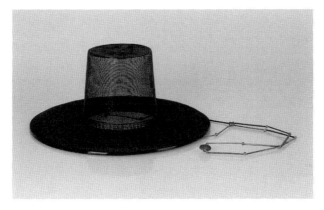

통영갓

마음이밧쑌지라급피치힝하라신연하인물너ᄂ와우리골으일이낫다잇쩌
신관사쏘출힝날을급피바다도임ᄎ로ᄂ려올계위의도장할시고구름갓튼
별연독교좌우청장쎡벌이고좌우편부축급창물쇠진한모수쳘육빅주젼듸
고를느려엇비시기눌너믹고듸모관자통령가슬이믹눌너수겨쓰고청장줄
검쳐잡고

마음이 바쁜지라,
"급(急)히 치행(治行)하라."
신연하인(新延下人) 물러나와,
"우리 골에 일이 났다."

이 때 신관(新官) 사또 출행(出行) 날을 급(急)히 받아 도임차(到任
次)로 내려올 제 위의(威儀)도 장(壯)할씨고. 구름 같은 별연(別輦)[28]
독교(獨轎)[29] 좌우(左右) 청장(靑帳)[30] 떡 벌이고, 좌우편(左右便) 부
축[31] 급창(及唱)[32] 물색(物色) 진한 모시 철릭[33] 백주전대(白紬戰
帶)[34] 고를 늘여 엇비슷이 눌러 매고, 대모관자(玳瑁貫子) 통영갓[35]을
이마에 눌러 숙여 쓰고 청장(靑帳) 줄 겹쳐 잡고,

28) 원래는 임금이 타는 가마이다.
29) 소의 등에 싣고 소를 몰고 가는 사람이 뒤채를 잡고 길잡이하여 가는 가마.
30) 가마 좌우에 늘인 푸른 포장.
31) 부축하는. 따라다니는.
32) 위의 명령을 받아 큰 소리로 전달하는 하인.
33) 천익(天翼). 길이가 길고 허리에 주름을 잡은 공복(公服)의 일종.
34) 흰 명주로 만든 군복 띠.
35) 경상남도 통영(統營) 지방에서 만든 갓. 또는 그런 양식으로 만든 갓. 품질이 좋고 테가 넓은 것이
특징이다.

에라둘너섯다나이거라혼금이지엄ᄒ고좌우구정진정마의뒤칙직비심써
라퇴인한쌍칙절입의힝츠빙힝뒤를쌀코수빙감상공방이며신연이방가션
하다뇌ᄌ한쌍사령흔쌍익산보즁젼빙하야ᄃ로변의갈ᄂ 셔고빅방수주익
산복판남수주션을둘너주싀고리얼는〃〃호긔잇게ᄂ리려올졔젼후의혼금
소릭쳥산이상응하고권마셩놉푼소릭빅운이담〃이라

"에라, 물러섰거라! 나가거라!"

혼금(閽禁)36)이 지엄(至嚴)하고,

"좌우(左右) 구종(驅從) 긴경마37)에 뒤채잡이38) 힘써라!"

통인(通引) 한 쌍(雙) 착전립(着戰笠)에39) 행차(行次) 배행(陪行) 뒤
를 따르고, 수배(首陪) 감상(監床) 공방(工房)이며 신연(新延) 이방(吏
房) 가선하다.40)

뇌자(牢子)41) 한 쌍(雙) 사령(使令) 한 쌍(雙) 일산보종(日傘步從)42)
전배(前陪)43)하여 대로변(大路邊)에 갈라서고, 백방수주(白紡水紬)44)
일산(日傘) 복판 남수주(藍水紬) 선(縇)을 둘러45) 주석(朱錫) 고리 얼
른얼른 호기(豪氣) 있게 내려올 제, 전후(前後)에 혼금(閽禁) 소리 청
산(靑山)이 상응(相應)하고 권마성(勸馬聲)46) 높은 소리 백운(白雲)이
담담(淡淡)이라.

---

36) 관아에서 잡인의 출입을 금하는 것.

37) 의식에 쓰는 말의 왼쪽에 다는 넓고 긴 고삐.

38) 가마나 상여 따위의 뒤채를 잡는 일. 또는 그 일을 하는 사람.

39) 전립(戰笠)을 쓰고. 전립은 군인이 쓰던 갓벙거지.

40) 그럴듯하다. 위엄이 있어 보인다.

41) 군뢰(軍牢). 죄인을 다루는 병졸.

42) 일산(日傘)을 들고 걸어가는 나졸.

43) 앞에서 관장(官長)을 모시고 가는 것.

44) 백방사(白紡絲 ; 흰 누에고치만으로 켜서 짠 실)로 짠 물명주.

45) 일산 복판에 쪽빛 물명주로 선을 둘러.

46) 말이나 가마가 지나갈 때 위세를 더하기 위하여 그 앞에서 하졸들이 목청을 길게 빼어 부르는 소
리. 임금이 나들이할 때에는 사복(司僕) 하인이, 그 밖의 경우에는 역졸이 불렀다.

일산

출처: 이동영기증특별전/국립민속박물관

젼주의득달하야경기젼긱사연명하고영문의잠간단여조분목썩닉다라만
마관노구바우너머임실얼는지닉여오수들러중화하고직일도임할싀오리
졍으로드러갈계쳔총이영솔하고육방하인쳥노도로드러올졔●쳥도한쌍
●홍문한쌍●주작남동각남셔각홍초남문한쌍●쳥용동남각셔남각남초
한쌍●현무북동각북셔각흑초홍문한쌍●동사슌씨한쌍

전주(全州)에 득달(得達)하여 경기전(慶基殿)[47] 객사(客舍) 연명(延命)[48]하고, 영문(營門)에 잠깐 다녀 좁은목[49] 썩 내달아 만마관(萬馬關)[50] 노구바위[51] 넘어 임실(任實) 얼른 지나 오수(獒樹) 들러 중화(中火)[52]하고, 즉일(卽日) 도임(到任)할새 오리정(五里亭)[53]을 들어갈 제 천총(千摠)[54]이 영솔(領率)하고, 육방(六房) 하인(下人) 청로도(淸路道)[55]로 들어올 제,

청도(淸道) 한 쌍(雙)

홍문(紅門) 한 쌍(雙)

주작(朱雀) 남동각(南東角) 남서각(南西角) 홍초남문(紅綃藍紋) 한 쌍(雙)

청룡(靑龍) 동남각(東南角) 서남각(西南角) 남초(藍綃) 한 쌍(雙)

현무(玄武) 북동각(北東角) 북서각(北西角) 흑초홍문(黑綃紅紋) 한 쌍(雙)

등사(螣蛇) 순시(巡視) 한 쌍(雙)

---

47) 전라북도 전주 남문 근처에 있는, 조선 태조의 초상화를 모신 곳.

48) 감사나 지방 고을의 관장들이 부임할 때, 궐패(闕牌) 앞에서 왕명을 전하는 의식.

49) 전주시 동서학동에 있는 지명. 좁은 산의 목이라는 뜻이다.

50) 전라북도 완주군 상관면 용암리에 있는, 전주부성의 남쪽 관문.

51) 전주와 임실 경계에 있는 바위.

52) 여행 도중에 먹는 점심.

53) 전라북도 남원시 사매면 월평리의 박석치(博石峙 ; 춘향고개)에 있는 정자. 경판본(京板本) 등에서는 춘향과 이도령이 이별한 곳이다.

54) 군영(軍營)의 장교.

55) 사람들의 출입을 막고 깨끗이 치운 길.

❶영기한쌍❶집사한쌍❶기픽관한쌍❶굴노열두쌍❶좌우가요란하다힝
군취틱풍악소릭성동의진동하고삼인육각❶권마셩은원근의낭자한다광
할누의보젼하야기복하고긱사의연몡차로나메타고드러갈식빅셩소시엄
숙하게보이랴고눈을비량궁글 〃 〃

영기(令旗) 한 쌍(雙)56)

집사(執事) 한 쌍(雙)

기패관(旗牌官)57) 한 쌍(雙)

군뢰(軍牢)58) 열두 쌍(雙)

좌우(左右)가 요란(搖亂)하다.

행군(行軍) 취타(吹打) 풍악(風樂) 소리 성동(城東)에 진동(震動)하
고 삼현육각(三絃六角)59) 권마성(勸馬聲)은 원근(遠近)에 낭자(狼藉)하
다. 광한루(廣寒樓)에 보전하여60) 개복(改服)하고 객사(客舍)61)에 연
명차(延命次)로 남여(籃輿)62) 타고 들어갈새, 백성(百姓) 소시(所視)63)
엄숙(嚴肅)하게 보이려고 눈을 별양(別樣)64) 궁글궁글,65)

---

56) 관원이 행차할 때 세우던 깃발들. 청도(淸道)라 쓴 깃발 한 쌍, 홍살문 그린 깃발 한 쌍, 남동과 남
서쪽에 남빛 무늬가 있는 붉은 비단에 주작을 그린 깃발 한 쌍, 동남과 서남쪽에 남빛 비단에 청
룡을 그린 깃발 한 쌍, 북동과 북서쪽에 붉은 무늬 검은 비단에 현무를 그린 깃발 한 쌍, 한가운데
에는 누런 바탕에 뱀을 그린 깃발, 순시(巡視)라 쓴 깃발 한 쌍, 영(令) 자를 쓴 깃발 한 쌍.

57) 군영에서 군사들의 훈련을 맡아보는 무관 벼슬.

58) 조선시대 군대에서 죄인을 다루던 병졸.

59) 일반적으로는 피리 2, 대금, 해금, 장구, 북으로 구성되는 악기 편성의 총칭이자, 이러한 편성으로
연주하는 음악을 말하며, 연주의 성격과 상황에 따라 다른 악기로 변경되거나 추가되기도 한다.

60) 포진(鋪陳)하여.

61) 전라북도 남원시 동충동에 있던 조선시대 객사인 용성관(龍城館). 한때는 조선 태조(太祖)의 전패
(殿牌)를 모셔 흉민관(恤民館)이라고도 하였고, 6·25 전쟁 때 소실되었다. 전패는 전(殿) 자를 새
긴 나무패로 왕권을 상징한다.

62) 의자와 비슷하고 뚜껑이 없는 가마.

63) 백성들이 보기에. 백성들이 보아서는.

64) 별별. 여러 가지 모양으로.

65) 눈알을 이리저리 돌리는 모양.

긱사의연명하고동현의좌기ᄒ고도임상을잡순후힝수문안이요힝슈군관
집예밧고육방관속션신밧고사쏘분부하되수로불너기싱졈고하라호장이
분부듯고기싱안칙드려놋코호명을차례로부르난듸낫〃치글귀로부르던
거시엿다◑우후동산명월이명월이가드러을오난듸나군자락을거듬〃〃
거더다가셰료흉당의짝붓치고아장〃〃들러을오더니졈고맛고나오

객사(客舍)에 연명(延命)하고 동헌(東軒)66)에 좌기(坐起)67)하고 도
임상(到任床)68)을 잡순 후(後),

"행수(行首)69) 문안(問安)이오."

행수군관(行首軍官) 집례(執禮) 받고 육방(六房) 관속(官屬) 현신(現
身) 받고 사또 분부(分付)하되,

"수노(首奴)70) 불러 기생(妓生) 점고(點考)71)하라."

호장(戶長)72)이 분부(分付) 듣고 기생(妓生) 안책(案冊)73) 들여 놓
고 호명(呼名)을 차례(次例)로 부르는데, 낱낱이 글귀로 부르던 것이
었다.

"우후(雨後) 동산(東山) 명월(明月)이."

명월(明月)이가 들어를 오는데, 나군(羅裙) 자락을 거듬거듬 걷어다
가 세요흉당(細腰胸膛)74)에 딱 붙이고 아장아장 들어를 오더니 점고
(點考) 맞고,

"나오.75)"

---

66) 공사(公事)를 처리하던 관청.
67) 우두머리가 출근하여 사무를 봄.
68) 지방의 관리가 부임하였을 때 대접하기 위하여 차리는 음식상.
69) 하급 관리인 아전들의 우두머리.
70) 관청에 속한 노비의 우두머리.
71) 명부(名簿)에 하나하나 점을 찍어 가며 인원을 조사하는 것.
72) 향직(鄕職)의 우두머리.
73) 이름, 직업, 생년월일 등을 적어 놓은 책.
75) '나가오.'의 뜻인 듯하다. 또는 "점고(點考) 맞고 나오."로 하여 "점고를 맞아 지방관의 안전(案前)
으로 나옵니다."의 뜻이라고 보기도 한다.

●어쥬축수이산춘의양편난만고은춘식이 〃 안인야도홍이도홍이가드러
를오난듸홍상자락을거더안고아장 〃 〃 조촘거려드러을오더니졈고맛고
나오●단산의져봉이짜을일코벽오동의깃듸린니산수지영이요비충지졍
이라기블탁속구든졀기만수문젼치봉이치봉이가드러오난듸나운을두른
허리밉시잇게거더안고연보를졍이옴겨아장거려느러와

"어주축수애산춘(漁舟逐水愛山春)[76]에 양편난만(兩便爛漫) 고운 춘
색(春色)이 이 아니냐. 도홍(桃紅)이."

도홍(桃紅)이가 들어를 오는데, 홍상(紅裳) 자락을 걷어 안고 아장
아장 조촘[77] 걸어 들어를 오더니 점고(點考) 맞고,

"나오."

"단산(丹山)에 저 봉(鳳)이 짝을 잃고 벽오동(碧梧桐)에 깃들이니
산수지령(山水之靈)이요 비충지정(飛蟲之精)이라,[78] 기불탁속(饑不啄
粟)[79] 굳은 절개(節槪) 만수문전(萬壽門前)[80] 채봉(彩鳳)이."

채봉(彩鳳)이가 들어오는데, 나군(羅裙)을 두른 허리 맵시 있게 걷
어 안고 연보(蓮步)[81]를 정(整)히 옮겨 아장 걸어 들어와

---

76) 성당(盛唐) 시인 왕유(王維)의 시 <도원행(桃源行)>의 첫 구절이다. 앞 부분은 다음과 같다.
漁舟逐水愛山春 고깃배로 물을 따라 산의 봄을 즐기는데
兩岸桃花夾去津 양 언덕 복사꽃이 나루터부터 가득하네.
坐看桃樹不知遠 바알간 나무들 보느라고 멀리 온 줄 몰랐는데
行盡淸溪不見人 맑은 물 끝나는 곳 사람조차 뵈질 않네.

77) 조촐하게. 깔끔하고 얌전하게.

78) 산과 물의 신령함이요, 새와 곤충 가운데의 정기(精氣)라.

79) 굶주려도 좁쌀은 먹지 않는다. ≪산해경(山海經) 남산경(南山經)≫에 "단혈(丹穴)의 산 그 위에 금
과 옥이 많다. 단수(丹水)가 나와 남쪽으로 흘러 발해(渤海)로 든다. 새가 있는데 그 모양이 닭과
비슷하고 다섯 빛깔의 무늬가 있다. 이름이 봉황(鳳凰)이다.[丹穴之山 其上多金玉 丹水出焉而南流
注于渤海 有鳥焉 其狀如鷄 五彩而文 名曰鳳凰]"라 하고, 그 주(註)에 "봉황은 신령스러운 새이다.
수컷을 봉(鳳)이라 하고 암컷을 황(凰)이라 하는데, 봉황의 성질이 오동(梧桐)이 아니면 깃들지 않
고 대열매가 아니면 먹지 않는다.[鳳凰靈鳥也, 雄曰鳳雌曰凰, 鳳凰之性 非梧桐不棲 非竹實不食]"라
하였다.

80) 만수궁(萬壽宮)에 있는 문의 앞. 만수궁은 도교(道敎)의 사당으로, 중국 강서성(江西省) 남창(南昌)
에 있다고 한다. 보통 천자의 장수를 비는 뜻으로 궁에 붙인 이름이라고도 한다.

81) 미인의 걸음걸이. 상권 주(註) 246 참조.

점고맛고좌부진퇴로나오◑쳥졍지연부기졀의못노라져연화어여쑨고고
흔틱도화즁군자연심이연심이가드러오난듸ㄴ상을거더안고나말수혜쯜
면셔아장거려가만 〃 〃 드러오더니좌부진퇴로나오◑화씨갓치발근달벽
히의드럿난니형산빅옥명옥이명옥이가드러오난듸기하상고흔틱도이힝
이진즁한듸

점고(點考) 맞고 좌부진퇴로,[82]

"나오."

"청정지련불개절(淸淨之蓮不改節)에 묻노라 저 연화(蓮花), 어여쁘
고 고운 태도(態度) 화중군자(花中君子)[83] 연심(蓮心)이."

연심(蓮心)이가 들어오는데, 나상(羅裳)을 걷어 안고 나말(羅襪)[84]
수혜(繡鞋)[85] 끌면서 아장 걸어 가만가만 들어오더니 좌부진퇴로,

"나오."

"화씨(和氏)[86]같이 밝은 달 벽해(碧海)에 들었나니 형산(荊山) 백옥
(白玉) 명옥(明玉)이."

명옥(明玉)이가 들어오는데, 기하상(綺霞裳)[87] 고운 태도(態度) 이행
(履行)[88]에 진중(鎭重)한데,

---

82) 미상(未詳). '왼쪽으로 물러나며'의 뜻인 듯하다. 또는 좌우진퇴(左右進退), 좌부진퇴(左符進退)로
보기도 한다 좌부(左符)는 지방관이 부임할 때 소지하는 부절. 우부(右符)는 조정에서 보관한다고
한다.

83) 맑고 깨끗한 연은 절개를 바꾸지 않는다. 송(宋) 주돈이(周敦頤 ; 1017~1073)의 <애련설(愛蓮說)>
에 이런 구절이 있다.
나는 홀로 연(蓮)을 사랑하니, 진흙 속에서 나왔으나 더럽지 않고, 맑은 물결에 씻겨도 요염하지
않고, 속은 비었으되 밖은 곧고, 덩굴은 뻗지 않고 가지도 없으며, 향기는 멀수록 더욱 맑고, 우뚝
하고 깨끗하게 자라며, 멀리서 바라볼 수는 있으되 함부로 다룰 수는 없다. …… 연(蓮)은 꽃 중의
군자(君子)이다.[予獨愛蓮之 出於淤泥而不染 濯淸漣而不妖 中通外直 不蔓不枝 香遠益淸 亭亭淨植
可遠觀而不可褻翫焉……蓮花之君子者也]

84) 비단 버선. 고운 버선.

85) 수놓은 신발.

86) 화씨벽(和氏璧). 상권 주(註) 217 참조.

87) 안개 무늬가 어른거리는 비단 치마. 또는 기하상(茇荷裳)으로 보아, 마름과 연꽃 무늬의 치마. ≪
초사(楚辭) 이소(離騷)≫에 "마름꽃 잘라 저고리 만들고, 연꽃 모아 치마를 만드네.[制茇荷以爲衣
兮 集芙蓉以爲裳]"란 구절이 있다.

88) 걷는 걸음새.

아장거려가만 〃 〃 드러을오더니졈고맛고좌부진퇴로나오❶운담풍경근
오쳔의양유편금의잉 〃 이잉 〃 이가드러오난듸홍장자락을에후리쳐셰류
흥당의싹붓치고아장거러가만 〃 〃 드려오더니졈고맛고좌부진퇴로나오
❶사쏘분부하되자쥬부르라예호장이분부듯고넉자화도로부르난듸❶광
한젼놉푼집의현도하던고흔션빅반기보니계힝이예등듸하여소

아장 걸어 가만가만 들어를 오더니 점고(點考) 맞고 좌부진퇴로,

"나오."

"운담풍경근오천(雲淡風輕近午天)[89)]에 양류편금(楊柳片金)[90)]의 앵
앵(鶯鶯)이."

앵앵(鶯鶯)이가 들어오는데, 홍상(紅裳) 자락을 에후리쳐 세요흉당
(細腰胸膛)에 딱 붙이고 아장 걸어 가만가만 들어오더니 점고(點考)
맞고 좌부진퇴로,

"나오."

사또 분부(分付)하되,

"자주 부르라."

"예."

호장(戶長)이 분부(分付) 듣고 넉 자(字) 화두(話頭)[91)]로 부르는데,

"광한전(廣寒殿) 높은 집에 헌도(獻桃)하던 고운 선비(仙妃)[92)] 반겨
보니 계향(桂香)이."

"예, 등대(等待)하였소."

89) 송(宋) 정호(程顥 ; 1032~1085)의 시 <춘일우성(春日偶成)>의 한 구절이다.
    雲淡風輕近午天 구름 맑고 바람 살랑이는 대낮 가까운데
    傍花隨柳過前川 꽃들 옆 늘어진 버들 따라 앞내를 건너네.
    時人不識餘心樂 곁의 사람들은 내 마음의 즐거움 모르면서
    將謂偸閒學少年 한가함도 없이 소년처럼 공부만 한다 하네.

90) 버드나무 잎마다 금 조각 같은데. 십이가사 중 <유산가(遊山歌)>에 이런 구절이 있다.
    柳上鶯飛片片金 버들 위로 꾀꼬리 나니 조각조각이 금이요
    花間蝶舞紛紛雪 꽃들 사이 나비 춤추니 눈발이 어지럽네.

91) 아니리. 판소리에서 창을 하는 중간 중간에 가락을 붙이지 않고 이야기하듯 엮어 나가는 사설(辭
    說).

92) 선녀(仙女).

●송하의저동자야뭇노라션싱소식수쳡쳥산의운심이예등딕하여소●
월궁의놉피올나게화을쎡거의쪄리예등딕하와소●차문주가하쳐직오
목동요지힝화예등딕하와소●의미산월발윤추영입평강의강션이예등
딕하엿소

"송하(松下)의 저 동자(童子)야, 묻노라 선생(先生) 소식(消息)[93] 수
첩청산(數疊靑山)에 운심(雲深)이."

"예, 등대(等待)하였소."

"월궁(月宮)에 높이 올라 계화(桂花)를 꺾어 애절(愛折)이."

"예, 등대(等待)하였소."

"차문주가하처재(借問酒家何處在)요 목동요지(牧童遙指) 행화(杏
花)."[94]

"예, 등대(等待)하였소."

"아미산월반륜추(峨眉山月半輪秋) 영입평강(影入平羌)[95]에 강선(江
仙)이."

"예, 등대(等待)하였소."

---

93) 당(唐) 가도(賈島 ; 779~843)의 시 <심은자불우(尋隱者不遇)>의 내용이다.
松下問童子 소나무 아래서 동자에게 물으니
言師採藥去 말하기를, "스승님께서는 약초 캐러 가셨습니다.
只在此山中 이 산 속에 계시기는 하겠지만
雲深不知處 구름이 깊어 계신 곳을 모르겠습니다."

94) 만당(晚唐) 시인 두목(杜牧)의 시 <청명(淸明)>의 한 구절이다. 상권 주(註) 752 참조.

95) 시선(詩仙) 이백(李白)의 시 <아미산월가(峨眉山月歌)>의 한 구절이다.
峨眉山月半輪秋 아미산(峨眉山)에 뜬 달이 가을날 반달인데
影入平羌江水流 그 모습 평강(平羌)에 비쳐 강물 따라 흐르네.
夜發淸溪向三峽 밤에 청계(淸溪)를 떠나 삼협(三峽)으로 향하는데
思君不見下渝州 그리운 그대는 보이지 않고 유주(渝州)로 내려가네.
아미산은 사천성(四川省) 아미산시(峨眉山市)에 있는 산 이름. 평강(平羌)은 지금의 청의강(靑衣江)
으로 아미산 북동쪽을 흘러 낙산(樂山)을 지나 민강(岷江)으로 든다. 삼협은 낙산시의 가주소삼협
(嘉州小三峽). 유주(渝州)는 지금의 중경시(重慶市).

●오동복판거문고타고나니탄금이예등ᄃᆡ하와소●팔월부용군자용만당
추수홍연이예등ᄃᆡ하하엿소●주홍당사가진ᄆᆡ답차고나니금낭이예등ᄃᆡ
하와소●사ᄯᅩ분부하되한숨의열두셔넛씩부르라호장이분부듯고자조부
르난디●양ᄃᆡ션월즁션화즁션이예등ᄃᆡ하와소●금션이금옥이금연이예
등ᄃᆡ하엿소●농옥이난옥이홍옥이예등ᄃᆡ하엿소●바람마진낙춘이

"오동(梧桐) 복판 거문고 타니 탄금(彈琴)이."

"예, 등대(等待)하였소."

"팔월부용군자용(八月芙蓉君子容)[96] 만당추수(滿塘秋水)[97] 홍련(紅蓮)이."

"예, 등대(等待)하였소."

"주홍(朱紅) 당사(唐絲) 같은 매듭 차고 나니 금낭(錦囊)이."

"예, 등대(等待)하였소."

사또 분부(分付)하되,

"한숨에 열두서넛씩 부르라."

호장(戶長)이 분부(分付) 듣고 자주 부르는데,

"양대선(陽臺仙),[98] 월중선(月中仙), 화중선(花中仙)이."

"예, 등대(等待)하였소."

"금선(錦仙)이, 금옥(金玉)이, 금련(金蓮)이."

"예, 등대(等待)하였소."

"농옥(弄玉)이, 난옥(蘭玉)이, 홍옥(紅玉)이."

"예, 등대(等待)하였소."

"바람맞은 낙춘(落春)이."

---

96) 팔월달 연꽃은 군자의 모습이라.

97) 연못 가득한 가을 물. 당나라 시인 위장(韋莊 ; 836～910)의 시 <삼당동호작(三堂東湖作)>의 첫 구절이다.
滿塘秋水碧泓澄 연못 가득한 가을 물이 푸르게 넘실대는데
十畝菱花晚鏡淸 열 이랑 마름꽃 저녁 거울처럼 맑구나.

98) 양대(陽臺)의 선녀라는 뜻. 양대는 상권 주(註) 182 참조.

예등되드러을가오낙춘이가드러을오난듸제가잔득밉시잇게드러오난체
하고드러오난듸시면한단말은듯고이마쌕의셔시작ᄒ야귀뒤까지파직치
고분셩젹한단말은드러던가기분셩양일곱돈엇치을무지금하고사다가셩
갓트회칠하듯반죽하야온낫스다믹질하고드러오난듸키난사그늬장승만
헌연이초미자락을훨신추워다퇵밋트싹붓치고무논의곤이거름으로쐴룩
쎙즁 〃 〃 엉금섭젹드러오더니졈고맛고나오◑연 〃 이고온기싱그즁의만
컨만는사쏘계옵셔난근본춘향의말을놉피드러는지라아무리드르시되춘
향일홈업난지라사쏘수로불너뭇난말리

"예, 등대(等待) 들어를 가오."

낙춘(落春)이가 들어를 오는데, 제가 잔뜩 맵시 있게 들어오는 체하
고 들어오는데, 시면[99]한단 말은 듣고 이마빡에서 시작(始作)하여 귀
뒤까지 파 젖히고, 분성적(粉成赤)[100]한단 말은 들었던가 개분[101] 석
냥[兩] 일곱 돈어치를 무지금하고[102] 사다가 성(城) 겉에 회칠(灰漆)하
듯 반죽하여 온 낯에다가 맥질하고[103] 들어오는데, 키는 사근내(沙斤
乃)[104] 장승[長栍]만한 년이 치맛자락을 훨씬 추어다 턱 밑에 딱 붙이
고 무논[105]의 고니 걸음으로 쬘룩 껑중껑중 엉금 넙적 들어오더니 점
고(點考) 맞고,

"나오."

연연(娟娟)히 고운 기생(妓生) 그 중(中)에 많건마는 사또께옵서는
근본(根本) 춘향(春香)의 말을 높이 들었는지라 아무리 들으시되 춘향
(春香) 이름 없는지라, 사또 수노(首奴) 불러 묻는 말이,

---

99) 얼굴에 난 털을 뽑아내는 것.

100) 화장할 때 붉은 연지는 많이 쓰지 않고 분으로만 소박하게 꾸미는 것.

101) 별로 좋지 않은 분(粉).

102) 무더기 금으로. 무더기로.

103) 무턱대고 바르고.

104) 사근내원(沙斤乃院). 경기도 과천(果川)에서 수원(水原)으로 가는 도중이 있는 역원(驛院) 이름.

105) 물이 고여 있는 논.

기싱졈고다되야도춘향은안부르니퇴기야수로엿자오되춘향모는기싱이
되춘향은기싱이안입니다사쏘문왈춘향이가기싱이안니면엇지귀즁의잇
난아히일홈이놉피쓴다수로엿자오되근본기싱의쌀리옵고덕싁이장한고
로권문세족양반네와일등직사할양들과니려오신등니마닥귀경코자간쳥
하되춘향모여불쳥키로양반상하물논하고익니지간소인등도십연일득되
면ᄒ되언어수작업삽더니쳔졍하신연분인지구관사쏘자졔이도련임과빅
연기약밋싸옵고

"기생(妓生) 점고(點考) 다 되어도 춘향(春香)은 안 부르니, 퇴기(退
妓)냐?"

수노(首奴) 여쭈오되,

"춘향(春香) 모(母)는 기생(妓生)이되, 춘향(春香)은 기생(妓生)이 아
닙니다."

사또 문왈(問曰),

"춘향(春香)이가 기생(妓生)이 아니면 어찌 규중(閨中)에 있는 아이
이름이 높이 뜬다?"

수노(首奴) 여쭈오되,

"근본(根本) 기생(妓生)의 딸이옵고 덕색(德色)이 장(壯)한 고(故)로
권문세족(權門世族) 양반(兩班)네와 일등(一等) 재사(才士) 한량(閑良)
들과 내려오신 등내(等內)[106]마다 구경코자 간청(懇請)하되 춘향(春香)
모녀(母女) 불청(不聽)키로 양반(兩班) 상하(上下) 물론(勿論)하고 액내
지간(額內之間)[107] 소인(小人) 등(等)도 십년일득(十年一得)[108] 대면
(對面)하되 언어(言語) 수작(酬酌) 없삽더니, 천정(天定)하신 연분(緣
分)인지 구관(舊官) 사또 자제(子弟) 이(李)도련님과 백년기약(百年期
約) 맺사옵고

---

106) 벼슬아치로 살고 있는 동안.

107) 한 집안 같은 사이. 같은 동네에 살고 있는.

108) 십 년에 겨우 한 번.

도련임가실쩍의입장후의다려가마당부ᄒ고춘향이도그리알고수절ᄒ
여잇쌉ᄂ니다사쏘분을닉여이놈무식한상놈인들그게엇더한양반이라고
엄부시하요미장전도련임이하방의작쳡ᄒ야사자할고이놈다시는그런
말을입박그ᄂ니여셔난죄을면치못하리라이무ᄂ니가져한나를보랴다가못
보고그져말야잔말〃고불너오라춘향을부르란청영이나는듸이방호장
이엿자오되춘향이가기싱도안일쑨안이오라구등사쏘자졔도련임과밍
약이즁ᄒ온듸연치난부동이나동반의분으로부르라기사쏘졍치가손상
할가져어ᄒ옵ᄂ니다

────────────────

도련님 가실 때에 입장(入丈)[109] 후(後)에 데려가마 당부(當付)하고,
춘향(春香)이도 그리 알고 수절(守節)하여 있습니다."

사또 분(憤)을 내어,

"이놈, 무식(無識)한 상놈인들 그게 어떠한 양반(兩班)이라고 엄부
시하(嚴父侍下)요 미장전(未丈前) 도련님이 하방(遐方)에 작첩(作妾)하
여 살자 할꼬? 이놈, 다시는 그런 말을 입 밖에 내어서는 죄(罪)를 면
(免)치 못하리라. 이미 내가 저 하나를 보려다가 못 보고 그저 말랴?
잔말 말고 불러오라."

춘향(春香)을 부르란 청령(廳令)이 나는데 이방(吏房) 호장(戶長)이
여쭈오되,

"춘향(春香)이가 기생(妓生)도 아닐 뿐 아니오라 구등(舊等)[110] 사
또 자제(子弟) 도련님과 맹약(盟約)이 중(重)하온데, 연치(年齒)는 부
동(不同)이나 동반(同班)[111]의 분의(分義)로 부르라기 사또 정체(政體)
가 손상(損傷)할까 저어하옵니다."

---

109) (춘향에게) 장가든. 입장(入丈), 곧 과거에 급제하다의 뜻으로 볼 수도 있다.

110) 구관(舊官). 구등내(舊等內)의 준말. 먼저 부사로 있던 사또.

111) 같은 양반(兩班).

사쏘되로하야만일춘향을시각지체하다가는공형이하로각청두목을일병
틱가할거시니쌜이되령못시길가육방이소동각청두목이녁실일러김번수
야이번수야일런별이리꼿잇난야불상하다춘향경졀가련케되기쉽다사쏘
분부지엄ᄒ니어서가자밧비가자사령괄노뒤석겨서춘향문젼당도하니잇
쎅춘향이난사령이오는지굴노가오난지모르고주야로도련임만싱각ᄒ야
우난되망칙한환을당하랴거던소릭가화평할수잇시며한쎅라도공방사리
할게집아히라목셩으쳥셩이쎄여자연실푼이원셩이되냐보고듯난사람의
심장인들안이상할소냐

사또 대로(大怒)하여,

"만일(萬一) 춘향(春香)을 시각(時刻) 지체(遲滯)하다가는 공형(公
兄)112) 이하(以下)로 각청(各廳) 두목(頭目)을 일병태가(一竝笞加)113)
할 것이니 빨리 대령(待令) 못 시킬까?"

육방(六房)이 소동(騷動), 각청(各廳) 두목(頭目)이 넋을 잃어,

"김번수(金番首)114)야, 이번수(李番首)야. 이런 별(別)일이 또 있느
냐? 불쌍하다 춘향(春香) 정절(貞節) 가련(可憐)케 되기 쉽다. 사또 분
부(分付) 지엄(至嚴)하니 어서 가자 바삐 가자."

사령(使令) 관노(官奴) 뒤섞여서 춘향(春香) 문전(門前) 당도(當到)
하니, 이 때 춘향(春香)이는 사령(使令)이 오는지 관노(官奴)가 오는지
모르고 주야(晝夜)로 도련님만 생각하여 우는데, 망측(罔測)한 환(患)
을 당(當)하려거든 소리가 화평(和平)할 수 있으며, 한때라도 공방(空
房)살이한 계집아이라 목성에 청승이 끼어 자연(自然) 슬픈 애원성(哀
怨聲)이 되니, 보고 듣는 사람의 심장(心臟)인들 아니 상(傷)할쏘냐.

---

112) 삼공형(三公兄). 곧 이방(吏房), 호장(戶長), 수형리(首刑吏).

113) 모조리 매를 치는 것. 또는 태거(汰去 ; 잘못이 있거나 필요하지 않은 관원을 가려내어 쫓아 버
    림)로 보아, 모조리 쫓아내다.

114) 번수는 당번(當番)을 드는 사람.

임길워셔룬마음식불감밥못먹어침불안셕잠못자고도련임싱각적상되야
피골리모도다상연이라양기가쇠진흥야진양조란우름이되야갈까부
다〃〃〃임을싸라갈까부다철이라도갈까부다말이라도갈까부다풍우
도쉬여넘고날씐수진히동창보릭미도쉬여넘난고봉졍상동셜영고기라도
임이와날차지면나는발버셔손의들고나는아니쉬여가졔

님 그리워 설운 마음 식불감(食不甘) 밥 못 먹어 침불안석(寢不安席) 잠 못 자고, 도련님 생각 적상(積傷)되어 피골(皮骨)이 모두 다 상련(相連)이라. 양기(陽氣)가 쇠진(衰盡)하여 진양조[115]란 울음이 되어,

갈까 보다 갈까 보다
님을 따라 갈까 보다
천리(千里)라도 갈까 보다
만리(萬里)라도 갈까 보다
풍우(風雨)도 쉬어 넘고
날진[116] 수진[117] 해동청(海東靑)[118] 보라매[119]도 쉬어 넘는
고봉정상(高峰頂上) 동선령(洞仙嶺)[120] 고개라도
님이 와 날 찾으면
나는 발 벗어 손에 들고
나는 아니 쉬어 가지

---

115) 판소리의 장단 이름. 느리고 애원한 느낌을 준다. 진양조, 중모리, 중중모리, 자진모리, 휘모리의 순서로 빨라진다.

116) 길들이지 않은 야생의 매.

117) 손으로 길들인 매.

118) 송골매. 북방계열의 이민족들은 우리 나라의 푸른빛 도는 사냥매를 해동청(海東靑)이라 부르며 선망했으며, 해동청은 최고의 사냥매로 중국까지 명성이 알려져 중국 황제들이 좋아하는 조공품이었다. ≪해동역사(海東繹史) 물산지(物産志)≫에 "등주(登州) 해안에 송골매[鶻] 같은 것이 있는데, 고려(高麗)에서 해안을 날아 건너왔으므로 해동청(海東靑)이라 부른다.[登州海岸如鶻自高麗飛度海岸名海東靑]"라 하였다. 등주(登州)는 지금의 산동성 연태시(烟台市).

119) 새끼 때부터 길들인 씩씩하고 용감한 매.

120) 황해도 봉산군에 있는 고개 이름. 아리랑고개의 원조라고도 한다.

한양계신우리낭군날과갓치기루난가무정하야아조잇고너의사랑옴계다
가다른임을고이난가한참이리셜이울제사령등이춘향의이원셩을듯고인
비목셕안이여던감심안이될수잇냐육쳔마듸사ㄷ삭신이낙수춘빙어름녹
듯탁풀이여듸쳬이안이불상한냐이익외입한자식더리져른계집을추왕못
ᄒ면은사람이안이로다잇쩌예지촉사령ᄂ오면셔오너냐웨난소리에춘향
이쌈짝놀니여문틈으로닉다보니사령굴노나와구나

한양(漢陽) 계신 우리 낭군(郞君)

나와 같이 그리는가

무정(無情)하여 아주 잊고

나의 사랑 옮겨다가

다른 님을 고이는가[121)

한참 이리 슬피 울 제, 사령(使令) 등(等)이 춘향(春香)의 애원성(哀
怨聲)을 듣고 인비목석(人非木石) 아니거든 감심(感心) 아니 될 수 있
나. 육천(六千) 마디 사대삭신[122)이 낙수춘빙(洛水春氷)[123) 얼음 녹
듯 탁 풀리어,

"대체(大體) 이 아니 불쌍하냐. 이에 외입(外入)한 자식들이 저런
계집을 추앙(推仰) 못하면은 사람이 아니로다."

이 때에 재촉 사령(使令) 나오면서,

"오너라!"

외는 소리에 춘향(春香)이 깜짝 놀라 문(門)틈으로 내다보니 사령
(使令) 관노(官奴) 나왔구나.

---

121) 사랑하는가.

122) 사대육신(四大六身). 두 팔, 두 다리, 머리, 몸뚱이라는 뜻으로, 온몸을 이르는 말. 또는 사대(四
大)는 팔, 다리, 머리, 몸통. 삭신은 뼈마디와 근육.

123) 낙수(洛水)의 봄날 얼음. 당나라 저광희(儲光羲 ; 700~760)의 시 <낙양도(洛陽道)>의 한 구절
이다.
洛水春氷開 낙수(洛水)에 봄이면 얼음이 녹고
洛城春樹綠 낙성(洛城)에 봄이니 나무도 푸르네.
朝看大道上 아침에 큰 길 위에서 바라보니
洛花亂馬足 지는 꽃이 말발굽에 어지럽네.

아차〃이젓네오나리기삼일졈고라하더니무삼야단이난나부다밀창문열
달이며허〃번수임네이리오소〃〃〃오시기쯧박기네이번신연길의노
독이나안이나며사쏘졍체엇더하며구관쯱의가겨시며도련임편지한장도
안이하던가닉가젼일은양반을모시기로이목이번거ᄒ고도련임졍체유달
나셔모르난체하엿썬만마음조차업슬손가드러가싀〃〃〃김번수며이
번수며여러번수손을잡고졔방의안친후에상단이불너주반상드러라취토
록메긴후의궨문열고돈닷냥을닉여노며열어번수임네가시다가수리나잡
수ᄉᆡ가옵셔뒨말업게ᄒ여주소

"아차차, 잊었네. 오늘이 그 삼일점고(三日點考)[124]라 하더니 무슨
야단이 났나 보다."

밀창문 열다리며,[125]

"허허, 번수(番首)님네 이리 오소, 이리 오소. 오시기 뜻밖이네. 이
번 신연(新延) 길에 노독(路毒)이나 아니 나며, 사또 정체(政體) 어떠
하며, 구관(舊官) 댁(宅)에 가 계시며, 도련님 편지(便紙) 한 장(張)도
아니 하던가. 내가 전일(前日)은 양반(兩班)을 모시기로 이목(耳目)이
번거하고 도련님 정체(政體) 유달라서 모르는 체하였건만 마음조차 없
을쏜가. 들어가세, 들어가세."

김번수(金番首)며 이번수(李番首)며 여러 번수(番首) 손을 잡고 제
방(房)에 앉힌 후(後)에 향단(香丹)이 불러,

"주반상(酒飯床) 들여라."

취(醉)토록 먹인 후(後)에 궤문(櫃門) 열고 돈 닷 냥[兩]을 내어 놓
으며,

"여러 번수(番首)님네, 가시다가 술이나 잡숫고 가옵소서. 뒷말 없
게 하여 주소."

---

124) 지방 관장이 부임하여 사흘째 되는 날에 관속들을 점검하는 것.

125) 열어젖히며.

사령등이약주를취하야하는마리돈이란이당치안타우리가돈바리고네
게왓냐하며드려노와라김번수야네가차라불가타마는입수나다오른야
돈바다차고흐늘〃〃드려갈제힝수기싱이나온다힝수기싱이나오며두
손쌕쌍〃마조치면셔여봐라춘향아말듯거라너만한정절은나도잇고너
만헌수절은나도잇다네라는정절이웨잇스며네라는수절이웨잇난야정
절부인이기씨수졀부인이기씨조고만한너한나로망연하야육방이손동
각청두목이다죽어난다어서가자밧비가자

사령(使令) 등(等)이 약주(藥酒)에 취(醉)하여 하는 말이,

"돈이라니 당(當)치않다. 우리가 돈 바라고 네게 왔냐?"

하며,

"들여놓아라."

"김번수(金番首)야, 네가 차라."

"불가(不可)타마는 잎 수(數)나 다 옳으냐?"[126]

돈 받아 차고 흐늘흐늘 들어갈 제, 행수기생(行首妓生)이 나온다. 행수기생(行首妓生)이 나오며 두 손뼉 땅땅 마주 치면서,

"여봐라 춘향(春香)아, 말 듣거라. 너만한 정절(貞節)은 나도 있고 너만한 수절(守節)은 나도 있다. 너라는 정절(貞節)이 왜 있으며 너라는 수절(守節)이 왜 있느냐? 정절부인(貞節婦人) 아기씨, 수절부인(守節婦人) 아기씨, 조그마한 너 하나로 망연(茫然)하여[127] 육방(六房)이 소동(騷動), 각청(各廳) 두목(頭目)이 다 죽어난다. 어서 가자 바삐 가자."

---

126) 돈이 사람 수에 맞게 돌아가느냐는 뜻이다.

127) 말미암아. 어쩔 수 없이 멍하여.

춘향이할수업셔수절하던그틱도로되문밧쩍나셔며셩임〃〃 힝수셩임사
람의괄셰을그리마소게라는되 〃힝수며닉라야되 〃춘향인가인싱일사도
무사제한번죽제두번죽나이리빗틀져리빗틀동헌의드러가춘향이딕령하
엿소사쏘보시고되히하야춘향일시분명하다되상으로오르거라춘향이상
방으올나가엄실단좌쑨이로다사쏘이되혹하야칙방의가회게나리임을오
시래라회게싱원이드러오던거시엿다

___

춘향(春香)이 할 수 없어 수절(守節)하던 그 태도(態度)로 대문(大
門) 밖 썩 나서며,

"형님, 형님. 행수(行首) 형님. 사람의 괄시(恝視)를 그리 마소. 거기
는 대대(代代) 행수(行首)며 나라고 대대(代代) 춘향(春香)인가? 인생
일사도무사(人生一死都無事)[128]지, 한 번(番) 죽지 두 번(番) 죽나?"

이리 비틀 저리 비틀 동헌(東軒)에 들어가,

"춘향(春香)이 대령(待令)하였소."

사또 보시고 대희(大喜)하여,

"춘향(春香)일시 분명(分明)하다. 대상(臺上)으로 오르거라."

춘향(春香)이 상방(上房)에 올라가 염슬단좌(斂膝端坐)뿐이로다.

사또가 대혹(大惑)하여,

"책방(冊房)에 가 회계(會計)[129] 나리님[130]을 오시래라."

회계(會計) 생원(生員)이 들어오던 것이었다.

___

128) 사람은 한 번 죽으면 그만이라는 뜻. 송(宋)나라 우문허중(宇文虛中 ; 1079~1146)이 금(金)나라
에 잡혀갔을 때 지은 시 <재금일작(在金日作)>에 이런 구절이 있다.
人生一死渾閑事 사람 삶에 한 번 죽는 것이 당연한 일인데
裂眦穿胸不汝忘 눈을 찢고 가슴을 파내더라도 그대(나라)를 잊지 못하리.
또 송(宋)나라 문천상(文天祥 ; 1236~1283)의 <과영정양(過零丁洋)>에도 다음과 같은 시구가
있다.
人生自古誰無死 사람이 예로부터 누가 죽지 않았는가.
留取丹心照汗靑 남겨 놓은 붉은 마음은 청사(靑史)에 비치리.
한청(汗靑)은 죽간(竹簡)에 쓰인 역사서. 옛날 대쪽에 글을 써서 불에 쬐어 말릴 때 물기가 땀처
럼 증발했다고 하여 이름하였다.

129) 금품의 출납에 관한 사무를 보는 사람.

130) 저보다 지체가 높은 사람을 높여 이르는 말.

사쏘딕히하야자닉보게져계츈향일셰ㅎ그년민우에쌴딕잘싱겻소사쏘게셔〃울계실쩍부텀츈향〃〃ㅎ시더니한번귀경할만하오사쏘우스며자닉즁신하겐나이윽키안자던이사쏘이당초의츈향을불르시지말고민파을보닉여보시난게올른거슬이리좀경이되야소마는이무불너쓰니아민도혼사할박기수가업소사쏘딕히하며츈향다러분부하되오날부텀몸단장정이ㅎ고수쳥으로거힝하라사쏘분부황숑하나일부종사바리온이분부시힝못하것소사쏘우어왈미직〃〃라계집이로다네가진졍열여로다네졍졀구든마음엇지그리에어쑨야당연한말이로다그러ㄴ이수직는경성사딕부의자졔로셔

사또 대희(大喜)하여,

"자네 보게. 저게 춘향(春香)일세."

"하, 그년 매우 예쁜데? 잘 생겼소. 사또께서 서울 계실 때부터 '춘향(春香) 춘향(春香)' 하시더니 한번 구경할 만하오."

사또 웃으며,

"자네 중신하겠나?"

이윽히 앉았더니,

"사또가 당초(當初)에 춘향(春香)을 부르시지 말고 매파(媒婆)를 보내어 보시는 게 옳은 것을, 일이 좀 경(輕)히 되었소마는 이미 불렀으니 아마도 혼사(婚事)할 밖에 수(數)가 없소."

사또 대희(大喜)하며 춘향(春香)더러 분부(分付)하되,

"오늘부터 몸단장 정(整)히 하고 수청(守廳)으로 거행(擧行)하라."

"사또 분부(分付) 황송(惶悚)하나 일부종사(一夫從死) 바라오니 분부(分付) 시행(施行) 못하겠소."

사또 웃어 왈(曰),

"미재(美哉) 미재(美哉)라, 계집이로다. 네가 진정(眞正) 열녀(烈女)로다. 네 정절(貞節) 굳은 마음 어찌 그리 어여쁘냐. 당연(當然)한 말이로다. 그러나 이수재(李秀才)[131]는 경성(京城) 사대부(士大夫)의 자제(子弟)로서

---

131) 수재(秀才)는 결혼하기 전의 남자를 높여 이르는 말.

명문귀족사우가되야쓰니일시사랑으로잠간노류장화하던너를일분싱각
하건넌야너는근본절힝잇셔젼수일졀하여싸가홍안이낙조되고빅발이난
수하면무졍셰월양유파를탄식할졔불상코가련한게너안이면뉘가기랴네
아무리수졀한들열여포양뉘가하랴그는다바려두고네골관장의게믜이미
올으냐동자놈으게믜인게올은야네가말을좀하여라춘힝이엿자오되츙불
쓰이군이요열불경이부졀을본밧고자하옵난듸수차분부이러한이싱불여
사이옵고열불경이부온이쳐분듸로하옵소셔

명문(名門) 귀족(貴族) 사위가 되었으니, 일시(一時) 사랑으로 잠깐
노류장화(路柳墻花)하던 너를 일분(一分)[132] 생각하겠느냐? 너는 근본
(根本) 절행(節行) 있어 전수일절(專守一節)[133]하였다가 홍안(紅顔)이
낙조(落照)되고 백발(白髮)이 난수(亂垂)하면[134] 무정세월약류파(無情
歲月若流波)[135]를 탄식(歎息)할 제, 불쌍코 가련(可憐)한 게 너 아니면
뉘가 그랴. 네 아무리 수절(守節)한들 열녀(烈女) 포양(褒揚) 뉘가 하
랴? 그는 다 버려두고 네 골 관장(官長)에게 매임이 옳으냐 동자(童
子) 놈에게 매인 게 옳으냐? 네가 말을 좀 하여라."

춘향(春香)이 여쭈오되,

"충불사이군(忠不事二君)이요 열불경이부절(烈不更二夫節)을 본받고
자 하옵는데, 수차(數次) 분부(分付) 이러하니 생불여사(生不如死)이옵
고 열불경이부(烈不更二夫)오니 처분(處分)대로 하옵소서."

---

132) 한 푼어치라도. 조금이라도.

133) 오롯이 절개를 지키며 평생을 삶.

134) 고운 얼굴이 늙어지고 백발이 드리우면.

135) 송(宋)나라 주자(朱子 ; 1130~1200)의 시 <권학문(勸學文)>의 한 구절이다.
莫謂當年學日多 지금 공부할 날 많다 말하지 말라.
無情歲月若流波 무정한 세월은 물결처럼 흐르나니.
靑春不習詩書禮 젊었을 때 시서예(詩書禮)를 익히지 않으면
霜落頭邊恨奈何 머리에 서리 내려 한탄한들 어이하리.

잇씨회계나리가썩하는말이네여바라어그년요망한연이로고부의일싱소
천하으일식이라네여러번식양할게무어신야사쏘게옵셔너를추왕하여하
시난말삼이졔너갓튼창기빈게수졀이무어시며졍졀이무어다구관은전
송하고신관사쏘연졉하미법젼으당연하고사레으도당 〃 커든고히한말너
지말아너의갓턴천기빈게츙열이쏘웨잇시랴잇씨춘향이하기가막켜쳔연
이안자엿즈오되츙효열여상하잇소자상이듯조시요기칭으로말합시다츙
효열여업다ᄒ니낫 〃 치알외리다◐ 히셔기싱농션이는동셜영으죽어잇고

이 때 회계(會計) 나리가 썩 하는 말이,

"네 여봐라! 어, 그년 요망(妖妄)한 년이로고. 부유일생소천하(蜉蝣
一生小天下)의 일색(一色)136)이라. 네 여러 번(番) 사양(辭讓)할 게 무
엇이냐? 사또께옵서 너를 추앙(推仰)하여 하시는 말씀이지, 너 같은
창기배(娼妓輩)에게 수절(守節)이 무엇이며 정절(貞節)이 무엇이냐?
구관(舊官)은 전송(傳送)하고 신관(新官) 사또 연접(延接)함이 법전(法
典)에 당연(當然)하고 사례(事例)에도 당당(堂堂)커든, 괴이(怪異)한 말
내지 마라. 너와 같은 천기배(賤妓輩)에게 충렬(忠烈) 이자(二字) 왜
있으랴?"

이 때 춘향(春香)이 하 기가 막혀 천연(天然)히 앉아 여쭈오되,

"충효(忠孝) 열녀(烈女) 상하(上下) 있소? 자상(仔詳)히 들으시오.
기생(妓生)으로 말합시다. 충효(忠孝) 열녀(烈女) 없다 하니 낱낱이 아
뢰리다.

해서(海西)137) 기생(妓生) 농선(弄仙)138)이는 동선령(洞仙嶺)에 죽어
있고,

---

136) 하루살이의 일생처럼 좁은 세상에서의 빼어난 미모. 곧 아름다운 모습이 오래가지 못한다는 뜻이
다. 소식(蘇軾)의 <전적벽부(前赤壁賦)>에 이런 구절이 있다.
寄蜉蝣於天地 하루살이가 이 세상에 붙어사는 것이요
渺滄海之一粟 아득한 푸른 바다의 좁쌀 한 톨이라.

137) 황해도(黃海道).

138) 미상(未詳).

◑셔쳔기싱아히로되칠거학문들어잇고◑진쥬기싱논기는우리나라충열
노셔충열문의모셔놋코쳔추힝사하여잇고◑쳥쥬기싱화월리난삼칭각의
올나잇고◑평양기싱월션이도충열문의드려잇고◑안동기싱일지홍은싱
열여문지은후의졍경가자잇싸온니기싱희폐마옵소셔춘향다시사또젼의
엿자오되당초의이수직만날쎄의틱산셔히구든마음소쳡의일심졍졀

서천[139] 기생(妓生) 아이로되 칠거학문(七車學問)[140] 들어 있고, 진
주(晉州) 기생(妓生) 논개(論介)[141]는 우리 나라 충렬(忠烈)로서 충렬
문(忠烈門)에 모셔 놓고 천추향사(千秋享事) 하여 있고, 청주(淸州) 기
생(妓生) 화월(花月)[142]이는 삼층각(三層閣)에 올라 있고, 평양(平壤)
기생(妓生) 월선(月仙)[143]이도 충렬문(忠烈門)에 들어 있고, 안동(安東)
기생(妓生) 일지홍(一枝紅)[144]은 생열녀문(生烈女門)[145] 지은 후(後)에
정경가자(貞敬加資)[146] 있사오니 기생(妓生) 훼폐(毀弊) 마옵소서."

춘향(春香) 다시 사또 전(前)에 여쭈오되,

"당초(當初)에 이수재(李秀才) 만날 때의 태산(泰山) 서해(西海) 군
은 마음 소첩(小妾)의 일심정절(一心貞節)

---

139) 보통 함경도 선천(宣川)으로 보았다. 인물은 미상(未詳). 혹은 남원의 노진(盧稹)이란 사람이 선천
에 갔을 때 어린 기생의 도움을 받았다는 이야기도 있다.

140) 일곱 대의 수레에 가득한 책을 읽었다는 뜻이다. 또는 칠거(七去)로 보아, 칠거지악(七去之惡)을
알고 실천하는 정도의 공부를 했다는 뜻으로 볼 수도 있다.

141) 주논개(朱論介 ; 1574~1593). 조선 선조(宣祖) 때의 의기(義妓). 임진왜란 당시 제2차 진주성 전
투에서 왜장을 끌어안고 함께 남강(南江)에 투신하였다.

142) 미상(未詳). 혹은 영조 때 홍림(洪霖)의 방기(房妓)였던 해월(海月)이라고도 한다.

143) 평양 기생 계월향(桂月香)이라 한다. 임진왜란 때에 계월향이 연인 김응서(金應瑞) 장군과 함께
왜장을 죽인 다음 말을 타고 탈출하다가 높은 담을 같이 넘을 수 없게 되자 눈물로 작별을 하고
자결했다는 이야기가 있다. 또 임백호(林白湖)와 관련된 월선이란 기생도 있다.

144) 평안남도 성천(成川) 기생이라고도 한다. 시를 잘 지어 태천(泰川) 홍명한(洪鳴漢) 등과 시로 화
답했다는 이야기가 전한다.

145) 살았을 때 지은 열녀문.

146) 정경부인(貞敬夫人)으로 품계를 올리는 것.

밍분갓턴용밍인들셋여닉지못할터요소진장의구변인들쳡의마음옴계가
지못할터요공명션싱놉픈직조동남풍은비러씨되일편단심소녀마음굴복
지못하리다기산의허유난붓촉수요거쳔ᄒ고서산의빅숙양인은불식쥬속
하여쓴이만일허유업셔쓰면고도지산뉘가하며만일빅이숙제업셔쓰면난
신젹자만하리다

맹분(孟賁)[147] 같은 용맹(勇猛)인들 빼어 내지 못할 터요, 소진(蘇秦)[148] 장의(張儀)[149] 구변(口辯)인들 첩(妾)의 마음 옮겨가지 못할 터요, 공명(孔明)[150] 선생(先生) 높은 재주 동남풍(東南風)은 빌었으되[151] 일편단심(一片丹心) 소녀(少女) 마음 굴복(屈服)치 못하리다. 기산(箕山)의 허유(許由)[152]는 부족수요거천(不足受堯擧薦)[153]하고, 서산(西山)의 백숙(伯叔) 양인(兩人)은 불식주속(不食周粟)[154]하였으니, 만일(萬一) 허유(許由) 없었으면 고도지사(高蹈之士)[155]는 누가 하며, 만일(萬一) 백이숙제(伯夷叔齊) 없었으면 난신적자(亂臣賊子) 많으리다.

---

147) 중국 전국시대의 용사(勇士)로, 살아 있는 황소의 뿔을 잡아 뺐다고 한다.

148) (?~B.C.284). 중국 전국시대의 유명한 유세가(誘說家). 합종(合縱)을 주장하여 여섯 나라의 재상이 되기도 하였다.

149) (B.C.373~B.C.310). 중국 전국시대의 유세가(誘說家). 연횡(連橫)을 주장하여 진(秦)나라가 중국을 통일하는 데 많은 기여를 하였다.

150) 제갈량(諸葛亮 ; 181~234). 자(字)가 공명(孔明)이다. 삼국시대 촉한(蜀漢)의 승상(丞相)으로, 유비(劉備)를 보좌하여 삼국(三國) 정립(鼎立)을 이루었으나 오장원(五丈原) 싸움터에서 죽었다. 충신(忠臣)과 지자(智者)의 대명사라 할 수 있다.

151) 제갈량이 적벽대전(赤壁大戰)에서 오(吳)나라의 손권(孫權)과 연합하여 동남풍을 이용해 조조(曹操)의 대군을 대패시켰다.

152) 중국 삼황오제(三皇五帝) 때의 전설적인 은사(隱士).

153) 요(堯)임금의 천거(薦擧)를 받아들이지 않고, 기산(箕山)에 은거하던 허유(許由)를 요(堯)임금이 구주(九州)를 맡기려 청하였으나, 허유가 그 말이 자기의 귀를 더럽혔다면서 영수(潁水)의 물에 귀를 씻었다 한다. 그 말을 들은 소부(巢父)라는 사람은 또 그 물이 더럽다 하여 자기의 소를 그보다 상류로 데려가서 물을 먹였다고 한다.

154) 백이숙제(伯夷叔齊)의 고사(故事). 상권 주(註) 761 참조.

155) 지조가 높은 선비. 속세를 떠나 은거하는 선비.

첩신이수쳔한계집인들허유빅을모르잇가사람의쳡이되야비부기가ᄒ는
법이볘살하난관장임네망국부쥬갓싸오니쳐분듸로ᄒ옵소셔사ᄯᅩ듸로하
야이연드러라모반듸역ᄒ난죄는능지쳐참ᄒ여잇고조롱관장하는죄난겨
셔율의율쎠잇고거역관장하난죄는엄형졍빅하는이라죽느라셔러마라츈
향이포악하되유부겁탈하난거슨죄안이고무어시요사ᄯᅩ가가막켜엇지분
하시던지연상을ᄯᅳ달일졔탕건이버셔지고상토고가탁풀리고듸마듸여목
이쉬여이연자바ᄂ리리라

첩신(妾身)이 수(雖)[156] 천(賤)한 계집인들 허유(許由) 백숙(伯叔)을
모르리까. 사람의 첩(妾)이 되어 배부기가(背夫棄家)[157]하는 법(法)이
벼슬하는 관장(官長)님네 망국부주(亡國負主)[158] 같사오니 처분(處分)
대로 하옵소서.”

사또 대로(大怒)하여,

“이년, 들어라. 모반대역(謀反大逆)하는 죄(罪)는 능지처참(陵遲處
斬)[159]하여 있고, 조롱관장(嘲弄官長)하는 죄(罪)는 제서율(制書律)[160]
에 율(律) 써 있고, 거역관장(拒逆官長)하는 죄(罪)는 엄형정배(嚴刑定
配)[161]하느니라. 죽노라 설워 마라.”

춘향(春香)이 포악(暴惡)하되,

“유부(有夫)[162] 겁탈(劫奪)하는 것은 죄(罪) 아니고 무엇이오?”

사또 기가 막혀 어찌 분(憤)하시던지 연상(硯床)[163]을 두드릴 제 탕
건(宕巾)이 벗겨지고 상투고가 탁 풀리고 대마디[164]에 목이 쉬어,

“이년 잡아 내리라!”

---

156) 비록.

157) 지아비를 배신하고 집안을 버림.

158) 나라를 망하게 하고 임금을 저버림.

159) 대역죄를 범한 자에게 과하던 극형. 죄인을 죽인 뒤 시신의 머리, 몸, 팔, 다리를 토막내서 각지
에 돌려 보이는 형벌이다.

160) 나라에서 정한 법률. ‘제서(制書)’는 임금이 내린 조서.

161) 엄한 형벌로 다스려 유배를 보냄.

162) 남편이 있는 부녀자.

163) 문방제구(文房諸具)를 놓아 두는 상(床).

164) 첫마디.

호령하니골방의수청통인예하고달여드러춘향의머리치을주루〃씌어닉며급창예이연자바닉리라춘향이쩔치며노와라중게의나려가니급장이달여드러요년〃〃엇써하신존젼이라고딕답이그러하고살기을바릴손야딕쓸아릭닉리친닉닝호갓틴굴노사령벌쎄갓치달여드러감틱갓탄춘향의머리치를젼졍시졀연실감듯비사공의닷줄감듯사월팔일등씩감듯휘〃친〃감어쥐고동당이쳐업질은니불상타춘향신셰빅옥갓탄고흔몸이육자빅이로업더져쑤나

호령(號令)하니,

골방의 수청(守廳) 통인(通引)

"예."

하고 달려들어 춘향(春香)의 머리채를 주르르 끌어내며,

"급창(及唱)!"

"예."

"이년 잡아 내리라."

춘향(春香)이 떨치며,

"놓아라."

중계(中階)[165]에 내려가니 급창(及唱)이 달려들어,

"요년, 요년. 어쩌하신 존전(尊前)이라고 대답(對答)이 그러하고 살기를 바랄쏘냐?"

대뜰 아래 내리치니 맹호(猛虎) 같은 군노(軍奴) 사령(使令) 벌떼같이 달려들어 감태(甘苔) 같은 춘향(春香)의 머리채를 전정 시절[166] 연실 감듯, 뱃사공의 닷줄 감듯, 사월팔일(四月八日) 등대(燈臺) 감듯, 휘휘친친 감아쥐고 동댕이쳐 엎지르니,

불쌍타 춘향(春香) 신세(身世) 백옥(白玉) 같은 고운 몸이 육자배기로[167] 엎어졌구나.

---

165) 대뜰. 가옥의 기초가 되도록 한 층을 높게 쌓아 올린 단(壇).

166) 미상(未詳). '전정(前正)' 곧 '새해를 앞둔 때', 또는 '어린 시절'의 뜻인 듯하다. 판소리 <흥부가>에 이와 유사한 표현이 나오는데, "오강(五江) 사공 닷줄 감듯, 육모얼레에 연줄 감듯, 각전시정(各廛市井)에 통비단 감듯"이라 하였다.

167) 육(六) 자(字) 모양으로.

좌우나졸느러셔〃능장곤장형장이며주장집고알위라형이듸령ᄒ라예수
계라형이요사또분이엇지낫던지별〃썰며기가막켜허푸〃〃하며여보와
라그년의겨다짐이웨잇슬리뭇도말고동틀의올여미고경치를부수고물고
장를올이라

좌우(左右) 나졸(邏卒) 늘어서서 능장(稜杖)[168] 곤장(棍杖)[169] 형장
(刑杖)[170]이며 주장(朱杖)[171] 집고,[172]

"아뢰라. 형리(刑吏) 대령(待令)하라."

"예. 숙여라. 형리(刑吏)요."

사또 분(憤)이 어찌 났던지 벌벌 떨며 기가 막혀 허푸허푸 하며,

"여봐라, 그년에게 다짐이 왜 있으리? 묻도 말고 동틀[173]에 올려
매고 정치[174]를 부수고 물고장(物故狀)[175]을 올리라."

---

168) 삼면(三面)이 각(角)이 지게 깎은 몽둥이.

169) 조선시대 때 죄인을 묶어 놓고 때리던 형구의 하나로 커다란 몽둥이의 일종이다. 나무로 넓적하
고 길게 만들어 군율을 어긴 죄인이나 도둑의 볼기를 치는 것으로 치도곤, 중곤(重棍), 대곤(大
棍), 중곤(中棍), 소곤(小棍)의 다섯 가지가 있다. 치도곤은 군대에서나 국경 지역의 변방에서 주
로 사용되었으며, 일반 민간인들에게는 원칙적으로 사용이 금지되었다. 조선시대 죄인에 대한 형
벌은 태형(笞刑), 장형(杖刑), 도형(徒刑), 유형(流刑), 사형(死刑)의 다섯 가지가 있었는데, 그 중
태형과 장형이 곤장으로 볼기를 치는 형벌에 해당한다.

170) 죄인을 심문할 때 쓰는 몽둥이. 신장(訊杖).

171) 붉은 칠을 한 몽둥이.

172) 짚고. 또는 잡고.

173) 형틀.

174) 정강이.

175) 죄인을 죽였다는 보고.

곤장

연상

탕건

춘향을동틀의올여미고사정이거동바라형장이며틱장이며곤장이며한
아람담숙안어다가형틀아릭좌르륵부둣치난소릭춘향의정신이혼미한
다집장사령거동바라이놈도잡고능청 〃 〃 져놈도잡고셔능청 〃 〃 등심
조코쌧 〃 하고잘부러지난놈골나잡고올은억기버셔메고형장집고딕상
청영기달릴졔분부뫼와라네그연을사졍두고헛장하여셔난당졍의명을
밧칠거시니각별리미우치라집장사령엿자오되사쏘분부지엄한듸져만
한연을무삼사졍두오릿가이연다리을까싹말라만일요동하다가는쎄부
러지리라

춘향(春香)을 동틀에 올려 매고 사정[176]이 거동(擧動) 봐라. 형장
(刑杖)이며 태장(笞杖)이며 곤장(棍杖)이며 한 아름 담쑥 안아다가 형
틀 아래 좌르르 부딪치는 소리에 춘향(春香)의 정신(精神)이 혼미(昏
迷)하다.

집장사령(執杖使令)[177] 거동(擧動) 봐라. 이놈도 잡고 능청능청 저
놈도 잡고서 능청능청. 등심 좋고 빳빳하고 잘 부러지는 놈 골라잡고
오른 어깨 벗어 메고 형장(刑杖) 집고 대상청령(臺上聽令) 기다릴 제,

"분부(分付) 모셔라."

"네 그년을 사정(私情) 두고 헛장[虛杖][178]하여서는 당장(當場)에
명(命)을 바칠 것이니 각별(各別)히 매우 치라."

집장사령(執杖使令) 여쭈오되,

"사또 분부(分付) 지엄(至嚴)한데 저만한 년을 무슨 사정(私情) 두
오리까? 이년, 다리를 까딱 마라. 만일(萬一) 요동(搖動)하다가는 뼈
부러지리라."

---

176) 관아에서 잔심부름을 하던 남자 하인. 또는 옥에 갇힌 사람을 지키는 사람.

177) 장형(杖刑)을 집행하는 사령(使令).

178) 헐장(歇杖). 때리는 시늉만 하는 매질.

호통하고드러셔 〃 금장소리발맛츄워셔면셔가만이하는말리한두기만견
듸소엇절수가엽네요다리는요리틀고져다리는져리틀소미우치라예잇써
리요싹부친니부러진형장가비는푸루 〃 날라공즁의빙 〃 소사상방듸쓸아
릭써러지고춘향이는아모쪼록압푼듸를차무랴고이를복 〃 갈며고기만
빙 〃 두루면셔이고이계웬이리여곤장틱장치난듸는사령이셔 〃 한나둘셰
것만은형장벗텀은법장이라형이와통인이닥쌈하는모양으로마조업데셔
한나치면한나긋고둘치면둘긋고무식ᄒ고돈업는놈술집벼람박의술갑긋
듯긋여노니한일짜가되야구나

호통하고 들어서서 검장(檢杖)[179] 소리 발맞추어 서면서 가만히 하
는 말이,

"한두 개(個)만 견디소. 어쩔 수가 없네. 요 다리는 요리 틀고 저 다
리는 저리 트소."

"매우 치라."

"예잇! 때리오!"

딱 붙이니, 부러진 형장개비는 푸루루 날아 공중(空中)에 빙빙 솟아
상방(上房) 대뜰 아래 떨어지고, 춘향(春香)이는 아무쪼록 아픈 데를
참으려고 이를 복복 갈며 고개만 빙빙 돌리면서,

"애고, 이게 웬일이여!"

곤장(棍杖) 태장(笞杖) 치는 데는 사령(使令)이 서서 '하나 둘' 세건
마는 형장(刑杖)부터는 법장(法杖)[180]이라, 형리(刑吏)와 통인(通引)이
닭쌈하는 모양으로 마주 엎뎌서 하나 치면 하나 긋고 둘 치면 둘 긋
고, 무식(無識)하고 돈 없는 놈 술집 바람벽[181]에 술값 긋듯 그어 놓
으니 한 일(一) 자(字)가 되었구나.

---

179) 곤장을 정리하여 검사하는 소리.

180) 법률에 의한 형장(刑杖). 죄인의 죄를 자백받기 위한 매로, 회수 제한은 없었으나, 한 번에 30 대
이내로 정해져 있었다.

181) 방이나 칸살의 옆을 둘러막은 둘레의 벽.

춘힝이는졔졀노셔름졔위마지면셔우난듸일편단심구든마음일부종사쓰
시오니일기형별치옵신들일연이다못가셔일각인들변하릿가◗잇찌남원
부할양이며남여노소업시묘와구경할졔좌우의할양더리모지구나〃〃〃
우리골원임이모지구나져런형별리웨잇시며져런믹질리웨잇솔가집장사
령놈눈익켜두워라삼문밧나오민급살을주리라보고듯난사람이야뉘가안
이낙누하랴

춘향(春香)이는 저절로 설움 겨워 맞으면서 우는데,

일편단심(一片丹心) 굳은 마음
일부종사(一夫從死) 뜻이오니
일개(一個) 형벌(刑罰) 치옵신들
일년(一年)이 다 못 가서
일각(一刻)인들 변하리까

이 때 남원부(南原府) 한량(閑良)이며 남녀노소(男女老少) 없이 모
여 구경할 제 좌우(左右)의 한량(閑良)들이,
"모질구나, 모질구나. 우리 골 원님이 모질구나. 저런 형벌(刑罰)이
왜 있으며, 저런 매질이 왜 있을까. 집장사령(執杖使令) 놈 눈 익혀 두
어라. 삼문(三門) 밖 나오면 급살(急煞)을 주리라."
보고 듣는 사람이야 누가 아니 낙루(落淚)하랴.

◑두치낫싹부치니이부절을아옵난듸불경이부어닉마음이민맛고영죽어
도이도령은못잇것소◑세치나셜싹부친이삼종지예지즁한법삼강오륜알
어쓴이삼치형문졍빈을갈지라도삼쳔동우리낭군이도령은못잇것소

둘째 날 딱 붙이니,

이부절(二夫節)[182]을 아옵는데
불경이부(不更二夫) 이 내 마음
이 매 맞고 영 죽어도
이(李)도령은 못 잊겠소

셋째 낱을 딱 붙이니,

삼종지례(三從之禮)[183] 지중(至重)한 법(法)
삼강오륜(三綱五倫)[184] 알았으니
삼치형문(三致刑問)[185] 정배(定配)를 갈지라도
삼청동(三淸洞) 우리 낭군(郞君)
이(李)도령은 못 잊겠소

---

182) 열녀불경이부(烈女不更二夫)의 절개. 순임금을 따라 죽은 아황과 여영의 이비절(二妃節)로 볼 수
   도 있다. 상권 주(註) 214 참조.
183) 여자는 결혼하기 전에는 아버지를, 결혼해서는 남편을, 남편이 죽으면 자식을 따라야 한다는 유
   교적 도덕 관념.
184) 삼강은 임금과 신하, 어버이와 자식, 남편과 아내 사이에 마땅히 지켜야 할 도리로, 임금은 신하
   의 벼리(모범)가 되어야 하고[君爲臣綱], 부모는 자식의 벼리가 되어야 하고[父爲子綱], 남편은 아
   내의 벼리가 되어야 한다[夫爲婦綱]는 것을 말한다. 오륜은 부모는 자녀에게 인자하고 자녀는 부
   모에게 존경과 섬김을 다하며[父子有親], 임금과 신하의 도리는 의리에 있고[君臣有義], 남편과
   아내는 분별 있게 각기 자기의 본분을 다하고[夫婦有別], 어른과 어린이 사이에는 차례와 질서가
   있어야 하며[長幼有序], 친구 사이에는 신의를 지켜야 한다[朋友有信]는 것을 말한다.
185) 세 차례 매질하며 심문하는 것.

◗네쳐나셜짝부치니사퇴부사쏘임은사면공사살피잔코우력공ᄉ심을쓰
니사십팔방남원빅셩원망하물모르시요사지를갈은듸도사싱동거우리ᄂ
군사싱간의못잇것소◗

넷째 낱을 딱 붙이니,

사대부(士大夫) 사또님은
사민공사(四民公事)186) 살피잖코
위력공사(威力公事) 힘을 쓰니
사십팔방(四十八坊)187) 남원(南原) 백성(百姓)
원망(怨望)함을 모르시오
사지(四肢)를 가른대도
사생동거(死生同居) 우리 낭군(郎君)
사생간(死生間)에 못 잊겠소

---

186) 사민(四民)에 관한 공사(公事). 사민은 보통 사(士), 농(農), 공(工), 상(商)의 네 계층을 가리킨다.
187) 마흔여덟 고을. <조선여지도(朝鮮興地圖)>에는 남원을 사사방(四四坊)이라 하였고, 18세기초 지도
　　에 남원부(南原府) 48 방(坊)-읍(邑) 4 방(坊) 군(郡) 44 방(坊)-이라 되어 있다.

다섯낫칙싹부치니오륜〃기꾼치잔코부〃유별오힝으로미진연분올〃리
씨쩌닌들오미불망우리낭군온젼이싱각나네오동추야발근달은임계신듸
보련만은오늘이ᄂᆞ편지올가닉일이ᄂᆞ기별올가무죄한이닉몸이악ᄉᆞ할일
업ᄊᆞ온이오경자수마옵소셔이고〃〃닉신셰야

다섯 날째 딱 붙이니,

오륜(五倫) 윤기(倫紀) 끊기잖코
부부유별(夫婦有別) 오행(五行)으로 맺은 연분(緣分)
올올이 찢어낸들
오매불망(寤寐不忘) 우리 낭군(郎君)
온전(穩全)히 생각나네
오동추야(梧桐秋夜) 밝은 달은
님 계신 데 보련마는
오늘이나 편지(便紙) 올까
내일(來日)이나 기별(奇別) 올까
무죄(無罪)한 이 내 몸이
악사(惡死)할 일 없사오니
오결죄수(誤決罪囚) 마옵소서
애고 애고 내 신세(身世)야

●여섯낫치싹부친이육 〃 은삼십육으로낫 〃 치고찰하여육만번죽인듸도
육천마듸얼인사랑민친마음변할수전이업소●일곱나셜싹부치니칠거지
악범하엿소칠거지악안이여든칠기형문웬일이요칠척금드는칼노동 〃 이
장글너셔이졔밧비죽여주오치라하는져형방아칠썬마닥고찰마소칠보홍
안나죽건네

여섯 날째 딱 붙이니,

육육(六六)은 삼십육(三十六)으로
낱낱이 고찰(考察)하여
육만(六萬) 번(番) 죽인대도
육천(六千) 마디 어린 사랑
맺힌 마음 변(變)할 수 전(全)혀 없소

일곱 낱을 딱 붙이니,

칠거지악(七去之惡) 범(犯)하였소
칠거지악(七去之惡) 아니어든
칠개(七個) 형문(刑問) 웬일이오
칠척검(七尺劍) 드는 칼로
동동이[188] 장글러서[189]
이제 바삐 죽여 주오
치라 하는 저 형방(刑房)아
칠 때마다 고찰(考察) 마소
칠보홍안(七寶紅顔)[190] 나 죽겠네

---

188) 동아리 동아리로. 동강동강.
189) 잘라내서. 토막내어.
190) 여러 가지 패물로 꾸민 젊은 여인의 고운 얼굴.

여덟째 날 딱 붙이니,

팔자(八字) 좋은 춘향(春香) 몸도
팔도(八道) 방백(方伯) 수령(守令) 중(中)에
제일(第一) 명관(名官) 만났구나
팔도(八道) 방백(方伯) 수령(守令)님네
치민(治民)하러 왔지
악형(惡刑)하러 내려왔소

●아홉낫치짝부친이구곡간장구부셕어이닉눈물구연지수되것구나구 〃
청산장송베여졍강션무어타고한양셩중급피가셔구중궁궐셩상젼의구 〃
원졍주달하고구경쓸의물너나와삼쳔동을차자가셔우리사랑반기만나구
비 〃 〃 밋친마음겨근듯풀연마는

아홉 낱째 딱 붙이니,

구곡간장(九曲肝腸) 굽이 썩어
이 내 눈물 구년지수(九年之水)[191) 되겠구나
구고청산(九皐靑山) 장송(長松) 베어
경강선(京江船)[192) 무어[193) 타고
한양성중(漢陽城中) 급(急)히 가서
구중궁궐(九重宮闕) 성상(聖上) 전(前)에
구구원정(區區冤情)[194) 주달(奏達)[195)하고
구정뜰[196)에 물러 나와
삼청동(三淸洞)을 찾아가서
우리 사랑 반겨 만나
굽이굽이 맺힌 마음
저근덧[197) 풀련마는

---

191) 상고시대 요(堯)임금 때 9년 동안 지속된 홍수.
192) 조선시대 한강을 중심으로 상업 활동을 하던 배. 또는 서울로 가는 배.
193) 만들어. 하권 주(註) 8 참조.
194) 갖가지 바라거나 하소연하는 마음.
195) 임금께 아룀.
196) 궁궐의 뜰. 구정은 구정(九庭), 또는 구정(九鼎)으로 궁궐을 뜻한다. 구정(九鼎)은 하우(夏禹) 때
전국에서 거두어들인 쇠로 만들었다는 솥.
197) 잠깐.

◐열치낫셜싹부친이십싱구사할지라도팔십연정한쯔셜십만번죽인듸도가망업고무가너지십뉵셰어린춘양장하원귀가련하오◐열치고는짐작할줄알어썬이◐열다섯치싹부친이십오야발근달은쯰구름의무쳐잇고셔울계신우리낭군삼쳔동으뭇쳐쓴이다라 〃〃 보는야임계신곳나는어이못보는고

열째 낱을 딱 붙이니,

십생구사(十生九死)[198]할지라도
팔십년(八十年) 정(定)한 뜻을
십만(十萬) 번(番) 죽인대도
가망(可望) 없고 무가내(無可奈)지[199]
십육세(十六歲) 어린 춘향(春香)
장하원귀(杖下冤鬼)[200] 가련(可憐)하오

열 치고는 짐작(斟酌)할[201] 줄 알았더니 열다섯째 딱 붙이니,

십오야(十五夜) 밝은 달은
띠구름에 묻혀 있고
서울 계신 우리 낭군(郎君)
삼청동(三淸洞)에 묻혔으니
달아 달아 보느냐 님 계신 곳
나는 어이 못 보는고

---

198) 구사일생(九死一生). 열 번 사는 중에 아홉 번 죽는다는 뜻으로, 위태로운 지경에서 겨우 벗어남을 이르는 말. 여기서는 거의 죽었다는 뜻.

199) 어찌 할 수가 없지. 무가내(無可奈)는 막무가내(莫無可奈).

200) 매 맞아 죽은 원통한 귀신.

201) 사정을 헤아려 그만둘.

❶시물치고짐작할가여겨던이❶시물다섯싹부친이이십오현탄야월으불
승청원져기륵이너가는듸어듸믠냐가는길으흔양셩차자드려삼쳔동우리
임게닌말부듸젼혀듯고늬의형상자시보고부듸〃〃잇지말아❶삼십삼쳔
어린마음옥황젼의알외고져옥갓탄춘향몸으솟난이유혈이요흐르난이눈
물리라피눈물한틔흘너무릉도원홍유수라

스물 치고 짐작(斟酌)할까 여겼더니 스물다섯 딱 붙이니,

이십오현탄야월(二十五弦彈夜月)에
불승청원(不勝淸怨)[202) 저 기러기
너 가는 데 어드메냐
가는 길에 한양성(漢陽城) 찾아 들어
삼청동(三淸洞) 우리 님께
내 말 부디 전(傳)해 다고
나의 형상(形狀) 자세(仔細) 보고
부디부디 잊지 마라
삼십삼천(三十三天) 어린 마음
옥황(玉皇) 전(前)에[203) 아뢰고저

옥(玉) 같은 춘향(春香) 몸에 솟나니 유혈(流血)이요 흐르나니 눈물
이라. 피눈물 한데 흘러 무릉도원(武陵桃源)[204) 홍류수(紅流水)라.

---

202) 당나라 전기(錢起 ; 722~780)의 시 <귀안(歸雁)>의 한 구절이다.
瀟湘何事等閒回 소상강(瀟湘江)을 어찌 외면하고 돌아가는지
水碧沙明兩岸苔 물 푸르고 모래 맑고 양 언덕 이끼 있거늘.
二十五弦彈夜月 스물다섯 줄 거문고 타는 달밤에
不勝淸怨卻飛來 애절한 슬픔 이기지 못해 날아오네.

203) 옥황상제 앞에. 옥황전(玉皇殿)으로 볼 수도 있다.

204) 이상향, '별천지'를 비유적으로 이르는 말. 동진(東晉) 말기 문인 도연명(陶淵明 ; 365~427)의
<도화원기(桃花源記)>에서 유래되었다.

춘향이졈 〃 포악하는마리소녀를이리말고살지능지하여아조박살죽여쥬
면사후원조라는식가되야초혼조함기우러젹막공산달발근밤의우리이도
련임잠든후파몽이나하여지다말못하고기졀ᄒ니업졋던형방퇴인고기드
러눈물씃고민질하든져사령도눈물씃고도라셔며사람으자식은못하건네
좌우의구경하난사람과거힝ᄒ는관속드리눈물씃고도라셔며춘향이미맛
는거동사람자식은못보겟다모지도다 〃 〃 〃 춘향졍졀리모지도다출천
열여로다남여노소업시셔로낙누하며도라셜졔사쏜들조흘이가잇스랴

춘향(春香)이 점점 포악(暴惡)하는 말이,

"소녀(小女)를 이리 말고 살지능지(殺之陵遲)[205]하여 아주 박살(撲
殺) 죽여 주면 사후(死後) 원조(怨鳥)[206]라는 새가 되어 초혼조(楚魂
鳥)[207] 함께 울어 적막공산(寂寞空山) 달 밝은 밤에 이(李)도련님 잠
든 후(後) 파몽(破夢)이나 하여지다."

말 못하고 기절(氣絶)하니 엎어졌던 형방(刑房) 통인(通引) 고개 들
어 눈물 씻고, 매질하던 저 사령(使令)도 눈물 씻고 돌아서며,

"사람의 자식(子息)은 못 하겠네."

좌우(左右)에 구경하는 사람과 거행(擧行)하는 관속(官屬)들이 눈물
씻고 돌아서며,

"춘향(春香)이 매 맞는 거동(擧動) 사람 자식(子息)은 못 보겠다. 모
질도다, 모질도다. 춘향(春香) 정절(貞節)이 모질도다. 출천(出天) 열녀
(烈女)로다."

남녀노소(男女老少) 없이 서로 낙루(落淚)하며 돌아설 제 사쏜들 좋
을 리(理)가 있으랴.

---

205) 능지처참(陵遲處斬).

206) 원한을 품은 새.

207) 초(楚) 회왕(懷王) 웅괴(熊槐)가 장의(張儀)에게 속아서 진(秦)의 무관(武關)에 들었다가 억류되어
    죽은 뒤에 초혼조(楚魂鳥)라는 새가 되었다고 한다. 두견새. 자규(子規).

네이연관정의발악ᄒ고마지니조흔계무어신야일후으쏘그런거욕관장할
가반싱반사져춘향이겸〃포악ᄒ는마리여보사쏘드르시요일런포한부지
상사어이그리모르시요계집의곡한마음온유월셔리침네혼비즁쳔단이다
가우리셩군좌졍하의이원졍을알외오면사쏜들무사할가덕쑨의죽여쥬오
사쏘기가미켜허〃그연말못할연이로고큰칼쓰여하옥하라하니큰칼쓰여
인봉하야사졍이등에업고삼문밧나올졔기싱더리나오며이고셔울집아졍
신차리게이고불상하여라사지을만지며약을가라듸루며셔로보고낙누할
졔잇씌키크고속업난낙춘이가드러오며얼시고졀시고조을씨고우리남원
도현판감이싱겨ᄭᅮ나

"네 이년, 관정(官庭)에 발악(發惡)하고 맞으니 좋은 게 무엇이냐?
이후(以後)에 또 그런 거역관장(拒逆官長)할까?"

반생반사(半生半死) 저 춘향(春香)이 점점 포악(暴惡)하는 말이,

"여보 사또, 들으시오. 일녀포한(一女抱恨) 부지생사(不知生死)[208]
어이 그리 모르시오? 계집의 곡(曲)한[209] 마음 오뉴월 서리 치네. 혼
비중천(魂飛中天) 다니다가 우리 성군(聖君) 좌정하(坐定下)에 이 원정
(冤情)을 아뢰오면 사똔들 무사(無事)할까, 덕분(德分)에 죽여 주오."

사또 기가 막혀,

"허허 그년, 말 못할 년이로고. 큰칼 씌워 하옥(下獄)하라."

하니, 큰칼 씌워 인봉(印封)[210]하여 사정이 등에 업고 삼문(三門)
밖 나올 제 기생(妓生)들이 나오며,

"애고, 서울집아, 정신(精神) 차리게. 애고, 불쌍하여라."

사지(四肢)를 만지며 약(藥)을 갈아 들이며 서로 보고 낙루(落淚)할
제, 이 때 키 크고 속없는 낙춘(落春)이가 들어오며,

"얼씨구 절씨구 좋을씨고. 우리 남원(南原)도 현판(懸板)감이 생겼
구나."

---

208) 한 여자가 한을 품으면 죽고 사는 것을 가리지 않음. "한 여자가 원한을 품으면 오월에 서리가
내리고, 천한 남자라도 분함이 맺히면 유월에 서리가 내린다.[一婦含寃五月飛霜 匹夫結憤六月飛
霜]"는 말이 있다.

209) 맺힌. 모진.

210) 도장 찍은 종이를 큰칼에 붙여 봉하는 것.

왈칵달여드러익고셔울집아불상하여라이리야단할졔춘향어모가이말을
듯고졍신업시드러오더니춘향의목을안고익이게웬이린냐죄는무삼죄
며믹는무삼민냐장쳥의집사임네질쳥의이방임닉쌀리무삼죄요장군방두
목더라집장하던사졍이도무슨원슈미쳣쩐야이고〃〃닉이리야칠십당연
늘근거시으지업시되야수나무남독여닉쌀춘향귀즁의은근이질너닉여밤
나지로셔칙만노코닉칙편공부일삼무며날보고하는마리마오〃〃셜워마
오아달업다셜워마오외손봉사못하릿가

왈칵 달려들어,

"애고, 서울집아. 불쌍하여라."

이리 야단할 제, 춘향(春香)의 모(母)가 이 말을 듣고 정신(精神) 없
이 들어오더니 춘향(春香)의 목을 안고,

"애고, 이게 웬일이냐. 죄(罪)는 무슨 죄(罪)며 매는 무슨 매냐? 장
청(將廳)211)의 집사(執事)님네, 길청(吉廳)212)의 이방(吏房)님, 내 딸이
무슨 죄(罪)요? 장군방(將軍房)213) 두목(頭目)들아, 집장(執杖)하던 사
정이도 무슨 원수(怨讎) 맺혔더냐? 애고 애고, 내 일이야. 칠십(七十)
당년(當年) 늙은 것이 의지(依持) 없이 되었구나. 무남독녀(無男獨女)
내 딸 춘향(春香) 규중(閨中)에 은근(慇懃)히 길러 내어 밤낮으로 서책
(書冊)만 놓고 내칙편(內則篇)214) 공부 일삼으며 날보고 하는 말이,

'마오, 마오. 설워 마오. 아들 없다 설워 마오. 외손봉사(外孫奉
祀)215) 못 하리까?'

---

211) 지방 관아와 감영에 딸린 장교의 근무처.

212) 관아에서 아전이 집무하던 곳.

213) 장청(將廳).

214) ≪예기(禮記)≫의 한 편명(篇名). 옛날 부녀자들의 행실 규범이 밝혀져 있다.

215) 직계비속(直系卑屬)이 없어 외손이 대신 제사를 받드는 것.

어미으게지극정성곽거한밍종인들닉쌀보단더할손가자식사랑하난볍이
상즁하가다를손가이닉마음둘쎅업네가삼의부리붓터한숨이연기로다김
변슈야이번슈야웃영이지엄타고이닥지몹시쳔는야이고닉쌀장쳐보소빙
셜갓탄두다리의연지갓탄피빗쳔네명문가귀즁부야눈먼쌀도원ᄒᆞ더라그
런듸가못싱기고기싱월믹쌀리되야이경싀이웬이리냐춘향아졍신차려라
익고 〃 〃 닉신셰야하며상단아삼문박그가셔삭군둘만사오너라셔울쌍급
쥬보닐난다

어미에게 지극(至極) 정성(精誠) 곽거(郭巨)[216]와 맹종(孟宗)[217]인들
내 딸보다 더할쏜가. 자식(子息) 사랑하는 법(法)이 상중하(上中下)가
다를쏜가. 이 내 마음 둘 데 없네. 가슴에 불이 붙어 한숨이 연기(煙
氣)로다. 김번수(金番首)야, 이번수(李番首)야. 웃령이 지엄(至嚴)타고
이다지 몹시 쳤느냐?

애고, 내 딸 장처(杖處) 보소. 빙설(氷雪) 같은 두 다리에 연지(燕脂)
같은 피 비쳤네. 명문가(名門家) 규중부(閨中婦)야 눈먼 딸도 원(願)하
더라. 그런 데 가 못 생기고 기생(妓生) 월매(月梅) 딸이 되어 이 경색
(景色)이 웬일이냐? 춘향(春香)아, 정신(精神) 차려라. 애고 애고, 내
신세(身世)야."

하며,

"향단(香丹)아, 삼문(三門) 밖에 가서 삯꾼 둘만 사 오너라. 서울 쌍
급주(雙急走)[218] 보낼란다."

---

216) (?~?). 중국 고대 24 효자(孝子) 중 한 사람. 한(漢)나라 때 사람으로, 가세가 빈한하여 노모를 봉
    양하기 힘들자 아들을 묻으려고 땅 석 자를 팠다가 황금 한 솥을 얻었다고 한다. 매아봉모(埋兒
    奉母)의 고사(故事).

217) (?~271). 중국 고대 24 효자(孝子) 중 한 사람. 삼국시대 오(吳)나라 사람. 오랫동안 병으로 누워
    있던 그의 모친이 한겨울에 죽순을 먹고 싶다고 하여 눈이 쌓인 대밭으로 갔지만, 죽순이 있을
    리 없어 죽순을 구하지 못한 맹종은 통곡을 하며 눈물을 흘렸다. 하늘이 감동해 맹종의 눈물이
    떨어진 그곳에 눈이 녹고 죽순이 돋아나 맹종이 그것을 끓여 모친에게 대접하자 어머니의 병환
    이 말끔히 나았다고 한다. 맹종읍죽(孟宗泣竹)의 고사(故事).

218) 급한 소식을 가지고 달려갈 사람 둘.

춘향이쌍급주보닌단말을듯고어만이마오그계무삼말삼이요만일급주가
서울올나가셔도련임이보시며는칭〃시하의엇지할줄몰나심사울적ᄒ야
병이되면근들안이훼절이요그런말삼말르시고옥으로가사이다사정이등
의업펴옥으로드러갈제상단이는칼머리들고춘향모는뒤을ᄯᅡ라옥문ᄭᅡᆫ당
도하야옥형방문을열소옥형방도잠드러나옥즁의드러가셔옥방형상볼작
시면부셔진죽창틈의살쏘난이바람이요무어진헌벽이며헌자리베록빈디
만신을침노한다잇ᄯᅢ춘향이옥방의셔장탄가로우든거시엿다이니죄가무
삼죄냐국곡투식안이거던

춘향(春香)이 쌍급주(雙急走) 보낸단 말을 듣고,

"어머니, 마오. 그게 무슨 말씀이오? 만일(萬一) 급주(急走)가 서울
올라가서 도련님이 보시면은 층층시하(層層侍下)[219]에 어찌할 줄 몰
라 심사(心思) 울적(鬱寂)하여 병(病)이 되면 근들 아니 훼절(毁節)이
오. 그런 말씀 말으시고 옥(獄)으로 가사이다."

사정이 등에 업혀 옥(獄)으로 들어갈 제 향단(香丹)이는 칼머리 들
고 춘향(春香) 모(母)는 뒤를 따라 옥문간(獄門間) 당도(當到)하여,

"옥형방(獄刑房), 문(門)을 여소. 옥형방(獄刑房)도 잠들었나?"

옥중(獄中)에 들어가서 옥방(獄房) 형상(形狀) 볼작시면 부서진 죽
창(竹窓) 틈에 살 쏘나니[220] 바람이요, 무너진 헌 벽(壁)이며 헌 자리
벼룩 빈대 만신(滿身)을 침노(侵擄)한다.

이 때 춘향(春香)이 옥방(獄房)에서 장탄가(長歎歌)로 울던 것이었
다.

이 내 죄(罪)가 무슨 죄(罪)냐
국곡투식(國穀偸食)[221] 아니거든

---

219) 부모, 조부모 등의 어른들을 모시고 사는 처지.

220) 화살을 쏘는 것처럼 분다는 뜻일 듯하다.

221) 나라의 곡식을 도둑질해 먹는 것.

엄형즁장무삼일고살인죄인안이여든항쇄족쇄웬일이리며역율강상안이
여든사지결박웬이리며음양도적안이여든이형벌리웬이린고삼강슈은연
슈되야쳥쳔일장지에ᄂᆡ의셔름원졍지여옥황젼의올이고져

엄형(嚴刑) 즁장(重杖) 무슨 일고
살인(殺人) 죄인(罪人) 아니어든
항쇄(項鎖)[222] 족쇄(足鎖)[223] 웬일이며
역률강상(逆律綱常)[224] 아니어든
사지(四肢) 결박(結縛) 웬일이며
음양도적(陰陽盜賊)[225] 아니어든
이 형벌(刑罰)이 웬일인고

삼강수(三江水)는 연수(硯水) 되어
청천일장지(靑天一張紙)[226]에
나의 설움 원정(寃情) 지어
옥황(玉皇) 전(前)에 올리고저

---

222) 목에 채우는 형구(刑具).

223) 발에 채우는 형구(刑具).

224) 반역죄와 삼강오륜을 어긴 죄. 삼강오륜을 거스른 죄인은 부모를 죽인 자, 종으로 주인을 죽인
     자, 관노로 관장을 죽인 자.

225) 간통죄를 말한다.

226) 이백(李白)의 시 <오로봉(五老峰)>의 한 구절이다.
     五老峰爲筆 오로봉(五老峰)으로 붓을 삼고
     三湘作硯池 삼상(三湘) 물로 벼룻물 갈아
     靑天一張紙 푸른 하늘 한 장 펼쳐 놓고
     寫我腹中詩 내 마음의 시(詩)를 써 보리라.
     오로봉(五老峰)은 여산(廬山)의 다섯 봉우리. 삼상(三湘)은 동정호(洞庭湖)로 흘러드는 세 강인 소
     상(蕭湘), 증상(蒸湘), 원상(沅湘). 연지(硯池)는 벼루의 움푹 파인 곳.

낭군길워기삼답〃부리붓네한숨이바람되야붓난불을더붓치니속절업시
나죽겟네홀노섯는져국화는노푼절기거룩하다눈속의청송은천고절을직
켜쑤나풀린솔은날과갓고누린국화낭군갓치살푼싱각쌜리나니눈물이요
적시난이한숨이라한숨은청풍삼고눈물은세우삼어청풍이세우을모라다
가불건이쌜리건이임의잠을쌔우고져견우직여성은칠셕상봉하올적의은
하수믹켜시되실기한일업셔건만

낭군(郎君) 기뤄 가슴 답답 불이 붙네
한숨이 바람 되어 붙는 불을 더 부치니
속절없이 나 죽겠네

홀로 섰는 저 국화(菊花)는
높은 절개(節槪) 거룩하다
눈 속의 청송(靑松)은
천고절(千古節)을 지켰구나
푸른 솔은 나와 같고
누런 국화(菊花) 낭군(郎君)같이
슬픈 생각 뿌리나니 눈물이요 적시나니 한숨이라
한숨은 청풍(淸風) 삼고
눈물은 세우(細雨) 삼아
청풍(淸風)이 세우(細雨)를 몰아다가
불거니 뿌리거니
님의 잠을 깨우고저

견우(牽牛) 직녀성(織女星)은
칠석(七夕) 상봉(相逢)하올 적에
은하수(銀河水) 막혔으되
실기(失期)한 일 없었건만

우리ᄂ군겨신고딕무삼물리믹켜난지소식조차못듯난고사라이리기루난
이아조죽어잇고지거차라리이몸죽어공산의뒤견이되야이화월빅삼경야
의실피우러낭군귀에들이고져청강의원앙되야싹을불너단이면셔다정코
유정하물임으눈의보이고져삼춘의호접되야힝기무인두나리로춘광을자
랑ᄒ여낭군오스붓고지거

우리 낭군(郎君) 계신 곳에

무슨 물이 막혔는지

소식(消息)조차 못 듣는고

살아 이리 그리느니

아주 죽어 잊고지고

차라리 이 몸 죽어

공산(空山)에 두견(杜鵑)이 되어

이화월백(梨花月白) 삼경야(三更夜)에[227]

슬피 울어 낭군(郎君) 귀에 들리고저

청강(淸江)에 원앙(鴛鴦) 되어

짝을 불러 다니면서

다정(多情)코 유정(有情)함을

님의 눈에 보이고저

삼춘(三春)에 호접(胡蝶) 되어

향기(香氣) 묻은 두 나래로

춘광(春光)을 자랑하여

낭군(郎君) 옷에 붙고지고

---

227) 배꽃에 달빛 하얀 한밤중에. 고려시대 이조년(李兆年 ; 1269~1343)의 시조가 있다.
　　이화(梨花)에 월백(月白)하고 은한(銀漢)이 삼경(三更)인 제
　　일지춘심(一枝春心)을 자규(子規)야 알랴마는
　　다정(多情)도 병(病)인 양하여 잠 못 들어 하노라.

청천으명월되야밤당하면도다올나명 〃 이발근빗셜임으얼골의빗치고져
이닉간장셕난피로임으화상기려닉여방문압푸족자삼아거러두고들며나
며보고지거수졀경졀 〃 되가인차목하게되야구나문치조흔형산빅옥진퇴
줍의뭇쳐난듯힝기로운상산초가잡풀속의셕겨난듯오동속의노든봉황형
극속의길듸린듯

청천(靑天)에 명월(明月) 되어
밤 당하면 돌아 올라
명명(明明)히 밝은 빛을
님의 얼굴에 비치고저
이 내 간장(肝腸) 썩는 피로
님의 화상(畫像) 그려 내어
방문(房門) 앞에 족자(簇子) 삼아 걸어 두고
들며 나며 보고지고

수절(守節) 정절(貞節) 절대가인(絕代佳人)
참혹(慘酷)하게 되었구나
문채(文彩) 좋은 형산(荊山) 백옥(白玉)
진토중(塵土中)에 묻혔는 듯
향기(香氣)로운 상산초(商山草)[228]가
잡(雜)풀 속에 섞였는 듯
오동(梧桐) 속에 놀던 봉황(鳳凰)
형극(荊棘)[229] 속에 깃들인 듯

---

228) 중국 상산(商山)에서 나는 자지초(紫芝草)라는 풀. 자지초는 옷이나 손에 닿기만 하면 보라색 물
이 든다는 약초라 한다.
229) 가시덤불.

자고로성현네도무죄하고국계신이요순우탕인군네도걸쥬의포악으로함
진옥의갓쳐던이도로뇌야셩군되시고명덕치민쥬문왕도상쥬의히을입어
유리옥의갓쳐던이도로뇌야셩군되고만고셩현공부자도양호의얼을입어
관야의갓쳐더니도로뇌야디셩되시니이른일노볼작시면

자고(自古)로 성현(聖賢)네도

무죄(無罪)하고 궂기시니[230]

요순우탕(堯舜禹湯) 인군(仁君)네도

걸주(桀紂)[231]의 포악(暴惡)으로

함진옥[232]에 갇혔더니

도로 놓여나 성군(聖君) 되시고

명덕치민(明德治民) 주(周) 문왕(文王)도

상쥬(商紂)의 해(害)를 입어

유리옥(羑里獄)[233]에 갇혔더니

도로 놓여나 성군(聖君) 되고

만고성현(萬古聖賢) 공부자(孔夫子)도

양호(陽虎)의 얼을 입어

광야(匡野)에 갇혔더니[234]

도로 놓여나 대성(大聖) 되시니

이런 일로 볼작시면

---

230) 궁지에 빠져 고생하시니.

231) 하(夏) 나라의 걸(桀)임금과 은(殷) 나라의 주(紂)임금. 둘 다 포악한 임금으로 나라를 망쳤다.

232) 하후씨(夏后氏)의 감옥 이름. 하나라 걸왕(桀王)이 탕왕(湯王)을 잡아 가두었다는 하대옥(夏臺獄)을 말하는 듯하다. ≪십팔사략(十八史略) 은조(殷條)≫에 "걸(桀)이 간언하는 관룡봉(關龍逢)을 죽이니 탕(湯)이 사람을 시켜 애도하였다. 걸이 노하여 탕을 불러 하대(夏臺)에 가두었다.[桀殺諫者關龍逢湯使人哭之桀怒召湯囚夏臺]"라 하였다. 하(夏) 때의 감옥을 하대(夏臺), 은(殷) 때의 감옥을 유리(羑里), 주(周) 때의 감옥을 영어(囹圄)라 한다.

233) 은(殷)나라 때의 감옥 이름. 주문왕(周文王)이 여기에 갇혔었다.

234) 양호(陽虎)는 춘추시대 노(魯)나라 사람으로, 계평자(季平子)의 가신(家臣). 광(匡)은 춘추시대 송(宋)나라의 지명. 양호가 포악한 짓을 많이 해서 사람들의 미움을 받았는데, 공자와 얼굴이 몹시 닮았다. 그리하여 공자가 광 땅을 지날 때 양호로 오해받아 사람들에게 잡힌 적이 있다. 얼을 입는다는 것은 남의 허물로 해를 입는다는 뜻.

죄업난니넉몸도사라나셔셰상귀경다시할가답 〃 하고원통하다날살이리
뉘잇슬가셔울게신우리낭군벼살길노나려와이러타시죽거갈졔닉목심을
못살인가하운는다기봉하니산이놉파못오던가금강산상 〃 봉이평지되거
든오랴신가병풍의기린황게두나릐를툭 〃 치며사경일졈으날싀라고울거
던오랴신가이고 〃 〃 닉일리야

죄(罪) 없는 이 내 몸도

살아나서 세상(世上) 구경 다시 할까

답답하고 원통(怨痛)하다

날 살릴 이 뉘 있을까

서울 계신 우리 낭군(郎君)

벼슬길로 내려와

이렇듯이 죽어갈 제

내 목숨을 못 살릴까

하운(夏雲)은 다기봉(多奇峰)하니[235]

산(山)이 높아 못 오던가

금강산(金剛山) 상상봉(上上峰)이

평지(平地) 되거든 오려신가

병풍(屛風)에 그린 황계(黃鷄)

두 나래를 툭툭 치며

사경(四更) 일점(一點)[236]에

날 새라고 울거든 오려신가[237]

애고 애고 내 일이야

---

235) 도연명(陶淵明)의 시 <사시(四時)>의 한 구절이다.
　　春水滿四澤 봄 물이 사방 못에 가득하고
　　夏雲多奇峰 여름 구름에 묘한 봉우리 많네.
　　秋月揚明輝 가을 달이 밝은 빛을 내는데
　　冬嶺秀孤松 겨울 고개에 소나무 홀로 빼어나네.

236) 밤을 5등분한 것이 경(更), 경을 5등분한 것이 점(點)이다. 사경 일점은 새벽 두시쯤에 해당한다.

237) '하운(夏雲)은~오려신가' 이 부분은 십이가사(十二歌詞)의 하나인 <황계사(黃鷄詞)>의 내용과 흡
　　사하다.

죽창문을열짜리니명정월싴은방안으든다마는어린거시홀노안져달다려
뭇는마리져달아보는야임계신듸명기빌여라나도보게야우린임이누워썬
야안즈썬야보는듸로만네가일너닉의수심푸러다고익고익고셜이울다호
련이잠이든이비몽사몽간으호졉이장주되고장주가호졉되야셰우가치나
문혼빅바람인듯구룸인듯한곳을당도한이쳔공지활ᄒ고산영수려한듸
은 〃 한쥭임간의일층화각이반공의감겨거늘

죽창문(竹窓門)을 열다리니 명정월색(明淨月色)은 방(房) 안에 든다
마는 어린 것이 홀로 앉아 달더러 묻는 말이,

저 달아 보느냐 님 계신 데
명기(明氣)[238] 빌려라 나도 보게야[239]
우리 님이 누웠더냐 앉았더냐
보는 대로만 네가 일러
나의 수심(愁心) 풀어 다고

애고 애고 슬피 울다 홀연(忽然)히 잠이 드니 비몽사몽간(非夢似夢
間)에 호접(胡蝶)이 장주(莊周) 되고 장주(莊周)가 호접(胡蝶) 되어[240]
세우(細雨)같이 남은 혼백(魂魄) 바람인 듯 구름인 듯 한 곳을 당도
(當到)하니, 천공지활(天空地闊)[241]하고 산명수려(山明秀麗)한데 은은
(隱隱)한 죽림간(竹林間)에 일층(一層) 화각(畫閣)이 반공(半空)에 잠겼
거늘,

---

238) 밝은 기운.

239) '저 달아~보게야' 이 부분도 <황계사(黃鷄詞)>의 내용과 흡사하다.

240) ≪장자(莊子)≫에 "언젠가 나 장주(莊周)는 나비가 되어 즐거웠던 꿈을 꾸었다. 나 자신이 매우
즐거웠음을 알았지만, 내가 장주였던 것을 몰랐다. 갑자기 깨고 나니 나는 분명히 장주였다. 그가
나비였던 꿈을 꾼 장주였는지 그것이 장주였던 꿈을 꾼 나비였는지 나는 모른다. 장주와 나비 사
이에는 어떤 차이가 있음은 틀림없다. 이것을 일컬어 사물의 변환이라 한다."라는 말이 있다. 호
접지몽(胡蝶之夢)의 고사(故事).

241) 하늘은 텅 비어 있고 땅은 넓은데.

딕체귀신단이난법은딕풍기ᄒ고승천입지ᄒ니침상편시춘몽중의힝진강
남수철이라젼면를살펴보니황금딕자로만고졍열황능지묘라두려시붓쳐
거늘심신이황홀하야비회터니쳔연한낭자셔이나오난딕셕숭의익쳡녹쥬
등농를들고진쥬기싱논기평양기싱월션이라춘향을인도하야닉당으드러
가니당상에빅의한두부인이옥수를드러쳥하거늘춘향이사양하되

대체(大體) 귀신(鬼神) 다니는 법(法)은 대풍기(大風起)하고 승천입
지(昇天入地)[242]하니, 침상편시춘몽중(枕上片時春夢中)에 행진강남수
천리(行盡江南數千里)라.[243]

전면(前面)을 살펴보니 황금대자(黃金大字)로 '만고정렬황릉지묘(萬
古貞烈黃陵之廟)'[244]라 뚜렷이 붙였거늘, 심신(心身)이 황홀(恍惚)하여
배회(徘徊)터니 천연(天然)한 낭자(娘子) 셋이 나오는데, 석숭(石崇)[245]
의 애첩(愛妾) 녹주(綠珠)[246] 등롱(燈籠)을 들고, 진주(晉州) 기생(妓
生) 논개(論介), 평양(平壤) 기생(妓生) 월선(月仙)이라. 춘향(春香)을
인도(引導)하여 내당(內堂)에 들어가니 당상(堂上)에 백의(白衣)한[247]
두 분이 옥수(玉手)를 들어 청(請)하거늘 춘향(春香)이 사양(辭讓)하되,

242) 하늘에 오르고 땅에 들어가는 귀신의 재주.
243) 성당(盛唐) 시인 잠삼(岑參)의 시 <춘몽(春夢)>의 한 구절이다.
洞房昨夜春風起 동방(洞房)에 어젯밤 봄바람 일더니
遙憶美人湘江水 멀리 상강(湘江) 물의 미인을 생각하네.
枕上片時春夢中 베갯머리에 잠깐 봄 꿈을 꾸었는데
行盡江南數千里 벌써 강남 땅 수천 리를 갔구나.
244) 황릉(黃陵)은 순(舜)임금의 두 비(妃)인 아황(娥皇)과 여영(女英)의 사당. 중국 호남성(湖南省) 상
음현(湘陰縣) 북쪽 동정호(洞庭湖) 기슭에 있다.
245) (249~300). 자(字)는 계륜(季倫). 서진(西晉) 때의 유명한 부호(富豪). 금곡원(金谷園)이라는 거대
한 별장을 짓고 온갖 호사스런 생활을 하며 살았다.
246) (?~300). 석숭(石崇)의 애첩. 손수(孫秀)라는 사람이 석숭에게 녹주를 달라고 청하였으나 거절당
해 앙심을 품고 석숭을 모함하여 죽이려 할 때, 석숭의 별장인 금곡원(金谷園)의 누대에서 뛰어
내려 자살하였다.
247) 흰 옷을 입은.

진세간쳔첩이엇지황능묘을오르잇가부인이기특이녀겨지삼쳥하거늘사
양치못하야올나가니좌을주워안친후의네가춘향인다기특하도다일젼의
조회차로요지연의올나가니네마리낭자키로간져리보고시퍼네를쳥하여
시니심이불안토다춘향이직비주왈쳡이비록무식하나고셔를보옵고사후
의나존안을뵈올가하여던니이러틋황능묘의모시이황공비감하여니다상
군부인말삼하되우리순군듸순씨가남순수하시다가창오산의붕하시니속
졀업는이두몸이소상죽임의피눈물을색려노니가지마닥알롱〃〃입〃피
원한이라

"진세간(塵世間) 쳔첩(賤妾)이 어찌 황릉묘(黃陵廟)를 오르리까?"

부인(夫人)이 기특(奇特)히 여겨 재삼(再三) 청(請)하거늘, 사양(辭
讓)치 못하여 올라가니 좌(座)를 주어 앉힌 후(後)에,

"네가 춘향(春香)이냐? 기특(奇特)하도다. 일전(日前)에 조회차(朝會
次)로 요지연(瑤池宴)248)에 올라가니 네 말이 낭자(狼藉)키로 간절(懇
切)히 보고 싶어 너를 청(請)하였으니 심(甚)히 불안(不安)토다."

춘향(春香)이 재배(再拜) 주왈(奏曰),

"첩(妾)이 비록 무식(無識)하나 고서(古書)를 보옵고 사후(死後)에나
존안(尊顔)을 뵈올까 하였더니, 이렇듯 황릉묘(黃陵廟)에 모시니 황공
(惶恐) 비감(悲感)하여이다."

상군부인(湘君夫人)249) 말씀하되,

"우리 순군(舜君) 대순씨(大舜氏)가 남순수(南巡狩)하시다가250) 창
오산(蒼梧山)251)에 붕(崩)하시니, 속절없는 이 두 몸이 소상(瀟湘) 죽
림(竹林)에 피눈물을 뿌려 놓으니252) 가지마다 알롱알롱 잎잎이 원한
(怨恨)이라."

---

248) 주(周) 목왕(穆王)이 요지(瑤池)에서 서왕모(西王母)와 벌인 잔치. 상권 주(註) 220 참조.

249) 아황(娥皇)과 여영(女英). 아황이 상군(湘君), 여영이 상부인(湘夫人)이라고도 한다.

250) 남쪽 지방을 순수하시다가.

251) 구의산(九疑山), 또는 구의산(九嶷山). 호남성(湖南省) 영원현(寧遠縣) 남쪽에 있다. 순(舜) 임금을
장사지낸 곳이라 한다.

252) 소상반죽. 상권 주(註) 214 참조

창오산봉상수절리라야죽상지누늬가명을천추의집푼한을하소연할곳업
셔써니네절힝기특기로너로다려말하노라송건기철연의청빅은어느찌며
오현금남풍시를이제까지젼하던야이룻타시말삼할졔엇더한부인춘향아
나는기주명월음도셩의화션하던농옥일다소자의안해로셔틱화산이별후
의승용비거한이되야옥소로원을풀졔

창오산붕상수절(蒼梧山崩湘水絶)이라야 죽상지루내가멸(竹上之淚乃
可滅)을.[253] 천추(千秋)에 깊은 한(恨)을 하소할 곳 없었더니 네 절행
(節行) 기특(奇特)키로 너더러 말하노라. 송군기천년(送君幾千年)에 청
백(淸白)은 어느 때며,[254] 오현금(五絃琴) 남풍시(南風詩)[255]를 이제까
지 전(傳)하더냐?"

이렇듯이 말씀할 제 어떤 한 부인(夫人),

"춘향(春香)아, 나는 기주명월음도성(冀州明月陰都城)[256]에 화선(化
仙)하던 농옥(弄玉)이다. 소사(簫史)의 아내로서 태화산(太華山)[257] 이
별(離別) 후(後)에 승룡비거(乘龍飛去) 한(恨)이 되어[258] 옥소(玉簫)로
원(怨)을 풀 제,

---

253) 이백(李白)이 아황(娥皇)과 여영(女英)의 고사(故事)를 노래한 시 <원별리(遠別離)>의 마지막 구절
이다.
蒼梧山崩湘水絶 창오산(蒼梧山) 무너지고 소상강(瀟湘江) 끊어져야만
竹上之淚乃可滅 대나무 위의 눈물 비로소 사라지리라.

254) 순임금 보낸 뒤 몇천 년에 맑은 세상 오겠으며.

255) 남풍가(南風歌). 상권 주(註) 371 참조.

256) 기주(冀州)의 밝은 달 비치는 도성(都城)의 그늘. 기주는 보통 농옥과 관련하여 진루(秦樓)로 보
는데, 고대 중국의 중심 지역이었던 기주로 보았다. 판소리 등에는 "진루명월옥소성(秦樓明月玉
簫聲)"이라 하였다. 상권 주(註) 193 참조.

257) 중국 오악(五嶽) 중에서 서악(西嶽)인 화산(華山). 도교의 제1 성지이자 발상지이다.

258) 원래는 둘이 함께 봉황을 타고 승천하여 부부 신선이 되었다고 한다.

곡종비거부지쳐하니산하벽도춘자ㄱ라이러할졔쏘한부인말삼하되나는
한궁여소군이라호지의오거하니일부쳥춘샌이로다마상피파한곡조의화
도셩식춘풍면이요화픠공귀월야혼이라엇지안이원통하랴

곡종비거부지처(曲終飛去不知處)하니 산하벽도춘자개(山下碧桃春自
開)라.259)”

이러할 제 또 한 부인(夫人) 말씀하되,

“나는 한(漢) 궁녀(宮女) 소군(昭君)260)이라. 호지(胡地)에 오가(誤
嫁)하니261) 일부청총(一阜青塚)262)뿐이로다. 마상비파(馬上琵琶)263)
한 곡조(曲調)에 화도생식춘풍면(畫圖省識春風面)이요 환패공귀월야혼
(環佩空歸月夜魂)이라.264) 어찌 아니 원통(怨痛)하랴.”

259) 만당(晩唐) 시인 허혼(許渾 ; 791?~858?)의 시 <구산묘(緱山廟)>의 한 구절이다.
　　　王子求仙月滿臺 왕자(王子)가 신선 찾으니 달빛은 누대에 가득하고
　　　玉笙淸轉鶴徘徊 옥퉁소 소리 맑게 변하니 학(鶴)이 날아드네.
　　　曲終飛去不知處 곡조 끝나 날아가니 간 곳 모르겠는데
　　　山下碧桃春自開 산 아래 벽도화(碧桃花) 봄이라 저절로 피네.
　　　구산(緱山)은 주(周) 영왕(靈王)의 태자 진(晉 ; 王子喬)이 신선이 되어 날아갔다는 산으로, 중국
　　　하남성 언사시(偃師市)에 있다.

260) 왕소군(王昭君). 상권 주(註) 196 참조.

261) 잘못 시집가니.

262) 한 덩이 푸른 무덤. 상권 주(註) 195 참조.

263) 왕소군이 흉노로 출가할 때 말 위에서 비파를 구슬프고 아름답게 타니 그 모습을 본 기러기가
　　　날갯짓을 멈춰 땅으로 떨어졌다고 한다. 상권 주 188, 196 참조.

264) 시성(詩聖) 두보(杜甫)의 <영회고적(詠懷古跡)> 다섯 수 중, 왕소군을 노래한 시의 한 구절이다.
　　　群山萬壑赴荊門 산 넘고 골 건너 형문산(荊門山)까지 왔더니
　　　生長明妃尚有村 명비(明妃) 태어나 살던 마을 아직도 있네.
　　　一去紫臺連朔漠 왕궁을 떠나니 쓸쓸한 사막만 이어지고
　　　獨留青塚向黃昏 홀로 남은 푸른 무덤만 황혼으로 저물겠지.
　　　畫圖省識春風面 그림에선 아름다운 얼굴 빠뜨리고 그렸으니
　　　環珮空歸月夜魂 패옥 소리만 넋이 되어 달밤에 돌아오네.
　　　千載琵琶作胡語 천 년 뒤 비파 소리에 오랑캐 말 섞였으나
　　　分明怨恨曲中論 원한도 많았으리, 가락 중에 넘쳐나네.

한참이러할졔음풍이리러나며촉불리벌넝 〃 〃하며무어시촉불압푸달여
들거늘춘향이놀닉여살피보니사람드아니요귀신도안인듸의 〃 한가온듸
곡셩이낭자하며여바라춘향아네가날을모로이라나는뉜고한이한고조안
히쳑부인이로다우리황졔용비후에여후의독한솜씨늬의수족쓴어닉여두
귀여다불지르고두눈쎄여암약먹겨친간속의너허쓴니쳔추의집푼한을어
으썬나풀러보랴이리울졔상군부인말삼하되

　한참 이러할 제 음풍(陰風)이 일어나며 촛불이 벌렁벌렁하며 무엇
이 촛불 앞에 달려들거늘,
　춘향(春香)이 놀라 살펴보니 사람도 아니요 귀신(鬼神)도 아닌데 의
희(依稀)한 가운데 곡성(哭聲)이 낭자(狼藉)하며,
　"여봐라, 춘향(春香)아. 네가 나를 모르리라. 나는 뉜고 하니 한고조
(漢高祖) 아내 척부인(戚夫人)[265]이로다. 우리 황제(皇帝) 용비(龍
飛)[266] 후(後)에 여후(呂后)[267]의 독(毒)한 솜씨 나의 수족(手足) 끊어
내어 두 귀에다 불지르고 두 눈 빼어 음약(瘖藥)[268] 먹여 칙간(廁間)
속에 넣었으니, 천추(千秋)에 깊은 한(恨)을 어느 때나 풀어 보랴."
　이리 울 제 상군부인(湘君夫人) 말씀하되,

---

265) (?~B.C.194). 한고조(漢高祖) 유방(劉邦)의 애첩. B.C.195년 유방이 죽은 후 여태후(呂太后)의 미
　움을 받아 끔찍한 고통을 겪었다. 여태후는 척부인을 궁녀들이 잘못을 저지르면 가둬두는 영항
　(永巷)에 감금하고, 척부인이 낳은 아들 여의(如意)를 짐주(鴆酒 ; 짐새라는 새의 깃과 털로 빚은
　술)로 독살한다. 이어 척부인의 손과 발을 모두 자르고 눈알을 뽑았으며, 귀에 뜨거운 유황을 부
　어 귀머거리를 만든 뒤, 약을 먹여 벙어리를 만들었다. 여기에 더해 몸뚱이만 남은 척부인을 돼
　지우리에 던져놓고 '사람돼지[人彘]'라고 부르도록 했다.
266) 용이 하늘로 날아 올라가다. 보통은 왕의 자리에 오르는 것을 뜻하나, 여기서는 죽었다는 뜻이다.
267) (B.C.241~B.C.180). 한(漢) 고조(高祖) 유방(劉邦)의 황후. 당(唐) 측천무후(則天武后), 청(淸) 서
　태후(西太后)와 함께 중국의 3대 악녀(惡女)로 꼽힌다.
268) 먹으면 벙어리가 되는 독약.

이고시라하난듸가유명이노슈하고항오직별하니오릭유치못할지라여동불너
하직할시동방실솔셩은시르렁일쌍호졉은펄〃춘향이깜짝놀릭쌔여보니쑴이
로다옥창잉도화써러져보이고거울복판이씨여져뵈고문우에허수익비달여뵈
이건늘나죽을쑴이로다수심걱졍밤을실졔기럭이울고간이일편셔강달의힝안
남비네아니냐밤은깁퍼삼경이요구진비는퍼붓넌듸돗치비쎅〃밤식소릭붓〃
문풍지는펄넝〃〃귀신이우난듸난장마자죽은귀신형장마자죽은귀신결령치
사듸롱〃〃목믹다러죽은귀신사방의셔우난듸귀곡셩이낭자로다

"이곳이라 하는 데가 유명(幽明)이 노수(路殊)하고[269] 항오자별(行伍
自別)하니[270] 오래 유(留)치 못할지라."

여동(女童) 불러 하직(下直)할새 동방(洞房) 실솔성(蟋蟀聲)은[271] 시르
렁, 일쌍(一雙) 호접(胡蝶)은 펄펄, 춘향(春香)이 깜짝 놀라 깨어 보니 꿈
이로다.

옥창(玉窓) 앵도화(櫻桃花)[272] 떨어져 보이고, 거울 복판이 깨어져 뵈
고, 문(門) 위에 허수아비 달려 보이거늘,

"나 죽을 꿈이로다."

수심(愁心) 걱정 밤을 샐 제 기러기 울고 가니 일편(一片) 서강(西
江)[273] 달에 행안남비(行雁南飛)[274] 네 아니냐. 밤은 깊어 삼경(三更)이요
궂은비는 퍼붓는데, 도깨비 뻑뻑 밤새[夜鳥] 소리 붓붓 문풍지는 펄렁펄
렁, 귀신(鬼神)이 우는데 난장(亂杖) 맞아 죽은 귀신(鬼神) 형장(刑杖) 맞
아 죽은 귀신(鬼神) 결령치사(結領致死)[275] 대롱대롱 목매달아 죽은 귀신
(鬼神), 사방(四方)에서 우는데 귀곡성(鬼哭聲)이 낭자(狼藉)로다.

---

269) 산 자와 죽은 자의 길이 서로 다르고.

270) 가는 길이 서로 다르니.

271) 깊은 골방의 귀뚜라미 소리는.

272) 이백(李白)의 시 <구별리(久別離)>에 이런 구절이 있다.
別來幾春未還家 헤어진 뒤 몇 번 봄을 집에 가지 못하였나.
玉窓五見櫻桃花 고운 창문에 앵두꽃 다섯 번 보았겠네.

273) 이백(李白)의 시 <소대람고(蘇臺覽古)>에 이런 구절이 있다.
只今惟有西江月 지금 그저 서강(西江)에 떠 있는 달은
曾照吳王宮裏人 일찍이 오왕(吳王) 궁전의 미녀를 비추었으리.
서강(西江)은 강서성(江西省)을 흐르는 장강(長江). 오왕 궁전은 고소대(姑蘇臺). 고소대는 상권
주(註) 134 참조.

274) 기러기가 줄을 지어 남쪽으로 날아가다.

275) 목을 매달아 죽이다.

방안이며춘여긋시며마루아릭셔도잇고 〃 〃 귀신소릭의잠들기릭젼이업
다춘향이가쳐음예난귀신소릭에졍신이업시지닉더니여러번을드러낭니
파급이되야쳥셩국거리삼직비셰악소릭로알고드르며이몹슬귀신더라나
을자바갈나거던조르지나말염무나엄급 〃 여율령사파쒜진언치고안자슬
썩옥박그로봉사한나지닉가되셔울봉사갓틀진딕문수하오웨련만년시골
봉사라문복하오하며웨고가니춘향이듯고여보어만이져봉사좀불너주오

방(房) 안이며 추녀 끝이며 마루 아래서도 애고 애고, 귀신(鬼神) 소
리에 잠들 길이 전(全)혀 없다. 춘향(春香)이가 처음에는 귀신(鬼神)
소리에 정신(精神)이 없이 지내더니, 여러 번(番)을 들어노니 파겁(破
怯)[276]이 되어 청승 굿거리[277] 삼잡이[278] 세악(細樂)[279] 소리로 알고
들으며,

"이 몹쓸 귀신(鬼神)들아, 나를 잡아 가려거든 조르지나 말려무나.
엄급급여율령사파쒜.[280]"

진언(眞言)[281] 치고 앉았을 때 옥(獄) 밖으로 봉사(奉事) 하나 지나
가되 서울 봉사(奉事) 같을진대,

"문수(問數)[282]하오."

외련마는 시골 봉사라,

"문복(問卜)[283]하오."

하며 외고 가니 춘향(春香)이 듣고,

"여보 어머니, 저 봉사(奉事) 좀 불러 주오."

276) 익숙해져서 겁이 없어짐.

277) 무당이 굿을 할 때에 치는 장단.

278) 피리, 해금, 젓대의 세 악기. 또는 세 명으로 구성된 악단.

279) 적은 수의 악기로 연주하는 음악. 거문고·가야금·양금·젓대·세피리·해금·단소·장구 중에
서 다섯 가지 정도로 편성된다.

280) 재액을 물리치려고 외는 주문. '옴급급여율령사바하[唵噏噏如律令娑婆訶]'의 한자로 풀기도 한다.
'급급여율령(噏噏如律令)'은 법대로 빨리 처리해 달라는 뜻으로, 한(漢)나라 때 공문서의 끝에 썼
다고 한다.

281) 불경(佛經) 속에 있는 주문(呪文). '옴급급여율령사바하[唵噏噏如律令娑婆訶]'가 진언의 마지막에
하는 말이다.

282) 점쟁이에게 신수(身數), 운수(運數) 따위를 묻는 것.

283) 문수(問數)와 같은 뜻.

춘향어모봉사을부르난듸여보져기가난봉사임불너논이봉사듸답하되게
뉘기게뉘기니춘향어모요엇지찾나우리춘향이가옥중의셔봉사임을잠간
오시라ᄒ오봉사한번우스면셔날찾기으외로세가졔봉사옥으로갈졔춘향
어모봉사의집핑이을잡고질을인도할졔봉사임이리오시요이거슨독다리
요이거슨기쳔이요조심하여건네시요압페기쳔이잇셔쮜여볼가무한이별
우다가쮜난듸봉사으쮜염이란계머리쮜던못하고올나가기만한지리나올
나가는거시엿다머리쮠단거시한가온듸가풍덩쌔져노왓나듸기여나오랴
고집난게기쏭을집퍼졔어풀사이게졍영쏭이졔

춘향(春香)의 모(母) 봉사(奉事)를 부르는데,

"여보, 저기 가는 봉사(奉事)님."

불러 노니 봉사(奉事) 대답(對答)하되,

"게 누구, 게 누구니?"

"춘향(春香)의 모(母)요."

"어찌 찾나?"

"우리 춘향(春香)이가 옥중(獄中)에서 봉사(奉事)님을 잠깐 오시라
하오."

봉사(奉事) 한번 웃으면서,

"날 찾기 의외(意外)로세. 가지."

봉사 옥(獄)으로 갈 제, 춘향(春香)의 모(母) 봉사(奉事)의 지팡이를
잡고 길을 인도(引導)할 제,

"봉사(奉事)님, 이리 오시오. 이것은 돌다리요, 이것은 개천(開川)이
오. 조심(操心)하여 건너시오."

앞에 개천(開川)이 있어 뛰어 볼까 무한(無限)히 벼르다가 뛰는데,
봉사(奉事)의 뜀이란 게 멀리 뛰든 못하고 올라가기만 한 길이나 올라
가는 것이었다. 멀리 뛴단 것이 개천(開川) 한가운데 가 풍덩 빠져 놓
았는데, 기어 나오려고 짚는 게 개똥을 짚었지.

"아뿔싸, 이게 정녕(丁寧) 똥이지?"

손을드러맛타보니무근쌀밥먹고써근놈이로고손을뇌쌀린게모진도그
다가부듯치니엇지압푸던지입부다가홀쓸러너코우난듸먼눈으셔눈무
리쑥〃쩌러지며이고〃〃뇌팔자야조고만한기쳔을못건네고이봉변을
당하여스니수원수구라뉘다려ᄒ리뇌신셰을싱각ᄒ니쳔지만물을불견
이라주야을뇌가알아사시을짐작하며춘져리당히온들도리화기뇌가알
며추져리당히온들황국단풍엇지알며부모을뇌아는야쳐자을뇌아는야
친구벗임을뇌아는야셰상쳔지일월셩신과후박장단을모르고밤중가치
지뇌다가이지경이되야쑤나진소위소경이그르냐기쳔이그르냐소경이
글체아조싱긴기쳔이그르랴이고〃〃셜이우니춘향어모비감하야그만
우시요

손을 들어 맡아 보니 묵은 쌀밥 먹고 썩은 놈이로고. 손을 내뿌린
게 모진 돌에다가 부딪치니 어찌 아프던지 입에다가 홀 쓸어 넣고 우
는데 먼눈에서 눈물이 뚝뚝 떨어지며,

"애고 애고, 내 팔자(八字)야. 조그마한 개천(開川)을 못 건너고 이
봉변(逢變)을 당(當)하였으니 수원수구(誰怨誰咎)[284] 뉘더러 하리. 내
신세(身世)를 생각하니 천지(天地) 만물(萬物)을 불견(不見)이라. 주야
(晝夜)를 내가 알아 사시(四時)를 짐작(斟酌)하며, 춘절(春節)이 당(當)
해 온들 도리화개(桃李花開) 내가 알며, 추절(秋節)이 당(當)해 온들
황국(黃菊) 단풍(丹楓) 어찌 알며, 부모(父母)를 내 아느냐, 처자(妻子)
를 내 아느냐, 친구(親舊) 벗님을 내 아느냐. 세상(世上) 천지(天地) 일
월성신(日月星辰)과 후박장단(厚薄長短)을 모르고 밤중같이 지내다가
이 지경(地境)이 되었구나. 진소위(眞所謂)[285] 소경이 그르냐 개천(開
川)이 그르냐? 소경이 그르지, 아주 생긴 개천(開川)이 그르랴."

애고 애고 슬피 우니, 춘향(春香) 모(母) 비감(悲感)하여,

"그만 우시오."

---

284) 누구를 원망하고 누구를 허물하랴.
285) 정말 그야말로.

봉사을모욕시계옥으로드러가니춘향이반기예겨이고봉사임어셔오봉사
그중으춘향이가일싴이란말은듯고반가ᄒ며음셩을드르니춘향각씬가부
다예기옵ᄂᆞ다ᄂᆞ가발셔와셔자ᄂᆡ을한번이나볼테로되빈직다사라못오고
청하여왓스니ᄂᆡ쉰사가안이로셰그럴이가잇소안밍하옵고노ᄅᆡ의길역이
엇더ᄒ시요ᄂᆡ염예는말게ᄃᆡ체나늘엇지청ᄒ엿나예다름안이라간밤으흉
몽을하야삽기로히몽도ᄒ고우리셔방임이언으ᄶᅵ나나를차질가길흉여부
졈을ᄒ랴고청ᄒ엿소글허졔

봉사(奉事)를 목욕(沐浴)시켜 옥(獄)으로 들어가니 춘향(春香)이 반
겨 여겨,

"애고, 봉사(奉事)님. 어서 오오."

봉사(奉事) 그 중(中)에 춘향(春香)이가 일색(一色)이란 말은 듣고
반겨하며,

"음성(音聲)을 들으니 춘향(春香) 각씬가 보다."

"예. 그옵니다."

"내가 벌써 와서 자네를 한 번(番)이나 볼 터로되, 빈즉다사(貧則多
事)[286]라 못 오고 청(請)하여 왔으니 내 수인사(修人事)[287]가 아니로
세."

"그럴 리(理)가 있소. 안맹(眼盲)하옵고 노래(老來)에 기력(氣力)이
어떠하시오?"

"내 염려(念慮)는 말게. 대체(大體) 나를 어찌 청(請)하였나?"

"예, 다름 아니라 간밤에 흉몽(凶夢)을 하였삽기로 해몽(解夢)도 하
고, 우리 서방님이 어느 때나 나를 찾을까 길흉(吉凶) 여부(與否) 점
(占)을 하려고 청(請)하였소."

"그러지."

---

286) 가난한 사람이 일이 많다.

287) 인사를 차림. 사람으로서 할 수 있는 일을 다함.

봉사졈을ᄒ난듸◐졍이틱셰유상쳔경이츅 〃 왈쳔ᄒ언진심이요지하언진
실이요만은고지직응허시는이신기여의신이감이슌통은하소셔망지소고
와망셔궐이일유심유영이망지소보하야약가약비를싱명고지직응허시는
이복히문왕무왕무공주공공자오듸셩현이셜이쳔

봉사(奉事) 졈(占)을 하는데,

"가이태서유상치경이축(假爾泰筮有常致敬而祝) 축왈(祝曰),[288] 천하
언재(天何言哉)심이요 지하언재(地何言哉)심이오마는[289] 고지즉응(叩
之卽應)하시나니[290] 신기령의(神旣靈矣)시니 감이수통언(感而遂通焉)
하소서.[291] 망지휴구(罔知休咎)와 망석궐의(罔釋厥疑)니 유신유령(惟
神惟靈)이 망수소보(望垂昭報)하여 약가약비(若可若否)를 상명고지즉
응(尙明叩之卽應)하시는 이,[292] 복희(伏羲) 문왕(文王) 무왕(武王) 무
공(武公)[293] 주공(周公) 공자(孔子) 오대성현(五大聖賢)[294] 칠십이현
(七十二賢)[295]

---

288) 저 큰 점의 믿음직함을 빌려서 존경을 드리고 비나니, 빌기를. ≪예기(禮記) 곡례상(曲禮上)≫에
"가이태구유상(假爾泰龜有常) 가이태서유상(假爾泰筮有常)"이란 구절이 있다. 고대에 점을 칠 때
국가의 큰 행사에 대한 것은 거북[龜]의 껍질을, 주역(周易) 점을 칠 때에는 시초라는 풀[筮]을 사
용했다.

289) 하늘이 무슨 말을 하며 땅이 무슨 말을 하리오마는.

290) 두드리면 곧바로 응답하시나니.

291) 신께서는 이미 영험(靈驗)하시니 느껴서 통하게 해 주소서.

292) 길흉을 알지 못하고 의심을 풀지 못하오니 신령님께서는 밝은 가르침을 내려주시기 바라옵나니,
옳은 것과 그른 것을 두드리면 곧바로 응하여 밝혀주시는 분.

293) 구체적으로 누구인지는 미상(未詳).

294) 공자(孔子) 안자(顔子) 증자(曾子) 맹자(孟子) 공급(孔伋)의 다섯 성현. 공자를 지성(至聖), 안자를
복성(複聖), 증자를 종성(宗聖), 맹자(孟子)를 아성(亞聖), 공급을 술성(述聖)이라고도 한다.

295) 공자에게 삼천 명의 제자가 있다 하고, ≪사기(史記) 중니제자열전(仲尼弟子列傳)≫에는 공자에
게 수업을 받아 몸에 통한 사람이 77 명이라 하였다. 보통 칠십이현(七十二賢)이라 한다.

안징사밍셕문십철졔갈공명션싱이순풍소강졀졍명도졍이쳔쥬렴게쥬효
염엄군평

안증사맹(顔曾思孟)296) 성문십철(聖門十哲)297) 제갈공명(諸葛孔明)
선생(先生) 이순풍(李淳風)298) 소강절(邵康節)299) 정명도(程明道)300)
정이천(程伊川)301) 주렴계(周濂溪)302) 주회암(朱晦庵)303) 엄군평(嚴君
平)304)

---

296) 안자, 증자, 자사, 맹자. 자사는 공급(孔伋 ; B.C.483~B.C.402). 공급의 자(字)가 자사(子思)이다.

297) 공자의 제자로서 덕행(德行)과 언어(言語)와 정사(政事)와 문학(文學)에 뛰어났던 열 사람으로, 사
과십철(四科十哲)이라고도 한다. 덕행으로는 안회(顔回) 민손(閔損) 염백우(冉伯牛) 중궁(仲弓)을,
언어로는 재여(宰予) 자공(子貢)을, 정사로는 염구(冉求) 자로(子路)를, 문학으로는 자유(子游) 자
하(子夏)를 꼽는다.

298) (602~670). 당나라 초기의 정치가로 천문(天文)과 수학(數學)에 뛰어나 고종(高宗) 때 새로운 역
법(曆法)인 인덕력(麟德曆)을 만들었다.

299) 소옹(邵雍 ; 1012~1077). 시호(諡號)가 강절(康節)이다. 북송오자(北宋五子)의 한 사람으로 유학
자이자 역학가(易學家), 사상가(思想家)이자 시인(詩人)으로 유명하다.

300) 정호(程顥 ; 1032~1085). 호(號)가 명도(明道)이다. 북송(北宋) 때의 유학자(儒學者).

301) 정이(程頤 ; 1033~1107). 자(字)는 정숙(正叔). 북송(北宋) 때의 유학자로 정호(程顥)의 동생이다.
낙양(洛陽)의 이천(伊川)에 살아서 흔히 이천선생(伊川先生)이라 불린다.

302) 주돈이(周敦頤 ; 1017~1073). 자(字)는 무숙(茂淑). 호(號)는 염계(濂溪). 북송 때의 유학자.

303) 주희(朱熹 ; 1130~1200). 호(號)가 회암(晦庵)이다. 남송(南宋) 때의 유명한 성리학자(性理學者)
로 유학을 집대성하여 흔히 주자(朱子)라 불린다.

304) 엄준(嚴遵 ; B.C.86~A.D.10). 자(字)가 군평(君平)이다. 서한(西漢) 때의 도가학자(道家學者)로 점
을 잘 친 것으로 유명하다.

사마군귀곡손빈진의왕부사유훈장제티션싱은명찰훈장제티션싱은명찰
명귀하옵소셔마으도자구쳔션여육경육갑신장이

사마군(司馬君)305) 귀곡(鬼谷)306) 손빈(孫臏)307) 진의(秦儀)308) 왕보
사(王輔嗣)309) 유훈장310) 제대선생(諸大先生)311)은 명찰명기(明察明
記)하옵소서.312) 마의도자(麻衣道者)313) 구천현녀(九天玄女)314) 육정
육갑(六丁六甲)315) 신장(神將)이

---

305) 사마광(司馬光 ; 1019~1086). 자(字)는 군실(君實). 호(號)는 우수(迂叟). 북송(北宋) 때의 문학가
　　(文學家)이자 사학가(史學家). ≪자치통감(資治通鑑)≫의 편찬자로 유명하다.

306) 귀곡자(鬼谷子). 흔히 귀곡선생(鬼谷先生)으로 불리며, 전국시대 중기에 활약했던 제자백가(諸子
　　百家) 중의 한 사람이다. 종횡가(縱橫家)의 비조(鼻祖)로 알려져 있다.

307) (B.C.382~B.C.316). 전국시대의 군사가(軍事家)로 병가(兵家)의 대표 인물이다.

308) 소진(蘇秦)과 장의(張儀). 하권 주(註) 148, 149 참조.

309) 왕필(王弼 ; 226~249). 자(字)가 보사(輔嗣)이다. 위진(魏晉) 시대의 경학가(經學家)이자 철학가
　　(哲學家). 노자(老子)를 애호하고 변론에 능통했다 한다.

310) 미상(未詳). 명(明)나라 개국 황제인 주원장(朱元璋), 또는 삼국시대의 유비(劉備)와 관우(關羽) 두
　　사람으로 보기도 한다.

311) 위의 모든 위대하신 선생님들.

312) 밝게 살피시어 밝게 알려 주십시오.

313) 중국 오대(五代)에서 송대(宋代)에 실재했던 상술가(相術家)로, ≪마의상법(麻衣相法)≫의 저자로
　　알려져 있다.

314) 줄여서 현녀(玄女)라고도 한다. 중국 고대 신화에서 병법(兵法)에 통달한 여신(女神)으로, 도교(道
　　敎)에서 숭상하는 신 중의 하나이다. 서왕모(西王母)의 제자로 황제(皇帝)와 치우(蚩尤)의 탁록(涿
　　鹿) 싸움에서 서왕모가 파견하여 황제에게 전법을 가르쳐 주었다고 한다. 상권 주(註) 631 참조.
　　또 ≪운급칠첨(雲笈七籤)≫에는 황제(黃帝)의 스승이었던 성모원군(聖母元君)의 제자라 하였다.

315) 천간(天干)과 지지(地支)를 장악하는 열두 신(神). 육정(六丁)은 정묘(丁卯) 정사(丁巳) 정미(丁未)
　　정유(丁酉) 정해(丁亥) 정축(丁丑)의 음신(陰神) 옥녀(玉女)이고, 육갑(六甲)은 갑자(甲子) 갑술(甲
　　戌) 갑신(甲申) 갑오(甲午) 갑진(甲辰) 갑인(甲寅)의 양신(陽神) 옥남(玉男)이라고 한다.

연월일시사지공조비괘동자척괘동남허공유감여왕봉가복사달뇌상화육
신무차보양원사강임은허소셔졀나좌도남원부쳔변이거하는임자싱신곤
명열여셩춘향이하월하일의방사옥중하오며셔울삼쳔동거하난이몽용은
하일하시의도차본부하오릿가복걸겸신은신명소시하옵소셔

연월일시(年月日時) 사치공조(四値功曹)316) 배괘동자(排卦童子)317)
척괘동남(擲卦童男)318) 허공유감(虛空有感) 여왕(如往) 본가봉사(本家
奉祀) 단로향화(壇爐香火) 유신문차보향(惟神聞此寶香) 원사강림언(願
斯降臨焉)하소서.319)

전라좌도(全羅左道) 남원부(南原府) 천변리(川邊裏) 거(居)하는320)
임자(壬子) 생신(生身) 곤명(坤命)321) 열녀(烈女) 성춘향(成春香)이 하
월(何月) 하일(何日)에 방사옥중(放赦獄中)하오며,322) 서울 삼청동(三
淸洞) 거(居)하는 이몽룡(李夢龍)은 하일(何日) 하시(何時)에 도차본부
(到此本府)하오리까?323) 복걸(伏乞), 점신(占神)은 신명소시(神明昭示)
하옵소서.324)"

---

316) 도교에서 신봉(信奉)하는 치년(値年), 치월(値月), 치일(値日), 치시(値時)의 네 신. 신들이 사는 천
정(天庭)에 기도문을 전달하는 관직을 맡고 있다고 한다.

317) 괘를 배포하는 동자.

318) 괘를 던지면 점괘의 길흉이 나타나게 하는 동자. 성괘동랑(成卦童郎 ; 괘를 이룩한 동자)인 듯
하다.

319) 대체적인 뜻은 다음과 같다. 허공 중에도 느낌이 있으니 오시어서 본가(本家)에서 제사를 받게
하며, 제단의 향로에 향 피우니 신령님께서 이 보배로운 향기를 맡으시고 원컨대 강림하소서. 유
신(惟神)을 육신(六神 ; 사주의 주요 내용)으로 보아도 될 듯하다.

320) 개천가에 사는.

321) 여자를 뜻한다.

322) 옥중에서 풀려나오며.

323) 이 남원부(南原府)에 도착하오리까?

324) 엎드려 비옵건대 점(占)의 신께서는 신령하고 밝게 보여 주옵소서.

산통을쳘경〃흔드던이어듸보자일이삼사오륙칠허〃졋타상쇄로고
칠간산이로구나어유피망헌이소적듸셩이라옛날쥬무왕이베살할졔이
쇄을어더금의환힝하야쓴이엇지안이조흘손가쳘이상지한이친인이유
명이라자닉셔방임이불월간의나려와셔평싱한을풀것네걱졍마소참조
커든츈향듸답하되말듸로그려하면오직졋사오릿가간밤쑴히몽이나좀
하여쥬옵소셔

산통(算筒)[325]을 철경철경 흔들더니,

"어디 보자, 일이삼사오륙칠(一二三四五六七). 허허 좋다! 상괘(上
卦)로고. 칠간산(七艮山)[326]이로구나. 어유피망(魚遊避網)하니[327] 소적
대성(小積大成)[328]이라. 옛날 주무왕(周武王)이 벼슬할 제 이 괘(卦)를
얻어 금의환향(錦衣還鄉)하였으니, 어찌 아니 좋을쏜가. 천리상지(千里
相知)하니 친인(親人)이 유면(有面)이라.[329] 자네 서방님이 불원간(不
遠間)에 내려와서 평생(平生) 한(恨)을 풀겠네. 걱정 마소. 참 좋거든."

춘향(春香) 대답(對答)하되,

"말대로 그러하면 오죽 좋사오리까. 간밤 꿈 해몽(解夢)이나 좀 하
여 주옵소서."

---

325) 점을 칠 때 쓰는, 산가지를 넣은 통.

326) 주역(周易) 팔괘(八卦)의 일곱 번째 괘(☶). 기본적으로 산(山)을 상징한다.

327) 물고기가 노닐다가 그물을 피해 가니. 원래는 물고기가 그물에 걸릴 것을 노심초사 걱정한다는
뜻이다. ≪해첨각(解籤閣)≫에 "물고기가 맑은 물에 노닐 때 펼친 그물을 근심하고, 새가 깊은 숲
에 깃들일 때 새그물을 두려워한다. 어느 날이건 이 몸에 슬픔과 막힘이 있으니, 달밤 근심 꿈 한
자락에 남쪽 가지에 이르네.[魚遊澄川愁張網 鳥入深林怕設羅 何日此身多惆嵋 月愁一夢到南柯]"라
는 첨시(籤詩)에, "물고기가 노닐다가 그물을 피하고 나는 기러기 화살을 만나니, 들고 남에 막힘
있어 그물이 겹겹이라.[魚遊避網 飛雁遭弓 出入有礙 羅網重重]"라는 풀이가 있다.

328) 작은 것이 쌓여 큰 것을 이룸.

329) 천 리 멀리라도 서로 알게 되니 친한 사람을 만나리라.

산통

어듸자싱이말을하소단장하든체경이씨져보이고창젼의잉도꽃시써러져
보이고문우의허수이비달여뵈고틱산이문어지고바듸물이말나뵈인이나
죽을쑴안이요봉사이윽키싱각다가양구의왈그쑴장이좃타화락한이능셩
실이요◐파경한이기무셩가◐능이열미가여러야쇼시써러지고◐거울이
씨여질씩소리가업슬손가◐문샹의현우인한이만인이기앙시라◐문우의
허수이비달여씩면사람마닥우러려볼거시요◐해갈흔이용안견이요◐산
붕헌이지틱펑이라◐바듸가말으면용으얼골을능히볼거시요산이문어지
면펑지가될거시라좃타쌍가미탈쑴이로셰걱졍마소머지안네한참이리수
작할졔뜻박기가막구가옥담의와안젼이까옥까옥울거늘츈향이손을드러
후여날이며방졍마진가막구야날을자버갈나거든졸으기나말여무나

"어디 자상(仔詳)히 말을 하소."

"단장(丹粧)하던 체경(體鏡)이 깨져 보이고, 창전(窓前)의 앵두꽃이
떨어져 보이고, 문(門) 위에 허수아비 달려 뵈고, 태산(泰山)이 무너지
고 바닷물이 말라 뵈니, 나 죽을 꿈 아니오?"

봉사(奉事) 이윽히 생각다가 양구(良久)에 왈(曰),

"그 꿈 장(壯)히 좋다. 화락(花落)하니 능성실(能成實)이요, 파경(破
鏡)하니 기무성(豈無聲)가? 능(能)히 열매가 열려야 꽃이 떨어지고, 거
울이 깨어질 때 소리가 없을쏜가. 문상(門上)에 현우인(懸偶人)하니 만
인(萬人)이 개앙시(皆仰視)라. 문(門) 위에 허수아비 달렸으면 사람마
다 우러러볼 것이요, 해갈(海渴)하니 용안견(龍顔見)이요, 산붕(山崩)
하니 지택평(地澤平)이라. 바다가 마르면 용(龍)의 얼굴을 능(能)히 볼
것이요, 산(山)이 무너지면 평지(平地)가 될 것이라. 좋다, 쌍가마 탈
꿈이로세. 걱정 마소, 머지 않네."

한참 이리 수작(酬酌)할 제 뜻밖에 까마귀가 옥(獄) 담에 와 앉더니
까옥까옥 울거늘, 춘향(春香)이 손을 들어 '후여' 날리며,

"방정맞은 까마귀야, 나를 잡아가려거든 조르지나 말려무나."

봉사가이말을듯던이가만잇소그가막구가 〃 옥 〃 그러케울졔예그레요
죳타 〃 가쏜는아름다울가쯧요옥쯧는집옥쯧라알음답고길겁고조흔일
이불원간의도라와셔평싱으밋친한을풀쎠신이조금도걱졍마소직금은복
치쳔양을준듸도안이바더갈거신이두고보고영귀하게되는쩍의괄셰나부
디마소나도라가네예평안이가옵시고후일상봉ㅎ옵쎠다춘향이장탄수심
으로세월을보닉니라◑잇한양셩도련임은주야로시셔빅가이를숙독하
야슷니글노난이빅이요글씨는왕흐지라국가으경사잇셔틱평과을뵈이실
시셔칰을품으품고장중으드러가좌우을둘너보니억조창싱허다션빅일시
의숙빅한다

봉사(奉事)가 이 말을 듣더니,

"가만있소. 그 까마귀가 가옥가옥 그렇게 울지?"

"예, 그래요."

"좋다, 좋다! 가 자(字)는 아름다울 가(嘉) 자(字)요, 옥 자(字)는 집 옥(屋) 자(字)라, 아름답고 즐겁고 좋은 일이 불원간(不遠間)에 돌아와서 평생(平生)에 맺힌 한(恨)을 풀 것이니 조금도 걱정 마소. 지금은 복채(卜債) 천(千) 냥[兩]을 준대도 아니 받아 갈 것이니, 두고 보고 영귀(榮貴)하게 되는 때에 괄시(恝視)나 부디 마소. 나 돌아가네."

"예, 평안(平安)히 가옵시고 후일(後日) 상봉(相逢)하옵시다."

춘향(春香)이 장탄수심(長歎愁心)으로 세월(歲月)을 보내더라.

이 때 한양성(漢陽城) 도련님은 주야(晝夜)로 시서백가어(詩書百家語)[330]를 숙독(熟讀)하였으니 글로는 이백(李白)이요, 글씨는 왕희지(王羲之)라. 국가(國家)에 경사(慶事) 있어 태평과(太平科)[331]를 보이실새 서책(書冊)을 품에 품고 장중(場中)에 들어가 좌우(左右)를 둘러보니 억조창생(億兆蒼生) 허다(許多) 선비 일시(一時)에 숙배(肅拜)한다.

---

330) 시경(詩經), 서경(書經) 및 제자백가(諸子百家)의 온갖 서적.
331) 나라에 경사가 있을 때 특별히 실시하던 과거.

어악풍유청이셩의잉무식가츔을춘다듸졔학퇵출하야어졔을닉리신이도
승지모셔닉여홍장우여거러논니글졔으하여씨되츈당츈싁이고금동이라
두러시거러건늘이도령글졔을살펴보니익키보던빅라시졔을펼쳐노코히
졔을싱각ᄒ야용지연으먹을가라당황모무심필을반즁동듭벅푸러왕히지
필법으로조밍보체을바다일필휘지션장하니

어악풍류(御樂風流)[332) 청아성(淸雅聲)에 앵무새가 춤을 춘다. 대제
학(大提學) 택출(擇出)하여 어제(御題)[333)를 내리시니 도승지(都承旨)
모셔 내어 홍장(紅帳) 위에 걸어 놓으니 글제에 하였으되,
　‘춘당춘색(春塘春色)이 고금동(古今同)이라.’[334)
　뚜렷이 걸었거늘. 이(李)도령 글제를 살펴보니 익히 보던 바라. 시
지(試紙)를 펼쳐 놓고 해제(解題)를 생각하여 용지연(龍池硯)[335)에 먹
을 갈아 당황모(唐黃毛)[336) 무심필(無心筆)[337)을 반중동[338) 듬뿍 풀어
왕희지(王羲之) 필법(筆法)으로 조맹부(趙孟頫)[339) 체(體)를 받아 일필
휘지(一筆揮之)[340) 선장(先場)[341)하니,

---

332) 장악원(掌樂院 ; 조선시대에 음악에 관한 일을 맡아보던 관아)의 악생(樂生)들이 여민락(與民樂)
　　등을 연주하는 것.

333) 임금이 친히 정한 시제(詩題).

334) 춘당(春塘)의 봄빛이 예나 지금이나 똑같다. 춘당(春塘)은 춘당대(春塘臺)로, 창경궁(昌慶宮) 안의
　　과거(科擧) 보는 장소의 이름이다. 실제로 영조 44년(1768년) 정시(庭試)의 시제가 ‘춘당추색고금
　　동(春塘秋色古今同)’이었다.

335) 용을 새긴 벼루.

336) 족제비의 꼬리털.

337) 붓 안에 심지를 박지 않은 붓. 무심필은 붓털에 힘이 거의 없기 때문에 초보자는 다루기 어렵다
　　고 한다.

338) 절반 정도.

339) (1254~1322). 중국 송말원초(宋末元初) 때의 화가이자 서예가. 자(字)는 자앙(子昂). 호(號)는 송
　　설(松雪). 별호(別號)는 구파(鷗波), 수정궁도인(水精宮道人) 등. 시(詩)·서(書)·화(畵)·인(印)에
　　모두 능해 조체(趙體) 또는 송설체(松雪體)라 불리는 독창적인 행서(行書)를 만들었다.

340) 붓을 들어 단숨에 써내려가다.

341) 과거를 볼 때, 문과(文科) 과거장에서 가장 먼저 글장을 바치는 것.

어사화

앵삼

상시관이글을보고자〃이비졈이요귀〃이관주로다용사비등ᄒ고평사낙
안이라금세ᄋ듸지로다금방ᄋ일홈불너어주삼빈권하신후장원급계휘장
이라실닉진퇴나올젹ᄋ머리예는어사화요몸ᄋ난잉삼이라허리에난학듸
로다삼일유과한연후의산소ᄋ소분하고젼하게숙빈ᄒ니젼하게옵셔친이
불너보신후의경의직조〃졍ᄋ읏듬이라

상시관(上試官)이 글을 보고 자자(字字)이 비졈(批點)[342]이요 구구
(句句)이 관주(貫珠)[343]로다. 용사비등(龍蛇飛騰)하고 평사낙안(平沙落
雁)이라[344] 금세(今世)의 대재(大才)로다. 금방(金榜)[345]에 이름 불러
어주(御酒) 삼(三) 배(杯) 권(勸)하신 후(後) 장원(壯元) 급제(及第) 휘
장(揮場)[346]이라.

신래(新來)[347] 진퇴(進退) 나올 적에 머리에는 어사화(御賜花)[348]요
몸에는 앵삼(鶯衫)[349]이라, 허리에는 학대(鶴帶)[350]로다. 삼일유가(三
日遊街)[351]한 연후(然後)에 산소에 소분(掃墳)[352]하고 전하(殿下)께 숙
배(肅拜)하니, 전하(殿下)께옵서 친(親)히 불러 보신 후(後)에,

　"경(卿)의 재주 조정(朝廷)에 으뜸이라."

---

342) 묘하게 잘된 글자 옆에 붉은 점을 찍는 것.

343) 묘하게 잘된 글귀 옆에 붉은 동그라미를 치는 것.

344) 용이 날아오르는 듯하고, 모래펄에 기러기 내리는 듯하다. 아주 잘 쓴 글씨를 말함.

345) 과거에 합격한 사람들의 명단을 거는 방(榜).

346) 과거 시험에 첫째로 급제한 답안을 시험장에 내거는 것.

347) 새로 과거에 급제한 사람.

348) 조선시대에 문무과에 급제한 사람에게 임금이 하사하던 종이꽃.

349) 과거에 급제하였을 때 입는 예복. 겉감은 연두색이고 안감은 노란 명주를 받쳐서 꾀꼬리색을 냈
다고 한다.

350) 학(鶴)을 수놓은 허리띠.

351) 과거에 급제한 사람이 사흘 동안 시험관, 선배, 친척 등을 찾아 인사하며 도는 것.

352) 벼슬을 하고 조상의 산소에 가서 참배하고 고유(告由)하는 것.

하시고도숭지입시하사절나도어사을졔수하시니평칭으소원이라수의마
픽유척을늬주시니젼하게하직ᄒ고본듸으나어계쳘관풍치는심산밍호
갓탄지라부모젼하직ᄒ고졀나도로힝할시

하시고, 도승지(都承旨) 입시(入侍)하사 전라도(全羅道) 어사(御史)
를 제수(除授)하시니 평생(平生)의 소원(所願)이라. 수의(繡衣)[353] 마
패(馬牌) 유척(鍮尺)[354]을 내주시니, 전하(殿下)께 하직(下直)하고 본
댁(本宅)에 나아갈 제 철관(鐵冠)[355] 풍채(風采)는 심산맹호(深山猛虎)
같은지라.

부모(父母) 전(前) 하직(下直)하고 전라도(全羅道)로 행(行)할새,[356]

---

353) 수를 놓은 어사의 예복. 암행어사(暗行御史)의 다른 이름이기도 하다.

354) 놋쇠로 만든 표준 자[尺]. 지방 수령이나 암행어사가 시체를 검시하거나 형벌 도구가 표준에 맞
는지 검사할 때 썼다.

355) 어사가 쓰던 관(冠).

356) 이하의 행차 과정은 약간의 착오가 있는 듯하다. 참고로 조선시대 서울에서 남원에 이르는 주요
역참은 다음과 같다.
숭례문(崇禮門)-동작진(銅雀津)-승방평(僧房坪)-남태령(南太嶺)-과천(果川)-인덕원(仁德院)-갈산점
(葛山店)-사근평(肆覲坪)-지지대[遲遲臺]-수원(水原)-하류천(下柳川)-중미현(中彌峴)-오산점(烏山
店)-진위(振威)-대백치(大白峙)-갈원(葛院)-가천(加川)-소사점(素沙店)-아교(牙橋)-홍경비(弘慶碑)-성
환역(成歡驛)-수헐원(愁歇院)-직산(稷山)-병장승우(幷長承隅)-비토리(飛兎里)-천안(天安)-삼거리(三
巨里)-금제역(金蹄驛)-덕평점(德坪店)-원기(院基)-차령(車嶺)-인제원(仁濟院)-광정역(廣程驛)-궁원
(弓院)-모로원(毛老院)-금강진(錦江津)-효가리(孝家里)-판치(板峙)-경천역(敬天驛)-노성(魯城)-초포
교(草浦橋)-사교(沙橋)-은진(恩津)-황화정(皇華亭)-여산(礪山)-탄현(炭峴)-삼례역(叄禮驛)-전주(全
州)-만마동(萬馬洞)-오원역(烏院驛)-마치(馬峙)-오수역(獒樹驛)-율현(栗峴)-남원(南原)

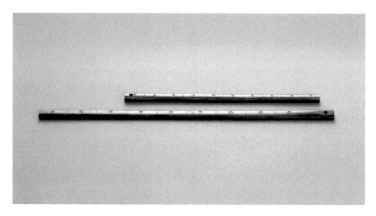

유척

남디문밧썩나서서 〃 셔리중방역졸등을거나리고청피역말자바타고칠피팔
피비다리얼는너머밥젼거리지니동젹이를얼풋거네남틱령을너머과쳔읍
의즁와ㅎ고사그니밀럭당이수원숙소ㅎ고디함괴쩍젼거리진기올즁밋진
의읍의즁와ㅎ고칠원소싀ㅇ고다리셥환역의숙소ㅎ고상유쳔하유쳔싀술
막쳔안읍의즁와ㅎ고삼거리도리터짐계역말가라타고신구덕평을얼는지
니원터의숙소ㅎ고팔풍졍하란광졍모란공주금강을건네금영의즁와ㅎ고
놉푼힝실소기문어미닐틱졍쳔의숙소ㅎ고뇌셩풋기사다리은진간치당이
황화졍지이미고기

남대문(南大門) 밖 썩 나서서 서리(書吏)[357] 중방(中房)[358] 역졸(驛
卒) 등(等)을 거느리고 청파역(靑坡驛) 말 잡아 타고 칠패(七牌) 팔패
(八牌) 배다리 얼른 넘어 밥전거리 지나 동작(銅雀)이를 얼풋 건너 남
태령(南泰嶺)을 넘어 과천읍(果川邑)에 중화(中火)하고, 사근내[沙斤川]
미륵당이 수원(水原) 숙소(宿所)하고, 대황교(大皇橋) 떡전거리[餠店]
진개울 중미(中彌) 진위읍(振威邑)에 중화(中火)하고, 칠원[葛院] 소사
(素沙) 애고다리[牙橋] 성환역(成歡驛)에 숙소(宿所)하고, 상류천(上柳
川) 하류천(下柳川) 새술막 천안읍(天安邑)에 중화(中火)하고, 삼거리
(三巨里) 도리치(道里峙) 금제역(金蹄驛) 말 갈아타고 신구 덕평(德坪)
을 얼른 지나 원터[院基]에 숙소(宿所)하고, 팔풍정(八風亭) 화란[弓院]
광정(廣程) 모란[毛老院] 공주(公州) 금강(錦江)을 건너 금영(錦營)에
중화(中火)하고, 높은행길 소개문 어미널티[板峙] 경천(敬天)에 숙소
(宿所)하고, 노성(魯城) 풋개[草浦] 사다리[沙橋] 은진(恩津) 간치당이
[鵲旨] 황화정(皇華亭) 장애미고개

---

357) 기록과 회계를 주로 담당하는 관리.
358) 고을 원의 시중을 드는 사람.

여산읍의숙소ᄒ고잇튼날셔리즁방불너분부하되졀나도초읍여산이라막
즁국사거ᄒᆡᆼ불명직죽기를면치못ᄒ리라추상갓치호령ᄒ며셔리불너분부
하되

여산읍(礪山邑)에 숙소(宿所)하고,[359] 이튿날 서리(書吏) 중방(中房)
불러 분부(分付)하되,

"전라도(全羅道) 초읍(初邑) 여산(礪山)이라, 막중(莫重) 국사(國事)
거행불명즉(擧行不明則) 죽기를 면(免)치 못하리라."

추상(秋霜)같이 호령(號令)하며 서리(胥吏) 불러 분부(分付)하되,

---

359) 청파역은 지금의 용산(龍山) 청파동(靑坡洞). 칠패 팔패는 서울 서부역 근처. 배다리는 도성(都城)
에서 청파(靑坡)와 원효로(元曉路)로 통하는 주요 길목인 만초천(萬草川)에 놓였던 돌다리. 밥전
거리는 용산(龍山) 이태원(梨泰院)에 있던 역참(驛站) 부근. 동작이는 서울 동작동(銅雀洞). 남태
령은 서울 관악구에서 경기도 과천으로 넘어가는 큰 고개. 사근내는 의왕시 고촌동을 흐르는 시
내. 미륵당이는 수원시 파장동 미륵당(彌勒堂)이 있던 마을. 대황교는 수원과 병점(餠店) 사이에
있는 다리. 떡전거리는 병점(餠店). 진개울과 중미는 병점과 평택 사이의 오산시. 진위는 평택시
진위면. 칠원은 진위읍 남쪽 갈원(葛院). 소사는 평택시 소사동. 애고다리는 경기도와 충청도 경
계 안성천을 건너던 다리. 상류천과 하류천은 수원시 세류동(細柳洞 ; 버드내마을). 새술막은 천
안 북쪽 술막(술집)이 있던 곳. 삼거리는 천안 삼거리. 도리치는 천안 삼거리 부근의 고개. 금제
와 덕평과 원터와 팔풍정은 천안에서 공주로 넘어가는 길의 지명. 신구는 미상(未詳)이나 삼거리
근처의 신은역(新恩驛)인 듯. 화란은 공주 북쪽 활원[弓院]. 광정은 차령(車嶺) 너머 공주 쪽 지명.
모란은 공주 북쪽 모로원(毛老院). 금영(錦營)은 충청 감영(監營). 높은행길은 미상(未詳)이나 차
령(車嶺) 고개의 높은 곳에 있는 큰길인 듯. 소개문은 공주에서 전라도 여산(礪山)으로 내려가는
길에 있는 지명. 어미널티는 공주와 경천 사이의 고개. 경천은 공주시 계룡면 경천. 노성은 노산
성(魯山城)으로 논산시 노성면. 풋개와 사다리는 충남 연산 부근. 은진은 논산시 은진면. 간치당
이는 연산군 까치당이. 황화정은 익산군 여산면 마전리 황화정 동네 등성이에 있던 정자. 장애미
고개는 지아미고개라고도 하며 여산 북쪽의 고개.

너은좌도로드러진산금산무주용담진안장수운봉구례이팔읍를순힝ㅎ여
아모날남원읍의로딕령ㅎ고즁방역졸네으등은우도로용안함열임피옥구
짐계만경고부부안흥덕고창장셩영광무장무안함평으로순힝ㅎ야아모날
남원읍으로딕령ㅎ고죵사불너익산금구틱인졍읍슌창옥과광주나주창평
담양동복화슌강진영암장흥보셩흥양낙안슌쳔곡셩으로슌힝ㅎ여아모날
남원읍으로딕령ㅎ라분부ㅎ여긱기분발ㅎ신후의어사쏘힝장을치리난듸
모양보소

"너는 좌도(左道)로 들어 진산(珍山) 금산(錦山) 무주(茂朱) 용담(龍潭) 진안(鎭安) 장수(長水) 운봉(雲峰) 구례(求禮) 이 팔(八) 읍(邑)을 순행(巡幸)하여 아무 날 남원읍(南原邑)으로 대령(待令)하고, 중방(中房) 역졸(驛卒) 너희 등(等)은 우도(右道)로 용안(龍安) 함열(咸悅) 임피(臨陂) 옥구(沃溝) 김제(金堤) 만경(萬頃) 고부(高阜) 부안(扶安) 흥덕(興德) 고창(高敞) 장성(長城) 영광(靈光) 무장(茂長) 무안(務安) 함평(咸平)으로 순행(巡幸)하여 아무날 남원읍(南原邑)으로 대령(待令)하고,"

종사(從事) 불러,

"익산(益山) 금구(金溝) 태인(泰仁) 정읍(井邑) 순창(淳昌) 옥과(玉果) 광주(光州) 나주(羅州) 창평(昌平) 담양(潭陽) 동복(同福) 화순(和順) 강진(康津) 영암(靈巖) 장흥(長興) 보성(寶城) 흥양(興陽) 낙안(樂安) 순천(順川) 곡성(谷城)으로 순행(巡幸)하여 아무날 남원읍(南原邑)으로 대령(待令)하라."

분부(分付)하여 각기 분발(分撥)[360]하신 후(後)에 어사또 행장(行裝)을 차리는데, 모양(貌樣) 보소.

---

360) 나누어 배분(配分)하다.

숫사람을소기랴고모자업난헌파립의버레줄총〃믜여초사갓쓴다러쓰고
당만나문헌망근의갑풀관자녹쓴당줄다라쓰고으몽하게헌도복의무명실
씌를흉중의둘너믜고살만나문헌붓치의솔방올션초다러일광을가리고나
려올제통신암삼이숙소ᄒ고한늬쥬엽졍이가린늬싱금졍귀경ᄒ고숩졍이
공북누셔문를얼는지늬남문의올나사방을둘너보니소호강남여기로다

숫사람[361])을 속이려고 모자(帽子) 없는 헌 파립(破笠)에 벌이줄[362])
총총 매어 초사(草絲)[363]) 갓끈 달아 쓰고, 당[364])만 남은 헌 망건(網
巾)[365])에 갓풀관자[366]) 노끈 당줄[367]) 달아 쓰고, 의뭉하게 헌 도복(道
服)에 무명실 띠를 흉중(胸中)에 둘러매고, 살만 남은 헌 부채에 솔방
울 선초(扇貂)[368]) 달아 일광(日光)을 가리고 내려올 제, 통새암 삼례
(三禮) 숙소(宿所)하고, 한내 주엽쟁이 가리내 승금정(勝金亭) 구경하
고, 숲정이[369]) 공북루(拱北樓)[370]) 서문(西門)을 얼른 지나 남문(南門)
에 올라 사방(四方)을 둘러보니, 서호(西湖)[371]) 강남(江南) 여기로다.

---

361) 모든 사람. 뭇사람. 숱사람.
362) 실로 이리저리 얽어맨 줄.
363) 질이 나쁜 비단.
364) 망건의 뒤쪽에 당줄을 넣을 수 있도록 코를 댄 것. 망건의 윗부분.
365) 상투를 튼 사람이 머리카락을 걷어 올려 흘러내리지 않도록 머리에 두르는, 그물같이 생긴 물건.
366) 망건당줄을 꿸 수 있도록 아교풀로 만들어 망건에 다는 작은 고리.
367) 망건당줄. 망건에 달아 상투에 동여매는 줄. 망건당에 꿰는 아랫당줄과 상투에 동여매는 윗당줄
     이 있다.
368) 부채의 자루 끝 사북(쥘부채의 중심축)에 달아매어 늘어뜨리는 장식물. 선추(扇錘).
369) 전주까지의 노정이다. 통새암은 지금의 익산시 왕궁면의 통정(桶井). 한내와 주엽쟁이는 완주군
     삼례읍 근처의 지명. 가리내[㮚川]는 전주천과 삼천천이 만나는 덕진의 개천. 승금정은 덕진 연못
     북동쪽에 있는 정자. 숲정이는 전주천동로의 천주교 순교지.
370) 공북루(拱北樓)는 조정에서 조령(朝令)을 받들고 사람이 내려올 때 부윤(府尹)이 나가 맞던 곳으
     로, 여러 곳에 있으나 여기서는 전주에 있는 공북루를 말한다.
371) 중국 절강성(浙江省)과 강소성(江蘇省) 사이에 있는 호수로 경치가 뛰어난 것으로 유명하다.

망건

◑기린토월이며◑한벽청연◑남고모종◑곤지망월◑다가사후◑덕진치
련◑비부낙안◑위봉폭포완산팔경을다귀경ᄒ고차〃로암힝ᄒ야나려올
졔각읍수령더리어사낫짠말을듯고민졍을가다듬고젼공사을염예할졔ᄒ
인〃들편ᄒ리요이방호장실혼ᄒ고공사회계ᄒ난형방셔기얼는ᄒ면도망
차로신발ᄒ고수다한각쳥상이넉실이러분쥬할졔잇씨어사쏘난임실구화
쓸근쳐을당도ᄒ니차시맛참농졀리라농부가ᄒ며이러할졔야단이엿짜◑
어여로상사뒤요◑쳘리건곤틱평시의도덕노푼우리셩군

기린토월(麒麟吐月)이며 한벽청연(寒碧晴煙) 남고모종(南高暮鐘) 곤
지망월(坤止望月) 다가사후(多佳射帿) 덕진채련(德津採蓮) 비비낙안(飛
飛落雁) 위봉폭포(威鳳瀑布), 완산팔경(完山八景)372)을 다 구경하고 차
차로 암행(暗行)하여 내려올 제, 각읍(各邑) 수령(守令)들이 어사(御史)
났단 말을 듣고 민정(民政)을 가다듬고 전공사(前公事)를 염려(念慮)할
제 하인(下人)인들 편(便)하리오. 이방(吏房) 호장(戶長) 실혼(失魂)하
고, 공사(公事) 회계(會計)하는 형방(刑房) 서기(書記) 얼른하면 도망
차(逃亡次)로 신발하고,373) 수다(數多)한 각(各) 청상(廳上)이 넋을 잃
어 분주(奔走)할 제, 이 때 어사또는 임실(任實) 구화뜰374) 근처(近處)
를 당도(當到)하니, 차시(此時) 마침 농절(農節)이라 농부(農夫)들이
농부가(農夫歌)하며 이러할 제 야단이었다.

어여로 상사뒤요375)
천리건곤(千里乾坤) 태평시(泰平時)에
도덕(道德) 높은 우리 성군(聖君)

---

372) 기린봉(麒麟峰)에 뜬 달, 한벽당(寒碧堂)의 맑은 연기, 남고사(南高寺)의 저녁 종소리, 곤지산(坤
止山)의 보름달 구경, 다가산(多佳山)의 활쏘기 구경, 덕진(德津) 연못에서 연 캐기, 비비정(飛
飛亭)에 떨어져 내리는 기러기, 위봉산성(威鳳山城)에 있는 위봉폭포(威鳳瀑布)의 완산팔경(完
山八景).
373) 미상(未詳). '신발을 신고' 또는 '준비하고'의 뜻인 듯하다.
374) 전라북도 임실군 오수면 대명리 국평마을 부근의 들판.
375) 여럿이 힘을 합쳐 일할 때 내는 소리.

강구연월동요듯던요임군셩덕이라어여로상사뒤요❶순임군놉픈셩덕으
로닉신셩긔역산의밧슬갈고❶어여로상사뒤요❶실농씨닉신따부쳔추만
되유젼ᄒ니어이안이놉푸던가❶어여로상사뒤요❶하우씨어진임군구연
홍수다사리고❶여〃라상사뒤요❶은왕셩탕어진임군틱한칠연당하여네
❶이〃라상사뒤요

강구연월(康衢煙月) 동요(童謠) 들던

요(堯) 임금 성덕(聖德)이라

어여로 상사뒤요

순(舜) 임금 높은 성덕(聖德)으로 내신 성기(成器)[376]

역산(歷山)[377]에 밭을 갈고

어여로 상사뒤요

신농씨(神農氏) 내신 따비[378]

천추만대(千秋萬代) 유전(流傳)하니

어이 아니 높으던가

어여로 상사뒤요

하우씨(夏禹氏) 어진 임금

구년홍수(九年洪水) 다스리고

어여라 상사뒤요

은왕(殷王) 성탕(成湯) 어진 임금

대한칠년(大旱七年)[379] 당(當)하였네

이이라 상사뒤요

---

376) 농기구. 순임금이 만들었다는 그릇과 농기구.

377) 순임금이 밭을 갈았다는 곳으로, 산동성(山東省) 역성현(歷城縣) 남쪽에 있다 한다.

378) 나무를 구부린 끝에 쇠를 씌운 농기구. 쟁기와 비슷하다.

379) 중국 은(殷)나라 탕왕(湯王) 때에 칠 년 동안 계속된 큰 가뭄.

따비

출처: 영양산촌생활박물관

❶이농사를지어닉여우리셩군공셰후의나문곡식작만ᄒ야앙사부모안이
하며하륙쳐자안이할가❶여〃라상사뒤요❶빅초를심어사시을짐작하니
유신한게빅초로다❶여〃라상사뒤요쳥운공명조흔호강이업을당할소
냐❶여〃라상사뒤요남젼북답긔경ᄒ야함포고복ᄒ여보싀❶어널〃상사
뒤요한참이리할졔어사쏘쥬령집고이만하고셔〃농부가을귀경하다가거
기넌듸풍이로고

이 농사(農事)를 지어 내어
우리 셩군(聖君) 공세(貢稅) 후(後)에
남은 곡식(穀食) 장만하여
앙사부모(仰事父母) 아니 하며
하육처자(下育妻子) 아니 할까[380]
어여라 상사뒤요
백초(百草)를 심어 사시(四時)를 짐작(斟酌)하니
유신(有信)한 게 백초(百草)로다
어여라 상사뒤요
청운공명(青雲功名) 좋은 호강
이 업(業)을 당(當)할쏘냐
어여라 상사뒤요
남전북답(南田北畓) 기경(起耕)하여
함포고복(含哺鼓腹)하여 보세
어널널 상사뒤요

한참 이러할 제, 어사또 주령(注鈴)[381] 짚고 이만하고 서서 농부가
(農夫歌)를 구경하다가,
  "거기는 대풍(大豐)이로고."

---

380) ≪맹자(孟子) 양혜왕상(梁惠王上)≫에 "위로는 부모를 섬기기에 충분하고, 아래로는 처자식을 기
르기에 충분하다.[仰足以事父母 俯足以畜妻子]"라는 구절이 있다.

381) 지팡이. 지팡이 끝에 방울을 매단 것.

쏘한편을바리본이 〃 이상한이리잇다즁씰한노인더리씰 〃 리뫼와셔 〃 등
걸바슬이루난듸갈멍덕슈게숫고소실양손으들고빅발가를부르난듸등장
가자 〃 〃 〃 하날임젼으등장가량이면무슨말을하실난지늘근이는죽지
말고졀문사람늑지말게하난임젼으등장가시웬수로다 〃 〃 〃 〃 빅발리웬
수로다오는빅발막그랴고우수의도치들고좌수의가시들고오는빅발쑤다
리며가는홍안거러당게졍사로졀박ᄒᆞ야단 〃 이졸나믹되

또 한편을 바라보니 이상(異常)한 일이 있다. 중실한[382] 노인(老人)
들이 끼리끼리 모여 서서 등걸밭[383]을 일구는데, 갈멍덕[384] 숙여 쓰
고 쇠스랑 손에 들고 백발가(白髮歌)를 부르는데,

등장(等狀)[385] 가자 등장(等狀) 가자
하느님 전(前)에 등장(等狀) 갈 양이면
무슨 말을 하실런지
늙은이는 죽지 말고
젊은 사람 늙지 말게
하느님 전(前)에 등장(等狀) 가세
원수(怨讎)로다 원수(怨讎)로다
백발(白髮)이 원수(怨讎)로다
오는 백발(白髮) 막으려고
우수(右手)에 도끼 들고
좌수(左手)에 가시 들고
오는 백발(白髮) 두드리며
가는 홍안(紅顔) 걸어 당겨
청사(靑絲)로 결박(結縛)하여
단단히 졸라매되

---

382) 중년이 넘은.
383) 등걸(나무를 벤 그루)이 많은 험한 밭.
384) 갈대를 엮어 만든 삿갓.
385) 사람들 이름을 잇대어 억울한 사정을 관청에 하소연하는 것.

가는홍안절로가고빅발은시〃로도라와귀밋틱살잡피고거문머리빅발되
니조여청사모성셜이라무정한게세월이라손연힝낙집푼들왕〃이달나간
이〃안니광음인가쳔금준마자버타고장안딕도달이고겨만고강산조흔경
긔다시한번보고지거졀딕가인졋틱두고빅만괴틱놀고지거

가는 홍안(紅顏) 절로 가고

백발(白髮)은 시시(時時)로 돌아와

귀밑에 살 잡히고

검은 머리 백발(白髮) 되니

조여청사모성설(朝如靑絲暮成雪)[386]이라

무정(無情)한 게 세월(歲月)이라

소년(少年) 행락(行樂) 깊은들

왕왕(往往)이 달라 가니

이 아니 광음(光陰)인가

천금준마(千金駿馬) 잡아타고

장안(長安) 대도(大道) 달리고저

만고강산(萬古江山) 좋은 경개(景槪)

다시 한 번(番) 보고지고

절대가인(絶代佳人) 곁에 두고

백만(百萬) 교태(嬌態) 놀고지고

---

386) 이백(李白)의 시 <장진주(將進酒)>의 첫 구절이다. 이 부분은 다음과 같다.
君不見 그대는 보지 못하였는가.
高堂明鏡悲白髮 좋은 집 밝은 거울에 비친 흰 머리에 슬퍼지나니
朝如靑絲暮成雪 아침엔 검푸른 실 같더니 저녁엔 눈처럼 하얘진 것을.

화초원싁사시가경눈어둡고귀가머거볼수업고들를수업셔하릴업난일리
로셰슬푸다우리벗임어듸로가게난고구추단풍입진다시션아〃〃덜어지
고싁벽하날별진다시삼오〃〃시러진니가넌지리어듸민고어여로가릭질
리야아마도우리인싱일장춘몽인가ᄒ노라한참이리할졔한농부썩나셔며
담부멱싁〃〃〃〃

화조월석(花朝月夕)[387] 사시가경(四時佳景)[388]

눈 어둡고 귀가 먹어

볼 수 없고 들을 수 없어

하릴없는 일이로세

슬프다 우리 벗님

어디로 가겠는가

구추단풍(九秋丹楓)[389] 잎 진 듯이

선아선아[390] 떨어지고

새벽 하늘 별 진 듯이

삼오삼오[391] 스러지니

가는 길이 어드멘고

어여로 가래질이야

아마도 우리 인생(人生)

일장춘몽(一場春夢)인가 하노라

한참 이러할 제 한 농부(農夫) 썩 나서며,

"담배 먹세, 담배 먹세."

---

387) 꽃 피는 아침과 달 뜨는 저녁. 꽃 구경하기 좋은 음력 2월 15일과 달 구경하기 좋은 음력 8월 15
일을 뜻하기도 한다.

388) 사시사철 아름다운 경치.

389) 구추(九秋)는 가을철의 약 90일 동안, 또는 음력 9월의 가을을 이르는 말.

390) 선득선득. 차츰차츰.

391) 드문드문. 또는 삼오삼오(三五三五). ≪시경(詩經) 소남(召南) 소성(小星)≫에 "반짝이는 작은 별
이 드문드문 동쪽에 있네.[嘒彼小星 三五在東]"란 구절이 있다.

갈멍덕숙예쓰고두던의나오더니곱돌조듸년짓드러쏭뭉이더듬써니가죽
쌈지쎅여놋코담빅의세우침을밧터엄지가락이잡바라지게비빗〃〃단〃
이너허집불을뒤져노코화로의푹질너담부를먹난듸농군이라ᄒ난거시듸
가쌕〃ᄒ면쥐싁기소리가나것다양볼틱기가옴옥〃〃코궁기가발심〃〃
연기가홀〃나게푸여물고나셔니어사쏘반말ᄒ기난공셩이낫졔겨농부말
좀무러보면조커쑤만무삼말이골춘향니가본관의수청드러뇌물을만이바
더묵고민졍의작폐한단말이올흔지져농부열을닉여게가어듸삽나아무듸
사든지

갈멍덕 숙여 쓰고 둔덕에 나오더니 곱돌조대[392] 넌짓 들어 꽁무니
더듬더니 가죽 쌈지 빼어 놓고 담배에 세게 침을 뱉어 엄지손가락이
자빠라지게[393] 비빗비빗 단단히 넣고 짚불을 뒤져 놓고 화로(火爐)에
푹 질러 담배를 먹는데, 농꾼이라 하는 것이 대가 빡빡하면 쥐새끼 소
리가 나것다. 양(兩) 볼태기가 오목오목 콧구멍이 발씸발씸 연기(煙氣)
가 홀홀 나게 피워 물고 나서니, 어사또 반말하기는 공성[394]이 났지.

"저 농부(農夫), 말 좀 물어보면 좋겠구먼."

"무슨 말?"

"이 골 춘향(春香)이가 본관(本官)의 수청(守廳) 들어 뇌물(賂物)을
많이 받아먹고 민정(民政)에 작폐(作弊)한단 말이 옳은지?"

저 농부(農夫) 열(熱)을 내어,

"게가 어데 사나?"

"아무데 살든지."

---

392) 광택이 나는 곱돌로 담배통을 만든 담뱃대.

393) 자빠지도록

394) 이골. 아주 길이 들어서 몸에 푹 밴 버릇.

아무듸사든지란이게난눈콩알귀콩알리업나지금춘향이를수청아니든다
하고형장맛고갓쳐쓰니창가의그런열여셰상의드문지라옥결갓튼춘향몸
의자늬갓턴동냥치가누셜을지치다는비러먹도못ᄒ고굴머뒤여지리올나
간이도령인지삼도령인지그놈의자식은일거후무소식하니인사가그러코
는벼살은컨이와늬좃도못하계어그계무슨말인고웨엇지됨나되기야엇지
되야마는남의말노구십을너머고약키하난고자늬가쳘모로난말을하미그
러체수작을파하고도라셔며허 〃 망신이로고자농부네덜일하오예

"아무데 살든지라니, 게는 눈콩알 귀콩알이 없나? 지금 춘향(春香)
이는 수청(守廳) 아니 든다 하고 형장(刑杖) 맞고 갇혔으니 창가(娼家)
에 그런 열녀(烈女) 세상(世上)에 드문지라. 옥결 같은 춘향(春香) 몸
에 자네 같은 동냥치가 누설(陋說)을 지치다는395) 빌어먹도 못하고 굶
어 뒤어지리. 올라간 이도령인지 삼도령인지 그놈의 자식(子息)은 일
거후(一去後) 무소식(無消息)하니 인사(人事)가 그렇고는 벼슬은커니
와 내 좆도 못 하지."

"어, 그게 무슨 말인고?"

"왜, 어찌 되나?"

"되기야 어찌 되랴마는 남의 말로 구습(口習)396)을 너무 고약히 하
는고."

"자네가 철모르는 말을 하니 그렇지."

수작(酬酌)을 파(罷)하고 돌아서며,

"허허, 망신(亡身)이로고. 자, 농부(農夫)네들 일하오."

"예."

---

395) 추잡한 말을 떠들다가는.

396) 나쁜 입버릇.

하직하고한모롱이를도라드니아히하나오난듸주령막듸쓰으면서시조절
반시살절반셕거하되오날이몃칠인고쳘이씰한양셩을몃칠거러올나가랴
조자룡의월강하던쳔총마가잇거드면금일노가련마는불향하다춘향이난
이셔방을싱각하야옥즁의갓치여셔명직경각불샹하다몹실양반이셔방은
일거소식돈절하니양반의도례난그러헌가어사쏘그말듯고이어듸잇늬
남원읍의사오

하직(下直)하고 한 모롱이를 돌아드니 아이 하나 오는데, 주령(注鈴)
막대 끌면서 시조(時調) 절반(折半) 사설(辭說) 절반(折半) 섞어 하되,
"오늘이 며칠인고. 천리(千里)길 한양성(漢陽城)을 며칠 걸어 올라
가랴. 조자룡(趙子龍)397)의 월강(越江)하던 청총마(靑驄馬)398)가 있었
으면 금일(今日)로 가련마는, 불쌍하다 춘향(春香)이는 이(李)서방을
생각하여 옥중(獄中)에 갇히어서 명재경각(命在頃刻)399) 불쌍하다. 몹
쓸 양반(兩班) 이(李)서방은 일거(一去) 소식(消息) 돈절(頓絶)하니 양
반(兩班)의 도리(道理)는 그러한가?"
어사또 그 말 듣고,
"이 애, 어디 있니?"
"남원읍(南原邑)에 사오."

397) 조운(趙雲 ; ?∼229). 자(字)가 자룡(子龍)이다. 시호는 순평후(順平侯). 삼국시대 촉한(蜀漢)의
유명한 장수로, 신장이 8척에 용모가 남자다웠다고 한다. 흔히 상승장군(常勝將軍)으로 추앙받
는다.
398) 총이말. 갈기와 꼬리가 파르스름한 흰 말. 조자룡과 관련된 말로 적로마(駒盧馬)가 있다. 이 말은
조자룡이 적장에게서 빼앗아 유비에게 바친 말로, 유비가 단계(檀溪)에 빠져 위험에 처했을 때 3
장(丈)을 솟구쳐 올라 유비를 구했다고 한다. 두보(杜甫)의 시 <고도호총마행(高都護驄馬行)>에
의하면, 청총마는 안서도호(安西都護) 고선지(高仙芝)가 타던 서역산(西域産) 말이라 한다.
399) 목숨이 경각(頃刻)에 달렸다는 뜻으로, 숨이 곧 끊어질 지경(地境)에 이름. 거의 죽게 됨.

어딕를가늬셔울가오무삼일노가늬춘향의편지갓고구관틱의가오이이그
편지좀보자구나그양반철모로는양반이네웬소릭고글시드러보오남아편
지보기도어렵거든항남의늬간을보잔단말이요이이드러라힝인이임발우
기봉이란말이잇난이라좀보면관계흔냐근양반몰골은슝악흐구만문자속
은기특흐오얼픗보고주오호로자식이로고편지바더쎼여보니사연의흐여
쓰되

"어디를 가니?"

"서울 가오."

"무슨 일로 가니?"

"춘향(春香)의 편지(便紙) 갖고 구관(舊官) 댁(宅)에 가오."

"이 애, 그 편지(便紙) 좀 보자꾸나."

"그 양반(兩班), 철모르는 양반(兩班)이네."

"웬 소린고?"

"글쎄, 들어 보오. 남아(男兒) 편지(便紙) 보기도 어렵거든 항[400] 남의 내간(內簡)을 보잔단 말이오?"

"이 애, 들어라. 행인(行人)이 임발우개봉(臨發又開封)[401]이란 말이 있느니라. 좀 보면 관계(關係)하냐?"

"그 양반(兩班) 몰골은 흉악(凶惡)하구만 문자(文字) 속은 기특(奇特)하오. 얼핏 보고 주오."

"호로자식이로고."

편지(便紙) 받아 떼어 보니 사연(事緣)에 하였으되,

---

400) 황(況). 더구나.

401) 편지 전할 사람이 떠나려는데, 할 말을 다 하지 못한 것 같아 다시 열어 살펴본다는 뜻이다. 당나라 중당(中唐) 시인 장적(張籍 ; 766~830)의 시 <추사(秋思)>의 한 구절이다.
洛陽城裏見秋風 낙양성(洛陽城) 안에서 가을바람을 맞아
欲作家書意萬重 편지를 쓰려니 뜻이 만 겹이나 되네.
復恐悤悤說不盡 바삐 쓰느라 빠진 말 있을까 염려되어
行人臨發又開封 사람이 떠나기에 앞서 다시 열어보네.

일차이별후성식이적조ㅎ니도련임시봉체후만안ㅎ옵쓴지원절복모ㅎ옵
니다쳔쳡춘향은쟝딕노상의관봉치픽ㅎ고명직경각이라지어사경의혼비
황능지묘ㅎ야츌몰귀관ㅎ니쳡신이수유만사나단지열불이경이요쳡지사
싱과노모형상이부지히경이오니셔방임심양쳐지ㅎ옵소셔편지끗틱ㅎ여
쓰되

일차(一次) 이별(離別) 후(後) 성식(聲息)[402]이 적조(積阻)[403]하니
도련님 시봉체후(侍奉體候)[404] 만안(萬安)하옵신지[405] 원절복모(願切
伏慕)하옵니다.[406]

천첩(賤妾) 춘향(春香)은 장대뇌상(杖臺牢上)에[407] 관봉치패(官逢致
敗)[408]하고 명재경각(命在頃刻)이라, 지어사경(至於死境)에 혼비황릉
지묘(魂飛黃陵之廟)하여 출몰귀관(出沒鬼關)하니[409] 첩신(妾身)이 수
유만사(雖有萬死)나 단지(但知) 열불이경(烈不二更)이요,[410] 첩지사생
(妾之死生)과 노모(老母) 형상(形狀)이 부지하경(不知何境)[411]이오니
서방님 심량처지(深諒處之)[412]하옵소서.

편지(便紙) 끝에 하였으되,

---

402) 음성과 소식.

403) 서로 연락이 끊겨 오랫동안 소식이 막힘.

404) 부모님을 섬겨 모시는 처지의 몸.

405) 두루 평안하시온지.

406) 간절히 엎드려 사모하옵니다.

407) 형장대(刑杖臺)에서 주뢰(周牢) 당하여. 주뢰는 흔히 주리라 하는데, 포도청에서 죄인의 양다리를
묶고[周牢], 그 사이에 두 자루의 목봉(木棒)을 끼워서 가위[剪刀] 모양으로 벌려 비트는 형벌이
다. 주로 도적의 심문에 사용하였다.

408) 관재(官災)를 만나 모든 것이 결딴나다.

409) 죽을 지경에 이르러 혼이 황릉묘(黃陵廟)에 날아가서 귀문관(鬼門關)을 오가니. 귀문관은 저승으
로 가는 관문.

410) 제가 비록 만 번 죽는다 하더라도 다만 열녀는 지아비를 둘로 바꾸지 않는다는 것만 알 뿐이요.

411) 어떤 지경에 이를지 모름.

412) 깊이 헤아려 처리함.

❶기세하시군별첩고❶작이동혈우동추라❶광풍반야우여셜ᄒ니❶하위
남원옥즁퇴라❶혈서로ᄒ엿난듸평사낙안기럭이격으로그져툭〃씨근거
시모도다어사보던니두눈의눈물이듯건이밋건이방올〃〃리써러지니져
아희하난마리남무편지보고웨우시요엇다이익남무편지라도셔룬사연을
보니자연눈물리나는구나여보인졍잇난체ᄒ고나무편지눈물무더씨여지
요그편지한장갑시열단양이요편지갑무러닉오

거세하시군별첩(去歲何時君別妾)고
작이동졀우동츄(昨已冬節又桐秋)라.
광풍반야우여셜(狂風半夜雨如雪)하니
하위남원옥즁퇴(何爲南原獄中堆)라.413)

혈서(血書)로 하였는데 평사낙안(平沙落雁) 기러기 격(格)으로 그저
툭툭 찍은 것이 모두 다 애고로다. 어사(御史) 보더니 두 눈에 눈물이
듣거니 맺거니 방울방울이 떨어지니 저 아이 하는 말이,

"남의 편지(便紙) 보고 왜 우시오?"

"어따, 이 애. 남의 편지(便紙)라도 설운 사연(事緣)을 보니 자연(自
然) 눈물이 나는구나."

"여보, 인정(人情) 있는 체하고 남의 편지(便紙) 눈물 묻어 찢어지
오. 그 편지(便紙) 한 장(張) 값이 열닷 냥[兩]이오. 편지(便紙) 값 물
어내오."

---

413) 주해본마다 약간씩 다르나, 원문을 최대한 따랐다. 시의 풀이는 다음과 같다.
　　지난해 어느 때쯤 님과 제가 헤어졌는지
　　엊그제는 겨울이더니 다시금 가을이네.
　　미친 바람 깊은 밤에 내리는 비는 눈 같은데
　　어찌하여 남원 옥중의 무덤이 되었을까.
　　보통은 동(桐)을 동(動)으로, 퇴(堆)를 수(囚)로 보았다. 첫 구는 이백(李白)의 시 <사변(思邊)>의
　　첫 구절을 차용한 것이다.
　　去年何時君別妾 지난해 어느 때쯤 님과 제가 헤어졌는지
　　南園綠草飛蝴蝶 남쪽 동산 푸른 풀에 나비가 날았지요.
　　今歲何時妾憶君 올해는 어느 때에 제가 님을 그리워하는지
　　西山白雪暗秦雲 서쪽 산에 흰 눈이 진(秦) 땅 구름 가렸네요.
　　玉關此去三千里 옥문관(玉門關) 여기서 삼천 리나 된다 하니
　　欲寄音書那得聞 편지 보내고 싶어도 받아보실 수나 있겠어요?

여바라이도령이날과즁마고우친고로셔하힝의볼이리잇셔날과함긔나려
오다완영의들러쓴니닉일남원으로만나자언약ᄒ여다나를싸라가잇다가
그양반을뵈와라그아히방싴ᄒ며셔울를져건네로아르시요ᄒ며달여드러
편지닉오상지할졔옷압자락을잡고실난하며살펴보니명쥬젼듸를허리예
둘너난듸졔기졉시갓튼거시드러거늘물너나며이것어듸셔낫소찬바람이
나오이놈만일쳔긔누셜하여셔난셩명을보젼치못ᄒ리라

"여봐라, 이(李)도령이 나와 죽마고우(竹馬故友) 친구(親舊)로서 하
향(遐鄕)에 볼일이 있어 나와 함께 내려오다 완영(完營)[414]에 들렀으
니 내일(來日) 남원(南原)으로 만나자 언약(言約)하였다. 나를 따라가
있다가 그 양반(兩班)을 뵈어라."

그 아이 방색(放色)하며,[415]

"서울을 저 건너로 아시오?"

하며 달려들어,

"편지(便紙) 내오."

상지(相持)[416]할 제, 옷 앞자락을 잡고 실난하며 살펴보니 명주(明
紬) 전대(纏帶)를 허리에 둘렀는데 제기(祭器) 접시 같은 것이 들었거
늘 물러나며,

"이것 어디서 났소? 찬바람이 나오."

"이놈, 만일(萬一) 천기누설(天機漏泄)하여서는 생명(生命)을 보전
(保全)치 못하리라."

---

414) 완산(完山) 감영(監營).

415) 얼굴빛이 변하며. 또는 방색(防塞)으로 보아, 가로막으며.

416) 서로 버티면서 옥신각신하는 모양.

당부ᄒ고남원으로드러올졔박셕틔를올나셔 〃 사면을둘너보니산도예보
던산이요물도예보던물이라남문밧썩ᄂ,다라광할누야잘잇던야오작괴이
무사하냐긱사쳥 〃 유싁신는나구ᄆ,고노던듸요쳥운낙수말근물은ᄂ,발싯
던쳥게수라녹수진경너룬길은왕ᄂ,하든옛길이요오작괴다리밋틔쌜ᄂ,하
는여인드른게집아히셕겨안져야 〃 웨야이고 〃 〃 불상터라춘향이가불상
터라모지더라 〃 〃 〃 〃 우리골사쏘가모지더라졀긔놉푼춘향이을우력겁
탈하려한들쳘셕갓튼춘향마음죽난거슬셰아릴가

당부(當付)하고 남원(南原)으로 들어올 제 박석치(博石峙)[417]를 올
라서서 사면(四面)을 둘러보니, 산(山)도 예 보던 산(山)이요 물도 예
보던 물이라. 남문(南門) 밖 썩 내달아 광한루(廣寒樓)야 잘 있더냐 오
작교(烏鵲橋)야 무사(無事)하냐. 객사청청류색신(客舍靑靑柳色新)[418]은
나귀 매고 놀던 데요 청운낙수(靑雲洛水)[419] 맑은 물은 내 발 씻던 청
계수(淸溪水)라. 녹수진경(綠樹秦京)[420] 너른 길은 왕래(往來)하던 옛
길이오.

오작교(烏鵲橋) 다리 밑에 빨래하는 여인(女人)들은 계집아이 섞여
앉아,

"야야."

"왜야?"

"애고 애고, 불쌍터라. 춘향(春香)이가 불쌍터라."

"모질더라, 모질더라. 우리 골 사또가 모질더라. 절개(節槪) 높은 춘
향(春香)이를 위력겁탈(威力劫奪)하려 한들 철석(鐵石) 같은 춘향(春
香) 마음 죽는 것을 헤아릴까."

---

417) 박석고개. 남원시 광치동과 사매면 대율리 사이의 고개로, 지금은 춘향고개라고도 불린다. <경판
    본(京板本)>에서는 춘향과 이도령이 이별했던 곳이다. 하권 주(註) 53 참조.

418) 객사 밖 파릇파릇 버들 빛깔 새롭구나. 왕유(王維)의 시 <위성곡(渭城曲)>의 한 구절. 상권 주(註)
    742 참조.

419) 파란 구름이 있는 낙수(洛水). 상권 주(註) 755 참조.

420) 푸른 나무 늘어선 넓은 길. 상권 주(註) 755 참조.

무졍터라〃〃〃〃이도령이무졍터라져의씰리공논하며추적〃〃쌜닉하
는모양은영양공주난양공주진칙봉게셤월빅능파젹경홍심회연가춘운도
갓다마는양소유가업셔쓴이뉘를보자안겨난고어사쏘누의올나자상이살
펴본이셕양은지셔하고숙조는투림할졔겨건네양유목은우리춘향근듸민
고오락가락노던양을어졔본듯반갑쏘다동편을바릭보니장임심쳐녹임간
의춘향집이져기로다겨안의늬동원은예보던고면이요셕벽의험한옥은우
리춘향우니난듯불상코가긍하다

"무정(無情)터라, 무정(無情)터라. 이(李)도령이 무정(無情)터라."

저희끼리 공론(公論)하며 추적추적 빨래하는 모양(貌樣)은 영양공주
(英陽公主) 난양공주(蘭陽公主) 진채봉(秦彩鳳) 계섬월(桂蟾月) 백능파
(白凌波) 적경홍(狄驚鴻) 심요연(沈裊烟) 가춘운(賈春雲)421)도 같다마
는, 양소유(楊小游)422)가 없었으니 뉘를 보자 앉았는가.

어사또 누(樓)에 올라 자상(仔詳)히 살펴보니 석양(夕陽)은 재서(在
西)하고 숙조(宿鳥)는 투림(投林)할 제, 저 건너 양류목(楊柳木)은 우
리 춘향(春香) 그네 매고 오락가락 놀던 양(樣)을 어제 본 듯 반갑도
다. 동편(東便)을 바라보니 장림심처(長林深處) 녹림간(綠林間)에 춘향
(春香) 집이 저기로다. 저 안의 내동원(內東苑)423)은 예 보던 고면(故
面)이요, 석벽(石壁)의 험한 옥(獄)은 우리 춘향(春香) 우니는 듯 불쌍
코 가긍(可矜)하다.

421) ≪구운몽(九雲夢)≫에 나오는 팔선녀(八仙女). 영양공주는 정경패(鄭瓊貝) 난양공주는 이소화(李
簫和)로, 불심을 어지럽힌 죄를 짓고 인간으로 환생하여 양소유의 부인이 되고, 나머지는 첩이
된다.

422) ≪구운몽(九雲夢)≫의 남자 주인공으로, 성진(性眞)의 변신이다.

423) 춘향이 살던 집의 연못과 동산.

일낙셔산황혼시의춘향문젼당도하니힝낭은문어지고몸치는쇠를버셔난
듸예보던벽오동은숨풀속으옷쑥셔 〃 바람을못이기여추례ᄒ고셔잇거늘
단장밋틱빅두룸은함부로단이다가기한틔물여난지짓도싸지고달리을징
금씰늑쑤루룩우름울고비창젼누린기는기운업시조우다가구면긱을몰나
보고쾅 〃 짓고닉다르니요긔야짓지마라주인갓튼손임이다네의주인어듸
가고네가나와반기는야중문을바릭보니닉손으로쓴글자가충셩충자가완연
틴이가온듸중싸는어듸가고마음심싸만나머잇고와룡장자입춘셔는동남
풍의펄넝 〃 〃 이닉수심도와닌다

일락서산(日落西山) 황혼시(黃昏時)에 춘향(春香) 문전(門前) 당도
(當到)하니 행랑(行廊)은 무너지고 몸채는 쬐를 벗었는데,[424] 예 보던
벽오동(碧梧桐)은 수풀 속에 우뚝 서서 바람을 못 이기어 추례하게[425]
서 있거늘, 단장(短墻) 밑의 백두루미는 함부로 다니다가 개한테 물렸
는지 깃도 빠지고 다리를 징금 낄룩 뚜루룩 울음 울고, 빗장 전(前)
누런 개는 기운(氣運) 없이 졸다가 구면객(舊面客)을 몰라보고 꽝꽝
짖고 내달으니,

"요 개야, 짖지 마라. 주인(主人) 같은 손님이다. 너의 주인(主人)
어디 가고 네가 나와 반기느냐?"

중문(中門)을 바라보니 내 손으로 쓴 글자가 충성(忠誠) 충(忠) 자
(字) 완연(宛然)터니 가운데 중(中) 자(字)는 어디 가고 마음 심(心) 자
(字)만 남아 있고, 와룡장자(臥龍壯字)[426] 입춘서(立春書)는 동남풍(東
南風)에 펄렁펄렁, 이 내 수심(愁心) 도와 낸다.

---

424) 집채가 헐어 벽의 수숫대가 드러났다는 뜻이다. '쬐'는 '외'의 사투리로. 흙벽을 만들 때 가는 나
　　무나 수숫대를 가로 세로 엮은 것을 말한다.

425) 겉모양이 깨끗하지 못하고 생기가 없이.

426) 도사리고 누워 있는 용처럼 힘 있는 글씨.

그렁져렁드러간니닉졍은젹막흔딕춘향의모거동보소미음솟틱불너으며
이고〃〃닉이리야모지도다〃〃〃〃이셔방이모지도다위경닉쌀아조이
져소식조차돈절하네이고〃〃셜운지거상단아이리와블너어라ᄒ고나오
더니울안개올물의힌머리감어빗고졍화수한동우를단하의밧쳐놋코복지
하야츅원하되쳔지〃신일월셩신은화위동심하옵소셔다만독여춘향이를
금쏙가치질너닉여외손봉사바릭더니무죄한믹을맛고옥즁의갓쳐스니살
일기리업삽닉다쳔지〃신은감동하사한양셩이몽용을쳥운의놉피올여닉
쌀춘향살여지다빌기을다한후의상단아담부한딕부쳐다구

그렁저렁 들어가니 내정(內庭)은 적막(寂寞)한데 춘향(春香)의 모
(母) 거동(擧動) 보소. 미음솥에 불 넣으며,

"애고 애고, 내 일이야. 모질도다, 모질도다. 이(李)서방이 모질도다.
위경(危境) 내 딸 아주 잊어 소식(消息)조차 돈절(頓絶)하네. 애고 애
고, 설운지고. 향단(香丹)아, 이리 와 불 넣어라."

하고 나오더니, 울안 개울물에 흰머리 감아 빗고 정화수(井華水) 한
동이를 단하(壇下)에 받쳐 놓고 복지(伏地)하여 축원(祝願)하되,

"천지지신(天地之神) 일월성신(日月星辰)은 화위동심(化爲同心)[427]
하옵소서. 다만 독녀(獨女) 춘향(春香)이를 금쪽같이 길러 내어 외손봉
사(外孫奉祀) 바랐더니, 무죄(無罪)한 매를 맞고 옥중(獄中)에 갇혔으
니 살릴 길이 없습니다. 천지지신(天地之神)은 감동(感動)하사 한양성
(漢陽城) 이몽룡(李夢龍)을 청운(靑雲)에 높이 올려 내 딸 춘향(春香)
살려지다.[428]"

빌기를 다한 후(後)에,

"향단(香丹)아, 담배 한 대 붙여 다고."

---

427) 서로 변화하여 한 가지 마음이 되다.

428) 살려 주소서.

춘향의모바다물고후유한숨눈물질졔잇찍어사춘향모졍셩보고닉의벼살
한게션영음덕으로아러던니우리장모덕이로다ᄒ고그안의뉘잇나뉘시요
닉로셰닉라니어사드러가며이셔방일셰이셔방이란이올쳬이풍원아들이
셔방인가허〃장모망영이로셰날을몰나〃〃〃자닉가뉘기여사회는백
연지객이라하엿시니엇지날을모르난가

춘향(春香)의 모(母) 받아 물고 후유 한숨 눈물질 제, 이 때 어사(御史) 춘향(春香) 모(母) 정성(精誠) 보고,

"나의 벼슬한 게 선영(先塋) 음덕(陰德)으로 알았더니 우리 장모(丈母) 덕(德)이로다."

하고,

"그 안에 뉘 있나?"

"뉘시오?"

"내로세."

"내라니 뉘신가?"

어사(御史) 들어가며,

"이(李)서방일세."

"이(李)서방이라니? 옳지 이풍헌(李風憲)429) 아들 이(李)서방인가?"

"허허, 장모(丈母) 망령(妄靈)이로세. 나를 몰라, 나를 몰라?"

"자네가 뉘기여?"

"사위는 백년지객(百年之客)이라 하였으니 어찌 나를 모르는가?"

---

429) 풍헌(風憲)은 면(面)이나 리(里)의 일을 맡아보는 사람. 풍헌(風憲)은 풍화(風化)와 헌장(憲章)이라는 말로 조직, 사회의 기강, 사상, 분위기, 관습을 지칭하는 말이다.

춘향의모반겨하야이고 〃 〃 이게웬이린고어듸갓다인자와풍셰듸작터니
바람결의풍겨온가봉운기봉턴니구름속의싸여온가춘향의소식듯고살리
랴고와게신가어셔 〃 〃 드러가신손을잡고드러가셔촉불압푸안쳐놋코자
셔이살펴보니거린중의는상거린이되야구나춘향의모기가믹켜이게웬이
리요양반이그릇되믹셩언할수업네긋쩍올나가셔벼살길씬어지고탕진가
산하야부친게셔는학장질가시고모친는친가로가시고다긱기갈이여셔나
는춘향의게나러와셔돈쳔이나어더갈가ᄒᆞ엇더니와셔보니양가이력말안
일셰

춘향(春香)의 모(母) 반겨하여,

"애고 애고, 이게 웬일인고. 어디 갔다 인제 와? 풍세대작(風勢大作)
터니 바람결에 풍겨 오는가, 봉운기봉(峰雲奇峰)[430]터니 구름 속에 싸
여 오는가, 춘향(春香)의 소식(消息) 듣고 살리려고 와 계신가? 어서어
서 들어가세."

손을 잡고 들어가서 촛불 앞에 앉혀 놓고 자세(仔細)히 살펴보니 걸
인(乞人) 중(中)에는 상걸인(上乞人)이 되었구나. 춘향(春香)의 모(母)
기가 막혀,

"이게 웬일이오?"

"양반(兩班)이 그릇되매 형언(形言)할 수 없네. 그 때 올라가서 벼
슬길 끊어지고 탕진가산(蕩盡家産)하여 부친(父親)께서는 학장(學長)
질 가시고 모친(母親)은 친가(親家)로 가시고 다 각기 갈리어서 나는
춘향(春香)에게 내려와서 돈 전(錢)이나 얻어 갈까 하였더니, 와서 보
니 양가(兩家) 이력(履歷) 말 아닐세."

---

430) 산봉우리의 구름이 기이한 봉우리 같음. 도연명의 시 <사시(四時)>의 한 구절. 하권 주(註) 235
참조.

춘향의모이말듯고기가막켜무졍한이사람아일차이별후로소식이업서쓴
이그런인ᄉ가잇시며후긴지바린션니이리잘되얏소쏘와논사리되고업씨
러진물이되야수원수구을할가마는닉쌀춘향엇졀남나화씸의달여드러코
를물어쎌ᄂ하니닉타시제코탓신가장모가날을몰나보네하날이무심틱도
풍운조화와뇌셩젼기난잇난이춘향모기가차셔양반이그릇되미갈농조차
드러ᄯ나어사짐짓춘향모의하는거동을보랴하고시장하여닉죽깃네날밥
한술주소춘향모밥달나는말을듯고밥업네엇지밥업실고마는홰짐의ᄒ는
말이엿다

춘향(春香)의 모(母) 이 말 듣고 기가 막혀,

"무정(無情)한 이 사람아, 일차(一次) 이별(離別) 후(後)로 소식(消息)이 없었으니 그런 인사(人事)가 있으며, 후긴지[431] 바랐더니 이리 잘 되었소. 쏘아 논 살이 되고 엎질러진 물이 되어 수원수구(誰怨誰咎)를 할까마는 내 딸 춘향(春香) 어쩔라나?"

홧김에 달려들어 코를 물어 뗄라 하니,

"내 탓이지 코 탓인가? 장모(丈母)가 나를 몰라보네. 하늘이 무심(無心)태도 풍운조화(風雲造化)와 뇌성전기(雷聲電氣)는 있느니."

춘향(春香) 모(母) 기가 차서,

"양반(兩班)이 그릇되매 갈농[432]조차 들었구나."

어사(御史) 짐짓 춘향(春香) 모(母)의 하는 거동(擧動)을 보려 하고,

"시장하여 나 죽겠네. 나를 밥 한 술 주소."

춘향(春香) 모(母) 밥 달라는 말을 듣고,

"밥 없네."

어찌 밥 없을까마는 홧김에 하는 말이었다.

---

431) '후기(後期)인지'를 줄인 말인 듯하다. 다음 날의 기약.
432) 간농(奸弄). 농간(弄奸). 간사스럽게 꾀를 부리는 것.

잇쩌상단이옥의갓다나오더니져의아씨야단소리의가삼이우둔〃〃졍신
이월녕〃〃졍쳐업시드러가셔가만이살펴보니젼의셔방임이와겨〃나엇
지반갑던지우루룩드러가셔상단이문안이요듸감임문안이엇더하옵시며
듸부인긔체안령하옵시며셔방임게셔도월노의평안이힝차하신잇가오냐
고상이엇더하냐소녀몸은무탈하옵닉다앗씨〃〃큰앗씨마오〃〃그리마
오멀고먼쳘이질의뉘보랴고와겨관듸이괄셰가웬이리요익기씨가아르시
면지러야단이날거시니너머괄셰마옵소셔부억으로드러가더니먹던밥의
풋곳초져리짐칙양염넛코단간장의닝수가득써셔모반의밧쳐듸리면셔더
운진지할동안의시장하신듸우션요구하옵소셔

이 때 향단(香丹)이 옥(獄)에 갔다 나오더니 저희 아씨 야단 소리에 가슴이 우둔우둔 정신(精神)이 월렁월렁, 정처(定處) 없이 들어가서 가만히 살펴보니 전(前)의 서방님이 왔겠구나. 어찌 반갑던지 우루루 들어가서,

"향단(香丹)이 문안(問安)이오. 대감님 문안(問安)이 어떠하옵시며, 대부인(大夫人) 기체(氣體) 안녕(安寧)하옵시며, 서방님께서도 원로(遠路)에 평안(平安)히 행차(行次)하시니이까?"

"오냐, 고생(苦生)이 어떠하냐?"

"소녀(小女) 몸은 무탈(無頉)하옵니다. 아씨 아씨 큰아씨, 마오 마오, 그리 마오. 멀고 먼 천리(千里)길에 뉘 보려고 오셨관대 이 괄시(恝視)가 웬일이오. 아기씨가 아시면 지레 야단이 날 것이니 너무 괄시(恝視) 마옵소서."

부엌으로 들어가더니 먹던 밥에 풋고추 절이김치 양념 넣고 단간장433)에 냉수(冷水) 가득 떠서 모반434)에 받쳐 드리면서,

"더운 진지 할 동안에 시장하신데 우선(于先) 요기(療飢)하옵소서."

433) 설탕 따위를 넣어 맛이 달게 만든 간장.
434) 여섯 모나 여덟 모가 난 소반. 크고 둥근 밥상은 두리반이라 한다.

어사또반기하며밥아너본졔오리로구나여러가지를한틱다가붓던이숙가
락될것업시손으로뒤져서한편으로모라치던이맛파람의게눈감추덧하난
구나춘향모하는얼씨고밥비러먹기난공성이낫구나잇쩍상단이는져의익
기씨신세를싱각하여크게우든못하고체읍하여우는말리엇지할쏜아
〃〃〃〃도덕놉푼우리익기씨를엇지하여살이시랴오엇쎠쓰나요〃
〃〃〃요실셩으로우난양을어사쏘보시더니기가막켜여바라상단아우지
마라〃〃〃〃너의아기씨가셜마살지죽을소냐힝실이지극하면사는날리
잇난이라춘향모듯던이익고양반이라고오기는잇셔〃딕쳬자네가웨져모
양인가

어사또 반겨하며,

"밥아, 너 본 지 오래로구나."

여러 가지를 한데다가 붓더니 숟가락 댈 것 없이 손으로 뒤져서 한
편으로 몰아치더니 마파람에 게 눈 감추듯 하는구나.

춘향(春香) 모(母) 하는 말이,

"얼씨구, 밥 빌어먹기는 공성이 났구나."

이 때 향단(香丹)이는 저의 아기씨 신세(身世)를 생각하여 크게 울
든 못하고 체읍(涕泣)하여 우는 말이,

"어찌할꺼나, 어찌할꺼나. 도덕(道德) 높은 우리 아기씨를 어찌하여
살리시려오? 어쩔꺼나요, 어쩔꺼나요."

실성(失聲)으로 우는 양(樣)을 어사또 보시더니 기가 막혀,

"여봐라, 향단(香丹)아. 울지 마라, 울지 마라. 너의 아기씨가 설마
살지 죽을쏘냐? 행실(行實)이 지극(至極)하면 사는 날이 있느니라."

춘향(春香) 모(母) 듣더니,

"애고, 양반(兩班)이라고 오기(傲氣)는 있어서, 대체(大體) 자네가
왜 저 모양(貌樣)인가?"

상단이하는마리우리큰아씨하는말을조금도과렴마옵소셔나만하야노망
한즁의이일얼당히노니화짐의하는말얼일분인들노하릿가더운진지잡수
시요어사쏘밥상밧고싱각하니분기틩쳔하냐마음이울적오쟝이월넝 〃〃
셕반이맛시업셔상단아상물여라담부썩툭 〃 털며여소쟝모춘향이나좀보
와야졔글허지요셔방임이춘향을아니보와셔야인졍이라ᄒᆞ오릿가상단이
엿자오되직금은문을닷더쓰니파루치거든가사이다잇썩맛참바리를
뎅 〃〃 치난구ᄂᆞ상단이는미음상이고등농들고어사쏘는뒤를싸러옥문깐
당도하니인젹이고요하고사졍이도간곳업네

향단(香丹)이 하는 말이,

"우리 큰아씨 하는 말을 조금도 괘념(掛念) 마옵소서. 나이 많아 노
망(老妄)한 즁(中)에 이 일을 당(當)해 놓으니 홧김에 하는 말을 일분
(一分)인들 노(怒)하리까. 더운 진지 잡수시오."

어사또 밥상 받고 생각하니 분기탱천(憤氣撑天)하여 마음이 울적(鬱
寂) 오쟝(五臟)이 월렁월렁, 석반(夕飯)이 맛이 없어,

"향단(香丹)아, 상(床) 물려라."

담뱃대 툭툭 털며,

"여보소, 쟝모(丈母). 춘향(春香)이나 좀 보아야지."

"그러지요, 서방님이 춘향(春香)을 아니 보아서야 인정(人情)이라
하오리까."

향단(香丹)이 여쭈오되,

"지금은 문(門)을 닫았으니 파루(罷漏)[435] 치거든 가사이다."

이 때 마침 파루(罷漏)를 뎅뎅뎅 치는구나.

향단(香丹)이는 미음상 이고 등롱(燈籠) 들고, 어사또는 뒤를 따라
옥문간(獄門間) 당도(當到)하니 인적(人跡)이 고요하고 사정이도 간 곳
없네.

---

435) 바라. 바루. 오경(五更) 삼점(三點)-계절마다 다르다. 하지에는 오전 4시 반, 동지에는 오전 6시
반쯤이다.-에 큰 쇠북을 서른세 번 쳐서 통행금지를 해제하는 것이다.

잇쩍춘향이비몽사몽간의셔방임이오셔난듸머리에는금관이요몸의는
홍삼이라샹ᄉ일염의목을안고만단정회하는차리춘향아부른들듸답이
닛쓸손야어사쏘하는말이크게한번불너보소모로는말삼이요예셔동원
이마조치는듸소릭가크게나면사쏘염문할거시니잠간짓체하옵소셔무
에엇쩍염문이무어신고너가부를게가만잇소춘향아부르난소릭의쌈짝
놀닉여이리ᄂ며혀 〃이목소릭잠결인가쑴결인가그목소릭고이하다이
사쏘긔가막켜닉가왓다고말을하소왓단말을하거드면긔절담낙할거스
니가마니게옵소셔

이 때 춘향(春香)이 비몽사몽간(非夢似夢間)에 서방님이 오셨는데
머리에는 금관(金冠)이요 몸에는 홍삼(紅衫)[436]이라. 상사일념(相思一
念)에 목을 안고 만단정회(萬端情懷)하는 차(次)라,

"춘향(春香)아."

부른들 대답(對答)이 있을쏘냐.

어사또 하는 말이,

"크게 한번 불러 보소."

"모르는 말씀이오. 예서 동헌(東軒)이 마주치는데 소리가 크게 나면
사또 염문(廉問)할 것이니 잠깐 지체(遲滯)하옵소서."

"뭣이 어때? 염문(廉問)이 무엇인고. 내가 부를게 가만 있소. 춘향
(春香)아!"

부르는 소리에 깜짝 놀라 일어나며,

"허허, 이 목소리 잠결인가 꿈결인가, 그 목소리 괴이(怪異)하다."

어사또 기가 막혀,

"내가 왔다고 말을 하소."

"왔단 말을 하게 되면 기절담락(氣絶膽落)할 것이니 가만히 계십시
오."

---

436) 붉은 바탕에 검은 선(緣)을 두른, 조회 때 입는 공복(公服).

춘향이져의모친음셩듯고깜짝놀닉여어만니엇지와겻소몹쓸짤자식을싱
각하와쳔방지방다니다가낙상ᄒ긔쉽소일홀낭은오실ᄂ마옵소셔날낭은
염여말고졍신을차리여라왓다오다니뉘가와요그져왓다각갑하여나죽것
소일너주오꿈가온듸임을만나만단졍회하여쩐이혹시셔방임게셔기별왓
소언졔오신단소식왓소벼살씌고나려온단노문왓소이고답〃하여라네의
셔방인지남방인지걸인한나시려왓다허〃이계웬말인가셔방임이오시다
니몽즁의보던임을싱시의보단말가문틈으로손을잡고말못하고기식하며

춘향(春香)이 저의 모친(母親) 음성(音聲) 듣고 깜짝 놀라,

"어머니, 어찌 오셨소? 몹쓸 딸자식을 생각하여 천방지방(天方地
方)[437] 다니다가 낙상(落傷)하기 쉽소. 이후(以後)엘랑은 오시려 마옵
소서."

"날랑은 염려(念慮) 말고 정신(精神)을 차리어라, 왔다."

"오다니 누가 와요?"

"그저 왔다."

"갑갑하여 나 죽겠소. 일러 주오. 꿈 가운데 님을 만나 만단정회(萬
端情懷)하였더니 혹시 서방님께서 기별(奇別) 왔소? 언제 오신단 소식
(消息) 왔소? 벼슬 띠고 내려온단 노문(路文)[438] 왔소? 애고 답답하여
라."

"너의 서방인지 남방인지 걸인(乞人) 하나 내려왔다."

"허허, 이게 웬 말인가, 서방님이 오시다니 몽중(夢中)에 보던 님을
생시(生時)에 본단 말가?"

문틈으로 손을 잡고 말 못하고 기색(氣塞)[439]하며,

---

437) 하늘이 어디이고 땅이 어디인지 모른다는 뜻으로, 방향을 잃고 허둥지둥 다니는 것. 천방지축(天
方地軸).

438) 벼슬아치가 도착할 날짜를 미리 앞길에 알리는 공문.

439) 숨이 막히는 것.

인고이게뉘기시요아미도꿈이로다샹ᄉ불견기룬임을이리수이맛날손가
이졔죽어한이업네엇지그리무졍한가박명하다닉의모녀셔방임이별후의
자나누나임기루워일구월심한일는이닉신셰이리되야믹의감겨죽게되니
날살이랴와겨시요한참이리반기다가임의형상자시보니엇지아니한심하
랴여보셔방임닉몸하나죽는거슨셔룬마음업소마는셔방임이지경이웬일
리요온야춘향아셜어마라인명이직쳔인듸셜만들죽을손야춘향이겨의모
친불너한양셩셔방임을칠연틱한가문날의갈민듸우기두린들날과갓치자
진던가신근남기ᄶ거지고공든탑이문어졋네가련하다닉신셰하릴업시
되야ᄉ나어만임나죽은후의라도원이나업게하여주옵소셔

"애고, 이게 누구시오. 아마도 꿈이로다. 상사불견(想思不見) 기룬
님을 이리 수이 만날손가. 이제 죽어 한(恨)이 없네. 어찌 그리 무정
(無情)한가. 박명(薄命)하다 나의 모녀(母女). 서방님 이별(離別) 후(後)
에 자나 누우나 님 그리워 일구월심(日久月深) 한(恨)이러니, 내 신세
(身世) 이리 되어 매에 감겨 죽게 되니 날 살리러 와 계시오?"

한참 이리 반기다가 님의 형상(形狀) 자세(仔細) 보니 어찌 아니 한
심(寒心)하랴.

"여보, 서방님. 내 몸 하나 죽는 것은 설운 마음 없소마는 서방님
이 지경(地境)이 웬일이오?"

"오냐, 춘향(春香)아. 설워 마라. 인명(人命)이 재천(在天)인데 설만
들 죽을쏘냐?"

춘향(春香)이 저의 모친(母親) 불러,

한양성(漢陽城) 서방님을 칠년대한(七年大旱) 가문 날에
갈민대우(渴民待雨) 기다린들 나와 같이 자진(自盡)턴가
심은 나무 꺾어지고 공든 탑(塔)이 무너졌네
가련(可憐)하다 이 내 신세(身世) 하릴없이 되었구나
어머님 나 죽은 후(後)에라도 원(願)이나 없게 하여 주옵소서

나입던비단장옷봉장안의드러쓰니그옷니여파라다가한산세져박구워셔
물식곱게도포짓고빅방사쥬진초민를되는디로파라다가관망신발사드리
고졀병쳔은비니밀화장도옥지환이함속의드러쓰니그것도파라다가한삼
고의볼초찬케하여주오금명간쥭을연이셰간두어무엇할가용장봉장셰다
지를되는디로팔러다가별찬진지딕졉하오나쥭은후의라도나업다말으시
고날본다시섬기소셔셔방님니말삼드르시요니일리본관사쏘싱신리라취
중의주망나면날을올려칠거시니

나 입던 비단장옷 봉장(鳳欌) 안에 들었으니

그 옷 내어 팔아다가 한산세저(韓山細紵) 바꾸어서

물색(物色) 곱게 도포(道袍) 짓고

백방사주(白紡紗紬) 긴 치마를 되는대로 팔아다가

관망(冠網)440) 신발 사 드리고

절병441) 천은(天銀)비녀442) 밀화장도(蜜花粧刀) 옥지환(玉指環)이 함(函) 속에 들었으니

그것도 팔아다가 한삼(汗衫)443) 고의(袴衣) 불초(不肖)찮게 하여 주오

금명간(今明間) 죽을 년이 세간 두어 무엇 할까

용장(龍欌) 봉장(鳳欌) 빼다지를 되는 대로 팔아다가

별찬(別饌) 진지 대접(待接)하오

나 죽은 후(後)에라도 나 없다 말으시고

날 본 듯이 섬기소서

"서방님, 내 말씀 들으시오."

내일(來日)이 본관(本官) 사또 생신(生辰)이라

취중(醉中)에 주망(酒妄) 나면 나를 올려 칠 것이니

440) 갓과 망건(網巾).

441) 대나무 마디 모양으로 만든 머리장식.

442) 순은(純銀)으로 만든 비녀.

443) 땀받이 속적삼.

밀화장도

형문마진달리장독이낫시니수족인들놀일손가만수우환헌트러진머리이
렁져렁거러언쇠이리빗틀져리빗틀드러가서장피하여죽거들난삭군인쳬
달여드러둘너업고우리두리쳐음만나노던부용당의젹막하고요젹한듸뉘
여노코셔방임손조염십ᄒ되늬의혼빅위로하여입은옷벽기지말고양지ᄌᆺ
틔무더싸가셔방임귀히되야쳥운의올의거던일시도둘ᄂᆫ말고육진장포기
렴ᄒ야조츨한생예우의덩글렁케실은후의북망산쳔차져갈졔압남산뒤남
산다바리고한양으로올여다가선산발치의무더주고

형문(刑問) 맞은 다리 장독(杖毒)이 났으니 수족(手足)인들 놀릴쏜
가

만수운환(漫垂雲鬟)[444] 헝클어진 머리 이렁저렁 걷어 얹고

이리 비틀 저리 비틀 들어가서 장폐(杖斃)[445]하여 죽거들랑

삯꾼인 체 달려들어 둘러업고

우리 둘이 처음 만나 놀던 부용당(芙蓉堂)[446]의

적막(寂寞)하고 요적(寥寂)한 데 뉘어 놓고

서방님 손수 염습(殮襲)하되

나의 혼백(魂魄) 위로(慰勞)하여 입은 옷 벗기지 말고

양지(陽地) 끝에 묻었다가

서방님 귀(貴)히 되어 청운(靑雲)에 오르거든

일시(一時)도 둘라 말고 육진장포(六鎭長布)[447] 개렴(改殮)[448]하여

조촐한 상여(喪輿) 위에 덩그렇게 실은 후(後)에

북망산천(北邙山川) 찾아갈 제

앞 남산(南山) 뒤 남산(南山) 다 버리고

한양(漢陽)으로 올려다가 선산(先山) 발치에 묻어 주고

---

444) 가닥가닥이 흩어져 드리워진 쪽 찐 머리.

445) 형장(刑杖)을 맞아 죽는 것.

446) 춘향이 살던 집의 이름.

447) 함경도 육진(六鎭) 지방에서 나는 긴 베. 육진은 경원, 회령, 종성, 온성, 경흥, 부령.

448) 무덤을 옮겨 다시 장사지낼 때 염을 다시 하는 것.

비문의석기〃를수절원사춘향지묘라야달자만시겨주오망부셕이안니될
가셔산의지난히는닉일다시오련만는불상한춘향이는한번가면언의쩌다
시올가신원이나하여쥬오이고〃〃닉신셰야불상한닉의모친날를일코가
산을탕진하면하릴업시거린되야이집겨집걸식다가어덕밋틱조속〃〃조
울면셔자진하야죽거드면지리산갈가무기두날기을쩍벌이고둥덩실나라
드러싸옥〃〃두눈을다파먹근들언는자식잇셔후여ㅎ고날여쥬리이
고〃〃셜이울졔어사쏘우지마라하나리무어져도소사날궁기가잇난이라
네가날을엇지알고이러타시셔러한야적별하고춘향집으로도라왓계

비문(碑文)에 새기기를
'수절원사춘향지묘(守節冤死春香之墓)'라
여덟 자(字)만 새겨 주오
망부석(望夫石)이 아니 될까
서산(西山)에 지는 해는 내일(來日) 다시 오련마는
불쌍한 춘향(春香)이는 한 번(番) 가면 어느 때 다시 올까
신원(伸冤)이나 하여 주오
애고 애고 내 신세(身世)야

불쌍한 나의 모친(母親) 나를 잃고 가산(家産)을 탕진(蕩盡)하면
하릴없이 걸인(乞人) 되어 이 집 저 집 걸식(乞食)타가
언덕 밑에 조속조속 졸면서 자진(自盡)하여 죽게 되면
지리산(智異山) 갈까마귀 두 날개를 떡 벌리고 둥덩실 날아들어
까옥까옥 두 눈을 다 파먹은들
어느 자식(子息) 있어 '후여' 하고 날려 주리

애고 애고 슬피 울 제 어사또,
"울지 마라. 하늘이 무너져도 솟아날 구멍이 있느니라. 네가 나를
어찌 알고 이렇듯이 설워하냐."
작별(作別)하고 춘향(春香) 집으로 돌아왔지.

춘향이난어둠침″야삼경의셔방임을번기갓치얼는보고옥방의홀노안져
탄식하난마리명천은사람을널졔별노후박이업건만는닉의신셰무삼죄로
이팔청춘의임보닉고모진목숨사라이형문이형장무삼일고옥중고싱삼사
싴의밤낫업시임오시기만바린던이″졔난임의얼골보와스니광치업시되
야구나죽어황천의도라간들졔왕젼의무삼말을자랑하리잇고″″셜리울
졔자진ᄒ야반싱반사ᄒ난구나어사쏘춘향집의나와셔그날밤을싀려ᄒ고
문안문밧염문할싀질쳥의가드르니이방승발불너ᄒ난마리

춘향(春香)이는 어둠침침 야삼경(夜三更)에 서방님을 번개같이 얼른
보고 옥방(獄房)에 홀로 앉아 탄식(歎息)하는 말이,

"명천(明天)은 사람을 낼 제 별(別)로 후박(厚薄)이 없건마는 나의
신세(身世) 무슨 죄(罪)로 이팔청춘(二八靑春)에 님 보내고 모진 목숨
살아 이 형문(刑問) 이 형장(刑杖) 무슨 일고. 옥중(獄中) 고생(苦生)
삼사삭(三四朔)에 밤낮없이 님 오시기만 바랐더니, 이제는 님의 얼굴
보았으니 광채(光彩) 없이 되었구나. 죽어 황천(黃泉)에 돌아간들 제왕
(諸王) 전(前)에 무슨 말을 자랑하리."

애고 애고 슬피 울 제, 자진(自盡)하여 반생반사(半生半死)하는구나.

어사또 춘향(春香) 집에 나와서 그날 밤을 새려 하고 문(門) 안 문
(門) 밖 염문(廉問)할새, 길청(吉廳)에 가 들으니 이방(吏房) 승발(承
發)[449] 불러 하는 말이,

---

449) 지방 관청에서 구실아치 밑에서 잡일을 보는 일꾼.

여보소드르니수의쪼가시문밧이씨라던이악가삼경의등농불키여들고춘
향모압세우고폐의파관한손임이아민도수상하니닉일본관잔칙싯틱일십
을귀별ㅎ여싱탈업시십분조심ㅎ소어사그말듯고그놈들알기는아난듸ㅎ
고쏘장청의가드르니힝수군관거동보소여러군관임네악가옥거리바장이
난거린실노고이ㅎ데아민도분명어산듯ㅎ니육모팔기닉여노코자상이보
소어사쏘듯고그놈들기 ″ 여신이로다ㅎ고현사의가드르니호장역시그러
한다

"여보소, 들으니 수의또450)가 새문 밖 이씨(李氏)라더니, 아까 삼경
(三更)에 등롱(燈籠)불 켜 들고 춘향(春香) 모(母) 앞세우고 폐의파관
(弊衣破冠)451)한 손님이 아마도 수상(殊常)하니 내일(來日) 본관(本官)
잔치 끝에 일십452)을 구별(區別)하여 생탈 없이 십분(十分) 조심(操心)
하소."

어사(御史) 그 말 듣고,

'그놈들 알기는 아는데.'

하고, 또 장청(將廳)에 가 들으니 행수군관(行首軍官) 거동(擧動) 보
소.

"여러 군관(軍官)님네, 아까 옥거리453) 바장이는454) 걸인(乞人) 실
로 괴이(怪異)하데. 아마도 분명(分明) 어사(御史)인 듯하니 용모파기
(容貌疤記)455) 내어 놓고 자상(仔詳)히 보소."

어사또 듣고,

'그놈들 개개여신(個個如神)456)이로다.'

하고 현사(縣司)457)에 가 들으니 호장(戶長) 역시 그러하다.

---

450) 수의(繡衣)를 입은 어사또.
451) 해진 옷을 입고 부서진 갓을 씀.
452) 일습(一襲 ; 물건의 한 벌) 또는 일십(一十 ; 하나부터 열까지).
453) 옥문 앞의 길거리.
454) 어정어정 서성거리는.
455) 어떤 사람을 찾기 위하여 그 사람 용모의 특징을 적어 놓은 것.
456) 하나하나가 다 귀신 같음.
457) 호장(戶長)이 일을 보는 곳.

육방염문다흔후의춘향집도라와셔그밤을신연후의잇튼날조사긋틱근읍
수령이모와든다운봉영장구례곡셩순창옥과진안장수원임이차례로모와
든다좌편의힝수군관우편외쳥영사령한가온딕본관은주인이되야ᄒ인불
너분부ᄒ되관쳥식불너다담을올이라육고자불너크소을잡고예방불너고
인을딕령ᄒ고승발불너칙일을딕령하라사령불너잡인을금하라

육방(六房) 염문(廉問) 다 한 후(後)에 춘향(春香) 집 돌아와서 그 밤을 샌 연후(然後)에, 이튿날 조사(朝仕)[458] 끝에 근읍(近邑) 수령(守令)이 모여든다.

운봉(雲峰) 영장(營將)[459] 구례(求禮) 곡성(谷城) 순창(淳昌) 옥과(玉果) 진안(鎭安) 장수(長水) 원님이 차례(次例)로 모여든다. 좌편(左便)에 행수군관(行首軍官) 우편(右便)에 청령사령(廳令使令) 한가운데 본관(本官)은 주인(主人)이 되어 하인(下人) 불러 분부(分付)하되,

"관청색(官廳色)[460] 불러 다담(茶啖)[461]을 올리라.

육고자(肉庫子)[462] 불러 큰 소를 잡고

예방(禮房) 불러 고인(鼓人)[463]을 대령(待令)하고

승발(承發) 불러 차일(遮日)을 대령(待令)하라.

사령(使令) 불러 잡인(雜人)을 금(禁)하라."

---

458) 관아에 출근하여 으뜸 벼슬아치를 만나 보던 일.

459) 각 도에 있는 지방 군대를 관할하기 위하여 둔 진영(鎭營)의 장관(將官).

460) 관장의 음식물을 맡은 일꾼.

461) 손님을 접대하기 위한 다과(茶菓).

462) 지방 관청에 소고기를 바치던 관노(官奴).

463) 풍악을 맡은 사람.

이럿타요란할제긔치군물이며육각풍유반공의써잇고녹의홍상긔싱들은
빅수나삼놉피드러춤을추고지야자둥덩실하난소리어사쏘마음이심난ᄒ
구나여바라사령드라네의원쎤의엿주워라먼듸잇난거린이조흔잔치의당
하여스니주회좀어더먹자고엿주어라져사령거동보소언의양반이간듸우
리안젼임걸린혼금ᄒ니그런말은닉도마오둥밀쳐닉니엇지아니명관인가
운봉이그거동을보고본관의게쳥하난마리져거린의 〃 관은남누하나양반
의후렌듯ᄒ니말셕의안치고술잔이나먹에보닉미엇더ᄒ뇨본관하난마리

이렇듯 요란(搖亂)할 제 기치군물(旗幟軍物)이며 육각풍류(六角風
流)[464] 반공(半空)에 떠 있고, 녹의홍상(綠衣紅裳) 기생(妓生)들은 백
수(白手) 나삼(羅衫) 높이 들어 춤을 추고, 지화자 둥덩실 하는 소리
어사또 마음이 심란(心亂)하구나.

"여봐라, 사령(使令)들아. 너의 원전(員前)에 여쭈어라. 먼 데 있는
걸인(乞人)이 좋은 잔치에 당(當)하였으니 주효(酒肴) 좀 얻어먹자고
여쭈어라."

저 사령(使令) 거동(擧動) 보소.

"어느 양반(兩班)이관데? 우리 안전(案前)[465]님 걸인(乞人) 혼금(閽
禁)하니 그런 말은 내도 마오."

등 밀쳐내니, 어찌 아니 명관(名官)인가.

운봉(雲峰)이 그 거동(擧動)을 보고 본관(本官)에게 청(請)하는 말이,

"저 걸인(乞人)의 의관(衣冠)은 남루(襤褸)하나 양반(兩班)의 후예
(後裔)인 듯하니 말석(末席)에 앉히고 술잔이나 먹여 보냄이 어떠하
오?"

본관(本官) 하는 말이,

---

464) 삼현육각(三絃六角)의 연주 소리. 삼현육각은 하권 주(註) 59 참조.
465) 아랫사람이 상전(上典)을 높여 부르는 말.

운봉쇠견되로ᄒ오만은하니만은소릐홋입마시사납것다어사속으로온야
도적질은늬가ᄒ마오리는네가져라운봉이분부하야져양반듭시리라어사
쏘드러가단좌하야좌우를살펴보니당상의모든수령다담을압푸노코진양
조가양 〃할졔어사쏘상을보니엇지안니통분하랴못써러진긔상판의닥치
져붐쏭나물싹썬기목걸이한사발노와구나상을발길노쌱차던지며운봉의
갈비을직신갈비한듸먹고지거다라도잡수시요ᄒ고운봉이하난마리이러
한잔치의풍유로만노라서난마시젹사오니차운한수식하여보면엇더하오

"운봉(雲峰) 소견(所見)대로 하오마는……."

하니, '마는' 소리 홋입맛이 사납것다.466)

어사(御史) 속으로,

'오냐, 도적질은 내가 하마. 오라는 네가 져라.'

운봉(雲峰)이 분부(分付)하여,

"저 양반(兩班) 듭시래라."

어사또 들어가 단좌(端坐)하여 좌우(左右)를 살펴보니, 당상(堂上)의 모든 수령(守令) 다담(茶啖)을 앞에 놓고 진양조가 양양(揚揚)할 제, 어사또 상(床)을 보니 어찌 아니 통분(痛憤)하랴. 모 떨어진 개상판467) 에 닥채저분468) 콩나물 깍두기 막걸리 한 사발 놓았구나. 상(床)을 발길로 탁 차 던지며 운봉(雲峰)의 갈비를 직신.469)

"갈비 한 대 먹고지고."

"다라도 잡수시오."

하고 운봉(雲峰)이 하는 말이,

"이러한 잔치에 풍류(風流)로만 놀아서는 맛이 적사오니 차운(次 韻)470) 한 수(首)씩 하여 보면 어떠하오?"

---

466) 마음에 썩 내키지 않는 모양.

467) 개다리소반.

468) 닥나무 연한 가지로 만든 젓가락.

469) 미상(未詳). '가리키며' 또는 '집어 들고'의 뜻으로 보면 좋을 듯하다.

470) 남이 지은 시의 운자(韻字)를 따서 시를 짓는 것.

그마리올타ᄒᆞ니운봉이운을닐졔노풀고싸지름고ᄊ두자을닉여노코차례
로운을달졔어사쏘하난마리거린도어려셔추구권이나일거던니조은잔치
당하여셔주회을포식하고그져가기무렴하니차운한수하사이다운봉이반
겨듯고피련을닉여쥰니좌중이다못하야글두귀를지어쓰되민졍을싱각하
고본관졍체를싱각하야지어것다❶금준미주는천인혈리요❶옥반가효는
만셩고라❶촉누낙시밀누낙이요❶가셩고쳐원셩고라❶

"그 말이 옳다."

하니, 운봉(雲峰)이 운(韻)을 낼 제 높을 고(高) 자(字) 기름 고(膏)
자(字) 두 자(字)를 내어 놓고 차례(次例)로 운(韻)을 달 제, 어사또 하
는 말이,

"걸인(乞人)도 어려서 추구(抽句)[471] 권(卷)이나 읽었더니, 좋은 잔
치 당(當)하여서 주효(酒肴)를 포식(飽食)하고 그저 가기 무렴(無廉)하
니 차운(次韻) 한 수(首) 하사이다."

운봉(雲峰)이 반겨 듣고 필연(筆硯)을 내어 주니, 좌중(座中)이 다
못 하여 글 두 구(句)를 지었으되, 민정(民情)을 생각하고 본관(本官)
정체(正體)를 생각하여 지었겠다.

금준미주(金樽美酒)는 천인혈(千人血)이요
옥반가효(玉盤佳肴)는 만성고(萬姓膏)라.
촉루락시(燭淚落時) 민루락(民淚落)이요
가성고처(歌聲高處) 원성고(怨聲高)라.[472]

---

471) 유명한 시구들을 뽑아 묶은 책. 천자문(千字文), 사자소학(四字小學)과 함께 아동들이 가장 먼저
익히는 책이다.

472) 이 시는 광해군(光海君) 이래로 널리 알려진 시로, 명나라 구준(丘濬 ; 1421∼1459)의 《오륜전
비기(伍倫全備記)》에 나온다. 첫 두 구는 다음과 같다.
頻斟米酒千人血 자주 따르는 미주(米酒)는 천 사람의 피요
細切肥羊百姓膏 잘게 자른 살진 양(羊)은 백성의 기름이라.
또 광해군 때 명나라 사신 조도사(趙都司)가 지었다고도 전해진다. 3, 4구는 본문과 동일하다.
淸香旨酒千人血 맑은 향기의 맛난 술은 천 사람의 피요
細切珍羞萬姓膏 잘게 자른 좋은 안주는 만 사람의 기름이라.
원조(元祖)는 이백(李白)의 시 <행로난(行路難)>의 다음 구절이다.
金樽淸酒斗十千 금 술잔 맑은 술 한 말[斗]에 만 냥이요
玉盤珍羞値萬金 옥 쟁반 맛난 안주도 만 냥짜리라네.

이글듯슨금동우에아롬다온술은일만빅셩의피요옥소반의아롬다온안주
는일만빅셩의기름이라촉불눈물써러질씩빅셩눈물써러지고노리소리놉
푼고듸원망소리놉파더라이러타시지어쓰되본관는몰나보고운봉이글를
보며닉렴의업풀사이리낫다잇씩어사쏘하직ᄒ고간연후의공형불너분부
하되야〃이리낫다공방불너보젼단속병방불너역마단속관청싴불너다담
단속옥형이불너죄인단속집사불너형고단속형방불너문부단속사령불너
합번단속한참이리요란할졔물싴업난져본관이

이 글 뜻은,

금동이의 아름다운 술은 일만(一萬) 백성(百姓)의 피요

옥소반(玉小盤)의 아름다운 안주는 일만(一萬) 백성(百姓)의 기름이
라.

촛불 눈물 떨어질 때 백성(百姓) 눈물 떨어지고

노랫소리 높은 곳에 원망(怨望) 소리 높았더라.

이렇듯이 지었으되, 본관(本官)은 몰라 보고, 운봉(雲峰)이 글을 보
며 내념(內念)에,

'아뿔싸, 일이 났다.'

이 때 어사또 하직(下直)하고 간 연후(然後)에 공형(公兄) 불러 분부
(分付)하되,

"야야, 일이 났다."

공방(工房) 불러 포진(鋪陳) 단속(團束), 병방(兵房) 불러 역마(驛馬)
단속(團束), 관청색(官廳色) 불러 다담(茶啖) 단속(團束), 옥형리(獄刑
吏) 불러 죄인(罪人) 단속(團束), 집사(執事) 불러 형구(刑具) 단속(團
束), 형방(刑房) 불러 문부(文簿) 단속(團束), 사령(使令) 불러 합번(合
番)473) 단속(團束), 한참 이리 요란(搖亂)할 제 물색(物色) 없는 저 본
관(本官)이,

---

473) 중대한 일이 있을 때에 관원이 모여 숙직하는 것.

여보운봉은어듸를단이시요소피ㅎ고드러오본관이분부하되춘향을기피
올이라주광이날졔잇쩌어사쏘군호할졔셔리보고눈을준이셔리중방거동
보소역졸불너단속할졔이리가며수군져리가며수군수군셔리역졸거동보
소외올망근공단씨기식펴립눌너쓰고셕자감발싀집신의한삼고의산쯧입
고육모방치녹피끈을손목의거러쥐고예셔번듯졔셔번듯남원읍이우
군〃〃쳥픠역졸거동보소달갓튼마픠를히빗갓치번듯드러암힝어사출도
야웨난소릭강산이문어지고쳔지가뒤눕난듯초목금순들아니쩔야

"여보, 운봉(雲峰)은 어디를 다니시오?"
"소피(所避)474)하고 들어오오."
본관(本官)이 분부(分付)하되,
"춘향(春香)을 급(急)히 올리라."
주광(酒狂)이 날 제,

이 때 어사또 군호(軍號)할 제 서리(胥吏) 보고 눈을 주니 서리(胥
吏) 중방(中房) 거동(擧動) 보소. 역졸(驛卒) 불러 단속(團束)할 제 이
리 가며 수군 저리 가며 수군수군. 서리(胥吏) 역졸(驛卒) 거동(擧動)
보소. 외올망건475) 공단(貢緞)싸개 새 평립(平笠) 눌러 쓰고 석 자[尺]
감발 새 짚신에 한삼(汗衫) 고의(袴衣) 산뜻 입고 육모방치476) 녹피
(鹿皮) 끈을 손목에 걸어 쥐고 에서 번뜻 제서 번뜻 남원읍(南原邑)이
우글우글. 청파(靑坡) 역졸(驛卒) 거동(擧動) 보소. 달 같은 마패(馬牌)
를 햇빛 같이 번뜻 들어,
    "암행어사(暗行御史) 출도[出頭]야!"
    외는 소리 강산(江山)이 무너지고 천지(天地)가 뒤눕는 듯 초목금수
(草木禽獸)인들 아니 떨랴.

___

474) 오줌.

475) 한 가닥으로 엮어 만든, 품질 좋은 망건.

476) 육모방망이. 역졸이나 포졸이 쓰던 여섯 모가 진 방망이.

남문의셔출도야북문으셔출도야동셔문출도소리쳥쳔으진동ᄒ고공형들
나웨난소리육방이넉슬이러공형이요등치로휘닥싹이고즁다공방〃〃공
방이보젼들고드러오며안할나넌공방를하라던이져불속으엇지들이등치
로휘닥싹이고박터졋네

남문(南門)에서,

"출도[出頭]야!"

북문(北門)에서,

"출도[出頭]야!"

동서문(東西門) 출도[出頭] 소리 청천(晴天)에 진동(震動)하고,

"공형(公兄) 들라."

외는 소리에 육방(六房)이 넋을 잃어,

"공형(公兄)이오."

등채[477]로 휘닥딱.

"애고 죽는다."

"공방(工房), 공방(工房)!"

공방(工房)이 포진(鋪陳) 들고 들어오며,

"안 하려는 공방(工房)을 하라더니 저 불 속에 어찌 들리."

등채로 휘닥딱.

"애고, 박 터졌네."

---

477) 무장(武裝)할 때 쓰던 채찍. 굵은 등(藤)의 도막 머리 쪽에 물들인 사슴 가죽이나 비단 끈을 달았
다. 등편(藤鞭).

마패

등채

용수

육모방망이

좌수별감넉슬일코이방호장실혼ᄒ고삼ᄉᆡ나졸분주하네모든수령도망할
제거동보소인궤일코과절들고병부일코송편들고탕근일코용수쓰고갓일
코소반쓰고칼집쥐고오좀뉘기부셔진니거문고요ᄭᅵ지나니북장고라본관
이ᄯᅩᆼ을싸고명셕궁기시양쥐눈ᄯᅳᆺ듯ᄒ고닉아로드러가셔어추워라문드러
온다바람다더라물마른다목듸려라관쳥ᄉᆡᆨ은상을일코문ᄶᅡ니고닉다른니
셔리역졸달여드러휘닥짝이고나죽네

좌수(座首) 별감(別監) 넋을 잃고, 이방(吏房) 호장(戶長) 실혼(失魂)하고, 삼색나졸(三色羅卒)[478] 분주(奔走)하네. 모든 수령(守令) 도망(逃亡)할 제 거동(擧動) 보소. 인궤(印櫃)[479] 잃고 과절[480] 들고, 병부(兵符)[481] 잃고 송편 들고, 탕건(宕巾) 잃고 용수[482] 쓰고, 갓 잃고 소반(小盤) 쓰고, 칼집 쥐고 오줌 누기, 부서지니 거문고요 깨지나니 북 장구라.

본관(本官)이 똥을 싸고 멍석 구멍 새앙쥐 눈 뜨듯 하고 내아(內衙)로 들어가서,

"어, 추워라. 문(門) 들어온다, 바람 닫아라. 물 마른다, 목 들여라."

관청색(官廳色)은 상(床)을 잃고 문짝 이고 내달으니, 서리(胥吏) 역졸(驛卒) 달려들어 휘닥딱.

"애고, 나 죽네."

---

478) 지방 관청의 세 나졸. 나장, 군뢰, 사령.

479) 관인(官印)을 넣어두는 상자.

480) 과자의 일종. 유밀과(油蜜果).

481) 군사를 동원할 때 쓰는 표식.

482) 원래는 술 또는 장(醬)을 거르는 데 쓰는, 싸리로 만든 긴 통인데, 옛날에 죄수를 밖으로 데리고 나갈 때 얼굴을 가리기 위해 머리에 씌우던 물건도 용수라 했다.

잇썬수의사쏘분부하되이골은딕감이좌정하시던고리라헌와을금하고긱
사로사쳐하라좌정후에본관은봉고파직하라분부하나본관은봉고파직이
요사딕문의방붓치고옥형이불너분부하되네골옥수을다올이라호령하니
죄인을올이거늘다각 〃 문죄후에무죄자방송할식져계집은무어신다형이
엿자오딕기싱월믹쌀리온딕관정의포악한죄로옥중의잇삽닉다

이 때 수의(繡衣)사또 분부(分付)하되,

"이 골은 대감(大監)이 좌정(坐定)하시던 골이라 훤화(喧譁)[483]를
금(禁)하고 객사(客舍)로 사처(徙處)[484]하라."

좌정(坐定) 후(後)에,

"본관(本官)은 봉고파직(封庫罷職)[485]하라!"

분부(分付)하니,

"본관(本官)은 봉고파직(封庫罷職)이오."

사대문(四大門)에 방(榜) 붙이고, 옥형리(獄刑史) 불러 분부(分付)하
되,

"네 골 옥수(獄囚)를 다 올리라."

호령(號令)하니 죄인(罪人)을 올리거늘 다 각각(各各) 문죄(問罪) 후
(後)에 무죄자(無罪者) 방송(放送)할새,

"저 계집은 무엇이냐?"

형리(刑史) 여쭈오되,

"기생(妓生) 월매(月梅) 딸이온데, 관정(官庭)에 포악(暴惡)한 죄(罪)
로 옥중(獄中)에 있습니다."

---

483) 시끄럽게 떠드는 것.

484) 장소를 옮김.

485) 어사또가 부정한 원을 파면시키고 관고(官庫)를 쓰지 못하도록 봉인(封印)함.

무삼죈다형이알외되본관사쏘수쳥으로불너써니수졀리졍졀리라수쳥안
이들야ᄒ고관젼에포악한춘향이로소이다어사쏘분부하되너만연이수졀
한다고관졍포악하여쓰니살기을바릭소냐죽어맛당하되ᄂ수쳥도거역할
가춘향이기가믹켜ᄂ릭례오난관장마닥기 〃 이명관이르고나수의사쏘듯조
시요칭암졀벽놉푼바우바람분들문어지며쳥숑녹죽푸린남기눈이온들볜
하릿가그른분부마옵시고어셔밥비쥑여주오ᄒ며상단아셔방임어딕계신
가보와라어졔밤에옥문간의와겨쓸졔쳔만당부하엿더니어딕를가셧난지
나죽난줄모르난가

“무슨 죄(罪)냐?”

형리(刑吏) 아뢰되,

“본관(本官) 사또 수청(守廳)으로 불렀더니, 수절(守節)이 정절(貞節)
이라 수청(守廳) 아니 들려 하고 관전(官前)에 포악(暴惡)한 춘향(春
香)이로소이다.”

어사또 분부(分付)하되,

“너만한 년이 수절(守節)한다고 관정(官庭) 포악(暴惡)하였으니 살
기를 바랄쏘냐? 죽어 마땅하되 내 수청(守廳)도 거역(拒逆)할까?”

춘향(春香)이 기가 막혀,

“내려오는 관장(官長)마다 개개(個個)이 명관(名官)이로구나. 수의
(繡衣)사또 들으시오. 층암절벽(層巖絶壁) 높은 바위 바람 분들 무너지
며, 청송녹죽(靑松綠竹) 푸른 나무 눈이 온들 변(變)하리까. 그런 분부
(分付) 마옵시고 어서 바삐 죽여 주오.”

하며,

“향단(香丹)아, 서방님 어디 계신가 보아라. 어젯밤에 옥문간(獄門
間)에 와 계실 제 천만당부(千萬當付)하였더니 어디를 가셨는지 나 죽
는 줄 모르는가?”

어사쏘분부하되얼골드러나를보라하시니춘향이고기드러디상을살펴보
니걸긱으로왓던낭군어사쏘로두려시안져ᄉᆞ나반우숨반우름의얼시구나
조을시고어사낭군조을시고남원읍ᄂᆡ추졀드러써러지계되야써니긱사의
봄이드러이화춘풍날살인다ᄭᅮᆷ이냐싱시냐ᄭᅮᆷ을ᄭᅢᆯ가연여로다한참이리질
길젹의춘향모드러와셔갓업시질거하난마를엇지다셜화하랴춘향의놉푼
졀긔광치잇게되야쓰니엇지안이조을손가어사쏘남원공사닥근후의춘향
모여와샹단이를셔울노치힝할졔위의찰난ᄒᆞ니셰상사람딜리뉘가안이칭
찬하랴잇쎤춘향이남원을하직할ᄉᆡ영귀하게되야건만고힝을이별하니일
히일비가안이되랴

***

어사또 분부(分付)하되,

"얼굴 들어 나를 보라."

하시니, 춘향(春香)이 고개 들어 대상(臺上)을 살펴보니 걸객(乞客)
으로 왔던 낭군(郎君) 어사또로 뚜렷이 앉았구나. 반(半) 웃음 반(半)
울음에,

"얼씨구나 좋을씨고, 어사(御史) 낭군(郎君) 좋을씨고. 남원(南原)
읍내(邑內) 추절(秋節) 들어 떨어지게 되었더니, 객사(客舍)에 봄이 들
어 이화춘풍(李花春風) 날 살린다. 꿈이냐 생시(生時)냐, 꿈을 깰까 염
려(念慮)로다."

한참 이리 즐길 적에 춘향(春香) 모(母) 들어와서 가없이 즐거워하
는 말을 어찌 다 설화(說話)하랴. 춘향(春香)의 높은 절개(節槪) 광채
(光彩) 있게 되었으니 어찌 아니 좋을쏜가.

어사또 남원(南原) 공사(公事) 닦은 후(後)에 춘향(春香) 모녀(母女)
와 향단(香丹)이를 서울로 치행(治行)할 제, 위의(威儀) 찬란(燦爛)하
니 세상(世上) 사람들이 누가 아니 칭찬(稱讚)하랴.

이 때 춘향(春香)이 남원(南原)을 하직(下直)할새, 영귀(榮貴)하게
되었건만 고향(故鄕)을 이별(離別)하니 일희일비(一喜一悲)가 아니
되랴.

놀고자던부용당아네부딕잘잇거라광한누오작괴며영쥬각도잘잇거라춘
초는연〃녹ᄒ되●왕손은귀불귀라날두고이르미라다각기이별할졔만
세무량ᄒ옵소셔다시보기망년이라잇써어사또는좌우도순읍하야민졍을
살핀후의셔울노올나가어젼의숙비하니삼당상입시ᄒ사문부를사증후의
상이딕찬하시고직시이조참의딕사셩을봉하시고춘향으로졍열부인을봉
하시니사은숙비하고물너나와부모젼의뵈온딕셩은을축사하시더라

놀고 자던 부용당(芙蓉堂)아 너 부디 잘 있거라
광한루(廣寒樓) 오작교(烏鵲橋)며 영주각(瀛洲閣)도 잘 있거라
춘초(春草)는 연년록(年年綠)하되 왕손(王孫)은 귀불귀(歸不歸)라[486]
나를 두고 이름이라
다 각기 이별(離別)할 제 만세무량(萬世無量)하옵소서
다시 보기 망연(茫然)이라

이 때 어사또는 좌우도(左右道) 순읍(巡邑)하여 민정(民政)을 살핀
후(後)에 서울로 올라가 어전(御前)에 숙배(肅拜)하니, 삼당상(三堂
上)[487] 입시(入侍)하사 문부(文簿)를 사정(査定) 후(後)에 상(上)이 대
찬(大讚)하시고 즉시(卽時) 이조참의(吏曹叅議) 대사성(大司成)을 봉
(封)하시고 춘향(春香)으로 정렬부인(貞烈夫人)을 봉(封)하시니, 사은
숙배(謝恩肅拜)하고 물러 나와 부모(父母) 전(前)에 뵈오니 성은(聖恩)
을 축사(祝辭)하시더라.

---

486) 성당(盛唐) 시인 왕유(王維)의 시 <송별(送別)>의 한 구절이다.
　　山中相送罷 산속에서 이별한 뒤에
　　日暮掩柴扉 저물녘 사립문 닫았네.
　　春草明年綠 봄 풀이야 내년에도 푸르겠지만
　　王孫歸不歸 그대는 돌아올까 어쩔까.
487) 육조(六曹)의 판서, 참판, 참의를 통틀어 이르던 말.

잇써이판호판좌우영상다지닉고퇴사후의정열부인으로더부려빅연독낙
할시정열부인으게삼남이녀을두워시니기〃이총명ᄒᆞ야그부친을압두하
고계〃승〃하야직거일품으로만세유젼하더라

이 때 이판(吏判) 호판(戶判) 좌우(左右) 영상(領相) 다 지내고 퇴사
(退仕) 후(後)에 정렬부인(貞烈夫人)으로 더불어 백년동락(百年同樂)할
새, 정렬부인(貞烈夫人)에게 삼남이녀(三男二女)를 두었으니, 개개(個
個)이 총명(聰明)하여 그 부친(父親)을 압두(壓頭)하고 계계승승(繼繼
承承)하여 직거일품(職居一品)⁴⁸⁸⁾으로 만세유젼(萬世流傳)하더라.

---

488) 일품(一品)의 벼슬 직품.

오학균 ————————————————————

서울대학교 사범대학 국어교육과 졸업
중학교 국어 교사 역임

열녀춘향수절가
烈女春香守節歌
(개정판)

초판인쇄 2021년 9월 24일
초판발행 2021년 9월 24일

지은이 오학균
펴낸이 채종준
펴낸곳 한국학술정보㈜
주소 경기도 파주시 회동길 230(문발동)
전화 031) 908-3181(대표)
팩스 031) 908-3189
홈페이지 http://ebook.kstudy.com
전자우편 출판사업부 publish@kstudy.com
등록 제일산-115호(2000. 6. 19)

ISBN 979-11-6801-142-7 93810